小学館文庫

忠臣蔵の姫　阿久利

佐々木裕一

小学館

目次

忠臣蔵の姫　阿久利

離郷

紅《あか》く色づきはじめたもみじの枝が、御泉水池《ごせんすいち》の水面《みなも》に映えている。池のむこうにある尾関山《おぜきやま》を隠していた深い霧がようやく晴れた庭には、暖かな日が差していた。

まだ幼い足取りで池のほとりを歩いてきたのは、今年三歳になった姫。抜けるような色白の顔いっぱいに好奇心を浮かべ、苔《こけ》の上に落ちているどんぐりを見つけてしゃがみ、もみじのように小さな手を差し伸べた。

細い指でどんぐりを拾った姫は、池に落ちぬよう寄り添っている乳母のお豊《とよ》に振り向き、小さな歯を見せてにっこりする。

お豊も微笑《ほほえ》んだ。

「まあ、大きなどんぐりですこと」

「母上に、お見せします」

「姫、走られてはころびます」

お豊が差し伸べる手から笑って逃げた姫が、縁側に這《は》い上がり、八畳の寝間に駆け込もうとした時、背後から抱き上げられた。

「栗姫《くりひめ》、与左《よざ》と尾関山に登りましょう。もっとたくさん木の実を集めて、母上を喜ばせてあげましょうぞ」

身をよじって抵抗していた栗姫は、養育役の落合与左衛門《おちあいよざえもん》の誘いに、目を輝かせた。

大人しくなった栗姫を腕に抱く落合は、廊下で安堵《あんど》の息を吐く侍女のおだいに目を向け、お豊が待つ庭に下りていく。

庭の先にある脇門から出て、尾関山へ登った。頂上の台地を横切り、物見櫓《やぐら》として使われている木組みの足場に上がる。

江の川《ごうのかわ》、馬洗川《ばせんがわ》、西城川《さいじょうがわ》が交わる三次《みよし》は、栗姫の亡き父、浅野長治《あさのながはる》が本家広島藩《ひろしまはん》から分け与えられて立藩した。

三次藩の所領は、備後《びんご》国内の三次と恵蘇《えそ》の両郡、高田郡上甲立村《たかたぐんかみこうたちむら》、御調郡《みつぎぐん》の仁野《にの》、吉和《よしわ》の二村、世羅郡加茂村《せらぐんかもむら》、安芸《あき》国内の佐西郡草津村《さいぐんくさつむら》、豊田郡忠海村《とよたぐんただのうみむら》、合わせて五万石だ。

長治は、広島藩初代藩主浅野長晟《あさのながあきら》の長子であったが、正室の子ではなかったため家督を相続することは許されず、正室の子である弟の光晟《みつあきら》が広島藩主となった時に、分家をしたのだ。

以来、広島と三次は深い繋《つな》がりをもって、交互に補佐するようになっている。

三次を与えられた長治は、洪水に悩まされていた領民たちの声を聞いて堤防を築き、陣屋がある三次の町を中心に、領内の運営に力をそそいだ。

尾関山から見おろす三次の町は、喪に服して静まり返っているように思えるが、右手に流れる江の川には、落ち鮎《あゆ》を狙う川船が浮かび、荷を積んだ船が行き交っている。麓《ふもと》から吹き上がる爽やかな風が、春には町の者たちを楽しませる桜の葉を乗せていった。

落合は、腕に抱かれている栗姫に微笑む。

「お父上は、ここから町を眺めるのを好んでおられました。まことに、よい景色ですな」

栗姫は、藩の陣屋を中心に広がる町並みに興味はないようで、手に持っているどんぐりを、手遊びしながら見ている。ふっくらとした頰《ほお》に悲しみをにじませ、長いまつげが濡《ぬ》れていることに、落合ははっとした。

「姫、いかがされました」

「母上のところに行く」

「お母上は眠っておられますゆえ、ご辛抱なされ。たくさん眠られれば、すぐにお元気になられますから」

「母上のところに行く、行く」

栗姫は、声を出して泣いてしまった。

落合はあやしながら足場から下り、困った顔をお豊に向ける。

駆け寄ったお豊が手を差し伸べると、栗姫は抱かれ、濡れた頰を肩に寄せて甘えた。

「栗姫様、お母上になんと言われましたか」

栗姫は聞かずに頭を振り、ぐずっている。

「笑顔を絶やさぬように、と約束なさったではございませぬか。お約束を守らなければお母上が悲しまれて、いつまでたってもお元気になられませんよ」

しゃくり上げながら顔を向けた栗姫の頰を拭きながら、お豊が笑みを浮かべる。

「どんぐりを拾いましょうか。そうだ。お母上の好物の栗が落ちているかもしれませんよ。たくさん拾って、栗おこわを作りましょう」

お豊は言いながら栗の木の下へ行き、指差して言う。

「ほら、ありました」

「どれどれ」

落合が二本の小枝を器用に使い、殻を広げた。

「姫、大きいのが詰まっていますぞ」

お豊に下ろされた栗姫は、落合に手伝ってもらい、実を取り出した。

小さな手に乗せた栗に目を輝かせ、笑みを浮かべる。

「母上が、お喜びになります」

「さよう。いっぱい拾いましょうぞ」

「はい」

機嫌を直して栗を探す姫の姿に、落合とお豊は顔を見合わせ、ほっとした笑みを浮かべた。

三人で栗を拾っていると、山道を駆け上がってきた者がいた。

おだいだと、いち早く気付いた落合は、お豊に姫を頼むと言い、歩み寄る。

「寿光院《じゅこういん》様に何かあったのか」

寿光院とは栗姫の母親のことだ。

おだいは山道を駆け上がったのだろう。息を荒くしている。けれどもそこは、若さあふれる十六歳の娘。すぐに呼吸を整え、白い歯を見せて人なつこい笑みを浮かべる。

「いえ、御陣屋から御家老が来られました」

「何事だ」

「直《じか》に話すと申され、茶室に入られました」

「わかった。姫を頼む」

「はい」

落合は、急ぎ山をくだった。

茶室の建物は、庭と尾関山山頂のあいだにある。庭を見おろす趣向の茶室は長治が建てさせた物で、藁葺《わらぶ》きの、風情がある建物だ。

昨年の春、参勤交代で江戸に旅立つ長治から、姫たちのことを頼むと言われていた落合は、あるじ亡き今、二度と入ることはないと思っていた茶室の潜《くぐ》り戸に歩み寄り、片膝《かたひざ》をついて声をかけた。

「御家老、落合にございます」

「おお、来たか。入れ」

「はは」

障子を開けて這い込むと、白髪《しらが》の鬢《びん》をござっぱりと結い上げた山田《やまだ》家老が、茶器もない四畳に正座し、小難しそうな顔を向けた。

「栗姫様は、いかがされておる」

「ただいま山頂にて、栗拾いをなされております」

「もう、そのような季節であったか」

延宝三（一六七五）年の今年一月に藩主長治が身罷《みまか》り、五月には栗姫の姉の兼《かね》姫が病死するという不幸が続いただけに、国家老の山田は、いささか疲れた顔をしている。

これへ、と示された場所に四つん這いで進んだ落合は、山田家老と向き合い、正座した。

「先ほど、二代様より文が届いた」

二代様とは、長治の跡を継いだ長照《ながてる》のことだ。男児に恵まれなかった長治は、当時本家の広島藩主だった光晟の三男長照を養子に迎えていた。この三月から三次藩主の座についている。

栗姫を養女にしていたその長照から送られた文は、縁談のことだった。相手は、長照と同じ時期に、わずか九歳で赤穂《あこう》浅野家の当主となった、長矩《ながのり》。

長照が伝えてきたことをすべて話し終えた山田家老は、うつむき気味に座る落合の様子に、白眉を寄せる。

「何ゆえ浮かぬ顔をする。赤穂はご親戚。栗姫様にとって、これほどの良縁があろうか」

「確かに、不幸が続いておりましたので、めでたいことにございますが……」

「栗姫様が江戸の下屋敷へ召し出されることを、気にしておるのか」

「まことに、まだ三歳の姫君を母御からお離しするのですか」

「旅立たれるのは来年じゃ。四歳になられておる」

「幼いことにかわりはございませぬ。江戸までは、大人でも難儀をする長旅。姫様にとっては命がけですぞ」

山田家老は不機嫌な顔をした。

「言われなくともわかっておる。わしとて、正直不安じゃ」

「でしたら……」

「まあ聞け。これは決まったことだ。我らがどうこうできることではない。よいか、栗姫様は齢松院《れいしょういん》様が引き取られ、三次藩浅野家の姫として恥ずかしくないようご養育される」

山田が言う人物は、亡き長治の正室。江戸の三次藩邸に暮らしているため栗姫は会ったこともない。

栗姫のことを第一に考える落合与左衛門は、山田家老に食い下がろうとしたが、

「くどいぞ落合」

厳しい目を向けられて、視線を下げた。山田家老が見据えて続ける。

「栗姫様は来年の卯月《うづき》、二代様がお国入りされるのと入れ替わりに、三次を出られる。二度とこの三次に戻られぬ片道の旅ゆえ、それまでは存分に甘えさせてあげたいものだが、寿光院様の具合はどうか」

「鶴《つる》姫様（栗姫の妹）を抱かれるようにはなられましたが、まだ時折、高い熱を出されます」

「産後間もない時の不幸続きだ。ご心中を察すると胸が痛む」

「寿光院様に、ご縁談のことは」

山田家老は目をそらして、ため息をついた。

「間が悪いと申せば、間が悪い。いかがしたものかと、重臣たちと議論を交わしたが、三次を出られる日が決まっておるからには、先へ延ばせば延ばすほど、寿光院様にとっては急なこととなり、お身体《からだ》に障るのではないかということでまとまった。よってお伝えするのは、早いほうがよかろう」

「それがしも、さように思います」

山田家老が見てきた。

「落合」

「は」

「養育役のおぬしには、引き続き、栗姫様のそばに仕えてもらう」

「では、それがしも江戸に」

「二代様がお望みであるが、拒むこともできるぞ」

「娘たちを頼む、と御先代から命じられた時から、それがしの腹は決まっております。喜んで、お供をいたします」

「うむ。では、寿光院様にお伝えする役目も、おぬしに任せる」

「そ、それは……」

「寿光院様の信任が厚いおぬししかおらぬのだ。頼まれてくれ」

山田家老は押しつけるように言い置き、陣屋へ引き上げてしまった。

残された落合は、一人で茶室に籠《こ》もり、どう伝えるか考えた。

「体調を崩されている今は、言えぬ」

そう独りごちた落合は、様子を見ることに決めて、茶室から這い出た。

尾関山に登ろうとしたが、庭から栗姫の声がしたので見ると、お豊に手を引かれて屋敷に帰っていた。

寿光院様はきっと、姫が拾った栗のおこわを食べられれば、元気を出されるはず。

そう願いつつ坂道をくだった落合は、栗姫の部屋に行こうと庭を歩いた。

侍女から声をかけられたのは、裏手の廊下に上がった時だ。

「落合殿、寿光院様がお呼びでございます」

「おお、目をさまされたか。熱はどうか」

「今は、平常かと」

「うむ。では、ご尊顔を拝そう」

侍女の後ろについて廊下を歩み、寿光院の寝所の前で片膝をつく。

「お見えでございます」

侍女が知らせると、奥から声がした。

「落合殿、遠慮のう」

「はは」

落合は立ち上がり、障子の陰から出て部屋に入ると、次の間で座った。

「ちこう」

言われて顔を上げると、夜具の上に座っていた寿光院は、蠟《ろう》のようだった顔色も血の気《け》が戻っている。出家はしたものの、まだ髪をおろしていない黒髪を束ねて右胸の前にたらし、茶の羽織を肩にかけていた。

膝行《しっこう》して居住まいを正す落合に、不安そうな面持《おもも》ちをする。

「山田殿の用向きは、栗のことですか」

そう訊《き》かれては、黙ってはいられない。落合は、穏やかな顔をする。

「赤穂浅野家との縁談が決まりました。おめでとうございます」

「そうですか。それで栗は、いつまで三次におられるのです」

落合は戸惑う面持ちとなった。

寿光院は、不安そうな様子でじっと見ている。

答えようとしない落合に、寿光院は何かを悟ったように、表情を穏やかにした。

「先だって縁談のことを告げられた時から、覚悟はできています。隠さず話してください」

落合は、うつむき気味に言う。

「齢松院様の思《おぼ》し召しにより、来年の春には発《た》たれます」

寿光院は悲しむことなく、唇に笑みを浮かべる。

「このようなわたくしの元に置いておいても、栗のためにはなりませぬ。どうぞ、よしなに」

落合は畳に両手をついた。

「お方様《かたさま》、どうか、姫を抱いてあげてください。あと半年しか、おそばにおられませぬ」

「そのようにいたしましょう。栗は今、どうしているのです」

「お方様に喜んでいただこうと、尾関山で栗を拾われ、お豊とお支度を」

「まあ、栗を。それは楽しみです」

「では、そのようにお伝えします」

寝所を辞した落合が栗姫の部屋に行くと、姫はお豊に抱かれて眠っていた。

「たった今、お休みに」

小声で言うお豊が、そっと布団に横にさせ、菊の花が愛らしい打ち掛けをかけてやり、廊下に出てきた。

落合の顔を見たお豊は、すぐに涙ぐんだ。

「姫様はまだお小さいのに、我慢しておられます。笑顔を見るのが、辛《つろ》うございます」

「安心しろ。お方様が、できるだけ姫を抱いてくださると約束された。今日はずいぶんお顔の色がよい。姫が栗を拾われたことをお話し申し上げたところ、楽しみだとおっしゃった」

「では、すぐに支度を」

夕方、栗姫はお豊から渡された折敷《おしき》を両手で持ち、栗のおこわを入れた茶碗《ちゃわん》を落とさぬよう必死の面持ちで廊下を歩き、寝所で待っていた母に差し出した。

受け取った寿光院は、微笑みながら一口食べ、目尻をより下げた。

「んん、おいしい」

母が笑うと、栗姫も笑った。

母が一口食べるたびに、

「おいしい？」

と訊く栗姫の姿に、周囲にいる侍女たちは和やかな顔をしている。

春には旅立ってしまう娘を想《おも》う母心が、病弱の身体を動かしていた。

庭のもみじが散る頃、父親の長治が眠る鳳源寺《ほうげんじ》の裏手にそびえる比熊山《ひぐまやま》の頂《いただき》がうっすらと雪化粧をした。三次に寒い冬がおとずれたのだ。

心配された寿光院は体調を崩すことなく、年が改まった延宝四（一六七六）年の正月明けには、晴れて床上げをした。

四歳になった栗姫は、養育をする齢松院の意向で名を阿久利《あぐり》と改めることになり、素直な姫は、新しい名で呼ばれることになんの抵抗も示さなかった。

鏡開きが終わり、梅が咲く頃になって、三次は大雪に閉ざされた。下屋敷の庭にも雪がこんもりと積もり、尾関山の木々は白く凍てつき、北風に大きく揺れて粉雪を舞い上げている。

屋敷に籠もっている阿久利は、生まれて初めて髪を稚児髷《まげ》に結い、背丈に合わせて、着物も新調された。

「急に、大きゅうなられた気がします」

落合が語尾を震わせるのは、阿久利が生まれた時から仕えているせいであろうか、それとも三次を旅立つ日を思うてのことか。

阿久利に涙を見せまいと立ち去る落合を見送った寿光院は、決して暗い顔をせず、我が子に向かって笑みを浮かべる。残された時間を無駄にすまいと、床上げをした日からは、夜も抱いて眠っている。

阿久利は、優しい母に甘えはしているが、幼心に病身を気づかい、決して、わがままを言わなかった。母がうっかり物を落とせば、お豊と遊んでいてもすぐさま駆けつけ、落ちた物を拾って渡す。また、母の咳《せき》を聞けば、別の部屋にいても気にして舞い戻り、背中をさすって顔をのぞき込むのだ。

周囲の侍女たちは、そんな母娘《おやこ》を見ては、気付かれぬように目尻を拭《ぬぐ》う日が続いた。

穏やかな暮らしは、二代藩主が三次入りをする日まで続くと思われていたのだが、膝まで積もった大雪をかき分けて、江戸から使者が来た。

二代藩主を待つことなく、桃の節句の翌日に阿久利が旅立つことが正式に決まったのだ。

定められていた日取りより、ひと月も早められたことに、落合をはじめ三次の重臣たちは、寿光院の心情を案じた。

だが寿光院は、決して涙を見せることなく、僅《わず》かとなった時間を、穏やかに過ごした。

そして季節は流れ、下屋敷の庭に杏《あんず》の花が咲く頃、桃の節句を迎えた。

三次藩の下屋敷では、長治が娘の誕生のたびに贈った三次人形が飾られている。昨年は長治の喪に服していたため、人形は飾れども、ひな祭りは控えられていた。二年ぶりの祭りは、旅立ってしまう阿久利のためにも、いつもより派手におこなわれた。

阿久利は、物につかまって立ち上がれるようになった妹鶴姫のそばに座り、あられ菓子を食べながら遊んでいる。

姉妹の姿に目を細めていた落合は、熱いものが込み上げて顔をうつむけた。

気付いた寿光院が、仕方なさそうな面持ちで言う。

「与左殿、涙は見せぬ約束です」

「は、申しわけございませぬ」

「そなた様の支度は、できているのですか」

「わたしのことまで気にかけていただき恐縮にございます。男身ひとつ、いかようにもなります」

落合は鼻水をすすり、両手をついた。

「お方様、いよいよ明日でございます。姫様に、ご縁談のことは」

寿光院は目を伏せ、首を横に振った。

「何もお告げにならぬまま、お別れをされるおつもりですか」

「あの子はまだ四歳です。話したところで、理解できませぬ」

落合は畳に両手をついて身を乗り出す。

「では、お別れするわけを、なんと申されますや」

「何も、申しませぬ。言えませぬ」

子を想う母の悲しい眼差《まなざ》しに、落合は息を呑《の》み、下がって平伏した。

「出過ぎたことを申しました」

「よいのです。わたくしのわがままを、お許しあれ」

横を向いて唇を噛《か》みしめる寿光院に、顔を上げた落合が訊く。

「縁談のことをお告げする時期は、齢松院様とご相談をさせていただいてよろしいですか」

「養育役のそなた様に任せます」

「承知しました。これよりは母娘水入らず、ごゆるりとお過ごしくだされ」

寿光院はうなずき、娘たちのそばへ行った。

皆が下がる中、阿久利は母親の膝を妹に譲り、そばに正座して顔を見上げる。

「母上、鶴が先ほど、ねぇね、と言うてくれました」

「まあ、そうですか。鶴、母にも聞かせておくれ。この人はだぁれ」

寿光院が指さす阿久利を見た鶴姫が、ねぇね、と言って笑った。

阿久利は喜び、鶴姫の頰に頰を当てて笑う。その肩を抱いた寿光院は、涙を見せぬよう唇を嚙み、阿久利が見上げれば、笑って見せた。

阿久利が江戸に行ってしまえば、会うことは叶《かな》わぬ。我が子の温《ぬく》もりを忘れまいと、きつく抱きしめた。

楽しいひな祭りは終わってしまい、いよいよ、旅立ちの朝がきた。尾関山の桜が、幼い姫を見送る人々の目に悲しく映る。

玄関前には姫駕籠《かご》が置かれ、山田家老をはじめ、三次藩の者たちが見送りに整列している。

旅装束に身を包んだ阿久利は、部屋の中で、母親に抱きしめられた。

「母上、お山に行くのですか」

「今日は、お駕籠に乗って、遠いところに行くのです」

「どこにですか」

「遠い遠い、江戸というところです。途中で、いくつもお泊まりするのですよ」

「母上も、ご一緒に」

「母は行けませぬ」

「お熱が出たのですか」

阿久利は母の額《ひたい》に小さな手を当てる。

寿光院はその手をにぎり、抱き寄せた。

阿久利は、幼心に何かを感じたらしく、何も言わずに、母の首にしがみついた。

寿光院も抱きしめ、唇を震わせる。

「どうか健やかに、笑顔を絶やさぬように」

さらにきつく抱かれた阿久利は、病弱の母を悲しませまいとして、ゆっくり離れると、笑顔を浮かべてうなずいた。

「母は先に出て待っていますから、お豊にお別れを言いなさい」

寿光院はそう言うと顔をそむけ、表に行ってしまった。

決して涙を見せようとしない寿光院は、阿久利の手を引いて表玄関に行くことができなかったのだ。

「姫様」

声をかけられて、阿久利はお豊に駆け寄り、つぶらな目で見つめる。

「お豊、どうしてお別れなのですか」

「申しわけございませぬ。豊のおなかにはややこがいますから、お供ができないのです」

阿久利は、お豊に抱きついた。

「行きとうない」

初めて心情を漏らした阿久利を、お豊はきつく抱きしめる。

ざいませんよ」

「姫様……、申しわけございませぬ。落合様も、おだいもいますから、お一人ではご

肩に頰を当てて甘える阿久利は、皆が待っていると言っても、しばらく離れようとしなかった。必死に涙をこらえているのがわかったお豊は、見せてはならぬと己の目尻を拭い、阿久利を優しく離す。

「豊は、姫様のお世話ができて幸せでございました。ですから姫様、江戸の方々《かたがた》も、楽しみに姫様をお待ちでございますから、元気を出して」

生まれた時からそばにいてくれたお豊に、阿久利は涙をこらえ、笑顔で応じた。

手を引かれて表玄関に出ると、腰を下ろして待っていた家臣たちが頭を下げる。

目を赤くした寿光院に手を添えられた阿久利は、幼い身体を駕籠に入れ、笑顔を向ける。

「母上、お豊、行ってまいります」

寿光院は、咄嗟《とっさ》に阿久利の手をにぎった。

「離れていても、ずっと想っていますよ。道中気をつけて」

阿久利は、不安そうな顔をしている。手を放された途端に駕籠から出ようとしたのだが、寿光院から手縫いの人形を渡された。

それでも出ようとする阿久利を、寿光院が止める。

「寂しがることはありません。江戸ではそなたを待っておられる人が大勢います。いうことをよく聞いて、笑顔を絶やさぬように。よいですね」

「母上……」

「阿久利はよい子。達者で暮らすのですよ」

寿光院は、供の者にうなずく。

「ごめん」

供の者が駕籠の戸を閉め、阿久利の顔が見えなくなった。

「出立!」

声が響き、駕籠が地から浮いた。

今生《こんじょう》の別れに、我が子を想う寿光院が感極まって口を塞《ふさ》ぎ、追って外へ出る。

「阿久利!」

「姫様!」

母と乳母の声を駕籠の中で聞いた阿久利は、戸を開けようとしたが、幼い力ではびくともしない。

「開けて。開けて」

必死に言うが、駕籠は進んでいく。小窓の隙間《すきま》に顔を寄せる阿久利。門の外まで走り出た母とお豊が、泣き崩れる姿が見えた。

く。

「母上、お豊」

阿久利は何度も叫び、耐えていた幼心が堰《せき》を切ったようにあふれ、頬を濡らしていく。

嫁ぐ晴れの日に、祝いの行列を一目見ようと街道筋に出ていた町の者たちは、姫駕籠から聞こえる阿久利の泣き声に、涙を誘われている。

皆に見送られた阿久利は、雲雀《ひばり》が舞い飛ぶうららかな日に、生まれ育った三次を離れていった。

江戸の母

三次を離れた阿久利の一行は、二日目に、瀬戸内海に面した飛び領、忠海に入った。亡き長治が三次の地を与えられて藩を興す時に、海路を確保するために加えられた忠海は、草津と共に、藩にとって重要な土地だ。代官の出迎えを受け、ここで一泊した阿久利は、初めて見る海の大きさと美しさに沈んでいた気持ちが救われ、そばに寄り添う者たちに笑みを見せることができた。特に気をかけてくれる落合与左衛門とおだいには、明るく話し、寂しい気持ちをつゆほども表さない。

今年十七歳になったおだいは、乳母のお豊と共に、阿久利が生まれた時から仕え、父親が当代長照に召し出されて江戸に在府した縁で、阿久利の侍女として赤穂藩の上屋敷に入ることとなった。

赤穂藩主の正室になる阿久利に、実家方の者として仕えることは、乳を飲ませたお豊のような既婚者とは違い、生涯独身を通して奉公をすることが濃厚になる。嫁入りは難しくなるが、これまでも、幾度となく持ち上がった縁談が、どういうわけか先方から断られてしまうことで、おだいは嫁ぐことを望まぬようになっていた。

親戚縁者達が、おだいの器量が悪いのが原因だと決めつけていることも、女心を傷つけ、萎縮《いしゅく》させてしまっていた。

そういうこともあり、阿久利に従って江戸に行く役目を落合から持ちかけられた時には、二つ返事で快諾したのだ。

そんなおだいは、気性が明るくて優しい。そのおかげもあり、阿久利は明るさを取り戻し、大坂までの船旅を楽しんだ。

ところが、京の町に入った頃から阿久利は咳が出はじめ、一日もせぬうちに高い熱が出てしまい、京屋敷で足止めされた。

医者の見立てでは、慣れない旅の疲れということで、二、三日ゆっくりすれば治るはずだったのだが、五日が過ぎても、熱が下がらなかった。

ほぼ寝ずに看病をしていたおだいは、様子を見に来た落合に訴えた。

「三次を離れられてこれまで、無理をされていたのでございます。わたくしが気付かねばならぬところを、このようなことになり、申しわけございませぬ」

悔やむおだいを、落合は慰めた。

「それを申すなら、わしも同じことだ。姫の明るさに甘えて、先を急ぎ過ぎたかもしれぬ。江戸に行かれれば、二度と来ることのできぬ京だ。ここはゆるりと養生をしていただき、歩けるようになれば、物見遊山《ゆさん》をしていただこう」

「姫様にさようお伝えしても……」

「よい」

おだいは明るい顔をした。

「きっとお喜びになります」

頭を下げて寝間に戻ると、阿久利はまだ、辛《つら》そうな息をしていた。

おだいはそっと胸に手を差し伸べ、優しくさする。

母親から渡された手縫いの人形をにぎり、夢でも見ているのか、小さな声で、母上、と言う阿久利に、おだいは目尻を拭い、額の布を冷たい物と取り替えた。

目を開けた阿久利が、おだいに微笑む。

「母上が今、お声をかけてくださいました」

「まあ、なんとおっしゃいましたか」

「おいで、って」

「ずっと想ってくださっていますから、早くお元気になられて、安心させてあげましょうね」

「はい」

「今お粥《かゆ》を支度してまいりますから、お召し上がりください」

阿久利は首を横に振り、咳《せ》き込んだ。

吐きそうな様子に、おだいは抱き起こして桶《おけ》を喉元《のどもと》に近づける。

朝から何も食べていない阿久利は、嘔吐《おうと》をするが何も出ない。

心配した落合が、別の医者を呼んだのはその日の夕刻だ。長崎帰りだというその医者は、阿久利の身体を調べ、険しい顔をする。

「おそらく流行病《はやりやまい》かと」

六日が過ぎても高い熱が下がらないと落合から聞いた医者は、息が苦しそうなことに懸念を示し、寝間着の前を開いて胸に筒を当てて音を聞き、眉間《みけん》に皺《しわ》を寄せた。

「肺病になりかけておられます。備後の三次から旅をされたとおっしゃいましたが、幼い姫には、お辛い長旅でございましたでしょう。冷たい海風に当たられたのが、よくなかったかもしれませぬ。とにかく今は、薬を出しますからそれを飲んでいただき、養生をするしかございませぬ。吐かれているうちは、無理に食べさせないこと。汗をかかれましたらこまめにお召し物をお替えください」

弟子から受け取った薬をおだいに渡した医者は、明日また来ると言い、落合の見送りを受けて帰っていった。

それからは蘭方《らんぽう》を身につけていた医者のおかげで、薬もよく効き、日に日に快復に向かった。そして、倒れて十五日目に、ようやく床上げをした。

阿久利は、物見遊山を楽しみにしていたのだが、半月も足止めされたことで、叶わぬこととなった。落合が出立を急いだのは梅雨《つゆ》を気にしていたのもあるのだが、参勤交代で初めて三次に入る二代藩主長照が、もうすぐ京の屋敷に到着するからだ。気が小さい留守居役が、長照に流行病がうつることを気にしていたこともあり、阿久利は、床上げをして三日後に、見物もできぬまま京を出立した。

途中で降られた雨により川止めに遭うなどして、阿久利が江戸に到着したのは、母のもとを去った日から四十三日も過ぎていた。

旅の途中で季節は移ろい、江戸の町中にある木々は、緑の色を濃くしている。

駕籠の中で膝立ちした阿久利は、小窓から外を見ていた。まず、町の人の多さに驚き、町人の娘が着ている着物が、自分が身につけている物より美しく思えた。

大坂と京では、外を見る気力がなかった阿久利にとって、江戸の町は初めて見る物ばかりで、小さな胸は、すぐにでも駕籠から出て、見物をしたい好奇心でいっぱいに膨らんでいた。

駕籠に寄り添って歩いているおだいは、大勢の人に見られているのが恥ずかしいのか、うつむいてばかりいる。

そんなおだいが、阿久利が外を見ていることに気付いてはっとなり、顔を寄せてきた。

「お顔を見られてはいけませぬので閉めます」

そう言うと、小窓を閉めてしまった。

足を抱えて座った阿久利は、目を閉じてみる。

駕籠を担ぐ者たちの足音もあまり聞こえぬほど、町はにぎやかだ。がやがやと人がしゃべる声が、聞こえては後方に消えを繰り返し、やがて、静かになった。行列の足音のみがするだけで、咳をする声すら聞こえない。

しばらくして駕籠は一旦止まり、ふたたび動きはじめたかと思うと、そっと下ろされた。

「遥々《はるばる》、ようまいられた」

あいさつを交わす大人の男の声がする中、

「姫様、着きました」

おだいがそっと声をかけたので、阿久利は正座し、戸が開けられるのを待った。

程なく戸が開けられ、脇玄関の前に置かれた駕籠から降り立った阿久利が見たのは、三次や京の屋敷より数段大きな建物だ。

ここは、江戸の麻布《あざぶ》、今井町《いまいちょう》にある三次藩の下屋敷。

左手には、より大きな表玄関があるが、脇玄関も阿久利が初めて見る大きなもので、戸口の奥は暗くてよく見えない。その中から浮き出るように、女人が出てきた。墨染めの着物を着て、灰色の尼頭巾を着けた尼御前《あまごぜ》。

居並ぶ大人たちが尼御前に頭を下げるのを見た阿久利は、思わず、おだいの腕にしがみついた。

初めは恐ろしげな顔に見えた尼御前であったが、阿久利に歩み寄るに従って表情が穏やかになり、

「お名前は、なんと言いますか」

目尻に皺を寄せてかけられた優しい声に、阿久利は、おだいの袖《そで》から顔を出した。

「阿久利でございます」

すると、白い歯を見せて笑った尼御前は、満足そうにうなずき、手を差し伸べる。

「阿久利姫、おいで。疲れたでしょう」

おだいに促されるまま右手を差し出すと、手をつかまれた。優しくて、温かい手をした尼御前を見上げる阿久利にも、自然と笑みがこぼれる。

「よいお顔です。わたしは、今日から共に暮らす齢松院です」

「齢松院様」

「はい。さ、中に入りましょう」

履物を脱ぎ、廊下に上がった阿久利は、広くてどこまでも続くような長い廊下を歩

いているあいだに、齢松院といろいろなことを話した。

初めて海を見たこと、大きな船に乗ったこと、降りた時にはまだ乗っているようにふわふわしたこと。

旅で感じた楽しいことばかりを話す阿久利に、齢松院は笑顔で応じて、時には、大げさに驚いたりした。

母のことは訊かれなかったので、悲しい気持ちになることはなかった阿久利であるが、見る物すべてが新しく、だだっぴろい部屋は夜になると不安で寂しくなり、添い寝をしてくれたおだいにしがみついて泣きながら眠った。

朝になると、身支度をすませた阿久利は齢松院の部屋に連れて行かれ、そこからは齢松院に手を引かれて、仏間に入った。

金の仏壇に向かって正座する齢松院に並ぶ阿久利は、見よう見まねで合掌し、目をつむる。

読経を終えるまで待っていると、齢松院が顔を向けて微笑む。

「ここには、そなたの父上がおられます。朝夕はこうして手を合わせて、阿久利です、とごあいさつをなさい。父上はお浄土に旅立たれる前、そなたのことを案じておられました。お顔を、覚えていますか」

阿久利は首をかしげた。

齢松院は微笑む。

「無理もないことです。お姿は見えませぬが、近くで見守っておられますから、寂しく思うことはありません」

「はい」

阿久利は笑顔で返事をして、仏壇を見上げた。

共に朝餉《あさげ》を摂《と》り、それからは二人で屋敷の中を歩き、いろいろな物を見せてもらった。庭の散策に、甘くておいしいお菓子。優しい齢松院に阿久利はすぐに気を許した。教えられることにも素直に従い、三日目の夜には、おだいにしがみついて泣かなくなった。

そんな阿久利の様子に、

「姫様は、明るくてお強うございます」

おだいは落合に、涙ながらに言ったものだ。

「齢松院様も、旅で辛かったことを一言も言われぬ姫のことを褒めておられた」

ひとまず安心だ、と落合も言い、三次藩の江戸下屋敷での暮らしは、いずれ赤穂藩の屋敷に入る阿久利にとって、よい思い出になるはずだった。

ところが、阿久利が下屋敷に入ってひと月が過ぎ、ようやく慣れた頃、習って間がない琴を爪弾く阿久利を見守っていた齢松院が、酷《ひど》く咳き込みはじめ、血を吐いて倒れてしまった。

目《ま》の当たりにした阿久利は、駆け寄ってしがみつく。

「齢松院様、齢松院様……」

身体をゆすっても目を開けぬことにどうしていいかわからず、怖くなって大声で泣いた。

別室にいた齢松院の侍女たちが駆けつけるや、大騒ぎとなり、男衆が入ってくると、阿久利を遠ざけ、齢松院を運び去った。

ぽつりと置き去りにされた阿久利は、何もわからぬまま廊下に立っていると、迎えにきたおだいが抱きしめ、手についていた齢松院の血を見つけるや、井戸端に抱いて走り、何度も洗い流した。

阿久利は、涙声でおだいに訊く。

「齢松院様は、どうされたのですか」

「心配いりませぬ。きっと、お元気になられます」

「お見舞いに行きたい」

「それはなりませぬ。姫様は流行病が治られて日が浅うございますから」

落合が探し当てて、

「そこにおられたか」

安堵の声をあげて来た。

おだいが落合に詰め寄り、

「齢松院様は、労咳《ろうがい》ですか。ご存じなかったのですか」

阿久利が初めて見る怒った顔で訊いた。

落合は困り顔で何か言ったが、阿久利の関心は、倒れた齢松院に向いている。

二人が長話をはじめたので、お見舞いに行こうと裏庭を走ったのだが、追ってきたおだいが、

「いけませぬ！」

強い口調で引っ張り、抱き上げた。

驚いて声も出せない阿久利を見て、おだいはすぐにあやまり、背中をさすった。

「姫様にまたお熱が出れば、齢松院様が悲しまれます。ですから、今はご辛抱を」

阿久利は下ろしてくれと言い、手を離して廊下に上がると、追うおだいから逃げた。

そして駆け込んだのは、齢松院の寝所ではなく、仏間だ。

おだいは安堵の息を吐き、立ち止まって仏壇を見上げる阿久利の背後に控える。

阿久利は合掌した。

「父上、阿久利でございます。齢松院様を、お助けください」

そこに父がいると信じて必死に願う阿久利の姿に、おだいもその場で手を合わせた。

阿久利はその日から、毎朝夕仏壇に手を合わせ、齢松院が元気になることばかりをお願いした。その願いが通じたのか、半月が過ぎた頃、阿久利は、医者の許しを得て齢松院の見舞いをすることができた。

齢松院が、阿久利に会いたがったのだ。

おだいに連れられて寝所に行くと、廊下に控えていた侍女が一旦止め、中に入る。

「奥方様、姫様がまいられました」

侍女が声をかけると、齢松院は目を開け、廊下にいる阿久利を見た。

「お入り」

蠟のような顔色を見た阿久利は、三次の母を思い出し、齢松院のそばに座ると声をかけた。

「母上も、お元気になられました。齢松院様も、きっとお元気になられます」

「それは心強いことです。よく教えてくれました」

微笑む齢松院に、阿久利も笑みを浮かべる。

「阿久利、これから言うことを、よく聞きなさい」

「はい」

両手を膝の上で揃《そろ》えて答える阿久利に、齢松院は微笑む。

「そなたは、もっと様々なことを学ばねばなりませぬが、わたくしが元気になるまで待たせるわけにはいきませぬ。ですから阿久利、そなたは明日から、ご本家のお世話になりなさい」

阿久利は幼い胸の中で、笑顔を絶やさぬように、と教えた母寿光院の言葉を思い出している。病の齢松院を心配させてはいけないと思い、ここにいられない寂しい気持ちを笑みに変えて、うなずいた。

齢松院は、安堵の笑みを浮かべる。

「おだいが教えてくれました。毎日、仏壇に手を合わせているそうですね」

「父上に、お願いしています。きっと齢松院様をお助けくださいます」

「それは頼もしいこと。なんだか、息をするのが楽になりました。起こしておくれ」

手を差し伸べられて、阿久利は力いっぱい引いた。

座った齢松院が、肩に着物をかけるおだいに礼を言い、阿久利に微笑む。

「そなたと過ごした日々は、わたくしにとって夢のようでした。ありがとう」

手を取り、優しくさする齢松院に、阿久利は微笑む。

「ご本家のご隠居様と、お満《まん》の方《かた》様のおっしゃることをよく聞いて、しっかり学びなさい。身体だけには、気をつけるのですよ」

「いつ、お迎えに来てくださいますか」

母には訊けなかったことを、阿久利は言葉に出した。

齢松院は、阿久利の頬に手を伸ばす。

「近いうちに、そばにまいりましょう」

じっと見つめる阿久利に、齢松院は微笑む。

「こうして起きられるようになったのですから、心配はいりませぬ。明日は見送りに出られるかもしれませんが、今のうちにこれを渡しておきます」

赤漆に螺鈿《らでん》細工を施した手鏡だった。

「どうして……」

言いかけてやめる阿久利。

齢松院は腕をさすってやり、促した。

「遠慮はいりませぬ。思うていることを言うてみなさい」

「母上のところに、どうして帰れないのですか」

おだいが慌てた。

「姫様、そのことはいずれ落合殿が申されます」

「よい。わたくしが教えましょう」

「齢松院様」

心配するおだいに微笑んでうなずく齢松院は、阿久利を見た。

「そなたは、わたくしの実家である赤穂浅野家に嫁ぐ身なのです」

「嫁ぐ」

意味がわからぬ阿久利は、首をかしげた。

齢松院は笑みを絶やさぬ。

「そなたの母も、わたくしも、生まれ育った家を出て、よその家に嫁いだのです。そなたも同じように嫁いで、新しい家族と手を取り合って、生涯を共にするのです」

「母上のところには、帰れないのですか」

「会いたい気持ちはわかりますが、三次にはもう、帰れないのです」

目に涙を浮かべる阿久利を、齢松院は抱き寄せた。

「阿久利、よその家に嫁ぐということは、武家の女として大切な役目を果たすためだけではなく、幸せになるためでもあるのですよ。心配で寂しいでしょうが、どうか、聞き分けておくれ」

背中をさすられている阿久利は、はいと返事をした。

病気の齢松院を困らせたくない一心であることは、阿久利のそばに仕えている者ならわかることだ。

我慢をする阿久利を見ていられない様子で、おだいは齢松院に頭を下げ、廊下に下がった。

廊下にいる落合が、己のかわりに阿久利へ伝えてくれた齢松院に、申しわけなさそうな顔で頭を下げた。

微笑んだ齢松院が、阿久利の顔を見て言う。

「鏡は女にとって大切な物。母様からいただいたお人形と共に、持っていておくれ」

「ありがとう存じます」

「阿久利、笑顔を見せておくれ」

齢松院に顔を上げた阿久利は、微笑んだ。

「なんて優しい顔でしょう」

顎《あご》をくすぐられて身を縮めて笑う阿久利。

鬱々《うつうつ》としていた寝所から聞こえる明るい声は、別室で控えている侍女たちの涙を誘った。

そして翌朝、父長治の仏壇に手を合わせた阿久利は、落合とおだいに連れられて、三次藩の下屋敷を出た。

とうとう姿を見せなかった齢松院のことを案じながら姫駕籠に乗っていた阿久利は、外を見ることもなく、手鏡を見つめている。

蝶《ちょう》の細工が美しい手鏡が、齢松院の形見になろうとは思いもしていない。

これから行く場所は、どのような所だろう。

駕籠が進むにつれて、そのことで不安になりはじめた。母がくれた人形を胸に抱き、手鏡をにぎりしめる。

やがて、にぎやかな町を抜けたらしく、静かになった。かわりに聞こえてきたのは、猫の鳴き声のようで、そうではない高い声。船旅の時に初めて見た、海猫。

阿久利は、そばにいるであろうおだいに声をかける。

「海が見えるのですか」

「いいえ、近いようですが、周囲は武家屋敷の白壁のみです」

がっかりして、また手鏡を見ていると、程なく駕籠が止まり、戸が開けられた。

「姫様、ごらんあれ」

左手に見えたのは、陽光を浴びてまばゆいばかりの海原。大きな船がたくさん浮かび、周りを小さな船が忙しそうに行き交っている。

目の前の岸辺の先に集まっている海猫たちが、海面へ下りては上がるを繰り返し、しきりに鳴いている。

「海猫たちは何をしているのですか」

「浮かんできた小魚を狙っているようですぞ」

落合が教えてくれた。

降りて近くで見たい好奇心が湧いた阿久利は、落合に両手を差し伸べ、出してくれと願った。

「あいや、姫様、ここではなりませぬ。そろそろまいりましょう。戸を閉めますぞ」

阿久利は聞き分けよく、座り直した。

ふたたび進みはじめた駕籠は、赤穂藩の上屋敷に近い築地にある、広島藩の下屋敷へ入った。

齢松院にかわって阿久利を養育してくれるのは、広島藩浅野家の隠居、光晟夫妻だ。

祖父母を知らない阿久利だが、お満の方を初めて見た時、年老いた姿に戸惑ったような顔もすることなく、可愛《かわい》らしい笑みを浮かべた。

これは、当代広島藩主綱晟《つなあきら》と、阿久利の養父となった二代三次藩主など、三男三女を育て上げたお満の方の余裕が、幼い阿久利のこころを安心させたといえよう。

またお満の方は、加賀藩《かがはん》二代藩主前田利常《まえだとしつね》の三女で、母は二代将軍徳川秀忠《とくがわひでただ》の次女珠姫《たまひめ》。夫の光晟も、徳川将軍家の祖である家康《いえやす》の孫。夫婦揃って将軍家の血を引く御家柄だ。

阿久利を迎え入れたお満の方は、奥御殿の自室に連れて入り、正面に立たせると、上から下まで見て、

「よいでしょう」

と言い、正座させた。

読み書き、琴などの進み具合を確かめた後に、おそばに仕える者たちと協議し、養育の方針を決めた。

侍女も増え、阿久利を取り巻く環境は一変したものの、お満の方の細やかな気づかいのおかげで充実した日々を過ごすようになった。

また、隠居の光晟も阿久利を可愛がり、暇を見つけては顔を見に来て、お満の方と三人で菓子を食べて過ごした。

光晟とお満の方の夫婦仲は良く、互いに尊敬し、笑顔が絶えない。母親が父親と共にいるところが記憶にない阿久利にとって、仲睦まじい光晟夫婦を見て暮らしたことは、長矩と夫婦になった後に、大きな影響を及ぼすことになる。

ずっと日向《ひなた》にいるような、穏やかな暮らしが続いていた阿久利であるが、ある日、お満の方に琴を習っていた昼下がりに、急に鳴り響いた雷の音に驚き、慌てて袖にしがみついた。

外が夕方のように暗くなり、滝のような雨が降りはじめたのを、耳を塞いで見ていると、大廊下に侍女が現われ、部屋に入ってお満の方の耳に、何かしら告げた。

お満の方が落胆した息を吐いたので、阿久利は見上げ、心配になった。

「母様、いかがされたのですか」

ごく自然に出た言葉に自分で驚き、慌ててあやまった。

お満の方は、いつになく優しい顔で笑い、ふっくらとした阿久利の頰に手を差し伸べる。

「母と呼ばれて怒る者がおりますか。孫ほども年は離れていますが、わたくしはそなたのことを、我が娘と思うております。ですから阿久利、赤穂の屋敷へは、ここから嫁いでいきなさい」

「でも母様、齢松院様がお元気になられれば、お迎えにまいられます」

「そのことは、忘れてよいのです。たった今、そなたはわたくしのことを母と呼んでくれたではないですか。齢松院殿のことは、お忘れなさい」

お満の方が急に顔をそむけた。目から光る物が落ちるのを見た阿久利だったが、まだ幼いため、意味がよくわからなかった。

この時、三次藩の下屋敷で養生をしていた齢松院は、静かに息を引き取っていたのだ。

何も知らされぬまま季節が移ろい、阿久利は五歳の正月（延宝五年）を迎えた。まだ幼い子であるが、赤穂浅野家との縁談が決まった時から暮らしが一変したこともあり、同い年の子供よりは、よほどしっかりしている。

お満の方に連れられて、光晟の前で新年のあいさつをした時は、側近の者たちを驚かせた。

　光晟は喜び、

「賢い子じゃ」

　満面の笑みで阿久利を膝に抱き、嫁に出しとうないと言いはじめ、落合を慌てさせた。家康の孫である浅野本家の光晟が待ったをかければ、分家同士の縁談をなかったことにするのは容易《たやす》い。

「ご隠居様、おたわむれを」

「わっはっは。案ずるな落合、年寄りの戯《ざ》れ言《ごと》よ。じゃが、阿久利を早々と赤穂へやるのは惜しい。せめて、長矩殿が十七になるまで、手元に置いておきたいものじゃ。のう奥、そなたもそう思うであろう」

「お前様、できもしないことをおっしゃって、阿久利に望みを持たせては可哀相《かわいそう》です」

「で、あったな。阿久利、許せ」

　お満の方から赤穂浅野家の屋敷に移る日を教えられていた阿久利は、笑顔で頭を振る。

　それからも、琴や和歌、茶道や香道などに励み、お満の方からは、武家の女としての心得を養育された。

光晟が手元に置いておきたいといったのはまんざら冗談でもなく、お満の方は、まだまだ教えたいことがたくさんあるという中で、赤穂浅野家の屋敷へ移る日を迎えてしまった。

三次を出て一年とふた月が過ぎた、初夏の日差しが海を煌《きら》めかせている朝。三次藩から出された行列の姫駕籠を前に、阿久利は、見送るお満の方に抱きついた。

「母様、行きとうございませぬ」

お満の方は手をにぎり、阿久利と目の高さを合わせてしゃがんだ。

「昨日、あれほど申したではありませぬか。赤穂の屋敷は、目と鼻の先にあります。母は時折訪ねて行きますから、寂しがることはないのですよ」

うつむく阿久利に、お満の方が微笑む。

「三次の母上に言われたことを、忘れていませんか」

阿久利は顔を上げて笑みを浮かべようとしたが、身体を案じることのいらぬお満の方に対する甘えが勝り、涙を流した。

「母様……」

「よしよし」

抱き寄せたお満の方は、小さな背中をさすってやり、阿久利が落ち着くのを待った。

ひとしきり泣いた阿久利であるが、甘えてもどうにもならぬことを理解している。頃合いを見た落合に促されるまま姫駕籠に乗った時は、見送るお満の方に笑顔を見せ、広島藩の下屋敷を出た。

安芸《あき》橋を渡った行列は、西本願寺《にしほんがんじ》の方角へは行かず途中の辻を右に曲がり、明石《あかし》橋を渡ったところで止まった。駕籠に付き添っていた落合が、海側の戸を開けてくれた。

「姫、よい景色ですぞ」

見渡す限りの海原に、阿久利は目を輝かせている。

「あ、海猫です」

指さす空に、二羽の海猫が戯れるように飛んでいる。

広島藩の下屋敷からは、海側ではなく城側にある西本願寺のほうへ向かい、堀川沿いを進むのが近いのだが、わざわざ遠回りをして海を見せたのは、奥御殿に入る阿久利を想っての計らいだ。

「落合殿、そろそろ」

行列を束ねる三次藩の重臣に促された落合が、阿久利を座らせ、戸を閉めた。

明石橋を戻って袂《たもと》を右へ進む行列の右手に、堀川がある。その対岸に見える白壁が、赤穂藩上屋敷だ。

およそ九千坪もの敷地を有する藩邸の三方は堀川で、北側のみが、大名家と塀を隔てている。

やがて行列は、堺橋《さかい》を渡った。西側の堀川を左手に見つつ進む行列の右側は、赤穂藩上屋敷の白壁だ。二階長屋を備えた塀の正面には、阿久利の到着を待つ赤穂藩の者たちの姿がある。表門はまだ先にあるのだが、許嫁《いいなずけ》の阿久利が向かうのは、赤穂藩ではお姫様分と位置づけられている場所。そこには、表門と同じ西側の通りを向く、片番所付きの小門がある。南と東側を堀川、北側は大名家と接している上屋敷の門は西側のみにあるため、この小門は、いわゆる裏門ということになる。

藩の重臣たちに迎えられた行列が中に入ると、門扉が閉ざされた。

駕籠の中で耳をそばだてていた阿久利は、蝶番《ちようつがい》がきしむ音が不気味に聞こえ、不安な気持ちが増してしまった。静かに進む駕籠の中で、二人の母から渡されていた人形と手鏡を胸に当てて身を縮め、目をつむった。

姫御殿

屋敷内で二つ目の門を潜《くぐ》った阿久利の駕籠《かご》は、庇《ひさし》に入り、式台に横付けされた。八畳の玄関には、阿久利を迎える侍女たちが十人ほど並び、正座している。

季節に合わせて、空色の無地の小袖《こそで》に濃紺の帯を結んでいる侍女たちは、姫駕籠の戸が開けられると、揃って頭を下げる。

降り立った阿久利は、物々しい雰囲気に戸惑い、片膝《かたひざ》をついている落合の着物をつかんだ。

真新しい襖《ふすま》が開けられている右手の奥から一人の女が歩んでくると、阿久利の前で立ち止まった。

侍女たちと同じ色の着物に、青地に白い花柄の打ち掛けを着けた女は、阿久利の母ほどの年頃か。

あまり化粧っ気《け》もなく、神経質そうな面持《おもも》ちをした女を見上げた阿久利は、落合の背後に隠れた。

女は正座し、視線を阿久利から落合に転じる。

「落合殿、道中ご苦労様にございました」

「いえいえ、近いものです」

落合は阿久利に振り向く。

「姫様、このお方は……」

「落合殿、ごあいさつはわたくしから」

厳しい口調で止められた落合は、女に頭を下げ、阿久利に顔を向ける。

「さ、怖がらずに」

阿久利が歩み出ると、落合とはすでに顔見知りらしい女は阿久利を見つめる。

「奥向きを取り仕切る年寄《としより》の、菊《きく》と申します。姫様のことは、落合殿よりうかがっています。ではさっそく、ご案内いたします」

つっけんどんな言い方だが、落合は朗らかに応じ、阿久利に振り向く。

「姫様、与左と共にまいりましょう」

差し出された手をにぎる阿久利を見た菊は、何か言おうとしたが、思いとどまったような息を吐いてきびすを返し、右手の廊下に入った。

い草《ぐさ》の香りがする畳敷きの廊下を横切り、松が描かれた襖を開けて中に促す。

落合に連れられて入る阿久利を待っていたお菊が、書院の間だと教えた。

十畳の次の間を備えた書院の間は十二畳半の広さで、客間として使われる。

「では、これより姫様のお部屋へまいります」

お菊に従って廊下を奥に歩むと、待っていた侍女が障子を開ける。

中は、十二畳の部屋だった。

「ここは次の間です」

菊が言い、襖が開けられている奥の部屋に促す。

十畳の部屋を居間と教えた菊は、落合に言う。

「この先は寝間でございますから、殿方は入れませぬ」

「承知しました。おだい殿」

「はい」

落合にかわっておだいに連れられた阿久利は、十五畳の部屋の上座に正座した。

居間に控えて正座する落合を見ている阿久利の前に、お菊が正座して畳に両手をつく。

「改めまして、今日よりわたくしが、姫様のお世話をさせていただきます」

目を畳に向けているお菊は、阿久利の言葉を待っている様子。

「阿久利です。お菊殿、よしなにお願い申します」

自分の言葉で告げると、お菊が顔を上げた。阿久利が笑みを浮かべる。

お菊は薄い笑みを浮かべたものの、阿久利の目にはそれとはわからなかった。

「姫様、殿はいりませぬ。菊、とお呼びください」

「お菊……」

「それでよろしゅうございます」

堅苦しい空気を変えようと、落合が感心した声を出し、部屋を見回している。

「お菊殿、御殿はまだ新しいのですか」

「いいえ。建物は前からございましたが、姫様をお迎えするにあたり、改築をいたしました」

「なるほど。実に気持ちがよい」

満足そうな落合に、阿久利は微笑《ほほえ》んだ。寝間の襖には、可愛らしい子猫が描かれている。落合が座る部屋にも、同じような猫の絵が描かれているのだ。

おだいがお菊に向かって両手をつく。

「申し遅れました、だいでございます」

お菊は、あいさつをしたおだいに顔を向ける。

「遥々《はるばる》三次からまいられたそなた様は、姫様第一の付き人。しっかり奉公して、早くわたくしを楽にさせるように。よろしいですね」

いきなり重しをかけるお菊に驚いたおだいは、訊《き》き返す。

「わたしに、奥向きを仕切れと……」

「姫様に生涯お仕えする覚悟で、三次からきたのではないのですか」

「はい。さようでございます」

お菊はおだいの表情を見て、納得したようにうなずく。

「わたくしの後を託せるのは、そなた様しかいませぬ。そのつもりでお励みなさい」

おだいは深々と頭を下げた。

「身に余る光栄にございます。ご指導のほど、よろしくお願い申し上げます」

阿久利が嬉《うれ》しそうな顔で笑うのを見たおだいは、優しく微笑んだ。

お菊が阿久利に顔を向ける。

「姫様」

厳しい顔に、阿久利は背筋を伸ばした。

「はい」

「落合殿から、今日まで広島ご本家の下屋敷でお暮らしあそばしたとうかがっておりますが、四十二万六千石の大藩であらせられるあちら様とは違い、赤穂浅野家は五万三千石の分家。代々贅沢《ぜいたく》をきらい、質素で堅実、素朴な御家柄でございます。そのことを、お忘れなきように」

来た早々厳しく言い聞かせるお菊であったが、阿久利が返事をする前に、次の間に老侍が入ってきた。

お菊の凜《りん》とした声が聞こえたらしく、老侍は入るなり、

「お菊殿、まあ、おいおいに」

やんわりとした口調で言う。

膝を転じて頭を下げる落合に優しい顔でうなずいた老侍は、阿久利の部屋の手前に正座した。

横にずれて場を空けるお菊。

面と向かい合う阿久利に、老侍は両手を畳につき、顔を上げて言う。

「江戸家老の、大石頼母《たのも》にございます。今日からここは、姫様の御家にございます。遠慮などされませぬよう、健やかにお過ごしください」

阿久利は、優しい頼母に救われたような気がして、笑みを浮かべる。

「よしなに、お頼み申します」

「はは」

短い会話だったが、頼母は阿久利の様子に満足した顔をして、表御殿に帰っていった。

こうして、赤穂藩上屋敷での暮らしがはじまったのだが、ゆっくり休んでいる暇などなかった。

お菊はさっそく、阿久利の読み書きがどこまでできるか調べると言い、侍女たちに支度を命じた。

落合は見守ることなく、表御殿からの呼び出しで座を外した。藩主長矩に、着任のあいさつをするのだ。

幼い阿久利は、この時知るよしもなかったが、表御殿の小書院に参上した落合は、先ほどの大石頼母をはじめ、江戸留守居役の堀部弥兵衛《ほりべやへえ》などの重臣が居並ぶ中、今年十一歳になった若き藩主、浅野長矩に拝謁した。

長矩は聡明な少年で、遥々三次から来た落合にねぎらいの言葉をかけ、自らの口で奥御殿家老を命じ、二百石の家禄を言い渡した。

この日より落合は、赤穂藩の禄を食《は》むことになったのである。

表御殿に呼ばれた落合がいつ戻るのか気にしていた阿久利は、文机《ふづくえ》の前に座るようおだいに言われて、ずっと持っていた人形を渡して移動した。

外障子が開けられたので見ると、白い石が敷かれた庭があり、その先の緑の中に、腰かけがある東屋《あずまや》が見える。その先はなんだろう、と興味をそそられたが、座を立つことは許されない雰囲気である。

「姫様、これを声に出してお読みください」

お菊に渡されたのは、お満の方と二人で読んだことがある歌集だ。

指で示された歌を見つめる。

「五月《さつき》来《こ》ば、鳴《な》きもふりなむ、ほととぎす、まだしきほどの、声を聞かばや」

詰まりながら読む阿久利に、お菊がうなずく。

それからも示された歌を五つほど読んだが、

「けさ来鳴き、いまだ旅なる、ほととぎす……」

花橘という漢字が読めず、阿久利は唇を噛《か》んだ。

「はなたちばな」

おだいが小声で教えてくれ、阿久利は続ける。

「花橘に、宿はからなむ」

お菊がうなずく。

「今おだい殿が教えてくれた漢字をお忘れなく。では次に、字を書き写していただきます」

読むことは大目に見てくれたお菊であったが、筆の乱れには厳しく、何度も書き直しをさせられた。

書くことは嫌いではない阿久利は、厳しくも、うまく書けた時は褒めてくれるお菊の言葉が嬉しくなり、奮闘した。

半刻《はんとき》（約一時間）の書を終えた時には、頬《ほお》に墨が付いていたらしく、おだいが水に濡らした布で拭いてくれながら、字が綺麗《きれい》だと褒めてくれるのが嬉しくて、笑みがこぼれる。

軽く昼餉《ひるげ》をすませ、少し横になって休んだ。目をさまして、昼からのことに備えていると、お菊がきて特に何もないと言うので、気になっていた東屋に出たいと願った。

するとお菊が、

「ここは姫様の御屋敷ですから、何もない時はご自由にしてよいのです」

笑みもなく教えてくれた。

阿久利は笑顔で、はい、と返事をし、おだいと二人で庭に出た。

部屋からは見えなかったが、左側の奥に、藤の花が棚から垂れ下がっている。木々の緑は青々と茂り、小高い場所にある東屋に上がる途中で振り向くと、庭が美しかった。

阿久利が暮らす姫御殿は、生まれ育った三次の屋敷より大きく、奥側には大小の建物があり、遠くに見える土蔵と塀のあいだに、祠《ほこら》が見えた。

「あれは何」

阿久利が示す指の先に目を向けたおだいが、お稲荷《いなり》様ではないでしょうかと言う。

格子の柵の向こう側なので行かれないとも言われて、阿久利はうなずく。

東屋に上がったが、背が低い阿久利の目には、土塀と、土塀の瓦《かわら》しか見えない。

おだいも見えないらしく、履物を脱いで腰かけに上がり、やっと見えたようだ。

「何が見えるのですか」

見上げて訊く阿久利に、おだいが残念そうな顔を向ける。

「堀川と川岸と橋が見えますが、その先に広がっている海は、太鼓橋のせいでよく見えません」

「見せて」

両手を上げて抱いてくれと願う阿久利。

応じたおだいに抱かれて見ると、太鼓橋を大勢の人が行き交い、堀川にはたくさんの船が浮いていて、岸辺に着けた船の上では、荷物を下ろす人が働いている。呑気《のんき》そうな歌声が聞こえたので右に顔を向けると、塀の上から、竹棹《たけざお》が上下に見え隠れしながら、阿久利の目の前を通り過ぎていった。

なんだろうと思い目で追っていると、堀川に船の舳先《へさき》が出てきて、やがて船頭が見えた。歌いながら竹棹を操り、太鼓橋に向かって船を進めていたのだ。

塀を隔てた町の光景が、阿久利の目には楽しそうに思えた。

いつまでも眺めていたいと思ったが、

「姫様、もうよろしいですか」

おだいが苦しそうに言うので見ると、顔をゆがめて、落とすまいと必死に抱いている。

力の限界がきたおだいは、阿久利がうなずくや下ろし、腕を振るいながら言う。

「いかがでございました。大して楽しくはないでしょう」

「ううん、楽しい。また見せておくれ」

にこりと笑う阿久利に、おだいは優しい笑みを浮かべた。

夕餉は、お菊が言うほど質素ではなかった。むしろ三次で食べていた夕餉よりは品数も多く、阿久利が特に気に入ったのは、新鮮な魚だ。

すぐ近くに海がある広島藩の下屋敷でもおいしい魚が出ていただけに、鯛《たい》を甘辛く煮たのを喜んで食べた。

夜には、来た時に初めて座った十五畳の寝間に布団が敷かれた。

おだいには、母屋《おもや》とは別棟の長局《ながつぼね》の一室が与えられているが、初めての夜ということで、宿直《とのい》の侍女を阿久利につけず、居間の左隣にある十三畳の部屋で眠ることになった。

布団に入った阿久利が眠るまでそばにいてくれたのだが、夜中に目をさますと、姿《あり》はなかった。広い寝間に一人でいるのは寂しくなり、母にもらった人形を抱いた。有明行灯《あけあんどん》の薄暗い明かりの中で、襖に描かれている猫を見ていると、風が戸をたたき、足もとの行灯の火がゆらめく。そのたびに、天井に映えている行灯の骨組みがゆらぐ。

天井のゆらめきをぼんやりと見つつ、風の音を聞いているうちに、いつの間にか目を閉じた。

「姫様、朝にございます。よく眠られましたか」

起こしてくれたおだいに笑みを浮かべて、はいと答えた。

朝餉をすませ、身支度を終えた頃に侍女が来て、書院の間に来るよう伝えた。

おだいと共に玄関横の九畳の廊下に出ると、すぐ左手の書院の間に入った。

十二畳半の書院の間では、すでにお菊が待っていた。そして次の間には、どことなくお菊に似た顔の女が正座し、阿久利を見るなり両手をついて頭を下げた。

促された阿久利が上座に座ると、お菊が言う。

「そこに控えるは、今日から姫様に琴の手解《てほど》きをする者です」

「すみれと申します。どうぞ、よろしくお願い申します」

頭を下げたまま言われて、阿久利は背筋を伸ばした。

「阿久利です。よしなに頼みます」

顔を上げたすみれの顔に笑みはなく、阿久利を見定める眼差《まなざ》しを向けてくる。

お菊が言う。

「ではさっそく、稽古をはじめましょう。お居間にお戻りください」

おだいと共に居間に戻ってみると、すでに琴が置かれ、二人の侍女が下座に控えている。

何もかも計ったようになされる様に、阿久利は驚き、緊張した。

すみれが琴の前に座り、阿久利に座るよう促す。

座に着いた阿久利が見ると、すみれが爪を渡した。

「姫様は、何をお習いでございましたか」

「六段の調《しらべ》です」

「よいですね。ではまず、姫様が思うように爪弾いてください」

言われるままに、琴を爪弾く。はじめたのは、母と慕うお満の方の手解きによるものだが、まだ日が浅いので、途中で失敗した。

やりなおした阿久利であったが、次も同じところで止まり、三度目も、同じ失敗をした。

その途端に左手をたたかれ、阿久利ははっとして手を引いた。

驚いたおだいが叫ぶ。

「何をされるのです！」

「お黙りなさい！」

大声をあげたのはお菊だ。

「稽古に口出し無用！」

「でも……」

「すみれ殿は琴の師匠です。師匠に逆らうのですか」

おだいは何も言えなくなってしまった。

弾《はじ》かれたような痛みに手を押さえている阿久利は、鞭《むち》を持っているすみれの顔を見た。

鞭を帯にさしたすみれが、怖い顔を向ける。

「よいですか姫様、先ほどは、左手人差し指の、弦の押さえようが足りなかったのです。弦が龍甲《りゅうこう》に当たるほど押さえてこそ、よい音が出ます。爪弾く力も足りませぬ。さあもう一度」

表情とは違い落ち着いた口調で言われ、阿久利は初めから爪弾いた。

「そこです！」

大声で言われるままに力を込めて弦を押さえると、思ったとおりの音を出すことができた。喜んだのもつかの間、別のところで失敗をしてしまい、結局、うまく弾けないままに終わってしまった。

たたかれたのは一度きりだが、初めて人から痛い目に遭わされた幼いこころに、黒い点のようなものが染みついている。

昼からは、茶道と香道を習った。教えてくれる二人は、すみれとは違い優しかったこともあり、こころ穏やかに過ごすことができた。

習いごとは日課となり、日が経《た》つにつれて、阿久利は特に、香道を好むようになる。

香道の師は、光晟とお満の方夫婦と親交があるという百恵《ももえ》。

二十二歳の百恵は、一見すると地味な装いなのだが、洗練された美しさを秘めており、会うたびに、阿久利は憧れを増していった。

そして、ひと月が過ぎた頃にはすっかり仲良くなっていた。

居間で稽古をしたある日のことだ。この日は、琴がうまく弾けずに落ち込んでいたのだが、表情を見ていた百恵が、楽しそうな顔で香炉を差し出してきた。

「姫様、今日は、わたくしが作った物を持ってまいりました。お試しください」

受け取り、作法通りに嗅《か》いだ。初めて嗅ぐ華やいだ香りに、阿久利は目を見開く。

「姉様《あねさま》、とてもよい香りです」

百恵を姉様と呼んだのは、これが三度目。

憧れと親しみを持った阿久利は、百恵のような人が姉になってくれれば嬉しい、と胸の内で思っていて、おだいには、隠さず言ったこともある。

姉と慕う百恵の顔を見ながら香りを楽しんでいたところへ、声をたまたま聴いたお菊が不機嫌そうな顔で現われ、厳しい口調で言う。

「姫様、師を仰ぐお気持ちはよろしゅうございますが、姉様とお呼びになるのはいかがなものかと。お師匠か、百恵殿とお呼びください。百恵殿も、黙って呼ばれるとは何事ですか」

「申しわけございません」

叱られて恐縮する百恵に嫌われてしまうと思った阿久利は、慌てた。

「悪いのはわたしです。お師匠様を叱らないで」

「様はいりませぬ。わたくしでさえ、お菊とお呼びいただいているのですから」

「嫉妬をしているだけでございましょう」

小声で言うおだいに、お菊がきりりとした目を向ける。

「今、なんと申された」

「いえ、何も」

首をすくめるおだいを睨《にら》んでいたお菊が、阿久利に言う。

「武家は身分に対して厳格でなくてはなりませぬ。御正室になられても、そのことをお忘れなきように」

「はい」

「今日はここまでといたします」

阿久利は身を縮め、手を差し伸べたお菊に香炉を渡した。

翌日は、気持ちのよい晴れ間が広がっていたのだが、阿久利のこころは曇っていた。すみれの提案で琴の稽古を庭ですることになり、緋毛氈《ひもうせん》を敷き、朱色の日傘の下で爪弾いていたのだが、堀川を行き交う船の人たちに聞こえるかと思うと、緊張で指が動かず、いつもよりよい音が出せないのだ。

厳しい指導をするすみれの鞭が、容赦なく手を弾く。

「もう一度初めから」

「はい」

阿久利は琴を見つめた。

すみれは、誰にも嫁ぐことなく、女一人、琴のみで生きている。それだけに、琴に対する情熱があり、指導が厳しいのだ。

おだいからそのことを聞いている阿久利は、自分のために怒ってくれるのだと思い、懸命に向き合った。手を添え、爪弾く。苦手なところを意識するあまり、先ほどはできたところでも弾き損じた。途端に、鞭が飛ぶ。

痛みに手を引いていると、堀川に面した塀の向こうから笑い声が聞こえてきた。

自分が笑われたのだと思った阿久利は、すみれに続けるように言われても、弦に添えた指が震えて、弾く勇気が出ずに引っ込めた。

阿久利の様子を見ていたおだいが、すみれに顔を向ける。

「少し、お休みいただいてはいかがでしょうか」

眉根《まゆね》を寄せた顔をおだいに向けたすみれが、一つ息を吐く。

「そうですね。よろしいでしょう。今日はお昼まで稽古ですから、一服《いっぷく》しましょう」

阿久利は教えられているとおりにすみれと向き合い、両手をついて頭を下げた。

「姫様、さ、こちらに」

おだいが押さえる草履に足を入れ、広縁に上がった阿久利は、小用を促されて畳敷きの廊下を歩み、湯殿の横にある憚《はばか》りに入った。

おだいは、廊下の曲がり角で控えている。

一人になった阿久利は、赤くなっている左手をさすっているうちに悲しくなり、涙がこぼれた。

三次の母の顔が頭に浮かび、優しいお満の方の笑顔が浮かんだ時、お満の方が近くにいることを思い出した。

帰りたいと思った阿久利であるが、できるはずもなく、あきらめの気持ちで手を差し伸べた箱に、紙がなかった。

「おだい」

すぐさま足音が近づく。

「姫様、いかがなさりましたか」

「紙がありません」

「これはご無礼を。すぐに取ってまいりますから、少々お待ちを」

足音が遠ざかったが、阿久利は懐紙があることを思いだして胸元から取り出し、用をすませて外へ出た。

誰もいない廊下の先に、庭が見える。

一人になった阿久利は、お満の方がいるところへ帰ろうと思い立ち、考えるより先に足が動いていた。

すぐ右手の三畳の間で、おだいがごそごそする背中が見える。紙がないという独り言が聞こえた阿久利は、咄嗟《とっさ》に、湯殿の杉戸の横から足袋《たび》のまま庭に飛び降り、湯殿の壁越しに走ると、井戸端を抜け、侍女たちが暮らす長局と庭を仕切る板塀と作事小屋のあいだに駆け込んだ。

少し進むと、水堀があった。立ち止まる背後で、姫様、と、焦った様子のおだいの声が聞こえた阿久利は、夢中で堀端を走って逃げた。

森の良人

「姫様、どこにおられます」

「姫様」

おだいに続いて、侍女たちの声がしている。

作事小屋の裏に隠れていた阿久利は、近づく声に焦り、あたりを見回す。すると、竹籠《たけかご》を背負った下働きの女が木戸を開けてどこかに行くのが見えた。

木戸は開けられたままだ。

阿久利は堀端を走り、後を追った。戸口からそっとのぞき見ると、先ほどの女は下働きの男と話しながら、二人ともこちらに背を向けてしゃがみ、草を刈っている。

目を転じると、もう一つの堀の先に二階建ての建物があり、建物の横には、うっそうとした森が見えた。

そこが表御殿の築山であることを知るよしもない阿久利は、故郷三次の尾関山のような景色にこころを引かれ、足が向いた。堀にかかる短い橋がある。阿久利は一度振り向き、下男下女がこちらを見ていないあいだに走り、丸太を並べただけの橋を渡った。だがその先には板塀があり、森には入れない。

どこか入れる隙間《すきま》はないか探していると、竹編の小さな戸があった。戸には鍵がかけられていてびくともしない。だが下側には、幼い阿久利には十分な隙間がある。

どうしようか考えていた時、背後で声がした。

「これ、そこの者、姫を見ませんでしたか」

侍女が問う声に、

「いやあ、見ていませんが」

下男が答え、

「姫様がどうかされたのですか」

下女が訊き返す。

「見ていないならよいのです」

侍女が苛立《いらだ》った様子で言い、向こうを探しましょう、という話し声が遠ざかった。

安堵《あんど》した阿久利であるが、二階建ての建物から男たちの話し声が間近でして、外へ出てきた。

焦った阿久利は、無我夢中で戸の下を這《は》い、森の小道を走る。後ろを振り向きながら走っているうちに、目の前が開けた。陽光を浴びてきらきらと輝く池があり、池の向こう側の庭の先には、立派な建物がある。

阿久利は池のほとりまで出てみた。苔《こけ》むした地面から足袋に水が染みてきたが、気にせず池のほとりを歩む。その先には百日紅《さるすべり》が紅《あか》い花を咲かせ、池の水面《みなも》に映っている。

綺麗だと思い見ていると人の声がしたので、木陰に隠れた。建物の右手から羽織袴《はかま》姿の侍が急ぎ足で現われ、廊下にいる同じような身なりの侍に話しかけた。

遠くて何を言っているか聞こえない。

様子を見ていると、焦った様子の二人は庭を横切り、池に近づいてくる。

阿久利は見つからないよう下がり、大きな木の根元に隠れた。すると、屋敷の中から大声がした。

「おい、おられたか」

「いえ、どこにも」

「いったいどこに行かれたのじゃ。誰ぞ、森を見てまいれ」

老侍に命じられた二人の侍が、池のほとりを走っていく。大きく回ってこちら側に来る様子を見せたので、自分を探しているのだと思った阿久利は、どうしようか迷った。

このまま隠れていようと思い、木の根元でうずくまっていると、頭の上からぱらぱらと青葉が落ちてきた。上を向くと、太い枝の上から、少年がじっと見ているではないか。

ぎょっとして立ち上がった阿久利は、根に足をひっかけて尻餅《しりもち》をついてしまい、その拍子に左手を石にぶつけた。

見ると、手の甲の皮がむけていて、血が浮いてきた。

血を見た阿久利は、目から涙があふれる。

「痛い……」

歯を食いしばり、顔をゆがめている阿久利の目の前に飛び降りてきた少年が、片膝をつく。

「見せてみろ」

傷を押さえていた右手を強い力でつかまれ、ふたたび血を見た阿久利は、声を出して泣いた。

懐紙で傷を押さえた少年が、阿久利に焦りの顔を向ける。

「泣くな。傷はだいじない」

背を向けてしゃがみ、負ぶされと言う。

怖くなっていた阿久利は、兄のように頼もしい少年にすがる思いで素直に応じ、背中に身を預けた。

立ち上がった少年が、森を歩きながら顔を横に向ける。

「そなた、どこから来たのだ」

「あっち」

涙声で指さす先を見た少年は、姫御殿に引き返すことなく、森からくだった。

探しに森へ入ってきた侍の姿が見えた阿久利は、焦った。

「叱られます」

「叱られるようなことをしたのか」

「琴の稽古から、逃げてきました」

「それなら躬《み》も同じだ。学問がいやで隠れていた。そなた、誰の娘だ。父の名は」

阿久利が答えようとした時、前から来た侍が声をあげた。

「殿《との》！　そこにおられましたか」

少年が道をくだると、侍たちは片膝をついて頭を下げた。

阿久利が驚いていると、少年は侍たちの前で立ち止まり、背中を見せる。

「この者に怪我《けが》をさせてしまった。早急に手当てを頼む」

「はは」

立ち上がった侍が、背負われている阿久利を見てきて、困惑の色を浮かべる。阿久利は背が高い侍を怖いと思いつつ、じっと見上げた。

「殿、誰ですか」

「誰ぞの娘だとは思うが、まだ名を訊いておらぬ」

少年の言葉にうなずいた背が高い侍が、ふたたび阿久利を見る。

「娘、どこから迷い込んだのだ」

阿久利は黙って、森の奥を指さす。

目を向けた侍が、首をかしげる。

「はて、あちらの長屋に、娘を持つ家中の者がおりましたかな」

すると、共にいた侍が言う。

「赤穂の国許《くにもと》から来ておる者ばかりで、妻子はおりませぬ。娘、父の名はなんと申すのだ」

「父上は、亡くなりました」

「何、亡くなったとな」

侍は難しそうな顔を少年に向ける。

「殿、江戸詰の者で娘を残して亡くなった者はおりませぬが」

「うむ」

少年は顔を横に向けた。

「そなた、名は」

「阿久利と申します」

「何、阿久利だと」

驚いた少年は阿久利をおろした。見上げると、戸惑った顔をしている。

「殿、いったいこれは……」

背が高い侍に訊かれて、少年は恥ずかしそうにも思える顔をしていたが、阿久利の手が腫れているのを見て焦った面持ちとなった。

絶句している二人の侍に、早く手当てをと言うと、侍たちは、我に返ったように応じた。

「姫様のことは、我らにお任せを。殿は、御屋敷にお戻りください」

「うむ」

背の高い侍に応じた少年は、阿久利を見た。

「早く治るとよいな」

そう言うと、一人で森から出ていった。

「姫様、さ、戻りましょう」

言われた阿久利は、背が高い侍に目を向ける。

「叱られます」

「それでも戻らなければなりませぬ。今頃は、大騒ぎですぞ」

触れることを躊躇《ためら》う様子の二人は、口で促し、そばを離れようとしない。

背の低い侍が、優しい顔で言う。

「姫様、ご案じなさいますな。叱られたりはしませぬ」

背が高い侍がうなずく。

「さよう。恐れることはございませぬぞ」

「ほんとう?」

「はい。この奥田孫太夫《おくだまごだゆう》めに、お任せあれ」

奥田と名乗った背が高い侍に笑顔で言われて、阿久利は仕方なく歩みを進めた。

森を抜け、姫御殿の裏手から戻ると、奥田孫太夫に連れられた阿久利を見た侍女が駆け寄った。

「姫様、お探ししました」

「それより手当てだ。手を怪我されておる」

奥田孫太夫に言われて、侍女は両手で口を塞《ふさ》ぐ。

「急げ」

奥田孫太夫が阿久利を連れて歩もうとすると、侍女が止めた。

「ここよりはご遠慮願います」

「おお、そうであるな」

奥田孫太夫は苦笑いで言うと、同輩と揃って阿久利に片膝をついた。

「では姫、これにてご無礼つかまつります」

阿久利は不安になった。すると奥田孫太夫が侍女に言う。

「姫は先ほど、殿と庭を散策されておった」

「えっ」

「そう驚くことはない。姫と殿は、いずれ夫婦《めおと》になられるのだ。菊殿に、さよう伝えよ」

「はは」

頭を下げる侍女にうなずいた奥田孫太夫は、阿久利に頭を下げた。

侍女に手を引かれて歩む阿久利が振り向くと、二人の侍は、頭を下げたまま見送っている。

毎晩使っている湯殿近くの縁側に座らされた阿久利は、足袋を脱がされ、足を綺麗に拭いてもらった後に、居間に上がった。

別の侍女が傷の手当てをしてくれ、汚れた着物を着替えていると、お菊が来た。歩み寄るお菊は、着物や髪の毛に蜘蛛《くも》の巣が付いていて、頬は土で汚れている。

反省していた阿久利であるが、萎縮《いしゅく》してしまい、声が出ない。

お菊は何も言わず、阿久利の目の前に立った。

叱られると思った阿久利は、うつむいた。

だがお菊は、怒るかわりに晒《さらし》を巻かれた左手を取り、侍女に怪我の具合を訊く。ころんだ拍子に石へぶつけて皮がむけていることを聞いたお菊は、殿、と呼ばれた少年と会っていたことを知り、驚いた顔を向ける。

「姫様、殿とお会いになられたのですか」

「はい」

阿久利は、気になっていたことを訊いた。

「あのお方と阿久利は、夫婦になるのですか」

お菊は目を見てきた。

「まだ少し先のことですが、姫様はそのために、ここにまいられたのです」

阿久利は、夫婦の意味をはっきりわかってはいないが、幼いながらに、あの人のお嫁になり、お満の方と光晟夫婦のように仲睦まじく暮らすのだと思い、助けてくれた少年の顔を頭に浮かべた。

そして、お菊に訊く。

「お名前は」

「浅野又一郎《またいちろう》長矩様です。先日めでたくも、名君とうたわれたご祖父長直《ながなお》侯《こう》と同じ、内匠頭《たくみのかみ》の官職に任ぜられました」

阿久利は、なんと呼べばいいか頭で整理した。

「お目にかかった時は、又一郎様とお呼びするのですか」

「殿、とお呼びください」

「はい」

お菊は、抜け出したことを怒らなかった。晒を巻かれた手を見て、ため息をつく。

「これでは当分、お稽古はお休みです。次に無茶をなされましたら、怒りますよ」

厳しい目を向けられて、阿久利は下を向いた。

お菊は立ち上がり、侍女に何かしら命じて部屋から出ていった。

入れ替わりに入ってきた落合とおだいが、阿久利に駆け寄る。

おだいが抱きしめ、よかった、と言い、安堵の息を吐いて顔を見た。その目には涙が溜《た》まっている。

心配させてしまったことに、阿久利は悲しくなった。

「ごめんなさい」

落合が手を差し伸べ、指で頬を拭《ぬぐ》う。

「姫、泣かなくてよろしいのです。厳しい稽古から逃げたい気持ちは、よくわかります。されど姫、これだけはわかってください。菊殿とすみれ殿はあの気性ゆえ厳しいですが、二人とも、姫のお姿が見えなくなったと知るや、必死に探しておりました。

ああ見えて、姫のことを一番に考えておるのです」

顔を汚していたお菊を思い出し、阿久利は落合を見た。

「お菊とお師匠に、あやまりとうございます」

落合は笑みでうなずく。

「それがよろしいでしょう。おだい、姫を二人のところへ」

「承知しました。姫様、まいりましょう」

おだいに連れられて納戸から裏庭に出ると、同じ屋根の下にあるお菊の部屋に向かった。

縁側からお菊の声が聞こえた時、おだいが立ち止まった。

おだいが聞き耳を立てているので、阿久利は壁の角から部屋をのぞき見た。すると
お菊は、外に足を向けてうつ伏せになっている。

床下を探していて背中をすりむいたと言って、自分の侍女に薬を塗ってもらっている。

怪我をしたのだと阿久利が気重になっていると、

「それにしても、姫様が見つかってようございましたね」

侍女に言われて、お菊が答える。

「いなくなられたと聞いた時は、胸が締め付けられて、心ノ臓が止まるかと思いまし

た」

お菊が安堵した声で言うのを聞いた阿久利は、おだいに耳打ちした。すると、驚いた顔をしたおだいが、

「お任せを」

少しいたずらっぽい顔をして、庭に歩み出た。

気付いた侍女に、人さし指を口に当てて静かにするよう合図し、阿久利を手招きする。

阿久利がそっと縁側に上がると、侍女は無言で頭を下げた。

静かに近づいた阿久利は、侍女から塗り薬を渡してもらい、お菊の横に座った。浅黒い肌の背中には、痛々しいすり傷がある。

塗り薬を指につけ、そっと塗り広げた。

「お菊、ごめんなさい」

「えっ」

お菊が顔を向けるや目を見張り、起きようとした背中をおだいが押さえる。

「姫様が、お詫《わ》びのしるしにお薬を塗りたいそうです」

「いけません。おだい、放しなさい」

「姫様は、怪我をさせたことを悔やんでおられるのです。お気持ちをお察しくださ

い」

「何を言うのです。姫様、わたくしごときの血でお手を汚してはなりませぬ」

阿久利は聞かずに、薬をすくった指を差し伸べる。

「あ、そのようなもったいないこと」

「お菊」

「はい」

「動いてはなりませぬ」

阿久利に言われて、お菊は大人しくなった。うつ伏せで横を向く顔には、戸惑いと喜びが入り交じったような表情が浮いている。

まだ薬が塗られていないところの傷は、血が浮いている。阿久利は気持ちを落ち着かせて懐紙でそっと押さえて拭い、薬を塗った。

もう一度、ごめんなさい、とあやまる阿久利に、正座して着物を直したお菊が、もうよいのです、と言い、膝を進めて、怪我をしていない右手をにぎり、目を見つめてきた。

「姫をお助けくだされた殿は、琴の音を好まれます。わたくしは、一日も早くご上達していただきたく、すみれ殿と相談して厳しくしていました。姫が逃げ出すまで追い詰めたことは、わたくしのいたらぬところ。お許しください」

優しい気持ちに触れて、阿久利は嬉しくなった。

「もう逃げたりしません。明日から稽古に励みますから、お師匠に、そうお伝えください」

願う阿久利を見たお菊が、珍しく笑みを浮かべた。

「すみれ殿、聞きましたか」

お菊の声に応じて、外障子が開けられた。別の廊下に控えていたすみれに驚いた阿久利は、慌てて頭を下げた。

「ごめんなさい。琴を教えてください」

すみれを見ると、初めて見る優しい笑みを浮かべた。

「では、傷が治りましたら、また稽古をはじめましょう。ただし、厳しくしますよ」

二人の気持ちがわかった阿久利は明るい顔で、はい、と返事をした。

共に生きよう

年月が過ぎ、阿久利は八歳の春を迎えた。

庭の桜の蕾《つぼみ》が膨らんだ頃、大名の奥方や姫が結う下げ《さ》下地《したじ》に髪型を改め、毎日習い事に勤《いそ》しんでいる。

昼下がりに、お菊が新しい侍女を連れてきた。

居間で香道の稽古をしていた阿久利は師匠の百恵に香炉を渡し、次の間に向いて居住まいを正した。身体《からだ》が細い女が、お菊の横で両手をついて頭を下げている。

「面《おもて》をお上げなさい」

桜色の唇に笑みを浮かべる阿久利の声に応じて顔を上げたのは、細面に目尻が少し上がった、気の強そうな少女だ。

「たつと申します。今日より、おそばに奉公させていただきます」

お菊が珍しく微笑みを浮かべる。

「姫様、おたつは十二歳とお年も近《ちこ》うございますから、よいお話し相手になりましょう。そうそう、おたつのお父上は、御本家広島藩の馬廻《うままわり》をなさっておられます。姫様が築地の下屋敷でお暮らしだった時に、一度お目にかかっているそうですが、海田伝《かいたでん》九郎《くろう》殿を、覚えてらっしゃいますか」

おたつは自慢の父らしく、誇らしい顔を阿久利に向けた。

だが、奥御殿にいた阿久利は、母と慕うお満の方と侍女たちとの触れ合いばかりで、男は、たまに会う光晟の顔くらいしか思い出せない。

光晟に付き添い、庭に控えていた者の中の誰かなのだろう。

阿久利が答えるより先に、お菊が口を開く。

「まだお小さい頃のことゆえ、覚えてらっしゃらないのも無理はございません。とにかく、そういう素性の者ですので、ご安心を」

「よしなに頼みます」

阿久利が笑みを向けた時、おたつは浮かぬ顔をしていたが、それは一瞬だけで、明るい返事をして頭を下げた。

利発なおたつは何かと気を遣ってくれ、阿久利はすぐに仲良くなった。半月も過ぎると、侍女というより、姉のように思うようになり、おだいを差し置いて二人で庭に出て遊び、時には走り回ってお菊に叱られたりもした。

おたつが宿直で夜も一緒の時は、夜更けまで話をして朝寝坊をしそうになったり、三次を離れて以来、今ほど楽しいと思うことはなかった。

そんな阿久利を見て、お菊はおだいに、大人ばかりでは姫にとってよろしくなかったようです、と言い、同じ年頃の侍女をもう一人連れてきた。

藩邸に出入りを許されている商家の娘で、名はみち。年は阿久利より二つ上だ。

利発なおたつにくらべ、おみちは大人しく、いつも緊張していた。

そんなおみちに阿久利は気を遣ったが、おたつは厳しく接して、叱るというよりは、教え諭しているように見えた。

おだいが阿久利に、

「おたつ殿は、この先お菊殿のようになりそうですね」

小声で言ってきた時は、可笑《おか》しくなって笑った。

おみちがようやく奉公に慣れ、阿久利やおたつと笑って過ごすようになったある日、藩主内匠頭が姫御殿に来ることが決まった。

阿久利が内匠頭と会うのは、表御殿の森で初めて顔を見て以来だ。

お菊から、姫が八歳になられたのを機に、そろそろお近づきになられるほうがよかろう、という江戸家老大石頼母の計らいだと聞かされた。

背負われたあの日のことを一日も忘れたことがない阿久利は、内匠頭に会えると思うと胸の鼓動が高まった。

「姫様、落ち着いてください」

察したお菊が近づき、白綸子《しろりんず》に季節を先取りした初夏の花をちりばめた着物の襟元を引き合わせて正し、座り姿を上から下まで確かめると、髷《まげ》の乱れを直してくれた。

その時は、唐突にきた。

庭に足音がしたので見ると、青い着物と羽織に灰色の袴を着けた内匠頭が、ふらり、といった具合に現われたのだ。

表玄関から来るものだと構えていたお菊が、

「まあ、殿」

慌てた声をあげて立ち上がり、広縁で正座して頭を下げた。おだいは動揺して後に続き、ならって頭を下げる。

二人を一瞥《いちべつ》した内匠頭は、

「苦しゅうない、楽にいたせ」

落ち着いた口調で言うと、阿久利を見た。

突然のことに驚き、何もできないでいる阿久利は、内匠頭の優しい笑みにはっと我に返り、慌てて頭を下げた。

森で見た顔は忘れていないつもりだったが、あの時より、凛々《りり》しくおなりあそばして。

そう思うと胸の高鳴りが増し、顔を上げられない。

歩み寄った内匠頭が、縁側に腰かけた。

お菊に促された阿久利は、恥ずかしくて足が出なかったが、緊張で硬くなった足取りで畳敷きの廊下に行き、背後に正座した。

「よい天気だな」

言われて、阿久利は空を見上げた。曇っている。

目の端に人影が見えたのでそちらに顔を向けると、雨戸袋のそばにいた者が、口真《くちま》似《ね》で何か言いながら、空を指差して内匠頭に伝えようとしている。よく見ると、奥田孫太夫だった。

阿久利と目が合った奥田孫太夫がはっとして、笑って誤魔化して下がる。

内匠頭も、阿久利と同じように緊張しているのだ。

空を見もせず、会話の糸口として天気のことを出したつもりが、つい口が言ってしまったのだろう。

落合もおだいも、お菊も、そして表から付き添っていた奥田も、若過ぎる二人のころの状態が伝わり、やきもきした様子だ。

内匠頭は、両肩を上下に揺らし、大きな息を吐いた。

「阿久利」

背を向けたまま名を呼ばれて、阿久利は緊張した。

「はい」

「皆の目が気になる。庭に出ぬか」

阿久利はお菊を見た。並んで座っているお菊とおだいが、大きくうなずく。

従って立ち上がると、内匠頭も立ち上がり、先に歩きはじめた。

慌てて来たおだいが、紅い草履を置いた。縁側の踏み段を下りて履き、内匠頭を追って小走りにゆく。

東屋に入って腰かけた内匠頭は、阿久利が行くと、横を促す。

おそれ多くて躊躇っていると、内匠頭が顔を向けてきた。

「よいから座れ」

優しい笑みで言われて、横に腰かける。胸の鼓動が高まり、どうしたらいいのかわからない。ちらと目を向けると、内匠頭も見てきて、また前を向く。

阿久利は恥ずかしくて、膝に置いている自分の手を見つめた。下を向いた時、簪《かんざし》の銀飾りが触れ合って軽い音がした。

「ここの暮らしはいかがじゃ。不自由はないか」

十四歳の殿様は、細やかな気配りがあるお方とお菊から教えてもらっている。

優しい言葉に阿久利は温かな気持ちになり、自然に笑みが浮かび、素直に返事ができた。目を向けると目が合い、内匠頭は慌てたようにそらした。

「これを持ってまいった。いただき物だが」

持っていた錦《にしき》の巾着袋《きんちゃくぶくろ》を差し出され、阿久利は両手で受け取った。内匠頭が自ら開けてくれた中を見ると、金平糖《こんぺいとう》だった。一度しか食べたことがなく、思わぬ贈り物に頬がほころぶ。

「ありがとう存じます。いただいてもよろしいですか」

「よいとも」

桜色を選んで口に入れた途端に、砂糖の甘さが口に広がる。

「おいしい」

恥ずかしくて顔は見られないが、内匠頭が声もなく笑ったのはわかった。

横で立ち上がったので見ると、内匠頭は微笑んだ。

「また来る」

下りてゆく背中を追うように立ち上がった時には、内匠頭は段を飛ばして庭に下り、阿久利を振り向くことなく早足に歩き、控えていた奥田を従えて行ってしまった。

短いあいだの出来事だったが、阿久利の胸は一杯になっていた。

息をするのを忘れていたかのごとく、胸を押さえて大きく吐き出す。

駆けつけた落合が、心配そうな顔をしている。

「姫、胸が苦しいのですか」

阿久利は頭を振った。

「胸がいっぱいで……」

安堵の笑みを浮かべて、錦の巾着袋を見せる。

「これをいただきました」

「おお、金平糖ですか。なかなか手に入らぬ品ですぞ」

「御本家の母様にいただいて以来です」

「そうでございましたな」

阿久利は、お満の方からもらって初めて食べた日のことを思い出したが、あの時とは違う気持ちで、巾着袋を胸に抱いた。

内匠頭の優しさに触れたこの時の乙女ごころが、何であるか気付くのはまだ先のこと。兄様とはあのようなものなのかと、八歳の阿久利はそう思ったのだ。

翌日は雨だったが、内匠頭は昼を過ぎた頃に、姫御殿に来た。朝の内に琴の稽古を終えていた阿久利は、ちょうど茶の稽古をしていた時で、急遽《きゅうきょ》内匠頭に点《た》てることとなった。

茶の師匠は早々に帰り、内匠頭と二人きりで居間の表側にある四畳間に座ることになった。

作法通りに茶を点てる阿久利は、昨日と同じように緊張しているが、気持ちを落ち着けて集中した。

内匠頭は、阿久利が抹茶の粉をすくう手元を見ていたが、雨音が大きくなった庭に顔を向けた。

ちらと見た阿久利。内匠頭の横顔は美しく、こころがざわついた。途端に手元が狂い、湯をすくう柄杓《ひしやく》を落としそうになり慌てて受け止める。

ゆるりと顔を向けた内匠頭が、唇に笑みを浮かべる。

「大石のじいは、雨の庭は緑美しくこころ落ち着くと申すが、阿久利は、雨は好きか」

茶を点て終え、茶碗を差し出した阿久利は、外を見た。

雨に霞《かす》む庭は、桜の枝が重そうに垂れ下がり、地面は落ちてしまった花びらで桜色になっている。

「雨の日は、お外に出られませぬので退屈です」

「躬も同じだ。今日はそなたを表の庭の散策に誘おうと思うていたが、これでは、せっかくの桜が散ってしまう」

内匠頭は茶碗を取り、作法通りの仕草で口に運んだ。

空いた茶碗を返しながら阿久利を見る。

「森でのことを覚えているか」

「恥ずかしゅうございます」

背負われたことを思い出している阿久利に、内匠頭は優しい笑みを浮かべる。

「そのつもりで言うたのではない。そなたと初めて出会《でお》うたあの周りは桜が多く、今は美しいのだ。明日晴れれば迎えにまいる」

「はい」

明るい笑顔で応じる阿久利に、内匠頭も笑顔でうなずき、立ち上がった。

「旨《うま》い茶であった」

そう言って四畳間を出て廊下に向かおうとした内匠頭は、歩いてきたおたつと鉢合わせになり、ぶつかりそうになった。

おたつは驚くあまり縁側から落ちそうになったのだが、内匠頭が腕をつかんで止めた。

目を合わせてしまったおたつは、息を呑んで動けなくなっていたが、慌てて下がり、

「申しわけございませぬ」

廊下に平身低頭する。

内匠頭は笑みを浮かべ、

「よい」

と言って廊下を歩んだ。

見送って表玄関まで行く阿久利に、内匠頭は振り向き、明日を楽しみにしておれ、と言って帰っていった。

部屋に戻った阿久利は、頰を赤らめて動揺しているおたつを気づかい、落ち着いたところでおみちと三人で会話を楽しみ、外を見ては、雨があがるのを願った。

おみちは阿久利の意を受け、廊下に出て空に手を合わせて必死に願ったりもした。

その甲斐《かい》あってか、翌日は朝から晴れ間が広がり、おみちは自分のことのように喜んだ。いっぽうおたつは、お菊から供を許されないと言われて、沈んだ顔をしている。

阿久利はそんなおたつのために、迎えに来た内匠頭に同道の許しを請うた。

「構わぬ」

内匠頭は快諾してくれ、お菊とおだいも含め、阿久利をとりまく者たちも表御殿の庭に行くこととなった。

阿久利は内匠頭の後ろに続いて姫御殿の門を出ると、同じ屋根伝いにある二階長屋を右手に見つつ歩み、東屋の井戸のところを右に曲がり、番人がいる戸を潜って中に入った。左手には小山があり、少し歩いた先の茅門《かやもん》から庭に入った。

池と築山を右手に見つつ、前を歩く内匠頭の背中を見つめる。

背が高く、広い肩幅。髪を結い上げた首筋が少し赤みを帯び、内匠頭は先ほどからしきりに手を当てて気にしている。

「おかゆいのですか」

阿久利が訊くと、内匠頭は振り向いて白い歯を見せた。

「癖なのだ。かゆくはない」

笑みを浮かべた阿久利に、内匠頭が訊く。

「三次の桜を覚えているか」

尾関山の桜をぼんやりと思い浮かべる。

「美しいのか」

どうだったかはっきりは思い出せない阿久利は、内匠頭を見た。

「よく覚えていません」

そうか、と言ってふたたび前を向いた内匠頭に続いて池を回っていくと、池に出張っていた築山の松で陰になっていた先が見えた。そこは一面が満開の桜。水面すれすれに下がった枝の花が映え、桜色に染めているように見える。

「わあぁ」

瞠目《どうもく》して感動の声をあげた阿久利は、正面から見ようと歩みを進める。内匠頭を追い越したことも忘れるほどに魅了されたのだ。

「姫様」

止めようとするおだいに、内匠頭がよいと言い、阿久利を追ってきた。

池のほとりにある石の上に立つ阿久利は、隣に来た内匠頭に笑顔を向ける。

「このように美しい桜、初めて見ました」

「それはよかった。亡き母上が好まれた桜を喜んでくれ嬉しいぞ。そなたと初めて出会うたのは、あそこの、一段と高い桜の下だ」

内匠頭が枝に登っていたのは、桜の木だったのだ。

亡くなられた母を想い、登られていたのだろうか。

四歳で母と別れた阿久利は、内匠頭の寂しさが少しわかる気がして、そっと手をにぎった。

驚いた内匠頭であるが、阿久利の無垢《むく》な笑みに微笑み、桜に目を向ける。

「そなたも、母を思い出したのか」

「近頃はお顔を思い出そうとしても、ぼんやりしています」

「早くに別れたのだから無理もない。寂しいことと思うが、そなたには躬がいる。共に、生きてゆこうぞ」

阿久利はこの時に、内匠頭の妻になるのだとはっきり意識した。会話は少ないけれど、こうしてそばにいられるだけで嬉しいと思った。

ずっと一緒にいたいと願いつつも、まだ許されぬ。内匠頭とはほんの半刻（約一時間）過ごしただけで、姫御殿に戻された。

帰り際に、内匠頭が明日もまいる、と言ってくれたことが嬉しくて、寂しくはなかった。そして、琴の音を好む内匠頭に聴いてもらう日のために、厳しい稽古にも励んだ。

いじわる

庭の桜が葉桜になった頃、阿久利は、先日ふたたび内匠頭からもらっていた金平糖を食べようとしたのだが、数が減っていることに気付き、首をかしげた。

見逃さぬおだいがそばに来た。

「姫様、いかがなさいました」

気のせいだろうと思い首を横に振り、一粒口に含んで立ち上がると、居間に控えているおたつとおみちのところに行く。

「お食べ」

お裾《すそ》分《わ》けをするのはいつものことだ。

いつもは真っ先に手を出していたおみちが、この日は躊躇った顔をおたつに向けた。

「いただきましょう」

おたつは笑って言い、阿久利が差し出していた錦の巾着袋からつまみ出し、おみちに渡してやると、自分も口に含んだ。

「姫様、甘くておいしゅうございます」

喜ぶおたつに笑みで応じた阿久利は、おみちが食べるのを見て、もう一つ渡した。

おたつが庭に顔を向ける。

「今日も、お殿様はいらっしゃるのですか」

「さあ、聞いていません」

「わたくし思うのですが、姫様とお殿様はまるで兄妹のようですね。すごく仲がよろしい兄妹のように見えます」

阿久利は笑った。

「おたつは、昨日もそう言っていましたね」

「姫様は、どう思われているのですか」

考えたこともなかった阿久利は、言われて意識をしてみた。森で背負われた時のことを思い出す。

「確かに、初めは兄上のようにも思えました。ですが、今は違います」

畳に置いている錦の巾着袋に目を向けた阿久利は、おたつが顔に浮かべた嫉妬の色に気付かなかった。

寝所の掃除をしていたおだいは、こちらに背を向けていたようだ。片付けを終えて立ち上がると、居間に出てきた。

おたつが顔を向ける。

「おだい様は、どう思われますか」

「どうとは？」

「姫様とお殿様がご兄妹に見えることとです。おみちも、わたくしと同じでご兄妹のようだと申しています」

おだいは笑った。

「ご家中の方々も、そのようにおっしゃっていると落合様から聞いています」

「やっぱり」

嬉しそうなおたつが、阿久利に言う。

「皆様もそう思われているようですよ。いっそのこと、妹君《いもうとぎみ》になられたらどうでしょう」

戸惑う阿久利を横目に、おだいが慌てた。

「馬鹿なことを言うものではありません。ご家中の方々は、お二人の仲がよいことを喜ぶあまりにそうおっしゃっているのです。幼い頃から同じ御屋敷内にお暮らしなのですからそのように思うお方もいらっしゃるのでしょうが、近いうちに、夫婦におなりあそばすことに変わりはございませぬ」

熱をこめて語るおだいに、おたつは押し黙った。

そこへ、お菊が来た。

「姫様、殿に琴をお聴きいただくのはいよいよ明日でございます。今日の稽古は殿の御前と思い、最後の仕上げを」

阿久利は、はいと答えた。

程なく師匠のすみれが訪れ、阿久利は明日のために、六段の調を爪弾く。

付き添っていたおたつは、阿久利が失敗するや否や、お菊に膝を転じて両手をついた。

「お菊様、わたくしも琴には自信がございます。音色を好まれるお殿様のために、爪弾かせてはいただけませぬでしょうか」

懇願されて、お菊は驚きもせず真顔を向ける。

「出過ぎたことを申すな。殿は姫様の琴をご所望なのです。ただ琴の音をお聴きいただくならば、師であるすみれ殿で十分。控えよ」

おたつは慌てて頭を下げた。その表情は誰にも見えぬが、横に正座しているおみちは、戸惑った顔を向けている。

そして翌日、阿久利は姫御殿の庭で琴を爪弾いた。

内匠頭は、どこか不安そうな顔をしていたが、阿久利が大きな失敗もなく弾き終えると、安堵した笑みを浮かべる。

そんな内匠頭の様子に家中の者たちは、まるで兄のような、と言うのであるが、誰よりも下座に控えているおたつは、皆とは違う面持ちをうつむけている。縁側から落ちそうになったところを助けられ、目を合わせてしまったあの瞬間から、内匠頭へ密《ひそ》かに想いを寄せているおたつの横恋慕に気付く者は、誰もいない。

琴を弾き終え、皆から称《たた》えられる阿久利に憎悪の目を向けたおたつは、隣に座っているおみちの袖を引き、一粒の金平糖を見せると、含んだ笑みを浮かべる。

おみちは顔を引きつらせ、前を向いた。

琴を無事弾き終えた阿久利は、内匠頭から褒められて嬉しく、緊張から解き放たれたこともあり、その日の夜はぐっすり眠った。

朝方に目をさました時、腰回りに不快を感じて手を当ててみると、浴衣《ゆかた》が濡れていた。はっとして敷き布団を触ると、やはり濡れている。阿久利はどうしようか考えたが、何も思い浮かばない。有明行灯の火は消え、外は白んできている。何もできぬまま時は過ぎてゆき、程なく、納戸の襖が開けられる音がした。宿直のおみちが出てきたのだ。

阿久利は横になり、目をつむって寝ているふりをした。そうするしか、考えがおよばなかったのだ。

足下の居間から、こちらの様子をうかがう気配がある。

「姫様、起きられてもよろしゅうございます」

決まったかけ声に、いつもの阿久利であれば目をさまして起き上がるのだが、動けない。

「姫様？」

「少し気分が悪いから、おだいをこれへ」

「はい」

おみちは下がった。だが、現われたのはおだいではなく、おたつだった。

ずかずかと寝所に入り、阿久利の前に正座する。

「姫様、お気分が悪いと聞きました。お熱はございますか」

手を差し伸べられ、阿久利は身体を抱えるように拒んだ。

「おだいをこれへ」

「そのように夜着をお抱えになられて、何かお隠しでございますか」

願いを聞かぬおたつは、夜着を剝《は》ぎ取った。途端に、驚いて口を両手で塞ぐ。

「見ないで」

隠そうとする阿久利の手を止めたおたつが、立ち上がって床の間の花瓶をつかみ、花を抜いてくるや否や、頭から水を浴びせた。

「何をするのです」

訴える阿久利に、おたつが顔を近づける。

「これで大丈夫。おみちが水を替えようとしてこぼしたのです。おみち、いいですね」

おみちは何度もうなずいた。

阿久利は、助けてくれたおたつに驚いた顔を向け、頭を下げた。

その後、おみちがお菊に粗相を叱られるのを申しわけなさと忸怩《じくじ》たる思いで見ていた阿久利は、あやまられて泣きたくなった。

ここで白状しては、助けようとしてくれている二人の思いが台無しになると思い、何も言えなかった。

三人だけの秘密。誰にも言わない、と言ってくれたおたつとおみちの言葉を信じたのだが、支度を調《ととの》え、一日がはじまると、廊下をすれ違った同年代の侍女の一人が、含んだ笑みを浮かべているのが目にとまった。

ここそこと内緒話をする声が背後で聞こえ、自分のことだと思い込んだ阿久利は、胸が締め付けられる思いと恥ずかしさで、廊下を走って逃げた。

おねしょをしたことなどなかった阿久利は、また失敗をするのではないかという不安に駆られ、夜はなかなか寝付けなかった。だが、一日の習いごとで疲れていたせいもあり、いつの間にか眠ってしまい、はっとなって起きた。手を当ててみるとおねしょをしていなかったので安堵の息を吐き、それからは眠らずに朝を待った。

朝の支度を手伝ってくれるおだいに打ち明けようかと思ったが、勇気がでなかった。敏感なおだいは阿久利を見て、心配そうな顔をした。

「姫様、昨日も思ったのですが、元気がありませんね。お悩みごとでもあるのですか」

阿久利は激しく頭を振り、笑みを作って見せる。

琴の稽古を終え、昼から書の稽古をはじめたのだが、しばらくすると、お菊の叱り声で我に返った。書いている途中で居眠りをしてしまい筆が乱れたことにはっとなり、慌ててあやまった。

おだいにおねしょがばれたのは、その翌朝だった。起こされた時に濡れていることに気付き、夜着をつかんで身体を丸めていると、異変を察知したおだいが布団に手を入れてきたのだ。

これまでおねしょをしたことがなかっただけに、おだいの驚きは顔に出ている。大丈夫ですと言いながらその動揺が伝わった阿久利は、恥ずかしさと申しわけなさでこころが塞いでしまい、朝餉も喉《のど》を通らなくなった。

琴の稽古も休んで寝所に籠《こ》もり、この日会うことになっていた内匠頭が来たという知らせにも、気分が悪いと言って、部屋から出なかった。

一人で姫御殿まで来ていた内匠頭は、知らせた落合に、阿久利のことを案じた。

「どこが悪いのだ」

「少々、お風邪をめされたようにございます」

「軽いのだな」

「はい」

「この時季の風邪はしつこい。無理をさせないでくれ」

「はは」

庭でする声を聞いていた阿久利は、悲しみにうつむく。

それを見ていたおたつは、表御殿に帰る内匠頭を追って行き、姫御殿の門の前で追い付いた。

「お殿様に申し上げます」

振り向いた内匠頭が、意外そうな顔をする。

「そなたは確か、阿久利のそばに仕える者であるな」

「たつと申します」

「うむ。して、いかがした。阿久利のことか」

真っ先に阿久利の名を出す内匠頭に、頭を下げていたおたつは唇を嚙む。

「実は、姫様はお風邪ではなく、おねしょが止まらず、落ち込んでらっしゃいます」

「何……」

驚いた内匠頭であるが、

「さようか」

と言って、帰ろうとした。

おたつが前を塞ぎ、媚《こ》びた顔を上げる。

「わたくしは、広島藩士の娘にございます。素性確かな者でございます。どうか、お見知りおきを」

精一杯の想いを告げるおたつであったが、内匠頭は涼しげな笑みを浮かべ、何も言わずに歩みを進めた。

それを優しい笑みと受け取ったおたつは、嬉しそうな顔をしてきびすを返し、姫御殿に入った。

おたつが内匠頭に言ったことは、付き人の口から表向きに広がり、噂《うわさ》が噂となって、その日の内に姫御殿に戻ってきた。落合与左衛門が聞きつけて戻ったのだ。

昼餉も摂《と》らず部屋に籠もっていた阿久利のところへ来たお菊が、目の前に正座し、真顔を向ける。

「おだいから聞きました。何か心配事がある時に、おねしょをしてしまうことがあると、何かの書物で読んだことがございます」

うろ覚えのように言うお菊であるが、幼い阿久利に仕えることが決まった時から、子供のことを学び、万端整えていた。もうすぐ九歳になる娘でも、時にそのようなことがあるものと心得ているだけに、動じていないのだ。

救われた気がした阿久利は、自然に笑みが浮かぶ。

お菊に笑みはないが安堵した面持ちとなり、

「やはり姫様は、そのお顔がよう似合われます」

そう言って、立ち上がった。

部屋から出るお菊に目配せをされたおだいが、少しでも何かお召し上がりくださいと言うので、阿久利は応じた。

すぐに支度を調えてくると嬉しそうに言うおだいが台所に行くのと入れ替わりに、おたつが入ってきた。

「姫様、先ほど耳にしたのですが、お殿様が……」

途中で口をつぐむおたつに、阿久利は訊く顔を向ける。

「殿が、いかがされたのですか」

おたつはおみちを気にして膝行《しっこう》し、顔を近づけて小声で言う。

「内匠頭様が、おねしょをするような子供は嫌いだと、おっしゃられたそうです」

あまりの衝撃に声も出せなくなり、恥ずかしくて胸が苦しくなった。息をしても苦しみが増し、座っていられなくなった。

戻ったおだいが、食膳を落として駆け寄る。

「姫様、姫様！」

身体を揺すられても、阿久利は苦しそうな息をしている。

「誰か！」

おだいの声で大騒ぎとなる中、おたつは阿久利を心配するふりをして背中をさすっている。

何もできず、苦しそうな阿久利を見ていたおみちは、おたつに笑った目を向けられて顔を引きつらせ、その場から逃げた。

阿久利は幸い、お菊とおだいの助けで過呼吸が収まり、落ち着きを取り戻すことができた。

おねしょのことでこころに傷を負ったのだと踏んでいるお菊は、必ず治るから気にするな、気にするのが毒なのだと懸命に言う。

阿久利はうなずくだけで、おたつが言ったことを口には出さなかった。お菊の性格だと、内匠頭に文句を言いかねないと思ったからだ。

でもう、内匠頭に会えない。会いたくないと思う小さな胸は、悲しみに沈んでいる。

誰の励ましも耳に届かぬ阿久利は、皆に背を向けて夜着を被《かぶ》り涙した。

背後でお菊が、今夜の宿直は誰かと訊いている。

おだいがおみちだと答えると、二人は何かしら小声で話したが、阿久利の耳には聞こえない。声が遠ざかり、程なくして背中をさすられた。

振り向かずにいると、

「大丈夫、おだいが付いていますから、ご安心ください」

優しい声で言い、横になって抱きしめてくれた。

母のような温かさに触れて振り向き、抱きついて泣いた。


その夜、落ち着きを取り戻した阿久利は、一人で眠っている。

宿直の控え部屋である納戸の襖が開けられたのは、真夜中の頃か。

居間に立ち、阿久利の寝息を確かめるのは、宿直役のおみちだ。

阿久利のために、夜中に何度か様子を見に来るのが役目。お菊から、阿久利を起こして憚《はばか》りに連れて行くよう命じられている。

だが、おみちは有明行灯の薄暗い部屋の中で息をひそめ、阿久利の寝息を確かめるばかりで起こそうとしない。深い眠りの中にあるのを確かめると、怯《おび》えた面持ちで、懐《ふところ》から竹筒を取り出した。そっと夜着をめくり、阿久利の腰回りをあらわにすると、震える指で竹筒の栓を抜く。懐で人肌に温めていた水を垂らそうとしたその手を、背後からつかまれた。

ぎょっとして顔を向けるおみち。そこには、恐ろしい形相《ぎょうそう》のおだいがいた。

「これはどういうことですか！」

大声に阿久利は驚き、起き上がった。

腕をつかまれていたおみちが泣きだした。

おだいは竹筒を取り上げて匂いを嗅ぐと、おみちに怒った顔を向ける。

「お前が宿直をした朝だけ姫様がおねしょをされるゆえ、怪しいと思うていました。どうしてこのようなことをするのです。泣かずにおっしゃい！」

「お許しを、お許しを」

「許しませぬ。言いなさい！」

おみちは泣きながら、

「おたつ殿に、脅されて……」

やっと答えた。

名を聞いた阿久利は、悲しみよりも、おねしょをしたのではないことへの安堵が勝り、厳しい罰を与えるというおだいの袖を引く。

「おみちは悪くないから、許して」

おだいは阿久利に顔を向ける。見たことのない怒った顔だ。

「姫様、このことは、あるじに対する裏切りも同然です。このままにはしておけませぬ」

おだいは侍女を呼び、阿久利のことをまかせると、おみちを連れて長局で眠るお菊のところへ行った。

おみちのその後を案じながら朝を迎えた阿久利は、侍女の助けで身支度を調え、少しだけ朝餉を口にした。

おだいが来たのは、程なくのことだ。

阿久利は駆け寄り、おみちがどうなったのか訊いた。

おだいは阿久利を座らせ、優しい面持ちながらも、厳しい声音で教えてくれた。

おみちがしようとしていたことに怒ったお菊は、脅したおたつをたたき起こし、厳しく詮議をした。するとおたつは白状した。内匠頭に密かな想いを寄せるあまり阿久利に嫉妬し、困らせてやろうと思い悪さをしていたのだ。

おみちが脅しに屈したのは、阿久利がいない時に寝所へ忍び込み、金平糖を盗み食いしていたところを、おたつに見つかっていたからだった。

おたつは内緒にするかわりに、おみちを使い、あたかもおねしょをしたように見せかけていた。

布団から臭いがしなかったので怪しんでいたおだいは、密かに調べていたのだ。

すべてのことを聞いて、おねしょをしたのではなかったのだと安堵しながらも、阿久利のこころは晴れなかった。おたつとおみちとの楽しい日々を思い、裏切りにこころを痛めたのだ。阿久利にはもう一つ、気になることがあった。

「おたつは、殿がおねしょをするような子供は嫌いだとおっしゃっていたらしいと言いました」

「ご心配なく、表向きには落合殿が知らせてくださいます」

「いけません」

止める阿久利に、おだいは驚いた。

「どうしてですか。姫様がおねしょをしていなかったことが、殿のお耳にも入るのですよ」

「それでは、きっとおたつとおみちに罰がくだります」

「当然です。悪いことをしたのですから」

そこへ、お菊に連れられて、おたつとおみちが庭に来た。

「お座り」

厳しく言われて、真っ青な顔をしている二人が地べたに正座させられた。

おたつは阿久利を見るなり、両手をついて額《ひたい》を地面にすりつけ、泣きながら必死にあやまった。

「殿様が、おねしょをするような子供は嫌いだとおっしゃったことは、嘘《うそ》にございます」

その一言で、阿久利の身体から力が抜けた。安堵の息を吐き、胸を押さえる。そして、おたつに顔を向けた。つい、笑みがこぼれる。

「教えてくれて、ありがとう」

驚いたのはお菊だ。

「姫様、礼など言うことはありませぬ。この二人には罰を与えます」

怯えているおたつとおみちを見ていると、阿久利まで怖くなった。

「おたつとおみちを、許してください」

お菊がふたたび驚いた顔を向ける。

「姫様、何をおっしゃいます。悪いことをした者には厳しくするのは大事なことです。二人のためにもなりません」

「おたつとおみちは、泣いてあやまってくれました。許して」

「姫様……」

お菊は、必死に頼む阿久利を見つめた。

「わかりました。姫様がそうおっしゃるなら、罰を与えることはいたしませぬ。ですが、二人をこのまま置いておくわけにはまいりませぬ。そこは、ご理解くださ い」

「はい」

涙声で返事をする阿久利に頭を下げたお菊は、おたつとおみちを連れて行くよう侍女に命じた。

阿久利はおだいに促され、頭を下げたままの二人の前から去った。この先、阿久利がおたつとおみちに会うことはなかった。


これに頭を悩ませたのは、落合与左衛門だ。

阿久利の望みどおりに表向きに伝えず、罰も与えなかったものの、理由もなく実家へ戻すことはできない。

困った様子の落合に知恵を授けたのは、お菊だった。

「それは妙案」

納得した落合は、姫の敵討ちとばかりに筆を執り、おたつとおみちに封印をした文を持たせて、それぞれの家に帰らせた。

商家の娘であるおみちはともかく、おたつの父親は本家の広島浅野家の家臣だ。よほどの理由がなければ納得しない。

突然帰ってきた娘を前に、父親の海田伝九郎は困惑した。付き人から渡された落合からの封書を開けて目を通すなり、動揺した顔をおたつに向ける。

背中を丸めて平身低頭したままの娘に哀れみを含んだ目を向け、信じがたい様子で、ふたたび文を読んだ。

毎日おねしょをされますゆえ、当家ではお預かりできかねます。

落合はそう書いていたのだ。

奥御殿家老がよこした文を疑いもしない海田伝九郎は、大人になったと思うていた我が娘に、おねしょをしておるのか、などと言えるはずもなく、また、家中に広まっては娘の恥と思い、その場で短い文を丸めて口に頬張り、噛みしめて飲み込んだ。そして黙って立ち上がり、ご苦労であった、とだけ言い、役目に戻ったのである。

広島藩の上屋敷から戻った者から報告を受けたお菊は、共にいた落合に顔を向けた。

「姫様のおかげで、ことが丸くおさまりました。恥ずかしい目に遭わされた相手を許される慈悲深さには、感服いたします」

「まったくまったく。いやぁ、どうなるかと思いましたが、姫も元のように明るくなられて、一安心です」

「先が楽しみです」

嬉しそうなお菊であったが、我に返ったように落合を真顔で見る。

「今申したことは、姫様のお耳に入れませぬように」

「何ゆえでござる。姫が喜ばれますぞ」

「わたくしには姫様を厳しくお育てし、赤穂浅野家の奥方様にふさわしいお方にする役目がございますれば、甘い顔をするのはまだ早《はよ》うございます。よいですね」

釘《くぎ》を刺すお菊に、落合は首をすくめた。


落合とお菊がそのような会話をしていることを知らぬ阿久利は、おたつとおみちがどうなったのか気にしつつ、庭に出ていた。

足音に気付いて振り向いた阿久利は、恥ずかしくて逃げようとしたのだが、手をつかまれた。

「まいるぞ」

つかんだ手を引くのは、内匠頭だ。

おだいに助けを求める顔を向けたが、頭を下げて動こうとしない。

手を引かれるまま内匠頭に付いていくと、姫御殿の門から出た。

赤毛の馬の手綱《たづな》を持ち、控えていた奥田孫太夫が笑顔で阿久利に頭を下げる。

手を離した内匠頭が身軽に馬に跨《また》がり、阿久利に顔を向けた。

手綱を渡した奥田孫太夫が阿久利に歩み寄る。

「さ、姫様」

大柄の奥田孫太夫に軽々と抱き上げられ、阿久利は驚いた声をあげる。内匠頭の前に横向きに座らされ、初めて乗る馬の高さに息を呑んだ。

「怖いか」

訊く内匠頭に、無言でうなずく。すると、抱き寄せられた。

「しっかりつかまっておれ」

小走りをはじめた馬は、砂利が敷かれた外門と内門のあいだを進んでゆく。左右には藩士たちが暮らす二階長屋があり、そこを抜けた先は、表の大門と表御殿のあいだの広々とした敷地だ。

「はい」

内匠頭のかけ声で、馬は足を速めた。

怖くて目をつむった阿久利であるが、内匠頭により強く引き寄せられたことで安心し、恐る恐る目を開けて見た。馬のたてがみが風になびき、二階長屋と表御殿のあいだを駆け抜けていく。

馬の上下の揺れが楽しくなってきて、自然に笑みがこぼれてくる。

「楽しいか」

「はい」

内匠頭を見た阿久利であるが、おねしょのことが頭によぎり、急に恥ずかしくなった。おたつは嘘だと言ったが、おねしょはいじわるによるものだということは伝えていない。

今もおねしょをしていると思われていると思うと顔をまともに見られなくなり、内匠頭の腕の中で丸まった。

家臣たちが左右に道を空ける中を走り抜けた馬は、やがて人気《ひとけ》がない裏手に行き、歩きはじめた。

ゆらゆらと揺れに身をまかせて前を見ていると、

「馬は可愛いか」

内匠頭が言うので、笑顔ではいと答えた。

「阿久利」

「はい」

「躬も、八つまでおねしょをしていた」

思いもしない言葉に驚いて顔を見た。すると内匠頭は目をそらし、顔を赤くした。

「だから、恥ずかしがらずともよい」

そう言われて、阿久利は、あれは誤解だとも、誰の仕業《しわざ》とも言わず、このままでよいと思い、黙ってうなずいた。

赤い空

天和《てんな》二（一六八二）年十二月二十八日の夕刻。

阿久利はおだいと庭の東屋《あずまや》に上がり、北の空を見ていた。

黒い煙が江戸の町から立ちのぼり、空を覆い隠している。東に流れる一筋の白い煙は、空を駆け回って暴れる白竜のように思え、阿久利は怖くておだいの袖《そで》をつかんだ。けたたましい鐘の音が風に乗って聞こえてくる。土塀の向こう側の堀川から、大火事だ、という船乗りたちの切迫した声が聞こえてきた。

「姫様、風向きが違いますからこちらには来ないはずです。ご安心を。さ、中に入りましょう」

優しい手で両肩を抱いて促すおだいに応じて東屋から下り、庭を横切って縁側に上がった。

居間に入った時、何かが焦げたような異臭がしたので不安になり、ふたたび廊下に出て見ようとしたところへ、お菊が来た。

「姫様、たった今表向きから知らせがきました。殿に奉書が届き、火を消しに出役なされます。表でお見送りをいたしますから、お支度を」

奉書とは、上意を老中の名で家臣に伝える物。

赤穂浅野家は火消しの役目を帯びていないが、奉書が届いたからにはただちに出役をしなければならない。これはいわゆる、奉書火消しだ。

打ち掛けを外出用に替えた阿久利は、迎えに来た落合与左衛門と共に姫御殿の門から出て、屋敷内を表門へ急いだ。

門の内では藩士や足軽《あしがる》たちが忙しく走り回り、隊列を組もうとしている。皆の手には鳶口《とびぐち》や刺股《さすまた》といった道具が持たれ、阿久利が名を知らぬ道具を載せた荷車が引き出されてきた。

落合が荷車を指差す。

「姫、あれは竜吐水《りゅうどすい》という物ですぞ。口から勢いよく出る水を火にかけて消す道具です」

四角い箱に太い天秤棒《てんびんぼう》を付けたような形の竜吐水という物が、どのように動くのか想像もできない阿久利は、それよりも、整列をする藩士たちが身にまとっている衣類に関心を持った。

垂れ絹で頬《ほお》を覆う頭巾を被《かぶ》り、厚手の着物に筒袴《つつばかま》、手袋に脚絆《きゃはん》を着けた者たちが整列する様は、勇ましい。

「殿のお出ましである」

大声がして、皆が姿勢を正した。

藩邸内に馬の嘶《いなな》きがして、馬蹄の音が響く。

馬に乗って颯爽と現われた内匠頭は、黒い陣羽織を着け、胴具も野袴も黒。全身黒ずくめの中に、額《ひたい》に巻いた白鉢巻きが目立った。

整列する藩士の横を進みつつ、馬上の内匠頭が声を発した。

「皆の者、知らせによれば大火《たいか》である。気を抜けば命はないものとこころして励めまいる！」

「おう！」

一同が応じ、内匠頭は真っ先に門から出た。

奥田孫太夫が騎乗した馬が続き、総勢五十数名の隊列が駆け足で門から出ていく。

頭を下げて見送った阿久利は姫御殿に戻り、座敷には上がらず東屋に向かった。北の空にはいくつもの煙が高く上がっている。

ふたたび怖くなった阿久利はお菊に顔を向ける。

「あの煙の下には、何があるのですか」

「江戸は、大小の家屋敷がひしめくように立ち並んでいます。それらが焼け、大勢の人が逃げ惑っているのです」

「どうして殿は、そのようなところに行かれたのですか」

「殿のご祖父長直様は、火消しに優れておられました。明暦の時代に起きた大火事の折には、ご祖父様は火事場に駆けつけ屋根に上がられて指揮をされました。その奮闘ぶりは民のあいだで語り継がれ、眼下の小屋から火が出た時には屋根に飛び降りて押しつぶし、火を消されたという言い伝えがございます。そのご祖父様を尊敬される殿は、日頃から火消しについて学ばれているのです。ゆえに御公儀は、殿ならばなんとかしてくれると、頼られたのでございましょう」

阿久利は空を見上げた。

「これまで殿は、火事場に出られたことがあるのですか」

「ございませぬ」

お菊の言葉に、阿久利は驚いて振り向く。

「ですがご心配なく。殿は必ず、よいお働きをなされます」

お菊はそう言うが、阿久利の不安は消えなかった。煙が先ほどより増えたように見えるからだ。

日が暮れても、北の空は赤いままで暗くならなかった。そしてその赤い空は、次第に東へ広がっていく。

夕餉《ゆうげ》も摂《と》らず、東屋で内匠頭や家臣たちのことを心配して見ていた阿久利は、思いついてお菊に振り向く。

「お稲荷《いなり》様に、お参りしとうございます」

お菊は快諾し、連れて行ってくれた。

東屋がある南側の土塀と土蔵のあいだにひっそりとある祠《ほこら》は、狐の石像が静かに守っている。朱塗りの小さな鳥居を潜《くぐ》り、おだいが渡してくれた御神酒《おみき》と供え物を置き、手を合わせた。

殿と皆の無事を祈る阿久利は、時が過ぎてもそこを離れようとしなかった。

「姫様、そろそろ」

お菊が言ったが聞かず、手を合わせ続けている。祈る阿久利の耳に、遠くから鐘の音が聞こえてきた。

「また広まったか」

付き添っていた落合の声が耳に入り、不安になった。

夜が更け、冷たい海風に震えながらも屋敷には入らず祈り続けた。どれほど過ぎた頃だったか、落合が、空が暗くなったゆえ鎮火したのではないか、とお菊に言った。

そして、外の様子を見ると言い、阿久利のそばを離れて去った。

阿久利は、殿と皆の無事を祈り続けた。

やがて夜が明けたのだが、空に残っている煙のせいか朝日は顔を出さず、程なく冷たい雨が降りはじめた。

両肩をつかまれ、阿久利は顔を向けた。付き添っていたおだいが心配そうな顔をしている。

「姫様、お風邪をめされます。どうか中へお入りください」

阿久利は頭を振り、前を向いて無事を祈り続けた。

「殿がご帰還《きかん》されましたぞ」

遠くから落合の声がしたのはその時だ。

「姫様、戻られました。お出迎えにまいりましょう」

おだいに言われて立ち上がった阿久利は、鼻がつぅんとして、急に目の前が真っ暗になった。

優しい顔だが、どこか寂しそうな女の人が、幼い娘を抱いて縁側に座り、こちらを見て何か言っている。

栗姫、笑顔を絶やさぬように。

そう言われて、三次で別れた母だと思い手を差し伸べた。

「母上」

自分の声に目を開けた阿久利は、見慣れた寝所の天井を見て夢と気付き、上からのぞき込んだ内匠頭にはっとした。

起き上がろうとしたが、肩を押さえられた。

「そのままでよい」

「殿、ご無事で」

顔を見て安心した途端に、胸が熱くなる。

「泣くことはない。与左から聞いたぞ。一晩中祈ってくれたそうだな。おかげで躬《み》も皆も無事役目を終えた。安心して、ゆっくり休め」

夢で見た母の言葉を思いだし、安堵《あんど》した阿久利は笑みを浮かべる。

応じて笑みを浮かべる内匠頭は、火に炙《あぶ》られて顔を赤くし、陣羽織には小さな穴がいくつも空いていた。

昨日の正午に駒込の大円寺《だいえんじ》が火元ではじまった火事は、本郷、湯島、神田、日本橋へと燃え広がり、大川を越えて回向院《えこういん》に飛び火し、本所と深川を焼き尽くして今朝方鎮火した。

出役した内匠頭は陣頭指揮を執って的確な指示を飛ばし、延焼を防ぐ見事な働きをしていたのだ。

阿久利がこのことを知るのは大人になってからだが、今目の前にいる内匠頭の凜々《りり》しい姿が輝いて見えた。疲れているはずなのに、そのようなそぶりは微塵《みじん》も見せることなくそばにいてくれる心強さに、ほっと息をつく。

「眠るがよいぞ」

内匠頭に言われて、阿久利は素直に目を閉じた。

婚礼の儀

天和三（一六八三）年の年が明け、阿久利は十一歳になった。内匠頭は十七歳である。

庭の梅花が満開の一月十五日になると、火事に慣れた江戸では早くも町家が再建されはじめ、めざましいほどに復興が進んでいる。

そんな町の様子を遠目に、鉄砲洲《てっぽうず》の赤穂藩上屋敷では、内匠頭と阿久利の婚礼の儀がおこなわれる。

阿久利は、夕刻からはじまる婚礼の儀に向けた支度に忙しくしている侍女たちにされるがまま、居間に置かれた床几《しょうぎ》に腰かけていた。

今日から奥御殿に移るため、荷物が運び出されている姫御殿は殺風景だ。住み慣れた部屋を去るのだと思うと寂しい気持ちにもなっている。

「姫様、お化粧が終わりました」

おだいに言われて、阿久利は齢松院にもらって以来大切にしている手鏡で顔を見た。

白粉《おしろい》を塗り、眉墨《まゆずみ》と赤い紅を差した顔は、自分ではないように見え、嬉しくなった。

大人の仲間入りをしたのだと。

白無垢《しろむく》の小袖と打ち掛けを着け、頰まで隠せる綿帽子を被った頃に、落合与左衛門が次の間に入ってきた。

「姫、刻限でございます」

頭を下げて告げる落合に、阿久利は立ち上がって振り向く。

お菊が落合に顔を向けた。

「与左殿、ご覧あれ」

顔を上げた落合が、満面の笑みを浮かべる。

「なんともお美しい。姫は日ノ本一の花嫁でございますぞ」

阿久利は微笑《ほほえ》んだ。

「皆様がお待ちかねです。まいりましょう」

「はい」

表玄関に行き、おだいの助けを得て姫駕籠《かご》に乗った阿久利は、胸の内で姫御殿に別れを告げた。

姫駕籠は門を出て、屋敷内を粛々《しゆくしゆく》と進む。二階長屋の外にいた藩士たちは左右に分かれ、頭を下げて見送った。

表御殿の門の内側を横切った駕籠は、藩邸の北側に向かい、片番所付きの奥御殿の門を入った。

式台に横付けされた駕籠から降りた阿久利の目に入ったのは、八畳の玄関の正面にある床の間に飾られた孔雀《くじゃく》の掛け軸だ。

色鮮やかな羽が美しく、つい見とれてしまう。

玄関右手の御使者の間から、三畳の間、十二畳、十六畳の間を抜け、三十三畳の大広間を右手に見つつ廊下を歩み、ようやく阿久利が暮らす一角に入った。姫御殿の倍の大きさもある奥御殿の様子に、阿久利は緊張している。

二十二畳の三ノ間の先にあった居間と寝所は姫御殿の広さと変わらず落ち着けたのだが、南向きの廊下の先に見える庭は狭く、反対側に建物の漆喰《しっくい》壁があり、閉塞された気がした。姫御殿のような猫の絵もない。素朴で実直な赤穂浅野家の家風をたたき込まれている阿久利は真っ白な寝所を見回し、今日から奥方になるのだと、自分に言い聞かせた。

お菊が歩み寄り、こちらに、と上手《かみて》に促した。

言われるまま付いていくと、真新しい襖《ふすま》を開けたお菊が、中に入るよう促す。

先に入った阿久利は、外障子が開けはなたれた先に見える庭の美しさに目を見張った。

「ここは、奥御殿に渡られた殿と過ごされるお座敷でございます。むろん、姫様お一人でもお使いいただけます」

十五畳の部屋は、東向きと南向きが開かれ、手入れが行き届いた庭を見渡せるようになっている。

殿と初めてお会いしたあの森は、どこにあるのだろう。

そう思い廊下に出てみると、南側にある屋敷の屋根の上に、木々が見えた。

付き添っていた落合に訊《き》く。

「与左、あれは」

指差す木を見た落合が、表御殿の庭だと教えてくれた。

部屋に落ち着いて程なく、表御殿からの知らせを受けたお菊が、阿久利に伝える。

「今日の日のためにお越しになったお方がいらっしゃいます。こちらへお控えください」

示された下座に正座していると、表御殿に渡る廊下から衣擦《きぬず》れの音がした。

顔を見ることなく両手をついて頭を下げていると、足音が上座で止まった。

「阿久利、面《おもて》を上げて顔を見せてくれ」

聞き覚えのある声は、浅野光晟のものだ。

阿久利ははっとして顔を上げた。光晟の横に座るお満の方を見て、胸がいっぱいになった。

「おお、美しい」

「ほんに」

優しい二人に向かって笑みを浮かべた途端に、涙がこぼれた。

光晟が微笑む。

「今日はな、わしと奥がお前たちの親がわりじゃ」

阿久利は嬉しくて、二人に頭を下げる。

「恐悦至極にございます」

「なんの。わしと奥は、そなたを娘と思うておる。内匠頭殿のことも我が子と思うておるゆえ、遠慮は無用じゃ。のう、奥」

「はい。今日の日を、楽しみにしていました。里心がつくといけないと思い、会うのを遠慮していましたが、明日からは、顔を見にこさせてもらいますよ」

築地の下屋敷を出て以来、年に一度しか会えなかったお満の方が来てくれる。

阿久利はこんなに嬉しいことはなかった。

「今夜もお泊まりください」

懇願する阿久利に、お満の方は笑う。

「邪魔をしたのでは、内匠頭殿に叱られます」

「ささ、内匠頭殿が首を長《なご》うして待っておるゆえ、まいろうか」

よっこらしょ、と言って立ち上がった光晟を見上げたお満の方が、阿久利に言う。

「すっかりお歳《とし》をめされたでしょう」

「いえ」

「これ、早ういたせ」

光晟に急《せ》かされたお満の方がはいはいと答え、阿久利を促した。

立ち上がった阿久利におだいと侍女たちが歩み寄り、白無垢の裾《すそ》を整えてくれた。

お菊が言う。

「ここよりは、落合殿とわたくしのみが同道を許されています。では、まいりましょう」

おだいと侍女たちを残し、阿久利はお満の方に手を引かれて表御殿に渡った。

真っ先に向かったのは仏間だ。

仏壇の前では、熨斗目麻裃《のしめあさばかま》姿の内匠頭が待っていて、阿久利を見るなり瞠目《どうもく》した。

「おお、驚いておる。十一歳に見えぬ美しさゆえ無理もないことよ」

光晟が嬉しそうに言い、言葉も出ない内匠頭の横に阿久利を座らせた。

お満の方の教えに従い、二人揃って仏壇に手を合わせ、先祖に結婚の報告をする。

すませると、阿久利は微笑みかけたのだが、緊張した様子の内匠頭は、目を合わせようとしない。

「では、まいろう」

光晟の声がけで内匠頭は立ち上がり、阿久利は続いた。

婚礼の儀がおこなわれるのは表御殿の大書院。

付いていく阿久利は、表御殿のあまりの大きさに驚くばかりで、どこをどう歩いたのかまったく分からない。一人で奥御殿に帰ることは無理だと思いつつ歩いていると、畳敷きの廊下に控えていた小姓《こしょう》により大襖が開けられ、内匠頭が中に入った。

二十七畳の上ノ間の上座に光晟夫婦が正座し、内匠頭と阿久利がその前に並び、招かれている客たちに向かって正座した。

三次藩からは、光晟夫婦の子であり阿久利の養父でもある長照の名代として、江戸留守居役の徳永又右衛門《とくながまたえもん》が祝いに駆けつけていた。

内匠頭の伯父で幕府旗本の浅野美濃守《みののかみ》が高砂《たかさご》を唄《うた》う中、内匠頭と盃《さかずき》を交わした阿久利は、晴れて夫婦となった。

ごく身内だけの盃事は終わり、閉められていた大襖が取り払われた。二十七畳の次ノ間には家臣たちが集まっていて、盃事に同座していた江戸家老の大石頼母が無事終わったことを皆に伝え、宴《うたげ》がはじまった。

阿久利が知る堀部弥兵衛や、奥田孫太夫の顔もある。

酒宴がにぎやかにすすんだ頃、一人の藩士が皆の前に歩み出た。手には弓を持っている。

何がはじまるのだろうと思った阿久利が、固唾《かたず》を呑んで見ていると、内匠頭がそっと教えてくれた。

「あの者は早水藤左衛門《はやみとうざえもん》だ。家中随一の弓の名手であるが、舞もよい」

そう言っている内に、舞がはじまった。

唄に合わせて弓を振るう舞踊は勇ましくも美しく、阿久利は目を見張るばかりだ。

その早水が、舞いながら阿久利の近くへ来た。

少し赤い顔をして舞う早水と一瞬目が合った。

すると早水は慌てたように下がり、片膝《かたひざ》をついてうつむくや、声をあげて泣くではないか。

これには皆驚き、内匠頭が訊く。

「藤左衛門、何事か」

「ご無礼を。奥方様のあまりの初々《ういうい》しさ、美しさに、感動したのでございます」

場が静まった。

内匠頭が笑うと、張り詰めていた空気が割れんばかりに、家臣たちから笑いが起きた。

阿久利が恥ずかしくなって下を向いていると、大石頼母が前に来て座る。

「奥方様、我ら家臣一同、今日ほど嬉しい日はないのでございます。奥方様が姫御殿に入られた時から、今日という日を待ち望んでおりました。ことに殿は、三日前からそわそわされて、ろくに眠っておられませぬ」

内匠頭が慌てた。

「じい、それを申すなと言うたであろう」

家臣たちから、より大きな笑いが沸き上がる。

内匠頭は怒ることもなく、一緒になって笑っている。

阿久利はそんな皆を見回して、なんて温かな人たちだろうと思った。お満の方を見ると、笑顔でうなずかれた。広島藩の下屋敷にいた頃、赤穂浅野家は家臣を大切にする家柄だと教えてもらったことを思い出した阿久利も、笑顔でうなずく。

内匠頭と目顔を交わした大石頼母が立ち上がり、皆を静かにさせた。

「今日というめでたい日に、もうひとつめでたいことを皆に伝える。こたび殿は、勅《ちょく》使饗応役《しきょうおうやく》を拝命された」

徳川将軍家は、毎年正月に高家《こうけ》を上洛させて天皇に年賀の奉上をするのだが、天皇は返礼として、三月頃に勅使を江戸へ下向させる。

内匠頭が拝命したのはその勅使を接待する重要な役目で、武家のあいだでは名誉とされている。

「それはめでたいことじゃ」

真っ先に声をあげたのは、光晟だった。

「内匠頭殿は、大火の折の働きめざましく、将軍家も喜んでおられたと聞いておる。将軍家にとって勅使をお迎えするのは重要なことじゃ。その饗応役に選ばれたのも、信頼が厚い証《あかし》。見事成し遂げれば、御家はより安泰となろうぞ」

内匠頭は膝を上座に転じて、光晟に平身低頭した。

「ありがたきお言葉。この内匠頭、阿久利と家臣一同と一つになり、必ずや成し遂げてみせまする」

「うむ」

機嫌よくうなずいた光晟は、内匠頭にならって頭を下げる阿久利に言う。

「阿久利、内匠頭殿を助けて、末永く幸せにな」

「はい」

「いやぁ、めでたい。皆の者、飲み直しじゃ」

光晟の音頭で、宴はさらに盛り上がった。

夜も更けたが、酒宴は終わらぬ。

阿久利は重い白無垢姿のまま内匠頭の隣に座し、皆が楽しむ様子を見ていた。

しばらくして、高齢の光晟とお満の方が帰るというので、内匠頭と阿久利は見送りに表玄関へ出た。

初めて見る表玄関は広く、両側には高張り提灯《ちょうちん》が立てられている。

式台に横付けされている大名駕籠に光晟が乗り込み、お満の方は続いて入ってきた姫駕籠に乗る前に、阿久利の手をにぎった。

「励みなさい」

阿久利はしっかりとうなずいた。

「母様、寒いのでお身体《からだ》にお気をつけください」

「そなたも無理をせぬように」

「はい」

「ではまた」

「お待ちしております」

手を放そうとしない阿久利に、お満の方が微笑む。

「必ず来ますから。内匠頭殿、阿久利を頼みます」

「はは」

揃って頭を下げる若い夫婦にうなずいたお満の方は、別れ際に、阿久利に一通の文を渡した。

「あとでお読みなさい」

そう言って駕籠に乗るお満の方を見送った阿久利は、内匠頭と共に玄関から離れた。

長い廊下を歩んでいると、角でお菊が待っていた。

内匠頭が立ち止まり、阿久利に振り向く。

「今宵《こよい》は疲れたであろう。あとのことはよいので、ゆっくり休むがよい」

共に奥御殿の寝所で眠るものと思っていた阿久利は驚いたが、訊けるはずもなく従い、お菊と奥御殿に戻った。

「奥方様、おなかが空《す》いたことでしょう」

お菊に奥方様と呼ばれて、阿久利は内匠頭の妻になったのだと実感した。

「胸がいっぱいで、空いていません」

「今朝から何も召し上がってらっしゃらないのですから、少しだけでも」

お菊の声に応じて、侍女が食膳を持ってきた。

おだいの手伝いで白無垢から浴衣《ゆかた》に着替えをすませ、膳の前に正座する。

婚礼の宴に出されていた数々の料理を前にして、阿久利はやっと空腹を覚えた。

おだいが皿を指し示す。

「こちらは、三次から送られた干し鮎《あゆ》でございます。覚えてらっしゃいますか」

記憶になく、じっと見つめる。

「姫様、いえ、奥方様は、よくお召し上がりになられていました。こちらの干し柿もです」

「そうでしたか」

干し鮎を一口食べてみると、良い香りが広がり、目を閉じる。

「懐かしい味がします」

お菊がうなずく。

「わたくしも先にいただきましたが、赤穂の塩との相性がよく、美味でございました。

ほんに、めでたいことにございます。改めまして奥方様、今日はまことに、おめでと
うございます」

頭を下げられ、阿久利は箸を置いた。

「これからも、よしなに頼みます」

「はい」

女だけのささやかな時を過ごした後、阿久利は一人寝所に入った。お菊からは、ま
だ十一歳の阿久利に気を遣った内匠頭が、当分は床を別にすることを決めていると教
えられた。

なんだか寂しいような、それでいてほっとした阿久利は、一人になったところでお
満の方から渡された文を手に取り、開いてみた。

それは、幼い時に別れた実の母からだった。

三次を出て以来、文一つよこしてくれなかった母。阿久利は、母の字を初めて見る。里心がつかぬためにあえて文を送らなかった母の気持ちが綴《つづ》られ、今日の日を喜ぶこころが伝わり、胸が熱くなる。

阿久利は、夢で見た母の顔を思い出し、そっと目尻を拭《ぬぐ》う。そして、翌朝には文をしたためて落合与左衛門に託し、三次の母に幸せであることを伝えようと決めて、胸に抱いて眠った。

初の大役

婚礼の熱がさめやらぬ内に、内匠頭は大役を果たすための支度に勤《いそ》しみ、阿久利のところへは来なかった。

奥方になって十日が過ぎても、表御殿の忙しさが伝わらぬ静かな奥御殿の居間で、姫御殿と変わらぬ暮らしをしていた。面と向かって話したい阿久利は、今日か、明日かと一日千秋の思いでいる。

お菊からお渡りを知らされたのは、婚礼の儀からひと月も過ぎた昼下がりのことだ。身支度を調《ととの》える間もなく現われた内匠頭は、明るい笑みを浮かべて、

「息災であったか」

まるで遠くから来た良人《おっと》のように言う。

奥御殿の庭が見渡せる御座敷に二人きりになっても、恥ずかしくてあまり顔を見られないでいると、内匠頭は琴を聴きたいと願った。

疲れているであろう良人のために阿久利が選んだのは、落ち着きのある八段の調《しらべ》。

梅花が美しい庭に向かって座る内匠頭のこころに届くよう願いを込めて、ゆったりと爪弾く。

身じろぎもせず、黙って聴いていた内匠頭は、阿久利が弾き終えると満足した面持《おもも》ちを向け、立ち上がった。

「よい調であった」

もう行かれるのですか、と言う間も与えず部屋から出る内匠頭を、阿久利は両手をついて見送るしかなかった。

寂しい息を小さく吐き、居間に戻ると、座って待っていたお菊とおだいが、笑顔で迎えた。

「うっとりするような調でございました」

なぜか目を潤ませているおだいが言えば、

「日頃の稽古に励まれた賜《たまもの》。殿はさぞかしお疲れがお取れあそばしたことでしょう」

お菊が神妙に言う。

阿久利は二人の前に正座し、お菊に不安をぶつけた。

「お忙しいご様子ですが、お役目のことは何もおっしゃいませぬ。わたくしが十一歳《じゅういち》だからでしょうか」

「お役目のことで、奥方様に心配をかけたくないのでございましょう。殿方は、そのようなものです」

「寂しい気がします。お菊、何か聞いていないのですか」

「奥方様は賢いお方ですから、お気持ちは分かります。饗応役のことは、高家の吉良《きら》上野介《こうずけのすけ》様よりご教授され、殿はよく学んでらっしゃると聞いています」

するとおだいが、お菊に顔を向けた。

「吉良様とおっしゃる御仁《ごじん》は、いろいろ悪い評判があると聞きました」

お菊が、いらぬことを言うなという顔を向ける。

阿久利は心配になった。

「お菊、そうなのですか」

「そのことは、ご心配には及びませぬ。大石殿が扱いのつぼを心得ておられるご様子。今のところ問題は起きていないどころか、懇切丁寧にご教授くださっているそうです」

お菊の言葉を信じた阿久利は、安堵した。

庭の梅の花が散り、桜の季節となった。

表御殿の庭で見た程ではないが、奥御殿の座敷から見える庭の一本桜は美しい。

お菊から、今日はいよいよ大役が終わる日だと教えてもらっている阿久利は、内匠頭の帰りを待っていた。

日が暮れ、座敷に蠟燭《ろうそく》の火が灯《とも》った頃になってようやく、表御殿から知らせがきた。

内匠頭を迎えるべく表御殿に渡り、二十四畳もある表玄関で控えていると、大石頼母が家老部屋に続く廊下から現われた。齢《よわい》六十六の江戸家老は阿久利を見るなり、まるで孫でも見るように莞爾《かんじ》として笑いながら歩み寄る。

「奥方様、お喜びください。殿は見事、大役を果たされましたぞ」

阿久利は明るい笑みを浮かべる。

「お菊から、頼母殿のおかげでうまく事が運んでいると聞いています。わたくしからも礼を申します」

阿久利をまじまじと見つめた大石頼母は、納得したような面持ちでうなずいて落合与左衛門に顔を向ける。

二人は何やら嬉しそうな目顔を交わし、落合が阿久利を玄関の正面に誘い座らせた。

「大役を果たされた殿を、こちらでお迎えくだされ」

「はい」

応じた阿久利は打ち掛けの乱れを整えて、式台の先の玄関口に目を向ける。

待つこと程なく、露払いを先頭に行列が戻り、大名駕籠が式台に横付けされた。

付き添う家中の者たちは皆明るい顔をしている。

駕籠から降りた内匠頭に、阿久利は頭を下げた。

「お帰りなさいませ」

「うん」

内匠頭は笑顔で応じ、右手側の広間に向かう。阿久利は後に続いて歩む。

重臣を従えた内匠頭は、広い御殿の東向きにある小書院に入った。ここからは、阿久利が内匠頭と初めて出会った庭の森が一望できる。めでたい今宵は庭に篝火《かがりび》が焚《た》かれ、池の向こうに満開の夜桜が見える。あまりの美しさに見とれながら廊下を歩いていた阿久利は、床の間の前に正座した内匠頭の下手《しもて》に入り、庭を背にして正座した。

内匠頭の正面に正座した大石頼母が、改めて両手をつかえる。

「殿、大役を無事終えられた由《よし》、祝着に存じます」

「じい、そちのおかげであるぞ。上野介殿から、よろしく伝えてくれと頼まれた」

「いやいや、殿のお力にございます。まことにおめでとうございます」

「皆ご苦労であった。今宵はゆるりと休んでくれ」

重臣たちは揃って頭を下げる。

その者たちを前に退出をする内匠頭に続いた阿久利は、奥御殿に戻ってお渡りを待ったのだが、内匠頭は来なかった。

待ち人が来たのは、翌日だ。

いつものようにすみれの指導で琴を爪弾いているところへ渡って来られ、阿久利とすみれは慌てて頭を下げた。

「よい、そのまま続けてくれ」

居間の上座に正座した内匠頭は、阿久利が爪弾く六段の調を静かに聴き、終えると褒めてくれた。

「また腕を上げたな」

嬉しくて笑みを浮かべていると、内匠頭が言う。

「今宵、頼母をはじめ家来たちを労《ねぎら》う宴を開く。そこで阿久利、皆のために琴を弾いてくれ」

思わぬことに阿久利は緊張した。戸惑い、師匠を見ると、すみれはうなずく。

「奥方様ならば大丈夫にございます。お殿様にもお褒めいただいたのですから、自信をお持ちください」

すみれの厳しい指導のおかげで、阿久利の琴の腕は家臣たちのあいだで評判になっていた。阿久利が爪弾く琴の音が奥御殿でしはじめると、耳に届いた者たちは立ち止まり、あるいは手を止めて、聴き入っているのだ。

「そなたの琴で、皆を労《ねぎろ》うてやってくれ」

妻としての務めだと言われた気がした阿久利は嬉しくなり、内匠頭に笑顔で応じた。

当日、阿久利は六段の調など三曲を披露し、家臣たちを喜ばせた。琴を弾き終えた後も宴の場に残り、勅使饗応役という大役を果たした喜びを肌で感じて、赤穂浅野家の者となったことを幸せに思った。

家臣たちは酒に酔っても、内匠頭に対する礼節を欠くことなく接している。これは、江戸家老である大石頼母の影響もあるのだろう。

大石頼母は、内匠頭が尊敬する藩祖長直の娘を妻に迎えて親族に名を連ねる者にありながら、決して偉ぶらず、内匠頭にじいと呼ばせている。その器の大きさは家中のみならず、対外的にも発揮され、たとえばこのたびの勅使饗応役にしても、指南役である高家に対する付け届けをあるじにかわって采配し、相手の機嫌をそこねぬよう気配りをしている。

そのことを知る内匠頭は、皆の前ではじいと呼んで年寄り扱いだが、阿久利には、頼母を頼りにしているのだと言ったことがある。

宴が続く中、皆を見ていた阿久利は中座し、控えていたおだいと共に奥御殿に戻って用をすませ、ふたたび酒宴の場に戻ろうと廊下を歩いていた。

小書院と内匠頭の寝所のあいだにある座敷の前を通りがかった時、六畳の間から人の話し声がしたので立ち止まった。

「吉良殿がですと！」

「これ、声が大きい」

という、切迫した声が聞こえたのだ。

「御家老、それはまことでございますか」

「うむ。今朝、吉良殿から使いがまいった」

「吉良殿は高家肝煎《きもい》りというご身分を鼻にかけ、大名家に招かれた折に目についた物を欲しがるという噂を他家の留守居役から聞いておりました。遠慮がないお方ゆえ気をつけるよう言われていましたが、まさか、饗応の座で使用した物に目を付けてこようとは。油断しておりました。御家老、いかがいたしますか」

気になり聞き耳を立てていた阿久利であるが、おだいに促され、その場を離れた。

大書院に戻って内匠頭のそばに座っていると、戻った大石頼母と留守居役の堀部弥兵衛が歩んで来て、内匠頭の前に揃って正座した。

「殿、ご相談がございます」

大石頼母に言われた内匠頭は、不思議そうな顔をした。

「いかがした」

二人の重臣が阿久利を気にする表情を見せると、内匠頭が言う。

「構わぬ。ここで申せ」

応じた大石頼母が、両手をついて膝行《しっこう》し、居住まいを正す。

「吉良上野介殿が、饗応の指導をした礼として、勅使にお茶をお出しする折に使用した名物の織部《おりべ》茶碗を譲ってくれと、使者をよこしてまいりました」

内匠頭の顔色が曇ったが、それは一瞬のことだ。柔和な面持ちで言う。

「丁寧にご指導くだされたおかげで役目を果たせたのだ。譲ってさしあげたらどうか」

すると、堀部弥兵衛が両手をつく。

「おそれながら、あの織部茶碗は饗応役の祝いとして御本家からいただいた物。当家の一存では決められぬかと」

内匠頭はうなずく。

「弥兵衛が申すこともっともじゃ。じい、御本家にうかがうように」

「承知いたしました」

二人は頭を下げて、大書院から出ていった。

翌日、門外不出、という回答が広島藩からきた。

これを受けた内匠頭は、本家がそういうので遠慮願う、という形をきらい、自身の言葉として譲らぬ意思を祐筆《ゆうひつ》の中村勘助《なかむらかんすけ》に代筆させ、堀部弥兵衛を使者に立てた。

書状を受け取った吉良上野介は不機嫌になり、二言三言嫌みをくれたが、堀部弥兵衛は己の胸にとどめ、内匠頭には、ご納得いただけましたと報告して戻った。

堀部弥兵衛が辞した後、吉良上野介は側近の者に、

「内匠頭、小憎い若造め」

と、怒りをぶつけ、根に持たれることになるのだが、浅野家の者が知る由もなかった。

別件のことで家老の御用部屋へ行こうとしていた落合与左衛門は、堀部弥兵衛が大石頼母に吉良の怒りを伝えたのを偶然耳にしたのだが、終わったことだ、と大石頼母が聞き逃す様子だったこともあり、この時は気に止めなかった。

ゆえに、阿久利の耳には、吉良の怒りは伝わらなかったのだ。

別れ

庭に藤の花が咲きはじめた頃のある日、阿久利は内匠頭に連れられて表御殿に渡り、小書院に入った。

下座の中央に座して平身低頭している男は、ずんぐりと背中が大きい。

阿久利は、小さいのか大きいのか分からぬ人だと思いつつ、上座に座る内匠頭の左手側に並んで正座した。

まずは同座している大石頼母が口を開く。

「殿、御公儀より正式な知らせがまいりました。今年八月のお国入りを許すとのことにございます」

初耳の阿久利は、何のことかと思い内匠頭を見た。

「参勤交代で赤穂へまいるのだ」

大名には一年おきに国許《くにもと》と江戸を往復する義務がある。それには相当な費用がかかり、諸大名には大きな負担になっていた。家督を継いだ内匠頭はこの年まで免除されていたが、いよいよはじまるのだ。

内匠頭は、平身低頭したままの侍に面を上げよと言った。

ゆるりと顔を上げた侍は、どことなく大石頼母に似ている。阿久利の目にはそう見えた。案の定、侍は大石内蔵助《くらのすけ》と名乗り、優しい顔で言う。

「まずはご婚礼の儀をめでたくすまされたこと、祝着至極に存じまする。国の者どもも喜び、殿のお国入りを今日か明日かと、首を長《なご》うして待っておりまする」

「うむ。遥々大義《はるばるたいぎ》である」

「はは」

内匠頭が阿久利に顔を向けた。

「この者は躬より八つ年上であるが、赤穂の国許をまかせておる家老だ。躬も初めて会うた」

内匠頭が国へ帰ってしまう。

そのことで頭がいっぱいになっていた阿久利は、急に声をかけられて、ずんぐりむっくりの国家老を改めて見る。大石内蔵助は目尻を下げて優しそうな顔をしているが、座り姿には一分の隙《すき》もなく、国家老としての風格がある。そんな大石に対し、自然と言葉が出た。

「内蔵助殿、阿久利です。お国入りされる殿のこと、何とぞよしなに頼みます」

内蔵助は満面の笑みを浮かべた。

「はは。一年ほど江戸を留守になされ、お寂しい思いをされましょうが、どうか、ご辛抱を」

「はい」

笑みを浮かべると、内蔵助はしばし阿久利のことを見ていたが、我に返ったように頭を下げた。

この後、大叔父である大石頼母の家老長屋へ戻った内蔵助は、何やら嬉しげな顔をして頼母の前に正座し、

「まことに美しい奥方様でございますな。いや、美しいだけでなく、実にしっかりしておられる」

「そうであろう。殿は幸せ者じゃ」

「御家にとっても、これほどよいことはございませぬ」

「まことまことと」

心底喜び、このような会話がなされた。

その大石内蔵助が滞在している内に内匠頭が江戸を発《た》つ日が近づき、表御殿は慌ただしくなってゆく。

そんな中、内匠頭は忙しい合間を縫って奥御殿に来てくれ、決まって茶室に誘い、

二人で過ごすことも増えている。

阿久利は良人のために茶を点《た》て、今では、好みの味を把握している。苦みの少ないほうを好む内匠頭のため薄味に点てたものを差し出した。

ゆっくり飲む内匠頭は言葉少なだが、狭い茶室で二人きりでいるだけで幸せだった。もうすぐ赤穂へ行ってしまわれるのだと思うと悲しくなるので、この時だけは忘れることにしている。またある日は琴を爪弾き、二人で庭の散策などをした。できるだけそばにいてくれようとする内匠頭の気持ちが伝わった阿久利は、思いやりが嬉しかった。

そんなある日のことだ。小姓の片岡源五右衛門《かたおかげんごえもん》を紹介された。内匠頭は同い年の小姓を源五と呼び、美しい面立ちをした片岡源五右衛門は、阿久利に優しく接してくれた。

神経質なところがあり、家臣とは硬い表情で話す内匠頭が親しげにする姿を見て、こころを許す数少ない家臣なのだと分かり、親しみを持った。

また片岡も阿久利に一目おいてくれているらしく、内匠頭が小用で座を外した時、聞こえないようにそっと訊いてきた。

「殿は、江戸を発たれることを不安に思われてらっしゃいますか」

小姓としてそばに仕える片岡は、家臣たちには見せない本音を知りたいのだろう。

内匠頭のことを細やかに気にしている風で、阿久利は頼もしく思う。

「口には出されませぬが、楽しみにされているご様子です」

笑顔を崩さず言うと、片岡は安堵した顔でうなずいた。

廊下に急ぐ足音がしたのは、そんな時だ。

落合与左衛門が座敷に顔を出し、中をうかがう。

「奥方様、殿はいずこに」

すると片岡が膝を転じた。

「小用に立たれております」

告げた時、内匠頭が戻ってきた。

「殿、一大事にございます」

「与左、そのように慌てていかがした」

「御家老が、大石頼母殿がお倒れになり、そのまま亡くなられました」

内匠頭は目を見開いた。

「それはまことか！」

「たった今、知らせが」

涙声で言う落合は、先ほどまで表御殿に渡る廊下に控えていた。そこへ、堀部弥兵衛が駆けつけ、訃報を告げたのだ。

その弥兵衛は今、表御殿側の廊下で控えて待っている。

姿を目にとめた内匠頭は、頼母のもとへまいる、と叫び、渡り廊下へ急いだ。

片岡が続き、阿久利が行こうとしたのだが、落合が止める。

「大騒ぎでございますゆえ、奥方様はお控えください」

こう言われては、内匠頭の帰りを待つしかない。

「昨日はお元気でしたのに、どうしてお亡くなりに……」

「まさに、今朝出仕の支度をなされておられる時までなんらお変わりなかったそうですが、先んじて国許へ戻られる内蔵助殿と、殿のお国入りの打ち合わせをされている最中に胸の痛みを訴えられ、そのまま帰らぬ人になられたそうです。おそらく、心ノ臓の発作かと」

心臓が突然止まる病のことは知っている。あまりに急なことに言葉もない阿久利は、莞爾として笑ってくれる大石頼母の顔を思い出し、哀しくて涙が出た。

「やはりわたくしも、弔問しとうございます」

「されど今は、家の者が落ちついておりませぬ」

「与左殿、頼みます」

頭を下げる阿久利に、落合は仕方なく応じた。

おだいが寝所から桜色の玉石で作られた数珠《じゅず》を持ってきて、阿久利に差し出す。

お菊とおだいを残し、落合と二人で家老の長屋に出向く。すると、戸口は集まった家臣たちでごった返していた。阿久利にいち早く気付いた者が皆に伝えて道を空け、頭を下げた。

家臣たちの前を通る阿久利の耳に、涙をこらえる息づかいが届く。はばかりなくすすり泣く者もいた。

知らせを受けたのだろう、表玄関に大石内蔵助が自ら出迎え、気丈な様子で座敷へ案内してくれた。

布団に寝かされている大石頼母のそばに正座していた内匠頭は、阿久利にうなずき、横を示した。

大石内蔵助が神妙な面持ちで頭を下げる前を横切り、内匠頭の横に正座して数珠を持つ手を合わせ、目を閉じる。

隣に座している内匠頭の、震える息づかいがした。そっと目を向けると、頼母を見つめる横顔には悲しみが浮かんでいる。

殿がこころの中でお泣きあそばされている。

そう感じた阿久利は胸が詰まり、共に悲しんだ。

内匠頭は涙を見せなかったが、奥御殿に戻って二人になった時、

「躬は、これからどうすればよいのだ」

と、妻である阿久利に不安を隠さなかった。

弱い内匠頭を初めて見た阿久利は、そっと手に手を添えた。

「お国許には内蔵助殿、江戸表には堀部弥兵衛殿がおられます。家臣の皆も、家族同然に付いております」

内匠頭は驚いたような顔を向けたが、すぐに穏やかな眼差《まなざ》しとなる。

「頼母のことをじいと呼んでいたが、まさに、父のように思うていた。頼れる身内を失ったようでつい不安になったのだ。そなたが申すとおり、皆がいてくれる」

「はい」

「そなたもな」

阿久利は内匠頭の顔を見た。内匠頭も見つめる。

「今宵は、共にいてくれ」

いつ内匠頭が来てもよいように、婚礼の儀の日から奥御殿の寝所には内匠頭の布団も敷かれることになっている。今宵は哀しい夜だ。そんな時こそ支えなければ。

そう思う阿久利は、内匠頭と並んで横になった。手を繋《つな》がれたので顔を向けると、内匠頭は優しい笑みを浮かべた。

「頼母は、そなたのことを賢い人だと褒めていた。躬もそう思うている。これからは、二人で家を守ろうぞ」

「はい」

「明日は忙しくなる。少しでも眠ろう」

内匠頭はそう言うと天井に顔を向けて、目を閉じた。

手を繋いだまま、阿久利は内匠頭の横顔をしばらく見ていた。初めて見る寝顔。そして寝息。このお方はほんとうにわたしの良人なのだと改めて認識し、かけがえのない人だと胸に刻んだ。

初めて同じ寝所で朝を迎え、夜明けと共に目をさました内匠頭は、阿久利の見送りを受けて表御殿に戻った。

夜通し次の間に控えていたおだいが寝所に来たのは、渡り廊下で見送りを終えて戻った時だ。

「お方様、眠れましたか」

阿久利は薄い笑みを浮かべて首を横に振る。

「一睡もできませんでした」

ずっと手を繋いでいたことを思い、顔を赤くした。

大石頼母の葬儀はこの翌日しめやかに終えられ、浅野家の縁者として、菩提寺《ぼだいじ》である高輪《たかなわ》の泉岳寺《せんがくじ》に埋葬された。

大石内蔵助が内匠頭と阿久利に帰国のあいさつをしに来たのは、葬儀の翌日だ。

「殿、奥方様、葬儀のお礼を申し上げます。これより一足先に国許へ戻り、殿をお待ちしております る」

悲しみをつゆほども顔に出さない内蔵助は、阿久利に笑みを残し、赤穂へと帰っていった。

そして、大石頼母の初七日が終わって間もなく、内匠頭が赤穂へと旅立つ朝を迎えた。

表御殿の玄関に出た阿久利は、寂しさをこらえ、内匠頭に笑顔を見せた。

「道中のご無事をお祈りします」

「しばしの別れだ。身体をいとえよ」

「はい」

「後を頼む」

内匠頭は阿久利の手をにぎって言い、赤穂へと旅立っていった。

その日から阿久利は、朝夕仏間に入り、先祖の御霊《みたま》に旅の無事を祈るのが日課となり、お菊とおだい、そして落合与左衛門と共に藩邸を守った。

あるじのいない表御殿は、火が消えたように静かだ。たまに顔を見る留守居役の堀部弥兵衛は、阿久利に気を遣い、今日あたりはどこそこの宿場だとか、三日後には京にご到着されるはずと教えてくれる。

そのたびに阿久利は、もうすっかり忘れている幼き頃の旅路を想像し、無事を祈るのだ。

阿久利はふと、背後で共に祈るおだいに目を向けた。手を合わせている顔には必死さと、どことなく寂しさが滲《にじ》んでいるように思えた。そういえば内匠頭の行列を見送った時も、おだいは寂しそうな顔をしていた。大勢の家臣たちでにぎやかだった藩邸が急に静かになるからだろうとその時は気にしなかったのだが……。

勘ぐる阿久利の眼差しに気付いたおだいが驚いた顔をしたが、すぐに微笑む。

「わたくしは、観音様に」

仏間に安置されている観音菩薩に手を合わせて言うおだいの熱心さに、阿久利も微笑んで応じた。

「行列の中に誰か気になるお方がいるのかしらと、つい勘ぐってしまいました」

「いませぬ」

慌てふためくおだいを見て、悪いことを言ってしまったと思った阿久利は素直にあやまり、改めて仏壇に向くと、ご先祖様に祈りを捧《ささ》げた。

内匠頭の健勝が知らされたのは、旅立ってふた月が過ぎた頃だった。

居間にいる阿久利のもとへ来た落合が、来客を告げたのである。

「奥方様、新たに江戸家老となられた安井彦右衛門《やすいひこえもん》殿が、お目通りを願っておられます」

　応じた阿久利は、奥御殿の表玄関そばの広間に出た。次の間で待っていた安井彦右衛門と会うのは初めてだ。

　無事国入りを果たした内匠頭は大石内蔵助と協議し、安井を江戸家老に決めたのだ。安井の口から内匠頭の様子を聞いて安堵し、居住まいを正す。

「安井殿、殿の留守をよしなに頼みます」

　まだ少女の阿久利のしっかりした様子に、安井は驚いた顔をしたが、すぐに平身低頭した。

「身を粉にして励みまする」

　身体の線が細く小柄でどこか落ち着きのない安井を大石頼母とくらべてしまった阿久利は、どことなく頼りなさを覚えたのであるが、この後は、留守居役の堀部弥兵衛の働きもあり、江戸の藩邸は変わらぬ落ち着いた日々が続いた。

　お満の方が訪ねて来たのは、蒸し暑さが和らいだ頃の、爽やかな晴れの日だった。

「そろそろ、寂しさが増したころではないかと思い顔を見にきました」

　胸の内を見透かされた気がして目を見張っていると、お満の方が微笑む。

「わたくしも、若い頃はそうでしたから。表御殿は火が消えたように静かですし、殿がお戻りになるのはまだまだ先。そう思うと、取り残されたような気持ちになったものです」

同じだと思い、身を乗り出す。

「母様は、どのように過ごされたのですか」

「遊びました」

「えっ」

「おほほほ。驚くことはないのですよ。そなたは毎日、何をして過ごしているのです」

「お琴の稽古と、香道、茶道などを。書の稽古も欠かしませぬ」

書のほうは、お菊が感心するほど上達し、美しい字を書くようになっている。

「まことに、お美しい字を書かれます」

控えていたお菊がしゃしゃり出て、阿久利が短冊にしたためた和歌を見せた。

「確かに良い字です。ですが阿久利、習いごとばかりではいけませぬ。時には遊ばなくては息が詰まります。のう、お菊殿」

「は、それは、まことに」

本家のお満の方に言われて、お菊はたじたじだ。

お満の方が、いたずらっぽい笑みを浮かべる。

「せっかく内匠頭殿がお留守なのですから、こういう時にこそ遊ばなくては。明日は、船遊びをいたしましょう」

なんだか悪いことをする気がして、阿久利は戸惑った。

「お誘いいただき嬉しいのですが、殿のお許しもなく遊ぶのは……」

「それは心配にはおよびませぬ。内匠頭殿には許しを得ています」

阿久利は驚いた。

「母様は、殿とお会いになられたのですか」

「ええ。江戸を発たれる前に訪ねてこられ、阿久利を頼むと言われたのです」

内匠頭の気配りに触れて胸が熱くなった。

「涙をお拭きなさい。そなたたち夫婦はほんに、仲がよいですねぇ。明日は早く迎えに来ますから、楽しみにしていなさい」

「はい。ありがとう存じます」

「わたくしも、今から楽しみです」

お満の方は微笑み、帰っていった。

翌日は、昨日と同じ爽やかな晴れ間が広がっていた。

落合与左衛門や堀部弥兵衛に守られて藩邸を出た阿久利は、近くの船着き場で待っていた屋形船に乗った。供はおだいのみ。転ばぬように座った阿久利は、岸からお菊や藩の者たちに見送られて堀川を進む船から、初めて見る景色を眺めた。左手に見える石垣と白壁が赤穂藩の屋敷だと船頭から教えられたおだいが、姫御殿のお庭はすぐそこですと興奮気味に言う。

東屋から見ていた景色を懐かしく思いながら外を見ていると、船は明石橋を潜って海に出た。程なく広島藩下屋敷の水門に横付けされ、お満の方が乗り込んできた。

二人だけで屋形の中に入った阿久利は、改めて礼を言う。

「今日は、お誘いいただきありがとう存じます」

「ゆうべは眠れましたか」

「なかなか眠れませんでした」

目を輝かせて教えると、

「わたくしもです」

お満の方も嬉しそうに言った。

船は沖に出ていき、海風は冷たいが心地よい。景色を見ながらおいしい料理を堪能して楽しい時を過ごすことができた阿久利は、茶を点ててくれたお満の方に両手をついた。

「おかげさまで、今日の空のようにこころが晴れた気分です。ありがとう存じます」

「喜んでもらえて何よりです。たまにはこうして遊ぶことも大事。そのことを忘れぬように」

「はい」

にわかに外が騒がしくなり、阿久利は船首側に振り向いた。

お満の方が何事かと声をかけると、障子が開けられ、広島藩士が顔をのぞかせて言う。

「阿久利様お付きの方が、気分が悪うなられました」

「おだいが」

阿久利が立ち上がって出入り口へ行くと、真っ青な顔をしたおだいが、心配する船乗りに大丈夫だと言い、阿久利に気付いて申しわけなさそうに頭を下げた。

「少し休めば大丈夫です」

言ったはしから口を手で塞《ふさ》ぎ、船縁《ふなべり》から身を乗り出す。

「船に酔ったようですね」

お満の方が言い、お付きの広島藩士に戻るよう命じた。

急ぎ岸に戻され、阿久利はおだいと藩邸に帰った。

おだいの部屋がある長局《ながつぼね》は、奥御殿の居間の真向かいだ。庭に面しては物置になっているため居間からは漆喰壁しか見えない。どうしているのか心配になった阿久利は、お菊に頼んで長局に渡った。

自分の部屋で休んでいたおだいは、見舞いをした阿久利に、せっかくの船遊びをだいなしにしてしまい申しわけございません、と神妙にあやまった。

「そのことはよいのです。気分はまだ、優れないのですか」

「横になっていれば、すぐに良くなります」

おだいは無理に笑みを作った面持ちをしている。

「奥方様、そろそろ」

病がうつることを心配したお菊は、短い時間しか会わせてくれなかった。

翌日になってもおだいの具合は良くならず、阿久利を起こしに来たのはお菊だった。訊いても、まだ優れぬようです、とだけ言い、詳しいことを教えてくれない。

お菊が止めるのも聞かず、身支度をすませて長局に渡り、おだいの看病をした。

昼前になってお満の方が来たというので、阿久利は迎えに出た。

「侍女の具合はいかがですか」

お満の方も気にしてくれていたのだ。

「よくなりませぬ」

「医者には診せたのですか」

これにはお菊が答え、呼びに行ったがあいにく留守だったので戻り次第来るよう伝えてあるという。

真顔でうなずいたお満の方が、薬を持ってきたので案内するように言った。

阿久利が先に立って案内し、

「おだい、お満の方がお見舞いにおこしくださいました」

部屋の前で声をかけて障子を開けると、おだいは布団に正座し、平身低頭していた。

お満の方が、

「これ、無理をしては身体に障ります」

優しく言ったが、おだいは顔を上げない。

面を上げるよう言われて、ようやく上げた。そんなおだいに、身体を気づかう言葉をかけていたお満の方は、ふと何かに思い当たったような顔をしたかと思うと、阿久利に部屋を出るよう告げた。

突然のことに驚いていると、

「おだいと二人で話をしたいのです。よいと言うまで、近づいてはなりませぬ」

いつになく厳しい面持ちで言われた。

控えていたお菊に促され、阿久利は居間に戻された。

神妙に顔をうつむけているおだいに向き合ったお満の方は、手を差し伸べた。

「よいから、横になりなさい」

するとおだいは下がり、平身低頭した。

お満の方は、複雑な心情を面に出した。

「わたくしの思い違いであることを願いますが、そなた、腹に子《やや》がいますね」

沈黙しているおだいに、厳しい目を向ける。

「相手は誰ですか」

「お許しください」

「許しませぬ。正直におっしゃい。相手は家中の者ですか」

厳しく問われ、おだいは観念した様子でうなずいた。

「その者は今、どこにいるのです」

「殿に従い、お国許へおられます」

「名は」

「…………」

お満の方はおだいを見据えた。

「そこまで隠したがるわけは、妻子がある者ということか」

おだいは背中を丸める。

「正直におっしゃい」

「お察しのとおりにございます」

「なんということを。内匠頭殿は家中の不始末に厳しいお方。まして、阿久利のそばに仕える侍女に手を出したことがお耳に入れば、その者は厳しく咎《とが》められます。おそらくそなたも、ただではすみませぬぞ」

厳しく言いつつも、考えをめぐらしたお満の方は部屋を出た。廊下を歩いていた侍女を呼び止め、落合与左衛門を部屋に来させるよう言いつけて戻り、神妙に正座しているおだいのそばに座った。

「安心なさい。みすみす死なせるようなことはさせませぬ」

驚いた顔を上げるおだいに、お満の方は真顔でうなずく。

程なく来た落合に人払いをさせ、おだいのことを教えた。

「なんと！」

絶句する落合を落ち着かせたお満の方は、ここにいる三人だけの胸に止《とど》めることを厳命し、知恵を授けた。

応じた落合は、哀しい目をおだいに向けた。

「おだいおぬし、いつ気がついたのだ」

「江戸を発たれてすぐにございます」

「相手は誰だ。言わねばかばいきれぬぞ」

「お蔵方《くらがた》の、三村介五郎《みむらすけごろう》殿です」

「その者ならば知っている。奥方様のおそばに仕えるそなたが、三村とどこで知り合うたのだ」

「時々お見かけしている内に、こころを引かれました」

「まさか、そなたから近づいたのか」

「どちらともなく……」

「引かれ合い、仲良うなったのですね」

お満の方に言われて、おだいはうなずいた。

落合が嘆息する。

「なんたることだ。いったいいつの間に、どこで逢引きをしていたのだ」

「夜中にこっそり抜け出して……」

「まあ落合殿、そこはよいではないですか。こうなっては仕方がありませぬ。わたくしが申したとおりに。よろしいですね」

お満の方に言われた落合は深く追及するのを止《や》め、膝を転じて頭を下げた。

「承知つかまつりました。同じ三次の出の者として、ご慈悲にお礼を申し上げます」

「子に罪はありませぬ。三村とやらが戻ったあかつきには、母と子の面倒をしっかり見させるように」

「はは、しかと伝えまする」

「阿久利には、くれぐれも悟られぬように。悲しむでしょうが、仕方がありませぬ」

おだいはこらえ切れなくなり、突っ伏して泣いた。


その夜、おだいが重い病だと知らされた阿久利は、落合に迫った。

「嘘です。嘘と言うてください」

落合は辛そうな顔をうつむける。

「もはや、奥方様にお仕えすることはできませぬ。しっかり養生をさせるためには、暇《いとま》を出してやらねばなりませぬ」

「ここを出てゆくのですか」

「病を治すためにございます」

「治るのですね」

「はい」

「では、また戻ってきますか」

「何年かかるか分かりませぬゆえ、なんとも」

歯切れの悪い返事をする落合を、阿久利はじっと見つめた。

ちらと目を合わせた落合が、逃げるように立ち上がる。

「そろそろ出ます。お別れをなされますか」

阿久利は立ち上がったが、こらえていた気持ちがあふれて両手で顔を覆った。おだいに涙を見せてはいけないと自分に言い聞かせ、気持ちを落ち着かせて落合と共に見送りに出た。

おだいを乗せた駕籠はひっそりと奥御殿の勝手口を離れ、東側にある門に向かった。門とは呼べぬほどの小さな出入り口は、出入りの商人など、身分が低い者が使う場所。そうとは知らぬ阿久利は静かに後を付いていき、開かれた門から駕籠が出る寸前で声をかけた。

「おだい」

駕籠は止まったが、戸は開けられなかった。病がうつると、落合が言ったからだ。

「奥方様、お許しください。お許し……」

駕籠の中で声を詰まらせるおだいが心配で歩み寄ろうとしたが、落合に止められた。

駕籠は無情に進み、門前の堀川にかかる橋を渡りはじめた。追って出ようとした阿久利であるが、身分ある者が潜ってはなりませぬと落合に止められ、泣いて見送るしかなかった。

悲しむ阿久利を見かねた落合が、目の前に片膝をついて言う。

「おだいは、それがしが面倒を見ますから、奥方様、どうかご安心を。お寂しいでしょうが、おこころ安らかに」

落合は目を赤くしている。

阿久利は泣いて迫った。

「おだいはどこに行くのです」

「申せませぬ」

「どこに行くのです」

落合は頭を下げ、首を横に振る。

阿久利はおだいの名を呼び、駕籠が見えなくなるまで見送ることしかできなかった。

家族のように思っていたおだいが突然いなくなり、阿久利は寂しい日々を送った。

片時も離れず気にしてくれるお菊のおかげで、日に日に明るさを取り戻すことができた阿久利は、しっかりしなければと自分に言い聞かせ、奥方としての務めに励んだ。

そして年が変わり、天和四（一六八四）年になった。桜の季節が終わった頃、待ち人がようやく帰る日がきた。

行列が近いことを知らされた阿久利は、お菊と共に表御殿に渡り、玄関で到着を待った。

露払いが玄関前を横切り、鉄砲衆や弓衆が過ぎて内匠頭の駕籠が見えた時は、胸が躍った。

式台に横付けされた駕籠から降りた内匠頭は、阿久利を見るなりほっとしたような笑みを浮かべ、

「今戻った」

優しい声で言う。

夜になり、奥御殿の寝所で二人きりになった時、内匠頭はおだいの病のことを聞いたと言い、寂しいであろうと慰めてくれた。

阿久利は暗い顔を見せてはならぬと思い、国許の話を聞かせてほしいと頼んだ。

内匠頭は、赤穂の家臣や領民が温かく迎えてくれたこと、塩田のことをはじめ、豊かな領地の様子などを教えてくれ、懐《ふところ》に忍ばせていた土産を渡してくれた。

「京で求めた物だ」

蝶の螺鈿《らでん》細工が可愛らしい朱塗りの櫛《くし》は、艶《あで》やかな品。

阿久利は目を見張った。

「嬉しゅうございます」

「これから一年、よろしく頼む」

一年ごとに国許へ帰ってしまう良人に、阿久利は頭を下げた。

「こちらこそ」

琴を弾いて長旅の疲れを癒やし、夜は共に過ごした阿久利。

寂しいことはあったが、待ち望んだ良人との暮らしがはじまることに、胸をときめかせた。


そのいっぽうで、許されぬ恋をして阿久利のもとを去っていたおだいは、隠棲《いんせい》していた本所の町家で、哀しい知らせを受けていた。

夜遅く訪ねてきた落合与左衛門から、三村介五郎が赤穂で病死したことを知らされたのだ。

初めおだいは、未練を断つための嘘だと疑い、聞こうとしなかった。だが落合は、病に倒れた三村がおだいに宛てた文を渡した。

「宛名がわしであったゆえ封を切って目を通した。三村殿の気持ちが綴られている」

人目に付かぬよう落合に宛てた文には、二度と会えぬ悲しい気持ちと、おだいを想う気持ちが綴られていた。

畳に突っ伏して嗚咽《おえつ》するおだいに、落合が言う。

「三村殿は、婿養子に入っていた家を嫡男に譲り、離縁して国許を出ようとしていたそうじゃ。その矢先に倒れられた。どうやら、死病に取り憑《つ》かれていたらしい」

落ち着きを取り戻したおだいは居住まいを正し、改めて落合に頭を下げた。その背後の棚には、位牌《いはい》がある。おだいは阿久利のもとを去り、落合のおかげで本所の家に落ち着いていたのだが、ふた月前に生まれた子は、僅《わず》か三日で亡くなっていた。

早産が、子の命を奪ったのだ。

気の毒そうな面持ちの落合が、頭を下げているおだいに面を上げさせて言う。

「奥方様のもとへ戻ることができるが、どうだ」

おだいは手で顔を覆ってふたたび泣きはじめた。

落合は黙って、気持ちが落ち着くのを待った。

大きな息を吐いて頬を拭ったおだいが、両手をつく。

「ありがたいお言葉ではございますが、わたくしのような者が、姫様のおそばに仕えることはできませぬ」

「そう自分をいやしめることはあるまい。もう十分辛い目に遭《お》うたのだ。奥方様は今もそなたの身を案じ、病が治ると信じて帰りを待っておられる」

「姫様にお会いしとうございますが、介五郎殿を想うあまり身をわきまえぬ道に走った自分が許せぬのです。落合様から介五郎殿が身罷《みまか》られたことを聞くまで、いつか迎えに来てくださると、淡い望みを抱いておりました」

「それが人というものではないか。自分を責め過ぎてはならぬ」

おだいは頭を振り、意を決した顔を向ける。

「わたくしは、出家をいたしとうございます」

落合は驚いた。

「待て、落ち着いて考えるのだ。仏門に入ることがどういうことか分かって言うておるのか」

「介五郎殿と一緒になれぬ時は出家をしたいと考えておりました。感情のままに申し上げているのではございませぬ」

「しかし、そうは言うてもな、引き受けてくれる寺はそう容易《たやす》くは見つからぬぞ」

落合はおだいを見て、はっとした。

「その顔は、まさか、もう決めておるのか」

おだいは膝を転じて、部屋の片すみに置かれている箪笥《たんす》から文を取り出した。

「お満の方様が、わたくしのような者に気をかけてくださいました」

た」

「たまげた。さすがは二代将軍秀忠《ひでただ》公のお血筋。将軍家ゆかりの寺院とはおそれいった」

「仏門に入ると決めた時は、いつでも言うてまいれとおっしゃってくださいました」

「増上寺《ぞうじょうじ》塔頭《たっちゅう》華陽院《けよういん》じゃと！」

文を受け取った落合は、目を通してまた驚いた。

「なんと」

驚くおだいに、落合はさらに驚く。

「なんじゃ、知らなかったのか」

「はい」

「お満の方様は加賀前田家より御本家に輿入《こしい》れされたが、母御は二代将軍秀忠公の娘だ。華陽院のことはよう知らぬが、お満の方様が御推挙くださるからには、由緒正しい寺院に違いない。厳しいぞ。それでもゆくか」

おだいは表情を引き締めた。

「はい」

「意思は固いようだの。よし分かった。お満の方様には、わしからお伝えしておく」

「お願い申し上げます」

このひと月後に、おだいはひっそりと華陽院に入って尼となり、仙桂尼《せんけいに》と名乗って修行の日々を送る。
何も知らされていない阿久利と再会するのは、数年後のことだ。

側室騒動

元禄三（一六九〇）年の初夏。

内匠頭が赤穂から江戸へ帰ってくるのを今日か明日かと待っている阿久利のもとへ、落合与左衛門が来た。

「お戻りになられます」

十八歳になった阿久利は、楚々《そそ》と廊下を表御殿に渡ってゆき、式台に横付けされた大名駕籠《かご》から降り立った内匠頭を迎えた。

「お帰りなさいませ」

「一年ぶりだな、息災であったか」

「はい」

優しい内匠頭に笑顔で応じていると、玄関が何やら騒がしい。振り向く内匠頭の肩越しに、こちらを見ている家臣たちが見えた。

内匠頭が言う。

「孫太夫、源五、何ごとか」

すると奥田孫太夫と片岡源五右衛門が玄関先で片膝《かたひざ》をつき、頭を下げた。

「孫太夫、何ごとかと訊《き》いておる」

「はは。源五が、奥方様がますますお美しくおなりあそばしたと申しましたらば、皆が一目ご尊顔を拝そうと列を乱しますものですから、叱っておったところでございます」

「阿久利、だそうだ。けしからぬと懲《こ》らしめるか」

半分笑いながら言う内匠頭に、阿久利も笑った。

「おたわむれを」

「皆を労《ねぎろ》うてやってくれ」

「はい」

阿久利が式台を進むと、玄関先の家来たちが頭を下げた。

「皆、長旅ご苦労様でした。今宵《こよい》はこころばかりの酒肴《しゅこう》を調《ととの》えていますから、疲れた身体《からだ》を休めてください」

一同から喜びの声があがった。

阿久利は内匠頭と奥御殿に戻り、まずは湯殿で背中を流した。流している時、内匠頭に手をつかまれて引き寄せられ、阿久利は身をまかせた。

夫婦の契りを初めて結んだのは十五の時。

「会いたかったぞ」

「わたくしも」

肌が触れ合う喜びに唇を重ね、微笑《ほほえ》み合う。


阿久利主催の、旅の無事を祝う宴《うたげ》は夕刻からはじまった。内匠頭は、江戸に残っていた家臣たちに国許《くにもと》の話を聞かせている。その穏やかな横顔を見ていた阿久利は、冷めやらぬ肌の温《ぬく》もりに幸せを感じていた。

内匠頭と話しているのは、堀部弥兵衛と足軽《あしがる》頭の原惣右衛門《はらそうえもん》。

内匠頭不在の江戸藩邸を守っていた二人に、内匠頭は自ら酌をして語っている。江戸で変わったことはないかと問われた原惣右衛門が、待っていました、という面持《おもも》ちで身を乗り出した。

「近頃江戸では、火事が増えておりまする。つい先日も、日本橋の一角を焼失させる火事がございました」

火事と聞いて、内匠頭の顔つきが一変し厳しい表情になった。

尊敬する祖父に近づこうとしている内匠頭は、消防についても研究熱心。その実力は公儀にも認められている。

報告をした原惣右衛門たちと消防について語りはじめた内匠頭は、真剣そのものだ。膳の前に座って聞いていた江戸家老の安井彦右衛門は、内匠頭が熱をこめて語る言葉に耳を傾けていたが、少々困惑気味だ。

阿久利に見られていることに気付いた安井が、慌てて表情を改める。誤魔化すように酒をあおり、隣に座る者と酌み交わした。

阿久利は、皆が楽しんでいるか気を配りつつ、内匠頭のそばから離れず座っていた。

酒宴がすすんだ頃、少々酒に酔った体《てい》で膳を横にずらした安井が、内匠頭に酌をしに来た。

「殿、火消しのことは役目を帯びておられる諸侯におまかせくだされ。それよりも、国家老の大石内蔵助殿は、相変わらずのんびりやっておりますか。頼んでおります金《きん》子《す》について未だ返事が届かず、少々不安に思うておりまする」

「内蔵助はああ見えて、なかなかたいした男だ。ようやってくれるゆえ、国許のことはなんら心配ない。金子は案ずるな、近々届く」

「それは何よりでございます。では殿、国許のことは大石殿にまかせて、江戸ではゆるりとお過ごしください。来年赤穂へ戻られるまでには、是非ともお世継ぎを」

途端に、内匠頭の顔に怒気が浮かんだ。

「彦右衛門」

「はっ」

「出過ぎたことを申すな！」

怒った内匠頭を初めて見た阿久利は驚いたものの、咄嗟《とつさ》に、安井をさらに叱ろうとする内匠頭より先に口を開いた。

「安井殿は、御家のためと言うてくれたのでしょう。されど、これぱかりは天からの授かりもの。わたくしの精進が足りず、ご縁をいただけなければ、御家のために、殿に側室をお迎えください」

安井は絶句している。

内匠頭が驚き、阿久利に顔を向けた。

「躬《み》は、側室など取らぬ」

「申しわけございませぬ！」

安井が下がり、平身低頭した。

出過ぎたことを申しましたと必死にあやまる安井の前に行った阿久利が、面《おもて》を上げさせた。

「よいのです。お世継ぎのことは、どうか気長に。さ、今宵は殿と方々がお戻りになられたお祝いですから、楽しい酒をお飲みください」

静まり返っている座を見回した阿久利は、内匠頭を見た。自分のことを思い怒ってくれたであろう良人《おっと》は、感じ入ったような笑みを浮かべた。

「安井」

「はは」

「奥は怒るどころか、側室を迎えろとまで申す。こころの広さに躬は敵《かな》わぬ。その奥が申すのだ。楽しい酒を飲め」

盃《さかずき》を差し向ける内匠頭に、安井は慌てて膝行《しっこう》し、両手で受け取った。

これ以後、安井は跡継ぎのことをいっさい口出ししなくなり、これまでどちらかというと、賢妻の誉《ほま》れ高い阿久利によそよそしかった態度を改め、崇《あが》めるようになった。

この後しばらく、内匠頭と穏やかに暮らす日々が続いたが、季節が流れても、待望の子宝には恵まれなかった。

元禄四（一六九一）年の年が明け、庭に梅が咲く頃になると、阿久利は落ち込んでしまった。

内匠頭が赤穂へ行ってしまうまで恵まれぬままだと、次に会う時は二十歳の夏だ。世の中では年増《としま》と言われる年齢だというのに第一子も授からぬのは、子宝に恵まれぬ身体なのではないか。

一人で思い悩んだあげく、阿久利はある夜、寝所に渡ってきた内匠頭の前で両手をつき、側室のことを真剣に考えてくれと頼んだ。

内匠頭は、阿久利の手を取って顔を上げさせ、抱き寄せる。

「躬は、そなた以外の者をそばにおかぬ。子のことは気にするな。縁がなければ、弟を正式に跡継ぎに定めればよい」

弟とは、三歳年下の長広《ながひろ》のことだ。

側室をとる気がない内匠頭は、子宝に恵まれなかった時のためを思い、長広に三千石を分知して独立させ、仮の相続者としている。

阿久利に重荷を感じさせないための配慮だ。

「子ができぬのは、そもそもそなただけのせいではないはず。一人で気に病んではならぬ」

内匠頭は、落ち込む阿久利を心配している様子だ。

優しい内匠頭の子を授かりたいと願い、翌日お菊に、御利益がある寺や神社に行きたいと相談した。

だがお菊は、みだりに市中へ出ることを許してくれなかった。なぜなら昨年の春、子宝に御利益があると評判になっていた浅草の神社に詣でようと出かけた時に、赤穂浅野の奥方様だ、と町の者たちに知られてしまい、一目見ようと囲まれ、騒動になったからだ。

内匠頭が以前、奉書火消しとして町で活躍したことで、奥方は美人らしい、というのも同時に広まっていたのが、囲まれた理由だった。

内匠頭が美男子ゆえ、見かけた町の女たちが騒ぎ、きっと奥方様もお似合いの美人に違いない、という想像から広まっていったのだが、実際に家臣たちも一目見たがるほどの阿久利だ。また騒動になることを恐れたお菊は、浅草のみならず、町中へ出ることも許さないのだ。

唯一屋敷を出られるのは、広島藩の下屋敷を訪ねる時のみ。

阿久利は内匠頭が登城した留守にお満の方に会いに行き、子宝に恵まれぬ悩みを打ち明けた。

話を聞いてくれたお満の方は、悩む阿久利に優しい顔をする。

「急《せ》いてはいけませぬ。お子をお子を、と口に出しては、殿方は萎《な》えてしまうもの。こころを穏やかに過ごし、夫婦仲良くすることが肝要です」

「思えば、口に出し過ぎていたかもしれませぬ。肝に銘じます」

落ち込む阿久利を、お満の方は優しく励ましてくれた。

「これを持っていなさい」

渡されたのは、緑地の絹に銀糸の模様が縫われた小袋。阿久利が詣でたかった浅草の神社の物ではないが、

「子宝に御利益があるお守りです」

そう教えられて、阿久利は胸に抱いた。

「ありがとう存じます」

「さ、内匠頭殿がお帰りになる前にお戻りなさい」

「はい。またお邪魔をいたします」

阿久利は笑顔で頭を下げ、お満の方の部屋を出た。

奥御殿の脇玄関に向かって庭に面した廊下を歩いていた時、ふと視線を感じて顔を向けると、庭を挟んだ先にある茶室から、こちらを見ている初老の男がいた。

見送りに出ていたお満の方から、高家《こうけ》筆頭の吉良上野介殿だと教えられ、阿久利は立ち止まり、頭を下げた。

茶室から見ていた吉良上野介は、傍《かたわ》らに座して茶を点《た》てている光晟から内匠頭の妻だと教えられ、微笑んで応じた。

「噂どおりの、美人でありますな」

吉良上野介はそう言うと、廊下を去る阿久利を目で追った。

赤穂の金獅子

お満の方にもらったお守りを胸に、教えに従って穏やかな気持ちで過ごすと決めた阿久利であったが、その矢先に、内匠頭に本所の火消し役が命じられた。

念願の大名火消しになった内匠頭は、

「躬はやっと、尊敬する祖父様に近づけた」

と喜び、拝命のその日から消防に没頭した。

「火事はいつどこで起きるかわからぬゆえ、我ら火消し役は、常々の備えが肝要じゃ」

皆を激励した内匠頭は、奥御殿で眠っている夜中でも起き上がり、

「阿久利、はじめるぞ」

声をかけると夜着をはいで立ち上がり、表御殿へ急いだ。

阿久利が支度をすませる間もなく太鼓が打ち鳴らされるや屋敷が騒がしくなり、

「築山裏の二階長屋から火の手が上がりました！」

小姓《こしょう》が触れて回る。

急いで打ち掛けを羽織り、お菊と侍女たちを従えた阿久利は、落合与左衛門の先導で奥御殿を裏口から去り、逃げ場所に定められている東側の土蔵へ向かう。

中には入らず、長刀《なぎなた》を持つ侍女たちに守られて戸口で立っていると、表御殿のほうから回ってきた火消し装束をまとう一団が、阿久利たちがいるほうへ走ってきた。

近頃江戸で火事が多い、と内匠頭に訴えていた足軽頭の原惣右衛門が先頭にいる。

「急げ！」

「おう！」

一糸乱れぬ隊列で走る家臣たちは阿久利に頭を下げて走り去り、竜吐水《りゅうどすい》を載せた荷車を引いて築山のほうへ遠ざかる。

表御殿の庭から別の一団が現われ、原惣右衛門隊と合流して火元へ走り、火消しにかかる構えを見せた。

これを総指揮している内匠頭は、遅い隊があれば叱咤《しった》して指導し、逆に早い隊がいれば今日のできは上々だと褒め、士気を高めることに努めている。

消火の調練がはじまるのは昼夜問わずで、いつはじめるかは内匠頭の考え一つ。早朝もあれば、昼餉《ひるげ》の膳が出された間なしもあり、寝込みを襲われることもある。

ゆえに家臣たちは常に緊張し、月日が過ぎるに従い、屋敷中がぴりぴりしはじめていた。

さらに内匠頭は、高価な竜吐水を惜しみなく揃え、備えに余念がなくなる。

家老の安井は、財政を圧迫すると眉《まゆ》をひそめたが、勘定方の書類に自ら目を通す内匠頭は安井よりも銭金《ぜにかね》の収支に精通しており、予算の指示も細々と出すため進言の余地はない。

大名火消しになった日から忙しく働く内匠頭は寝る間も惜しむようになり、阿久利は一人で夜を過ごすことが多くなった。

見かねた家老の安井が、内匠頭不在を狙って阿久利に目通りを求め、

「殿は眠られておりませぬ。奥方様から、休まれるようおすすめくださいませ」

と頼んできた。

役目に励む内匠頭の様子を詳しく知った阿久利は、ほとんど眠っていない身体を心配した。

「分かりました。殿を説得してみます」

約束した阿久利は、戻った内匠頭を出迎え、

「今宵はわたくしのもとでお眠りください」

そう言ったのだが、内匠頭は笑みを浮かべる。

「案ずるな。躬は疲れておらぬ」

そう言うと、忙しそうに自分の部屋に向かった。

付き従っている片岡源五右衛門が、阿久利をちらと見て、申しわけなさそうに頭を下げて行く。

休むことなく役目に邁進《まいしん》し、ついには、火消しを拝命した旗本や大名を屋敷に招き、消防について講じることをはじめた。

阿久利が落合に、殿のお身体が心配だと訴えると、

「どうやら、火を消すよい方法を伝授していただきたいと頼まれたようですぞ」

そう教えてくれた。

その中の一人、橋本《はしもと》出雲守《いずものかみ》が阿久利に紹介されたのは、講義があった日の夕方だった。

内匠頭は、気の合う男なのだ、と橋本のことを酒に誘い、阿久利は酌をした。

旗本として火消し役を命じられた橋本は穏やかな気性の者で、優しい笑顔で阿久利に酌の礼を言い、上品な酒の飲み方をする。

酒が好きだというだけあり、飲む量は多いのだが、まったく酔った風でもなく、防火と火消しのことで内匠頭と熱心に会話し、

「奥方殿、とんだ長居をしてしまいかたじけのうござる」

恐縮しきりで、明け方に帰っていった。

内匠頭は、良い話ができたと喜び、橋本のことを信頼している様子。そして休むことなく、一日の役目をはじめた。

内匠頭は身を粉にして働き、江戸の民を苦しめる火事に備えている。そんな良人を支えるのが妻の役目。阿久利はそう思った。


江戸は火事が多く、赤穂藩は出役することが増えた。

馬を駆り、先頭に立って出ていく内匠頭。そのたびに顔を炭で汚して帰り、時には火消し装束を焦がしている。

そんな日が続いたある朝、夜通し続いた火事場から戻った内匠頭と家臣たちの様子がいつもと違っていた。

出迎えた阿久利が、何ごとがあったのかと心配していると、内匠頭は式台に腰かけ、がっくりとうなだれた。疲れがにじむ背中からは、煙と汗がまじった臭《にお》いがしている。

「殿、どこかお怪我《けが》をされたのですか」

心配して差し伸べる手を、内匠頭は右手を向けて拒んだ。

「今宵は、多くの死人が出た。人が焼ける臭いが染みついておる」

表から呻《うめ》き声がしたので見ると、戸板に乗せられた家臣が苦しんでいた。

驚いた阿久利は表に出ようとしたが、玄関先に控えていた原惣右衛門と片岡源五右衛門が止めた。

「見てはなりませぬ」

原惣右衛門の声に気付いた家臣たちが、怪我人を隠すようにして長屋へ運び去った。

「誰なのです」

「足軽の者にございます」

原惣右衛門が教えてくれた福水六郎《ふくみずろくろう》は、全身に負った火傷《やけど》により、昼前に息を引き取った。

哀しい知らせを受けた阿久利は、胸を痛めているであろう内匠頭を心配し、表御殿に渡った。

「これも役目だ。いたしかたない」

そう言う内匠頭に、阿久利は両手をついた。

「家中の者は、殿とわたくしの子も同じ。どうか、ご無理をなさらないでください」

「そうはいかぬ。目の前に助けを求める者がおれば、我らは命を賭して救わねばならぬ」

「福水殿は、誰かを救おうとしたのですか」

「逃げ遅れた老婆を助けようとして、崩れてきた建物にやられたのだ。二人とも救えなかった」

内匠頭は悔しそうな顔を横に向け、天井を仰ぎ見た。

「二度と家臣を死なせぬと、お約束してください」

懇願する阿久利を見てきた内匠頭に、膝を進めて言う。

「殿も、ご無理をなさらないで」

すると内匠頭は、大きな息を吐いた。

「案ずるな。二度と死なせぬ。そのためには、より厳しく調練をいたさねばな」

約束をしてくれたのだが、出役するたびに神経をすり減らして待つ日が続き、お菊や侍女たちは、奥方様のほうが心配です、と言いはじめた。それほどに、内匠頭は多忙を極めたのだ。

その甲斐あってか、桜の季節が過ぎた頃には、赤穂名火消し、という言葉が江戸中に広まるほど、赤穂藩の働きは評判になる。

そのいっぽうで、赤穂の殿様はけちでみすぼらしい、という悪い声も、阿久利の耳に届いた。

福水六郎を失った内匠頭は、道具や家臣たちの装束ばかりに金を惜しまず身を守ることに徹し、火から離れた場所で指揮を執る己のことは気にしなかった。そのため、目立つために銭金を惜しまず派手な装束を身にまとう他の大名や旗本とくらべて、内匠頭は地味だったのだ。

阿久利に知らせてきた落合自身も、

「殿の働きで助けられた者が多いというのに、けちでみすぼらしい殿様だと笑う者がおるとか。まったく、けしからぬ者どもです」

評判に憤慨している。

するとお菊も腹を立て、

「落合殿、さすがの殿も、装束をご新調されましょうな」

詰め寄るように言った。

だが落合は、苦笑いをする。

「これが赤穂の武士だと一笑にふされ、家臣の焦げた装束を一新するようお指図されました。まさに質実剛健とはこのこと、古風な赤穂浅野の殿様そのものでござる」

天和の大火の時に見た内匠頭の凛々《りり》しい姿が忘れられない阿久利は、焦げた装束を気にもせず役目に励む今の内匠頭を馬鹿にされ、腹が立った。

「与左殿、奥田孫太夫をこれへ」

すると落合が、不思議そうな顔をした。

「ご用ならばそれがしが伝えまするが」

「直《じか》に頼みたいことがあります」

お菊と落合は、何ごとだろうかと顔を見合わせたが、阿久利の望みどおりに動いた。

奥田孫太夫が奥御殿に来たのは、程なくのことだ。

居間に通すことはお菊が許さぬゆえ、阿久利は玄関横の広間で対面した。

突然の阿久利の呼び出しに、奥田孫太夫は戸惑っている様子。

「孫殿」

「はっ」

「殿がけちでみすぼらしい、と言われると耳にいたしました」

「まことに、けしからぬことでございます」

「このままでは赤穂浅野の恥。そこで、武具奉行のそなた様に頼みがあります。殿の装束を早急に新調してください」

「そうしたいのですが、殿がいらぬと申されます。そのようなことに金を使うのはもったいない。少しでも道具を調達しろと聞かれませぬ」

「殿には内緒で頼みます」

「それはできませぬ。殿は日々勘定方の帳面に目を通されますゆえ、隠しごとは通じませぬ」

「藩の公金ではなく、わたくしの化粧料をお使いなさい」

落合与左衛門が金子を差し出すと、奥田孫太夫は瞠目《どうもく》した。

「武具奉行であるそなた様にまかせます。火事場は戦場《いくさば》と同じ。赤穂浅野らしく、それでいて他家に見劣りせぬ品を頼みます」

奥田孫太夫は白い歯を見せて頭を下げ、さっそく、と言って屋敷から出かけた。

「これほどに」


何ごともなく穏やかな時が流れ、江戸は梅雨時《つゆ》となった。

この時季だと火事はめっぽう減る。

奥田孫太夫から内匠頭の装束が調《ととの》ったと知らせがきたが、着ぬまま過ごすに越したことはない。何ごともなきよう念じていた阿久利であるが、梅雨の晴れ間が続いていたある日の夜、内匠頭に本所以外への奉書が届く。

「神田で上がった火の手が日本橋に広がりつつある。ただちに出る！」

内匠頭の号令で藩士たちは支度にかかり、藩邸はにわかに騒がしくなった。

皆のあいだを縫って進み出た奥田孫太夫が、支度にかかろうとしていた内匠頭に言上する。

「殿、奥方様からにございます」

小姓が持ってきた真新しい装束を見た内匠頭は驚き、そして笑みを浮かべた。

「また奥にしてやられた」

内匠頭は初めて装束を身に着け、皆の前に出る。

黒漆の胴具に金の家紋が映え、陣羽織と袴《はかま》にも金糸がふんだんに使われた派手な出で立ちに、家臣たちの士気が上がる。

「皆の者、出役じゃ！」

「おう！」

馬に跨《また》がった内匠頭は、見送りに出た阿久利を見つけて白い歯を見せ、

「行ってまいる！」

弾んだ声で言い、門から出ていった。

いち早く日本橋の火事場に駆けつけた赤穂藩。

町の者は、馬上で指揮を執る内匠頭の出で立ちにうっとり見とれた。それに加え、火がすぐに消し止められたこともあり、赤穂はさすがだ、名火消しだ、という声があがった。

うきうきとした様子で奥御殿の居間へ来た落合与左衛門が、無事の帰りを待っていた阿久利に喜ぶ町の者たちの様子を伝えた。

「皆は、殿はご無事ですか」

阿久利の関心はそちらが勝っている。

落合はうなずく。

「働き見事とおっしゃられた秋元但馬守《あきもとたじまのかみ》様の屋敷に招かれ、もてなしを受けておられるとのことです」

「若年寄に」

「はい。秋元様が懇意にされてらっしゃる茶坊主の韮山円仁《にらやまえんにん》殿の御妻子を救われたことを感謝され、招かれたそうにございます」

「そうですか」

胸をなで下ろした阿久利は、身体から力が抜けた。

昼前に帰ってきた内匠頭が、出迎えた阿久利の前で馬から降り、手をにぎる。

「そなたのおかげで皆の士気が上がり、よい働きができた」

「韮山様のことを聞きました」

「当然のことをしたまでだが、泣いて感謝された。これからは、江戸城本丸御殿にて躬の世話をしてくださるそうだ。これほど心強いことはない。そなたにも礼を申す。何かほしい物があるか」

阿久利は首を横に振る。

「誰一人欠けぬことが、一番の褒美にございます」

「そう申すであろうと思うておった。今日は奥で休む」

「はい」

共に奥御殿で過ごせることが何より嬉しい阿久利は、内匠頭に続いて御殿に入った。

後日、奥田孫太夫を奥御殿に呼び、阿久利は改めて礼を述べた。

「そなた様のおかげ。良い品を揃えてくれました」

すると奥田孫太夫は感激した様子で目に涙を浮かべた。

「江戸の町は、殿の噂で持ちきりでございます」

「なんと噂されているのです」

「火事場に赤穂の殿様が現われた途端に火が逃げた。赤穂の殿様は金獅子《きんじし》だと」

「金獅子……」

驚く阿久利に、奥田孫太夫は続ける。

「夜中の炎に照らされた殿は、金色に輝いていたのでございます。これでもう、けちだのみすぼらしいなどと言う者はおりませぬ」

内匠頭の姿を頭に浮かべた阿久利は、奥田孫太夫に微笑んだ。

役目で忙しい日々はあっという間に過ぎ去り、夏になると、内匠頭は大名火消しの役を解かれ、休む間もなく国許へ行ってしまった。

残された阿久利は、急に静かになった気がして寂しい思いをする。

落合などは、

「このたびの江戸在府はお忙し過ぎて、まるで嵐が去ったようでござる」

などと言い、一安心した様子だった。

跡継ぎ

元禄六（一六九三）年五月のある日。

昨年赤穂から戻ってきた内匠頭は課役がなく、阿久利は今日も共に奥御殿で過ごしていた。良人のために茶を点て、琴を爪弾き、穏やかで幸せな気持ちでいたのだが、落合与左衛門が廊下に現われ、火急の知らせを伝えた。

「ご無礼をいたします。たった今知らせがあり、御本家のご隠居様が身罷《みまか》られたそうにございます」

頼りにしていた光晟がこの世を去った。

絶句する阿久利のかわりに、内匠頭が訊く。

「いつのことだ」

「先月の二十三日に広島でお亡くなりになられ、墓所も広島とのことにございます」

「さようか。それは急なことであったな」

阿久利はやっと口を開いた。

「お満の方様は、どうされているのですか」

「御下屋敷におられるとのことにございます」

落合の言葉を受け、内匠頭が阿久利に言う。

「共にお満の方様のもとへまいろう」

阿久利は目尻を拭《ぬぐ》って応じた。

すぐに表御殿へ伝えて駕籠を支度させ、広島藩の下屋敷を訪ねた。

「よう来てくれた」

笑みを浮かべて喜ぶお満の方に歩み寄った阿久利は、両手をにぎる。

「母様、お寂しいことでございましょう。ご隠居様の笑われたお顔がはっきり目に浮かびます」

お満の方は懐紙を取り出し、阿久利の頬を拭った。

「誰もが通る道です。玄徳院《げんとくいん》様は御仏《みほとけ》の元へ修行に旅立たれたのですから悲しむことはないのです。七十七年の御生涯をまっとうされた大往生なのですから、むしろ喜び事と思いなさい」

「お顔を見られず、お声も聞けぬのですから喜べませぬ」

「これ、子供のように泣くものではありませぬ。よいですか阿久利、そなたは死を厭《いと》わぬことを美徳とする武士の妻です。何があっても、取り乱してはなりませぬ」

「はい」

「さ、涙を拭いて」

懐紙を使う阿久利を優しい眼差《まなざ》しで見ていたお満の方が、内匠頭に頭を下げた。

「忙しい身であるのにわざわざのお運び、痛み入りまする」

「いえ」

内匠頭は頭を下げ、お満の方に神妙に言う。

「これよりはご遠慮なさらず、いつなりと阿久利をお呼びつけください」

「母様、今夜は泊まります」

「それは嬉しいことなれども、わたくしのことは心配なく。内匠頭殿、貴重な時間を割《さ》かせてしまいました。お気持ちだけいただきましたから、もうお帰りなさい」

気を遣うお満の方に、内匠頭と阿久利は素直に応じた。

玄関まで見送りに出てくれたお満の方と別れたものの、その姿が寂しそうだと感じた阿久利は、駕籠を止めさせて戸を開けた。

「母様、また来ます」

「わたくしのことは気にせず、そなたは内匠頭殿のおそばにいなさい。もうすぐ赤穂へ旅立たれるのですから、一日一日を大切に。よいですね」

お満の方にいらぬ気を遣わせてしまったと後悔した阿久利は、はい、と返事をして帰った。

限られた時しかないと思えば、一日は短く感じられ、季節はすぐに流れてしまう。

蟬《せみ》が鳴く頃、内匠頭は参勤交代で赤穂に旅立った。

残された阿久利は、自昌院《じしょういん》と名を改めたお満の方を訪ね、共に過ごす日が多くなる。

内匠頭が不在ゆえ、自昌院は阿久利の訪問を素直に喜んでくれ、元禄七（一六九四）年を迎えた頃には、以前の明るさを取り戻した。

日々共に過ごしても、自昌院から子供のことを言われないことが阿久利には救いだったのだが、今年も授からなかったと思うと気が滅入り、不安にかられた日は、自分から悩みを打ち明けた。

いつの間にか阿久利は、寂しさを紛らわせる側から、子を授からぬ悩みを聞いてもらう側になっていた。

優しい自昌院は決まって、焦ることはないと慰めてくれる。

「昔のようにこうして共に過ごすのも悪くないですね」

笑って言う自昌院にいつも救われながら、内匠頭との再会を待ちこがれる日々を送っていた。

そんなある日、自昌院を訪ねて鉄砲洲の藩邸に戻ると、奥御殿で待っていた落合与左衛門が顔を見るなり、緊張した面持ちで歩み寄ってきた。

「殿に大役が下されました。御家老と留守居役殿が皆を広間に集めておられますので、そちらにお急ぎください」

留守を託されている阿久利が顔を出さぬわけにはいかない。

すぐさま表御殿に渡り、皆が集まっている大広間に入った。

「おお、お戻りになられた」

留守居役の堀部弥兵衛が言い、留守をしている十数名の家臣たちが頭を下げる。

江戸家老の安井彦右衛門が子細を言うには、このたび内匠頭が拝命したのは、改易《かいえき》になった備中松山《まつやま》藩主、水谷《みずのや》家の居城を請け取る役目。

家臣たちが改易を不服として備中松山城へ籠城《ろうじょう》をすれば、戦になるという。

戦、という言葉を聞くなり、集まっていた者たちがにわかに騒がしくなった。

奥田孫太夫が一番に立ち上がり、

「こうしてはおれぬ。御家老、今すぐ江戸を発《た》ち、軍列に加わりましょうぞ！」

「そうだ。急ぎましょう！」

「御家老」

「御家老！」

血気盛んな藩士たちに迫られた安井彦右衛門は、答えを出せずに右往左往するばかり。

頼りない江戸家老に苛立《いらだ》った奥田孫太夫が、阿久利に両手をつく。

「奥方様、お許しください！」

皆に注目された阿久利は、落ち着いている。

「殿の命があるまで動いてはなりませぬ」

「しかし、戦になってからでは遅うございます」

懇願する奥田孫太夫を、阿久利は澄んだ目で見る。

「孫殿」

「はっ」

「気持ちは分かりますが、出た後に殿のご命令が届いたらいかがするのです。旅の道中ではご上意を伝えようにも居場所が分かりませぬ」

「奥方様がおっしゃるとおりだ」

堀部弥兵衛が口を開いた。

「皆、動いてはならぬ」

広間は静まり返り、奥田孫太夫をはじめ家臣たちは、阿久利に従って頭を下げた。

そして数日後、内匠頭が三千を超える兵を率いて、元禄七年二月十八日に赤穂を出たという知らせが届き、その半月後に、無血で城を請け取ったという知らせが届く。

それまで鉄砲洲の屋敷は緊張に包まれていたが、吉報に触れて皆安堵《あんど》し、ようやく落ち着いた。


阿久利は自昌院を訪ねつつ、内匠頭の帰りを待つ日が続き、ようやく夏を迎える。

内匠頭が大役を終えて江戸に帰ってきたのは、梅雨が明けた頃だった。

大名駕籠から降りた内匠頭は、江戸を発った去年の夏より痩せて見えた。顔色もどことなく悪い気がして、湯殿で背中を流す時にそれとなく訊いてみた。

「お身体の具合はいかがですか」

「ちとだるいが、だいじない」

言いつつも、いつものように手を取って引き寄せてくれぬ。

寝所で共に休んでいた夜中に、息づかいに目をさました阿久利は、苦しそうな内匠頭に驚いて飛び起きた。

「殿、いかがなさいました」

苦しそうで声にならぬ。

「誰か！」

声に応じて駆けつけた侍女に医者を呼ぶよう命じた阿久利は、内匠頭の身体を案じて看病をした。

医者は、癪《しやく》ではないかと言うが、様子を見なければはっきりしないとも言う。

腹痛と胸の苦しみは三日ほど続き、一旦良くなったかと思えばまた悪くなる。それを繰り返していたが、夏が終わる頃には、癪ではなくつかえではないかということになり、命に関わらぬと言われて阿久利は安堵した。

息を詰めて暮らしていた家臣たちの顔にも笑みが戻り、床上げをした内匠頭は、数日後に登城をした。

「やれやれ、一時はどうなることかと思いました」

見送った落合与左衛門から穏やかな顔で言われ、阿久利は微笑む。

「今朝は朝餉もしっかり食されました。いつもの殿に戻られて、ほっとしています」

「城の請け取りという大役で気を遣われたのでしょう。このたびの在府中にお役目が課せられぬことを望むばかりです」

阿久利も同じ気持ちだった。

何も命じられることなく城から戻ることを祈りつつ待っている阿久利のもとへ、内匠頭帰邸の知らせがきた。

表御殿の玄関で迎えた時、内匠頭は課役を言わず、いつもと変わらぬ様子だったのだが、夕方奥御殿に渡ってきた今は、不機嫌な様子だ。

「琴を弾いてくれ」

座敷に入るなりそう言い、庭を向いて正座した。

何か城であったに違いないと思う阿久利であったが、黙って八段の調を爪弾く。

やがて仰向《あおむ》けになった内匠頭は、天井を見つめて考え事をはじめた。八段の調を弾き終えたことにも気付くことなく一点を見つめている。

指から琴の爪を外した阿久利は、内匠頭のそばに座りなおした。

「殿、城で何かございましたか」

弾き終えたことにようやく気付いたように起き上がった内匠頭が、浮かぬ顔を向ける。

「去年より江戸の様子が酷《ひど》い」

人より犬を重んじる今の世に、腹を立てているのだ。

五代将軍綱吉《つなよし》によって制定された生類憐《しょうるいあわ》れみの令の発布は毎年改められ、より厳しくなっている。以前から否定的だった内匠頭は、犬を斬った旗本が改易されたことに腹を立てていた。

噂を知っていた阿久利は、腹立たしげに言う内匠頭に相槌《あいづち》を打って聞いていたのだが、改易をされた者の名を知っているかと訊かれて、首を横に振る。

「存じませぬ」

「橋本出雲守殿だ。覚えているか」

同じ火消し役として、内匠頭と熱く語り合っていた橋本の優しい笑顔を思い出した阿久利は、気の毒になり眉をひそめた。

「覚えています。まさか橋本様だとは存じませんでした」

「躬は備中松山城請け取りの役目で水谷家の改易に触れ、城は無血で明け渡されたものの、浪人となった大勢の家臣たちの行く末を案じていた。水谷家は跡継ぎに恵まれなかったことが理由ゆえ仕方のないことと思う。だが、人に嚙《か》みついていた犬を斬っただけで改易にする今の悪法は改めるべきだ。納得できぬ」

「橋本様は、人をお救いになるために犬を殺《あや》められたのですか。わたくしは、遊び半分と聞いていました」

「誰かが嘘を流しているとしか思えぬ。真相は躬が申したとおりだ。橋本殿と親しい旗本の者が申すことゆえ間違いない」

内匠頭は、辛《つら》そうな顔をしている。

「このことは言うまいと思うたが、聞いてくれ」

「はい」

「橋本殿に改易が伝えられた日に、用人《ようにん》が理不尽を御公儀に訴えて切腹した。人を嚙む癖がある犬を殺すことの何が悪いのかと、書き残していたそうだ」

阿久利は胸が痛んだ。

「お気の毒なことです。あるじ夫婦にとって家臣は子も同じ。橋本様は、さぞかしお辛いことでしょう」

内匠頭は驚いたような顔をして、得心のいった様子でうなずく。

「家臣は子か。確かに、そなたの申すとおりだ。今の将軍家にお仕えするのは何かと難しい。明日は我が身と思い、気を引き締めねばならぬな」

おそらく表御殿では、声がお城に届くことを恐れた重臣たちに口止めされたのであろう。ここは二人きりゆえ、内匠頭は胸の内を明かしたのだ。

道理に合わぬことがきらいな内匠頭は、橋本出雲守の処罰は許せないはず。だが、不機嫌なままでいては、つかえが出てしまうと案じた阿久利は、落ち着かせようと茶を点てる。

一服しても気が収まらぬ内匠頭に、せめて話だけでも聞こうと思い、気になっていたことを口に出した。

「橋本様はこの先どうなるのですか」

「今は大名家にお預けとなっているが、よくて遠島であろう。犬を殺しておるゆえ、上様の気分次第では切腹もある」

「奥方やお子はどうなるのですか」

「実家に戻され、家臣たちは離散だ」

つい自分の身に置き換えてしまった阿久利は、恐ろしくなった。

内匠頭がようやく落ち着いたところで、罪に問われた橋本様とご家中の方々は気の毒に思いますと切り出し、もう一つ、胸に溜《た》めていた思いをぶつけた。

「殿、嗣子がないために断絶となられた水谷家のようにならぬためにも、跡継ぎのことを考えていただけませぬか」

内匠頭は、阿久利の目を見てきた。

「側室は持たぬと言うたはずだ」

「側室のことはもう言いませぬ。長広殿を、正式な養子に迎えることをお考えいただけませぬか」

内匠頭は笑みを浮かべた。

「考えることは同じだな」

「え？」

「水谷家の改易に触れて、躬も人ごとではないと案じた。そこで大石内蔵助をはじめ、大野九郎兵衛《おおのくろべえ》、藤井又左衛門《ふじいまたざえもん》の三家老と協議し、弟長広を養嗣子にすることを決めた」

阿久利は、肩の荷が下りたような心持ちとなった。

「いつお迎えに」

「そう焦るな。近いうちに御公儀に願い出る」

案ずるなと念押しされ、阿久利は引き下がった。

ところが後日、内匠頭は胸の苦しみを訴えて寝込んでしまう。

つかえにしては症状が重く、熱も高い。

医者は首をひねるばかりで頼りにならず、阿久利は必死に看病した。だが、息が苦しそうな内匠頭は、一時危篤に陥ってしまった。

危篤のことは早駕籠で赤穂の大石家にも伝えられ、水谷家の二の舞になるのではないかと家中が騒然となり、本家の広島藩と、阿久利の実家である三次藩からも医者が送られてきた。

その者たちの懸命な治療もあり、内匠頭は元禄八（一六九五）年の正月に病状が落ち着き、桜が咲く頃には床上げをした。

己の身を顧みず看病を続けていた阿久利に、内匠頭は三途《さんず》の川を見たと言いながら、手をにぎった。

「危うく、そなたを悲しませるところであった。二人の子同然の家臣たちを迷わせぬためにも、早急に、長広を正式な養子にいたす」

「はい」

阿久利は内匠頭の胸に顔を添えて、温もりに安堵した。

この後、公儀の許しを得て長広は内匠頭の養嗣子となって大学《だいがく》と名乗り、木挽町《こびきちょう》の屋敷に正室を迎えた。

再会

元禄八年。阿久利は二十三歳になった。

先月内匠頭が赤穂に行ってしまった鉄砲洲の屋敷はひっそりとしていて、阿久利が爪弾く琴の音が響くと、奥御殿に近い御用部屋に詰めている居残りの藩士たちは手を止めてしばし聴き入っている。

寂しくも、穏やかな日々を過ごしていた阿久利に自昌院からの招きがきたのは、庭の菊が色とりどりの花を咲かせて美しい頃のことだ。

日参とまではいかぬが、十日に一度はご尊顔を拝している自昌院からの急の招きに、いかがされたのか、と気になり、落合与左衛門とお菊を供に出かけることにした。

緑の無地の小袖《こそで》に着替え、紅葉色《もみじいろ》の生地に白菊の柄が美しい打ち掛けを着けて部屋を出た阿久利は、姫駕籠《かご》に乗り、奥御殿の内門から出た。脇門に向かう途中で、勇ましい気合が聞こえてくる。

何ごとかと思い姫駕籠の小窓から外を見た阿久利の目に入ったのは、藩士たちが暮らす二階長屋の軒先にある人だかりだ。家臣たちが円になって地面に片膝《かたひざ》をつき、その中で襷《たすき》掛けをした二人が木刀を持って対峙《たいじ》している。

「やあ！」

「おお！」

ふたたび、空気を揺るがさんばかりの大音声《だいおんじょう》がした。

道場ではない場所でのことに阿久利は気になり、そばにいる落合与左衛門に声をかけた。

「与左殿、争いごとではないですか」

すると落合与左衛門は、にこりと笑う。

「堀部家の婿殿と、奥田孫太夫殿が剣術の稽古をしておるのです」

「ではあの獣《けもの》のような声は、安兵衛《やすべえ》殿でしたか」

「これはいい。高田の馬場の英雄が発する気合も、奥方様には獣の雄叫《おたけ》びに聞こえますか。荒武者の安兵衛殿にぴったりですな」

「悪い意味で申したのではありませぬ。殿は安兵衛殿のことを、一本筋が通った良い武士だとお褒めでございます。その上お強いのでしょう」

「奥田孫太夫殿と並ぶ屈指の剣士でございます」

小石川牛天神《こいしかわうしてんじん》下にある堀内《ほりうち》道場にて四天王の一人である奥田孫太夫に並ぶ安兵衛は、

昨年二月、同門で伊予国西条藩士《いよのくにさいじようはんし》の菅野六郎左衛門《すがのろくろうざえもん》が同じ西条藩の村上庄左衛門《むらかみしようざえもん》と揉《も》めた末に果たし合いをするというのを聞き、初老の菅野の身を案じて決闘の場である高田の馬場に同道した。

到着してみれば、果たし合いを聞きつけた者たちが見物に集まり、中には弁当と酒を持参している者もいた。

果たし合いは一対一の約束であったが、菅野六郎左衛門は名高い堀内道場の門弟。恐れた村上側は、弟の三郎右衛門《さぶろうえもん》をはじめ四人が付き添っており、いざ闘いがはじまれば、村上庄左衛門は老齢の菅野六郎左衛門に押されて窮地に。弟は兄を救わんと約束を破り、手の者と菅野を囲んで騙《だま》し討ちにかかった。

これを見ていた安兵衛、

「中山《なかやま》安兵衛助太刀《すけだち》いたす！」

叫ぶや大刀を抜いて駆け、弟三郎右衛門他三名を討ち取った。

安兵衛のおかげで菅野六郎左衛門は勝ったものの、刀傷が元で命を落としている。

見物していた者たちにより安兵衛の評判は大いに広まり、それを耳にした堀部弥兵衛は、知人に頼んで安兵衛と会い、すぐさま人柄を見込んだ。

そして、

「是非とも、我が娘婿になって堀部家を継いでいただきたい」

望んだのだが、安兵衛は首を縦に振らぬ。

身寄りがない安兵衛は、堀部家に入れば中山の家が絶えてしまい、先祖に申しわけないと言って受けなかったのだ。

阿久利は、堀部弥兵衛が奥御殿に内匠頭を訪ねてきた時のことを昨日の出来事のように覚えている。

堀部の家を当代までといたし、中山安兵衛に家禄を譲りたいと願った時は、内匠頭は驚き、たわけたことを申すなと怒った。

それでも弥兵衛はあきらめず、粘り強く説得し、その熱意に折れた内匠頭は、今年の五月に許したのだ。

そうと知った安兵衛は、

「赤穂の殿様までもが、それがしのことを」

認めてくれていることに感動し、弥兵衛の娘ほりと結婚して藩邸に入ったのだ。

「えい！」

気合が響き、藩士たちが見守る中で双方が同時に動いた。

木刀での打ち合いは激しく、阿久利の目には太刀筋が見えぬ。

飛びすさった奥田孫太夫がこちらを見るや、

「待て！」

木刀を振り上げる安兵衛に手の平を向けて止め、奥方様だ、と教えてその場に片膝をついた。

振り向いた安兵衛が慌てた様子で木刀を背後に回して片膝をつき、頭を下げる。見物していた藩士たちもそれにならった。

離れた場所にいる阿久利は姫駕籠から降り立ち、皆の前に歩みを進めた。

「安兵衛殿」

「はは！」

「ここでの暮らしには慣れましたか」

「はっ。舅《しゅうと》殿をはじめ皆様方にはよくしていただき、何より、殿と奥方様のご厚情を賜り、安兵衛は幸せ者にございます」

「幸せと思うてくれて、わたくしも嬉しゅうございます。稽古の手を止めてしまいました。皆も、お励みなさい」

一同がさらに頭を下げて見送る中、姫駕籠に戻った阿久利は藩邸を出た。

海風そよぐ広島藩の下屋敷に到着した阿久利は自昌院が待つ部屋に行き、両手をついてあいさつをした。

自昌院はいつもの微笑《ほほえ》みで迎えてくれ、そばに寄れと言う。

「来てもろうたのは、赤穂浅野家について気になることを耳にしたものですから」

そばに寄った阿久利は、ふたたび三つ指をついた。

「何かいたらぬことがございましたでしょうか」

「本所五つ目に五百羅漢《ごひやくらかん》寺が建立《こんりゆう》されたことは先日話しましたね」

「はい」

「将軍家の御母堂桂昌院《けいしょういん》様が羅漢像を寄進されたことで、諸侯はそれにならい寄進をしています。このことは知っていましたか」

「夫から聞いています」

「桂昌院様は、誰が寄進をしているかご覧になられてらっしゃるとか。広島と三次は寄進をすませていますから、てっきり赤穂もすませているものと思うておりましたが、ある者が赤穂の名がないことを案じて知らせてくれましたので呼びました。どうなっているのです」

「それが、夫が必要ないと申されますもので」

自昌院は案ずる面持《おもも》ちをした。

「内匠頭殿は、火消し道具と家臣を召し抱えることに財を出すのは惜しまぬようですが、無駄と思うたことには渋いようですね」

「申しわけございませぬ」

「責めているのではないのです。しまつをするのは悪いこととは思いませぬから。ただ、桂昌院様に睨《にら》まれるのはよろしくありません」

「おっしゃるとおりかと」

かといって、折り悪く良人《おっと》は赤穂の空の下だ。すぐに動くことはできない。

困った顔をうつむけていると、自昌院が優しく教えた。

「赤穂にうかがいを立てるには日にちもかかり、年内の寄進が難しくなりますから、ここは、そなたの采配で寄進をなさい」

思わぬ言葉に、阿久利は顔を上げた。

「わたくしの一存で……」

「そうです。このたびの寄進は桂昌院様にならうものですから、奥方の名も連ねる大名家も多いと聞きます。妻の一存で決めた御家もあるとか。そなたが御家を思うてしたことならば、内匠頭殿は腹を立てたりしないでしょう」

「御家のためならば、いかようなこともいたしまする」

自昌院は満足そうな笑みを浮かべた。

「それでよろしい。ではさっそく、手配をしてくれる者と会わせましょう」

自昌院が侍女に顔を向けてうなずく。

応じた二人の侍女が、閉められていた次の間の襖《ふすま》に手をかけ、ゆっくりと開けた。

膝を転じた阿久利が見ると、灰色の頭巾を着け、墨染めの法衣をまとった尼が一人、十六畳の次の間の真ん中で平身低頭していた。

「奥方様、お久しぶりにございます」

声を聞いた途端、阿久利は胸が熱くなり身が震えた。

「おだい、おだいですか」

顔を上げた尼は、やはりおだいだった。

歩み寄った阿久利は、目に涙を溜《た》めているおだいの手をにぎりしめた。

「会いとうございました」

「奥方様……」

辛《つら》そうな顔をうつむけるおだいの頬《ほお》から落ちたしずくが、阿久利の手を濡らす。

「そなたの身に起きたことは、母様から聞いていました」

「お詫《わ》びもせぬまま十二年が過ぎてしまいました。申しわけございませぬ」

「よいのです。大人になった今、恋い焦がれたおだいの心情が分かる気がします。さぞ辛かったことでしょう」

頬を濡らす阿久利に、おだいは神妙に言う。

「ご尊顔を拝すは許されぬ身。こうしてまかり出ますのはおそれ多いことではございますが、気になりましたものですから、自昌院様をお頼り申しました」

「もしや羅漢像のことはそなたが……」

おだいはうなずいた。

「今は仙桂尼と名乗り、増上寺塔頭《たっちゅう》にて仏にお仕えする身でございますゆえ、ありがたくも桂昌院様のおそばに上がらせていただくことがございます。その折に、内匠頭様が羅漢像を寄進してらっしゃらないことを話されておられましたゆえ、お伝えに上がりました」

「ではそなたが、世話をしてくれるのですね」

「はい。内匠頭様、大学様、阿久利様の連名でお納めいただくのがよろしいかと」

「こうして会えたのも羅漢様の御縁。喜んで寄進させてもらいます」

「かしこまりました。ではさっそく手はずを整えまする」

頭を下げて帰ろうとするおだいを引きとめた。

「おだい、いえ、仙桂尼殿、また会えますか。遠慮なく屋敷へ来てください」

おだいは微笑み、近いうちに、と約束して帰っていった。

見送った阿久利は、自昌院に両手をつく。

「母様、会わせてくださりありがとうございました」

「礼などよいのです。面《おもて》をお上げ。仙桂尼殿は今や、桂昌院様の覚えめでたき者になっています。これからは何かと頼るとよいでしょう」

「会うと約束してくれましたが、わたくしの顔を見ることで、十二年前のことを色濃く思い出させてしまうのではないかと今は心配です」

「思い出すどころか、忘れたことは一日たりともないようです。そなたを裏切ったと今でも己を責めていますから、遠慮なく頼ることで、仙桂尼殿の気持ちが楽になると思います」

「時がかかろうとも後悔の念を取り払いとうございます」

「そなたならそう申すことと思い、今日は呼び立ててしまいました。おいしい菓子がありますから、茶を点《た》てておくれ」

「喜んで」

阿久利は感謝の気持ちを込めて茶を点て、しばし楽しい時を過ごした後に藩邸へ戻った。

おだいが阿久利を訪ねてくれたのは、それから十日後のことだ。

十二年前の真実を知らぬお菊が、尼として立派になっているおだいに敬意をもって接し、落合与左衛門は、同じ三次の者として鼻が高い、と言い、温かい目で見ている。

おだいは恐縮し、二人きりになると阿久利に困り顔で、

「居心地が悪うございます」

苦笑いを浮かべた。

「お菊はほんに嬉しそう。そなたのことを妹のように思うていたと、教えてくれたこ

とがありますから。羅漢像の手はずが整ったことは承知しましたが、用がなくても、また来てくれますね」

「必ず」

「約束ですよ」

「はい」

「それを聞いて安心しました」

何度も念押しした阿久利であったが、おだいは、羅漢像の寄進をすませるまでの二度しか来なかった。

遠慮をしているに違いないと思った阿久利は、おだいがいる華陽院に行くことを望むが、奥方様がみだりに市中へ出ることは許されませぬ、とお菊が言い、文のみ許してくれた。

さっそく、藩邸に来てくれるよう願う文をしたため、落合与左衛門に託した。

応じた落合が使者として訪ねて戻り、仙桂尼として生きるおだいの暮らしぶりなどを教えてくれた。

「あれほどの者になっておろうとは思いもしておらず、いや、まったく驚きました」

阿久利の文を持って華陽院を訪ねた時、おだいは桂昌院が頼る隆光《りゅうこう》が住職を務める護持院《ごじいん》に招かれて留守だったのだ。

忙しくしているならそれでよいと思った阿久利は、また会える日を楽しみに、時を過ごしたのである。

翌元禄九（一六九六）年は、江戸に戻った内匠頭から、磯貝十郎左衛門《いそがいじゆうろうざえもん》を紹介された。

稚児小姓《こしよう》の一人として顔を見知っていた阿久利であるが、このたび物頭として取り立てたと内匠頭から教えられ、当の本人からはお礼のあいさつを受けた。

磯貝十郎左衛門は色白で端整な目鼻立ちをした若者ゆえに、阿久利に仕える侍女たちのあいだで評判の者。

この磯貝十郎左衛門を見いだしたのも、堀部弥兵衛だった。

十郎左衛門の父親と弥兵衛が知り合いだったこともあるが、それ以上に、

「殿、実に良い若者がおりまする」

人柄を見込み、家臣に加えるよう進言したのだ。

一目で気に入った内匠頭は召し抱え、実直な磯貝十郎左衛門をそばに置いて可愛がっていたが、このたび物頭に引き立て、家禄を百五十石としたのだ。

阿久利に礼を述べるのを満足そうに見ていた内匠頭が、思いついたような顔を向け

た。

「阿久利、十左《じゆうざ》は鼓《つづみ》が得意だ、そなたの琴と合わせて聴かせてくれ」

舞と鼓を身につけていることは阿久利も知っていたが、一度も聴いたことはなかった。

「殿、そのことはお許しを」

十郎左衛門は拒んだが、聴いてみたいと思っていた阿久利はすすめた。

「十左殿、殿がご所望です。お覚悟を」

笑みを浮かべて言うと、十郎左衛門は観念した。

阿久利と十郎左衛門は腕前を披露して内匠頭を喜ばせた。

「見事である。また躬《み》の楽しみが増えた。のう、阿久利」

「はい」

その日を境に、阿久利と磯貝が内匠頭の前で奏でる琴と鼓の音が奥御殿から響くようになり、忙しく働く家中の者にも一時の安らぎを届けた。

黒い影

元禄十一（一六九八）年八月のある晴れた日、登城した内匠頭は、神田橋御番役を拝命した。

役目の内容は文字どおり、神田橋御門の門番および、傷んだ箇所があれば修復をすることだ。内匠頭が拝命した時点で、壁や石垣を直す必要があった。

赤穂藩は塩で財政が潤っている。公儀ではそう認識されているため、何かと金がかかる役目が回される。

書類に細かく目を通す内匠頭は、家老や重臣たちに不満をぶつけているようだが、財のことについては本人の口から阿久利の耳には入ってこない。

だが阿久利は、御家のことはほぼ知っていた。落合与左衛門やお菊が、こと細かに教えてくれるからだ。

なぜなら良人を支えたいと願う阿久利が、二人にそうするよう頼んでいるからにほかならない。

内匠頭の苛立《いらだ》ちを肌身で感じ、少しでも癒やそうと努めるのが、妻である阿久利の役目と思っての行動だ。良人の気持ちを察し、肌で感じ、気配りをする。すると内匠頭は機嫌が良くなるのだ。

阿久利はそのことに喜びを感じ、なんら苦ではなかった。共に家を支えているという自負もある。

家老の安井彦右衛門はよく心得ていて、時々阿久利を訪ね、

「今日は殿のご機嫌がよろしくありませぬ」

などと教えて、頼るようになっている。

内匠頭は家老としてしっかりせぬ安井に厳しく当たり、近頃は、片岡源五右衛門を用人《ようにん》として重用するようになっていた。

その片岡源五右衛門も阿久利を頼りにしているところがあり、内匠頭が根を詰めるあまり不機嫌になった時などは奥御殿に渡り、

「つかえの持病が悪くなられますといけませぬ。お迎えにお渡りいただけませぬか」

と頼んでくる。

そうなると決まって阿久利は、内匠頭を休ませるために表御殿へ渡るのだ。

仲の良い夫婦だけに、阿久利が表御殿に来ることを内匠頭は許していた。

そばに仕えている磯貝十郎左衛門は、阿久利が表御殿に渡るといち早く駆けつけ、

不機嫌の理由を教えてくれる。

安井に頼まれた八月三十日の今日も、表御殿に渡った阿久利を見つけた十郎左衛門が駆け寄り、

「ご機嫌が悪いのはお役目で出費が増えているからにございます」

と、小声で教えてくれた。

心得た阿久利は、夕日に輝く池のほとりに立って考え事をしている内匠頭のそばに行き、そっと声をかけた。

「殿、冷えてまいりました。おいしい栗菓子がございますゆえ、奥で茶などいかがですか」

阿久利の心遣いを悟る内匠頭は、

「また彦右《ひこう》に頼まれたか」

と笑い、厳しくするとこれだと言いつつも、阿久利に従って奥御殿へ渡った。

内匠頭は実際疲れている風だった。

つかえのせいもあるが、受け持ちの門の修復や藩政のことを家臣に任せきりにすることをせず、気疲れをしている様子。

性分だから仕方ないと思う阿久利は、できるだけ内匠頭を休ませようと努めた。

そんな時、大火事が起きた。

元禄十一年九月六日の朝のことだ。

内匠頭が阿久利と奥御殿の座敷にいた時、家臣が屋敷の西側の空に煙を見つけた。

知らせを受けた内匠頭と阿久利は、縁側から庭へ出て見る。

西の空には確かに煙が立ち上り、衰えるどころか増えていく。

「これは大火事だ。奉書が来るに違いない」

そう判断した内匠頭は、出役の支度を命じた。

大名火消しとして名高い内匠頭が睨んだとおり、程なく城から奉書が届いた。

「確かに承った」

内匠頭は使者をねぎらい、支度を整えて待っている家臣たちの前に出る。

「皆の者、火は城へ迫る勢いだそうだ。直《ただ》ちに出るぞ」

「おう！」

家臣たちが隊列を組む中、内匠頭は曇天の空を見て風を読み、見送る阿久利に言う。

「この南風は野分《のわ》けに違いない。火の手がこちらに来ることはないゆえ安心いたせ」

内匠頭に全幅の信頼を寄せている阿久利は、神妙に応じた。

「ご無事のお戻りをお祈りいたします」

「うむ。では行ってまいる」

今では名物になっている火消し装束を身にまとい、馬に跨《また》がって表門から出ていく内匠頭。

後に続く家臣たちの中に、ひときわ大きな掛け声を出す者がいたので見ると、堀部安兵衛が前にいる藩士の背中をたたきながら歩き、

「やってやるぞ!」

と叫んでいた。

最後尾の者の背中を見送った阿久利は、お菊と共に仏間に入り、皆の無事を祈った。

京橋《きようばし》南鍋町《みなみなべちよう》から出た火は南風にあおられ、内匠頭が出役した時には数寄屋橋《すきやばし》御門内へ延焼していた。

「このままでは城へ広がる」

内匠頭はそう判断し、燃えている大名屋敷をあきらめて先回りをする。火の手は鍛《か》冶橋《じばし》御門に迫っていた。

「煙に気をつけよ!」

内匠頭は声をかけ、馬の腹を蹴って鍛冶橋御門から入った。

通りに出ていた数名の侍が、赤穂藩だと気付いて歓喜の声をあげ、駆け寄ってくる。

「赤穂藩浅野内匠頭殿でございますか」

「我ら、吉良上野介家中の者にございます。当家屋敷に火の手が迫っております。何とぞお食い止めくださいい！」

「いかにも！」

内匠頭は空を見上げた。黄色がかった黒い煙がもうもうと立ち上り、おびただしい火の粉が煙の中で明滅している。

「これはいかん」

内匠頭は、吉良の家臣たちに顔を向けた。

「城が第一じゃ。許されよ！」

そう告げるや、見捨てる形で馬場先堀へ急いだ。

吉良家の家臣たちが右往左往するあいだに火の手が迫り、大量の火の粉が降りそそぐ御殿の屋根から煙が上がりはじめた。

気になって見ていた内匠頭は、そばに控えている用人に命じた。

「源五、早う逃げよと伝えてまいれ」

「はっ！」

片岡源五右衛門が配下を一人連れて、大名屋敷のあいだの道を走り抜ける。

風向きを読んだ内匠頭は、城へ迫るようなら竜吐水《りゅうどすい》で大名屋敷を濡らして延焼を防ぐと家臣たちに命じた。

そこへ片岡源五右衛門が戻ってきた。

「吉良様の屋敷は炎に包まれました」

「肝心の上野介殿は」

「すでに逃げられ、家臣たちが火の中から荷物を出そうとしておりましたゆえ、逃がしました」

「それでよい」

空を見た内匠頭は、風向きが変わったことをいち早く見抜いた。

「城へは来ぬ。神田へ向かう！」

城は無事と判断した内匠頭は、神田橋御門へ急いだ。

門の物見場から曲輪《くるわ》の外を見ていた家臣に訊《き》く。

「町はどうか！」

内匠頭が来たことを喜んだ家臣が、神田の町を指差して知らせた。

「町のいたるところから火の手が上がっています！」

「者ども行くぞ！」

内匠頭は鞭《むち》を振るった。

門を守る家臣たちに見送られて神田の町へ向かい、家臣たちに家を壊すよう命じる。

「急げ！　なんとしてもここで火を止めるのじゃ！」

まだ燃えていない家を壊して延焼を防ごうとしたが、野分けの強風にあおられた火の回りは速い。

家を引き倒している家臣たちを指揮していた内匠頭の足下に、煤《すす》で顔を汚した女が走ってきた。

「御武家様！　うちの子をお助けください！　後生でございます！」

幼子を抱いて悲鳴じみた声で頼む母親は、火が回った町の通りを指差し、長男が逃げ遅れたと訴えた。母親は幼い子を抱いて逃げるのが精一杯だったらしく、着物の袖が焦げている。

火は通りの両側の家屋に燃え移り、じわじわと広がっている。燃えていない町家との境になっている商家の屋根から煙が出ている。その商家の前に町の男たちが数人いるが、火を恐れて我を忘れ、大声をあげて走り回っているだけだ。

馬から降りて駆けつけようとする内匠頭に、片岡源五右衛門が気付いて叫ぶ。

「殿！　そちらは火の回りが速《はよ》うございます！」

「案ずるな源五、早うそこを引き倒せ！」

指図をしながら助けに走る内匠頭。

男たちが、赤穂の殿様だと叫び、道を空けた。

「子供はどこだ！」

「中です。五つの男の子がいます」

子が泣く声と、どこからか犬が吠える声がする。

町の男たちが騒いだ。

「赤穂様、お犬様があそこに」

言われて見ると、向かいの家の中に繫《つな》がれた犬がいた。

「家の者はどうした！」

「朝から出かけて留守です！」

突風にあおられた炎が、犬がいる家の隣へ燃え移った。渦巻く煙が、うごめく黒竜のごとく通りに流れ込み、視界を奪う。

このままでは煙に巻かれる。

「お前たちは逃げよ！」

内匠頭は、咳き込む町の男たちにそう叫び、男の子がいる家に向かった。

「赤穂様、お犬様が！」

「人が先だ！」

内匠頭は迷わず、子供がいる家の戸口に飛び込んだ。

煙が外へ向かって流れる天井を見つつ身をかがめて奥へ進むと、売り物の大豆が積まれた奥から声がした。

「助けにまいったぞ！　どこだ！　どこにいる！」

「ここ」

不安そうな声がしたほうへ進むと、土間の横にある物置部屋の片すみにしゃがんでいる子供がいた。煤で汚れた頬に、涙の筋ができている。

「もう大丈夫だ」

抱き上げ、煙を吸わせぬよう布で鼻と口を覆い、急いで表に出た。

町の者たちは火から逃れている。

「殿！」

家を引き倒し終えた家臣たちが駆けつけてきた。

内匠頭は子供を託し、犬を助けようと戸口へ向かったのだが、一歩及ばず、家の中から火が吹き出た。

それでも行こうとした内匠頭であったが、堀部安兵衛が背後から抱き止める。

「死にまする」

「放せ！」

「なりませぬ！　奥方様が悲しまれます！」

強い力で引かれ、内匠頭は火から遠ざけられた。

子供を助けに入る前は聞こえていた犬の声は、この時にはもうしていない。

内匠頭は、救えなかった命に胸を痛め、

「許せ」

無念を口に出すと、家臣と共に火を食い止めに走った。

この日の火事は、北は寛永寺《かんえいじ》の境内《けいだい》を越えて千住まで広がり、東は両国橋を焼失させて本所まで広がり、夜になって降りはじめた大雨により、亥《い》の刻《こく》（夜十時）頃にようやく鎮火した。

野分けの風で広がった火事は、皮肉にも野分けの雨で消えたのだ。

「人の力の、なんと弱いことか」

内匠頭は嘆き、嵐の雨に打たれながら空を見上げていたが、火が消えたことに安堵《あんど》の息を吐いた。

そんな内匠頭の周囲に、町の者たちが集まってきた。

「赤穂様、お助けいただきありがとうございます」

「命の恩人でございます」

赤穂藩の働きで大勢の人が命を救われていたのだ。

町の者たちが感謝するいっぽうで、

「おのれ、内匠頭め」

恨みに身を震わせる者がいる。

火事から逃れていた吉良上野介だ。

吉良上野介は、火事から逃げてきた家臣たちから、内匠頭が延焼を防いでくれなかったことと、荷物を運び出そうとしていたところへ赤穂藩士が駆けつけ、無理矢理逃がされたと報告を受けていた。

あるじの怒りを恐れた家臣たちは、茶道具の数々を持ち出せなかったのを赤穂藩のせいにしたのだ。

大切にしていた茶碗一つを持ち出すのがやっとだった吉良上野介は、集めていた茶道具が屋敷もろとも焼けてしまったことを嘆き、そして、内匠頭を逆恨みした。

「覚えておれ内匠頭、おのれがもっとも大切にするものを奪ってやる」

吉良上野介は、持っていた茶碗を柱に投げつけるほどに我を忘れ、怒りに身を震わせた。

その翌日、難を逃れた江戸城では、将軍綱吉の側近中の側近である柳沢《やなぎさわ》出羽守《でわのかみ》が、大火に触れて集まっていた諸侯の前で北町奉行から報告を受けた。

町の被害は甚大。死者は三千人を超えると言われて、頭を痛めていた。

不機嫌なのか、死者を思い悲しんでいるのか分からぬ柳沢の顔色を見ていた北町奉行の横で、南町奉行が告げる。

「奉書を受けて出役された浅野内匠頭殿は、このたびも目覚ましい働きをなされました。町の者たちのあいだで称賛の声が広がっております」

すると柳沢が、青白い顔を向けてじろりと睨んだ。

「称賛の理由を知った上で申しておるのか」

「そ、それは……」

南町奉行は声を失った。

柳沢が北町奉行に顔を向ける。

「教えてやれ」

「はは」

膝を転じた北町奉行が、居並ぶ者たちに教えた。

「浅野内匠頭殿は、死を恐れず燃えさかる町家に飛び込み、男の子を助け出しました。これだけならば確かに称賛すべきことでございますが、その場には、助けを待つ犬もおりました」

一同は隣の者と顔を見合わせ、険しい顔をしている。

柳沢は立ち上がり、皆を見回す。

「これを見逃しては犬が粗末に扱われ、法に従わぬ者が必ず出る。上様は、そのことをお嘆きじゃ。よって内匠頭には、お犬様を見殺しにした罰を与えねばならぬ」

「それはやめたほうがよろしかろう」

声をあげたのは、諸侯に遅れを取らず登城していた徳川綱豊《つなとよ》だ。

「こたびのことで一層名を上げた内匠頭殿を罰すれば、上様の評判が落ちかねぬと思うが、いかがか」

「甲州様のおっしゃるとおりかと」

「それがしもさように思います」

老中たちが声をあげた。

甲府藩主で将軍家親族の徳川綱豊に言われては、さすがの柳沢も強くは押せぬ。

その場は引き下がり、内匠頭に罰をくだすことをあきらめた柳沢であったが、町から聞こえてくるのは、お犬様より人様の子を助けた内匠頭様は偉い、という称賛の声ばかり。

その人気ぶりを目《ま》の当たりにした柳沢は、生類憐れみの令が悪法と陰口をたたかれていることと重ね舌打ちをし、城へ戻った。

このたびの火事が元で様々な人の思いが重なり合っていることなど知るよしもない阿久利は、大火にもかかわらず無事戻ってくれた良人と家臣たちのことを頼もしく思い、日々を過ごしていた。

そしてひと月が過ぎたある日の昼下がり、珍しくゆるりと過ごす良人のために茶を点てていたところへ、堀部弥兵衛がやってきた。

「おお、隠居殿か、そちも一服どうじゃ」

機嫌良く誘う内匠頭に、婿の安兵衛に家督を譲って隠居している堀部弥兵衛が応じて座敷に入り、阿久利に恐縮する。

「奥方様、隠居じじいにはもったいなきことにございます」

「何を言うのです。さ、ゆるりとしてください」

阿久利が茶を点てているあいだに、堀部弥兵衛は内匠頭に告げた。

「古い付き合いの阿波富田藩蜂須賀《あわとみだはんはちすか》家の用人から聞きました。殿がお気にされておられます吉良上野介様は、呉服橋《ごふくばし》御門内の蜂須賀様のお隣へ屋敷を新しく建てられるそうにございます。その費用全額を、御正室富子《とみこ》様の御実家であり、御長男綱憲《つなのり》侯が藩主となっておられる出羽米沢藩上杉《でわよねざわはんうえすぎ》家が負担されるそうです」

内匠頭は、ほっとしたような息を吐いた。

「躬のために、わざわざ調べてくれたのか」

「いや、たまたま、道ばたでばったり出会うたのでございます」

とぼける堀部弥兵衛に、内匠頭は笑った。

「おかげで安心した。上杉殿は親思いであるな。のう、阿久利」

「はい」

点てた茶を堀部弥兵衛に差し出した時に見た内匠頭の顔は、すでにこの世におらぬ親のことを想うているのか、どことなく寂しそうに見えた。

黄色い蝶

この日、阿久利は内匠頭と奥御殿にいた。

昨日の雨が嘘のように晴れ、蒸し蒸しと残暑が厳しい。

「表は座っておってても汗が出たが、ここは心地よい」

表御殿で公務をする時は羽織袴《はかま》を着けているから暑いのだ。仕事を終えた今は麻の単衣《ひとえ》を楽に着こなし、昼下がりの一時をくつろいでいた。

お菊が井戸で冷やした甘瓜を持ってきてくれ、阿久利は竹串に一つ刺して良人に差し出す。

一口食べた内匠頭は、甘いと言って微笑み、とんぼが飛び交う庭を眺めた。

「赤穂の大石殿は、ご息災でございましたか」

内匠頭は二日前に、参勤交代で江戸に帰ってきたばかり。公儀の重臣たちへのあいさつ回りを終えて、今日やっと落ち着けたのだ。

「昨年、五人目の子が生まれたぞ。国家老の家が栄えるのは良いことと思う。そういえば、広島の御本家が内蔵助と縁を結びたいと聞いたきり赤穂を発《た》たねばならなかったが、自昌院様から何か聞いておるか」

「当代様が内蔵助殿の娘を家老の御長男にどうかと申されたのは耳にしましたが、そこから先のことは聞いておりませぬ」

「内蔵助は、のんびりしておるようで実はそうではない。御本家は内蔵助の血を家老の家に入れたいのであろうな」

「内蔵助殿は、どのように申されているのです」

「これがはっきりせぬ。可愛がっておるゆえ、まだ手元から離しとうないのやもしれぬ」

内蔵助の飄々《ひょうひょう》とした顔を思い出した阿久利は、くすくす笑った。

「殿が苛立たれるお姿が、目に浮かびます」

内匠頭は驚いた顔をしたが、阿久利に釣られて笑った。

「お子が生まれたことは、まことにめでたいことと存じます」

こころから喜ぶ阿久利である。近頃は、養嗣子となっている大学に子ができるのを望むようになっていたが、口には出していない。

「阿久利」

「はい」

「自昌院様とはいつお会いした」

「三日前にお邪魔をいたしました」

「息災であろうな」

「足腰が弱るといけぬとおっしゃり、庭の散策を楽しんでおられます」

「この暑さの中でか」

「お気をつけあそばすようお願いしたのですが、歳のせいであまり暑さを感じぬと笑ってらっしゃいました」

「歳のせいではあるまい。そなたも、汗をかいておらぬ」

「いえ、背中は汗をかいておりまする」

「どれ、拭いてやろう」

手を差し伸べる内匠頭に、控えていたお菊が慌てて立ち去ろうとした。

それを見た内匠頭が戯《ざ》れ言《ごと》だと笑い、お菊に言う。

「暑いゆえ、皆で船遊びでもいたそうか」

お菊は明るい顔をする。

「それはよろしゅうございます。さっそく船の支度をさせまする」

「頼む」

久々の船遊びに、阿久利は胸を躍らせた。

忙しい内匠頭と船遊びをした日は数えても片手で足りるほどだ。決して贅沢な酒食をするものではないが、近しい者たちと海に出るのは楽しみの一つ。

寝所に移り、外着に替える良人を手伝っていると、居間を挟んだ次の間に落合与左衛門が来た。

内匠頭が顔を向ける。

「もう支度ができたのか」

すると落合与左衛門は、神妙な面持ちで両手をつく。

「先ほど御本家から使者がまいられました。自昌院様がお倒れになられたそうにございます」

阿久利は頭の中が真っ白になり、すぐには理解できなかった。

「阿久利、まいるぞ」

「…………」

内匠頭が手をつかんだ。

「阿久利、しっかりいたせ」

はっとなり、立ち上がる。

「まずはわたくしが様子を見てまいります」

「そうはいかぬ。御本家の一大事だ」

内匠頭は落合に駕籠の支度を命じ、阿久利は手を引かれて玄関に向かった。

夫婦で築地の下屋敷へ行くと、御殿はひっそりとしていた。すでに外桜田の上屋敷からは、孫で当代広島藩主の浅野綱長《つななが》が駆けつけ、三次藩からは実子の長照が来ていた。

内匠頭と阿久利は揃って両名にあいさつし、自昌院の様子を訊いた。すると、養女の阿久利を見た長照が、険しい顔を横に振る。

「お悪いのですか」

訊く阿久利に、長照がうなずく。

「母上は、庭の散策をされていた時にご不快を訴えられ、寝所に戻られた時には高い熱が出ていたそうだ。その後、意識をなくされた」

暑気当たりだと、御殿医が告げていた。

「お会いできますか」

「そなたの声を聞けば、目をさまされるやもしれぬな」

長照に言われて、阿久利は一人で寝所に入った。

自昌院に付き添っていた侍女たちが、阿久利を見るなり目に涙を浮かべて頭を下げる。

「申しわけございませぬ。わたくしたちの気づかいが至らずこのようなことに」

自昌院が信頼する侍女が苦しい胸の内を明かすのに対し、阿久利は何も言わず、まずは座り、手をにぎった。

「母様、阿久利でございます。母様」

手は熱く、頰が赤みを帯びている。息は苦しそうではないが、目を開けてくれない。

泣く侍女に、阿久利は顔を向けた。

「自分を責めてはなりませぬ。母様がそれを望まぬことは、そなたもよく知っているでしょう」

侍女は声を押し殺し、頰を拭《ぬぐ》った。

手をにぎり返されたのはその時だ。はっとして見ると、目を開けていないが、表情が先ほどとくらべ穏やかになっている。耳は聞こえているように思えた。

「母様」

声をかけ続けたが、自昌院は二度と目を開けることなく、その日の夜中に、静かに息を引き取った。

阿久利が育ててもらった礼を言えぬまま、自昌院はこの世を去ってしまった。

綱長から、自昌院は大往生だと言われ、長照からは、晩年の母上はそなたのおかげで楽しく暮らされていたと感謝された阿久利であるが、眠っているような自昌院から、明るい声で教えをいただけないのかと思うと、寂しさが込み上げた。

「母様」

まだ温かい手をにぎり、胸に頰を寄せた。

内匠頭がそっと肩に手を差し伸べてくれたので顔を上げて見ると、優しい面持ちをして言う。

「自昌院様は八十年ほど現世を生きられ、今御仏《みほとけ》のもとへ戻られたのだ。大往生ゆえ、感謝の気持ちを込めて、笑って見送ろうではないか」

すると長照が、驚いたような顔をした。

「母上も、父上が亡くなられた時に同じ事をおっしゃっていた。阿久利、内匠頭殿が申すとおりじゃ。祝いじゃ。笑って送って差しあげようではないか」

言うはしから目を赤くする長照。

阿久利は涙を拭い、自昌院の頰を触った。

「母様、長いあいだお世話になりました。ありがとうございました」

阿久利の気持ちに応えるように、黄色い蝶がどこからともなく飛んできて皆の頭上を一周すると、外へ出ていった。

元禄十三年の夏は、もうすぐ終わろうとしている。

二度目の勅使饗応役

年が改まった元禄十四（一七〇一）年の二月。阿久利は内匠頭と表御殿の庭に出て、梅見を楽しんだ。

色鮮やかな鯉《こい》が泳ぐ池のほとりに緋毛氈《ひもうせん》を敷き、二人で座して阿久利が琴を爪弾く。内匠頭は穏やかな顔で聴き入り、夫婦の時間がゆっくりと流れた。

表御殿の廊下には片岡源五右衛門と磯貝十郎左衛門が控え、あるじ夫婦を見守っている。

阿久利はふと気になり、爪弾く手を止めた。

「何ごとでございましょう」

控えている両名のところに、家老の安井彦右衛門が来て何やら告げている。琴の音がやんだと気付いた安井彦右衛門が、広縁で片膝をついて頭を下げた。

「彦右、いかがした」

内匠頭の声に応じて、安井は広縁から大声をあげた。

「城から奉書が届きました」

「火事か！」

「いえ。急ぎ登城せよとのことにございます」

「阿久利、支度じゃ」

「はい」

内匠頭に従って奥御殿に戻り、着替えを手伝った。

「急のお呼び出し、何ごとでございましょうか」

「また金のかかる役目をさせられるやもしれぬ。神田橋御門の修復が終わり、役目を解かれたばかりだと申すに」

内匠頭は珍しく嘆息を吐《つ》いた。やっとゆっくりできると夫婦話をしたのが昨夜だったからに違いない。

急いで支度をすませ、表御殿に渡る良人に従って玄関へ見送りに行くと、駕籠はすでに式台に横付けされ、安井彦右衛門と藤井又左衛門の両家老が待っていた。

藤井又左衛門は、去年の夏に内匠頭に従って赤穂から出てきていた家老だ。

江戸城からの急な呼び出しに、緊張した面持ちをしている。

その心情をくみ取った内匠頭が声をかける。

「又左《またざ》、そのような顔をするな。まだ物入りの役目と決まったわけではない」

すると藤井が、不安そうな顔をする。

「彦右殿が、急の呼び出しはろくなことがないと申しますので、昨年の塩の儲けが飛ぶのではないかとつい」

「商人のようなことを申すな。とにかく行ってまいる。阿久利、留守を頼む」

「はい」

笑みで応じる阿久利は、落ち着いていた。いかなる役目もつつがなく勤め上げる良人のことを信じているからだ。

見送りを終えた阿久利は奥御殿に戻ろうとしたのだが、安井が声をかけてきた。

「奥方様、小耳に挟んだのですが、先日の地震で、城の西側の石垣が崩れたそうにございます。殿はその修復を命じられるのではないかと」

地震はよくある小さな揺れだったはず。

「あの程度のことで崩れたのですか」

「度重なる揺れに耐えていたものが、些細《ささい》なことで崩壊することはございます。少しずつ緩んでいたのでございましょう」

藤井が続く。

「もしも石垣修復であれば、神田橋御門よりも普請《ふしん》の費用がかかります。頭が痛いことにございます」

「まだそうと決まらぬうちから思い悩むのはおやめなさい。今は、無事お戻りになることを祈ります」

内匠頭が出かけた後は決まって仏間に入ることを知っている安井は、神妙に頭を下げた。

「お邪魔をいたしました。われらの分も、ご先祖様にお願いください」

阿久利は笑みで応じて、仏間に入った。

祈りを捧げて奥御殿に戻り、何をするでもなく良人の帰りを待った。家老たちには案ずるなと言ったものの、この頃の阿久利は、内匠頭が城へ召し出されると何も手に付かなくなる。城内でつかえの持病が発症してしまわないかと心配なのだ。

つい先日、阿久利が胸の内を落合与左衛門に打ち明けた時は、殿には懇意にされておられる茶坊主の韮山《にらやま》殿がおられますので、いざとなればお助けいただけますぞ、と言われたのだが、江戸城に足を踏み入れることを許されぬおなごにとっては、登城をしてしまえば地の果てにいるも同じ。増して、殿中ならば身近な家臣でさえ駆けつけられないのだ。

何ごともないことを祈る思いで過ごしていると、夕暮れ前になって、内匠頭は戻ってきた。

胸をなで下ろす阿久利に、静かに見守っていたお菊が声をかける。

「息災でお戻り、何よりでございます」

阿久利は笑みで応じて、迎えに出た。

駕籠から降りた内匠頭は、いつになく厳しい顔をしている。

「殿、御用のむきは」

阿久利より先に声をかけたのは藤井又左衛門だ。

「後で呼ぶ」

とだけ答えた内匠頭は、阿久利に茶を点ててくれと言い、玄関をあとにした。

従って奥御殿に戻った阿久利は、お菊に茶道具の支度を頼み、良人の着替えを手伝った。

内匠頭は考え事をしている顔つきのため、阿久利は何も訊かず袴を取り、帯を解いて熨斗目《のしめ》の小袖を脱がして二重の小袖に袖を通させ、帯を締めた。

「どちらでお召し上がりになりますか」

「座敷がよい」

「はい」

控えているお菊にうなずき、茶道具を座敷へ持って行こうとした阿久利の手を、内匠頭が引いて止めた。

「そなたには先に申しておく」

察したお菊は、黙って座敷へ入った。

二人になったところで、内匠頭はため息をついた。

「まただ。二度目の勅使《ちょくし》饗応役《きょうおうやく》を拝命した」

阿久利は目を見張った。

「驚くな。二度は希《まれ》なことではあるが、ない話ではない」

「そうではございませぬ。安井殿と藤井殿が、先日崩れたお城の石垣修復を任されるのではないかと案じていましたもので」

「さようか。石垣普請よりは肩が凝る役目だが、こたびの饗応役は、普請よりは費用がかからぬ。そこで、そなたに頼みがある。五年前に三次の御実家が饗応役を務められておるゆえ、費用がいかほどかかったか訊いてくれぬか」

「ただちに与左殿を向かわせましょう」

阿久利は座敷に移る前に落合与左衛門を呼んだ。

すぐに来た落合にことの次第を伝えると、

「承知」

応じて顔を近づけ、内匠頭に聞こえぬように言う。

「また金がかかりますな」

落合は心配そうな顔をして、赤坂にある三次藩の上屋敷へ走った。

その落合が戻ったのは、日が暮れ、内匠頭が夕餉《ゆうげ》をすませた頃だった。

饗応役にかかった費用を細かに書き写してきた落合に礼を述べた内匠頭は、十八年前に大石頼母が残していた書き物と照らし合わせた後に、二人の家老を奥御殿の座敷に呼んだ。

二度目の饗応役拝命を知り家老たちは驚いたものの、内匠頭と同じく、大金がかかる石垣の普請でないことに安堵したようだ。

藤井が気を引き締めた面持ちで居住まいを正した。

「石垣修復にくらべ、かかりは少のうございますが、饗応役とて馬鹿にできませぬ。大金がかかることは同じでございます」

すると、内匠頭が明るい顔を向けた。

「案ずるな又左。月番老中の土屋《つちや》相模守《さがみのかみ》殿から、近年費用が増えているゆえ今年からは極力抑えるよう言われておる」

「それは何より。して、いかほどをお考えでございますか」

「阿久利に頼み、五年前に役目をされた三次藩が使われた額と、十八年前にかかった四百六十両のあいだを取り、とりあえず七百両の予算をご指南役の吉良殿に相談するつもりだ」

安井が目を見張った。

「ご指南役は、吉良上野介様ですか」

「そのように驚いていかがした」

「吉良様は、先の大火で鍛冶橋御門の御屋敷を焼失されたことを、当家に見捨てられたからだとおっしゃっていたお方。今でも根に持っておられませぬか」

「そのようなことはない。先日も城でお会いしたが、気軽に話しかけてくだされた。考え過ぎだ」

「だとよろしいのですが、お気をつけになられることに越したことはございませぬ」

「あい分かった。今は将軍家の代理で上洛しておられる。今月の中頃には戻られようから、指南役に対する初めのあいさつは、そのほうら二人に任せる」

「はは。かしこまりました」

「御勅使が江戸に入られるのは来月十一日ゆえ時があまりない。皆には彦右、そのほうが伝えよ」

「承知いたしました」

二人の家老は揃って頭を下げ、御用部屋へ戻った。

勅使を迎える支度は翌日からはじめられ、藩の者たちは、宿所となる江戸城辰口《たつのくち》にある伝奏屋敷《てんそうやしき》に家具や食器、装飾品などを持ち込む作業に大忙しとなった。用人の糟屋勘右衛門《かすやかんえもん》を筆頭に、片岡源五右衛門や、堀部弥兵衛の後を引き継いで留守居役となった建部喜内《たけべきない》らが中心となり、支度が調えられていく。阿久利の実家である三次藩からは、勅使に御馳走する料理に添える鮎《あゆ》の干物が差し入れられた。

そんな中、内匠頭は気が急《せ》く日々を過ごしている。落ち度がないよう教えを賜りたいところだが、肝心の指南役が京から戻ってこないのだ。

「ええい、吉良殿はまだか」

家老の安井に苛立ちをぶつけるのも無理はないと、そばにいる阿久利は思う。

三月が近づこうというのに、吉良上野介が帰ってきたという知らせがこないのだ。

内匠頭の不機嫌に触れた安井は、訊いてまいります、と言って吉良の屋敷へ走った。

そして浮かぬ顔をして戻り、

「御家の方々《かたがた》は、そのうち戻られましょうなどと、呑気《のんき》に答えまする」

顔色をうかがいながら言うものだから、内匠頭のいらいらは増すばかり。

つかえが出るのを心配した阿久利は、内匠頭を奥御殿に招き、薄目の茶を点ててくつろいでもらうよう努め、忙しい日々を支えた。

いらいらしながら待ち望む内匠頭の気持ちを知ってか知らずか、吉良上野介が戻ったのは、二月の末日だった。内匠頭はただちに家老をあいさつに行かせようとしたのだが、先に招かれたのは、もう一人の饗応役である伊予吉田藩主、伊達左京亮《さきょうのすけ》のほうだった。

　吉良家にあいさつする前日、奥御殿の御座敷で阿久利とくつろいでいる内匠頭を二人の家老が訪ねてきた。

　安井が神妙な態度で口を開く。

「殿、付け届けの品のことにございますが、やはり少ないと存じます。先の家老大石頼母殿が十八年前に書き留められていた品とくらべ半分では、高家《こうけ》筆頭の吉良様にご無礼かと」

　内匠頭の顔に怒気が浮かんだ。

「彦右、躬の話を聞いていなかったのか。土屋老中から費用を抑えよと命じられておるのだ。半分でよい。それに今になってなんだと申すのだ」

「申しわけございませぬ。先ほど留守居役の建部が戻って申しますには、昨日あいさつをされた相方の伊達様は、黄金百枚、加賀絹五十反など、例年どおりの品を届けられたそうゆえ、ご相談に上がったのでございます」

「費用を抑えるのは御公儀の意向であるぞ。伊達殿が間違っておるのだ。吉良殿もお困りであろう」

　実直な内匠頭は曲げない。

二人の家老は、助けを求める眼差《まなざ》しを阿久利に向けてきたが、口出しできることではないとわきまえ、何も言わなかった。

「案ずることなくゆくがよい」

内匠頭に言われて、家老たちは応じるしかなかった。

翌日、吉良家を訪ねた二人の家老は、室町将軍足利《あしかが》一族の末裔《まつえい》といわれる格式高い家柄の吉良上野介を前に緊張し、あいさつの品が少ないことを詫び揃って平身低頭した。

吉良は、置かれた品を見もしないで、内匠頭の家老を見据えて黙っている。

そばに控えている用人の左右田孫兵衛《そうだまごべえ》に促されて、吉良はようやく口を開いた。

「土屋相模守殿が費用を抑えよなどと勝手なことを口走ったことは聞いておるゆえ、生真面目《きまじめ》な内匠頭殿は従われたのであろう。それにくらべて、伊達殿はお優しい。と言うのもな、赤穂の方々はようご存じのとおり、先の大火で吉良の屋敷は焼け落ちてしもうた。ここを建てるのに物入りでござったゆえ、見舞いをかねてくだされたのじゃ。のう、孫兵衛」

「はい。ありがたいことにございます」

内匠頭が見捨てたせいで屋敷が焼けたと言いふらしたことを知る二人の家老には、嫌みに聞こえたに違いない。頭を下げたまま青い顔をしている。

藤井又左衛門が焦った顔を上げた。

「出直してまいります」

「待て待て。それではわしが催促をしたようではないか。よいよい。内匠頭殿は老中の意向に従ったのじゃ。まことと、生真面目にのう。して、本人はいつ来られる」

「は、お許しあれば明日にでも」

「うむ。日がないゆえ急がれたほうがよかろう。そうじゃ、伝奏屋敷の支度は進んでおるのか」

「は、ほぼ終わっておりまする」

「ほれ孫兵衛、わしが申したとおりであろう。内匠頭殿は二度目の饗応役じゃ。わしの指南など頼りにされずとも、すすめておられるわ」

「まことに、さようで」

吉良は、うつむいている二人の家老に薄笑いを浮かべた。

「では明日、巳《み》の刻（朝十時頃）に来ていただこう」

「ははあ」

安井と藤井は揃って頭を下げ、急いで帰っていった。

鼻で笑った吉良は、二人が座していた畳が冷めぬうちに出かけ、柳沢出羽守の屋敷を訪ねた。

案内された書院の間で待つこと程なく、家着のまま現われた柳沢に頭を下げてあいさつをした吉良は、赤穂のあいさつを受けたことを教え、たくらみを含んだ顔を上げた。

「本日は、ちとお話があり参じました。さっそくですが出羽守様、お犬様を差し置いて子供を助けた内匠頭のことを、まだ怒ってらっしゃいますか」

柳沢は何も言わず、吉良を見ている。

吉良は笑みを浮かべる。

「その顔は、未だ衰えぬ内匠頭の評判に苛立っておられるご様子」

「まあよい。こたびの役目で手抜かりでもあれば、赤穂の浅野など容易《たやす》く潰《つぶ》せる」

表情を変えず言う柳沢に対し、吉良は含んだ笑みを絶やさない。

「町の者たちから人気のある赤穂浅野家を潰せば、またもや上様の評判が悪くなりましょうぞ」

柳沢はじろりと睨んだ。

「今更いかがした。赤穂に二度目の饗応役をさせよと申したのは上野介殿、そなたであろう」

「まあそうお怒りなされますな。良い気になっておる内匠頭をちとこらしめてやろうと思い言上しましたが、より苦しめる妙案を思いつき、まかりこしたのでございます」

「また悪知恵を働かせたか。今度はなんだ」

吉良は探るように、上目遣いに見る。

「上様は、まだ大名の妻子にお手を付けられてらっしゃいますか」

柳沢はますます不機嫌そうな顔をした。

「それを知ってどうする」

上野介は悪意の籠《こ》もった顔で言う。

「赤穂浅野の奥方は、上様好みの美形。差し出させれば、きっとお喜びになると思いますぞ」

柳沢は目をそらし、思案顔をした。その様子から、綱吉は今も大名の奥方に手をつけているものとみえる。側用人《そばようにん》として重用していた牧野成貞《まきのなりさだ》をはじめ、綱吉に妻を差し出した者がいるのは確かなことだ。

吉良が答えを待っていると、柳沢は目を向けた。

「内匠頭の奥を見たことがあるのか」

「今は亡き浅野光晟殿に招かれて築地の下屋敷へおもむいた折に、一度会いました。

噂に違《たが》わぬ美形でございます」

「さりとて、夫婦仲がすこぶる良いと聞いておる。差し出すはずはなかろう」

「それならそれで、饗応の役目で大恥をかいてもらえばよいことかと」

「先ほどは手抜かりと申したが、御勅使を怒らせては上野介殿も上様に睨まれるぞ」

「万が一そのようなことになれば、柳沢様のお力でお助けください。目障りな赤穂浅野など、潰してしまいましょうぞ」

「よほど恨んでおるようだな」

柳沢はこの日、初めて笑みを見せた。一代で公儀を牛耳《ぎゅうじ》るまでに出世した人物にふさわしい悪相で。


翌日、内匠頭は約束の時刻に吉良の屋敷へ到着したが、通された客間で一刻《いっとき》（約二時間）も待たされたあげくに、現われたのは用人の左右田孫兵衛のみ。

左右田は恐縮し、急な来客があり今日は会えないと言う。

「一刻も待たせておいて、無礼ではござらぬか」

内匠頭は顔を赤くして怒ったが、左右田は平あやまりするだけで話にならない。意地になった内匠頭は、待たせていただく、と言い居座った。

「まことに、待たれますか」

「今日中にご相談しなければならぬことがあるのだ。さようお伝え願いたい」

「はは」

茶を出すよう小姓に命じて下がった左右田は、廊下で一度振り向き、背を向けて座っている内匠頭を見て別室に入った。

襖越しに話を聞いていた吉良上野介は、待たせておけ、と小声で言い奥御殿に下がり、ふたたび現われたのは半日も過ぎ、夕暮れが迫る頃だ。

根気強く正座している内匠頭に、

「いや、お待たせいたした」

胸の内で舌を出しながら申しわけなさそうに客間に入り、正座した。

内匠頭は怒るでもなく、むしろ余裕の面持ちで頭を下げてあいさつをした。この態度が吉良上野介はおもしろくない。

癇《かん》に障った顔を一瞬見せたが、内匠頭が顔を上げた時には、人のよさそうな年寄り顔だ。

「して、相談とは何かな」

「はい。御勅使を接待する費用のことにございます。今年より予算を抑えるようにとの御指図により、総額七百両を考えておりますがいかがでしょうか」

途端に、吉良の顔が険しくなった。

「相談と聞いて何かと気になり客を帰してまで会《お》うてみれば、とんでもないことを言われる。七百両で満足していただけるもてなしができるはずもなかろう」

「しかし、御老中が……」

「指南役はこのわしじゃ。老中殿とは誰のことか」

言葉を被《かぶ》せて問う上野介。

告げ口をするような気がした内匠頭は、名を出さなかった。

「誰かと訊いておる」

「そう怒られますな。御老中のお言葉は御上意かと存じます」

「たわけ。七百両では将軍家が恥をかかれる。そのようなことが御上意であるはずはない。誰が申したのだ」

吉良の剣幕に、内匠頭は答えぬ。

「さては内匠頭殿、御老中の名を騙《かた》り、少なくすませようとたくらんでおられるな」

「そのようなことは決してございませぬ」

「ならば答えられよ。いったい誰が、七百両にいたせと命じられたのか」

「予算の額は、それがしが出したこと。あくまで案でございます」

吉良の目が怪しく光り、唇に勝ち誇った笑みが浮かぶ。

「内匠頭殿、そなた、勅使、院使《いんし》をなんと心得る。外様《とざま》の田舎大名が客をもてなすことと同じにするでない」

あまりの横暴ぶりに、内匠頭は吉良の目を見た。

「その目つきはなんじゃ。わしが間違《まちご》うておると申すか」

内匠頭は、己の浅はかさを後悔した。

「いえ。出直してまいります」

「出直す。ふん、昨日まいった二人の家老も、同じことを言うておったな。時がないというに出直すとは、ずいぶん呑気なことじゃ。ここは江戸であるぞ、田舎暮らしと同じように動かれては間に合わぬ。手抜かりがあって恥をかかれるのは上様じゃ。予算は去年と同じにされよ。増やさなければ、そなたが言う老中殿も納得されよう。もしもお叱りを受けたならば、その時は老中殿の名を明かされよ。饗応役がなんたるかを、わしから教えてしんぜよう」

内匠頭は何も言えなかった。

「ご無礼をいたしました。おっしゃるとおりにいたしまする」

頭を下げる内匠頭の頭上に、吉良のあからさまな嘆息がぶつけられた。

ぐっと堪《こら》えた内匠頭は、これに懲《こ》りずご教示を賜りますようお願い申し上げます、と頭を下げ、吉良邸を後にした。

良人の様子

役目に忙しい内匠頭は、日を追うごとに口数が少なくなっている。人が変わったようになったのは、吉良上野介の屋敷へあいさつに行った日からだと、阿久利は思っている。

いったいあの日、何があったのだろう。

心配する日が続いていたある日、表御殿の庭にいる良人を迎えに行こうとして廊下を歩いていた阿久利の耳に、だから言わんことじゃない、と嘆く声が聞こえた。

安井彦右衛門の声だと気付いてそちらに行くと、廊下で藤井又左衛門と立ち話をしていた。

阿久利にはっとなった二人が頭を下げて去ろうとするのを呼び止め、声が聞こえたと問い詰める。

「安井殿、いったい何ごとですか。殿は何に苛立っておられるのです」

二人は口止めでもされているのだろう。どうすべきか躊躇《ためら》う顔をする。

「殿には申しませぬゆえ、教えてください」

すると藤井が、悔しそうな顔をした。

「殿は吉良様から、うまくご指南を賜れてらっしゃらないご様子で、支度が思うように進みませぬ」

安井が続く。

「先日などは、十五日に勅使、院使が御参詣される増上寺の畳を新しい物に替えることで相方の伊達様と相違があり、期日が迫りまして当家は一晩で交換する羽目になったのでございます」

「吉良様は当初、畳はまだ新しいゆえ替えなくても良いとおっしゃっていたにもかかわらず、伊達様には早々と、替えるようご指示があったとか。嫌がらせでございます」

おい、と安井に止められて、藤井が口を閉じた。

阿久利は藤井を見る。

「嫌がらせとはどういうことですか」

藤井は止める安井を一瞥《いちべつ》し、阿久利に顔を向ける。

「殿が付け届けを渋られたことで、吉良様をご不快にさせてしまったのです」

他にも吉良の嫌がらせのせいで、細々としくじりをしていると知った阿久利は、何ごとも抜かりなくしなければ気がすまぬ性分の良人を心配した。

　二人の家老を下がらせて庭に出た阿久利は、池のほとりに立っている内匠頭のそばに歩んだ。

「殿、今日は冷えますからそろそろお入りください」

　身体《からだ》を心配する阿久利に、内匠頭は顔を向けた。

「彦右と又左に何か言われたのか」

　気付いていた内匠頭に、阿久利は神妙な顔をした。

「殿が思い詰めてらっしゃるご様子を心配しているのです。お役目のことでお悩みですか」

　すると内匠頭は、笑みを浮かべた。

「何も案ずるな。ちと行き違いはあったが、もう大丈夫。明後日を待つのみとなった。喉《のど》が渇いた。茶を点ててくれ」

　先に奥御殿へ向かう内匠頭に続いた阿久利は、良人の言葉を信じ、黙って茶を点てた。

　日が過ぎ、勅使を迎える朝がきた。

「今日から伝奏屋敷に詰める」

　そう言って出かける内匠頭を見送った阿久利は、いつものように仏間に入って手を合わせ、何ごともなきよう祈った。

一日目は何ごともなく終わった。

内匠頭は伝奏屋敷に詰めて帰らずとも、落合与左衛門から逐一知らせを受けていた阿久利は、大まかなことは把握している。

この時阿久利がもっとも恐れていたのは、つかえの持病よりも、危篤にまで陥った原因不明の高熱が出ることだ。あの時も役目に忙殺されていて、心身共に疲れ果てたことが起因と思っている。

一時たりとも良人のことを忘れず案じている妻の思いは通じず、内匠頭には破滅の足音が近づいていた。

三月十二日の夜更けのことだ。内匠頭が詰めている伝奏屋敷を突然訪れた吉良上野介が、人払いをさせ、

「御公儀のことである」

と言い、己の家来を見張りに立てた座敷で内匠頭と向き合った。

内匠頭は、あからさまに不快な顔をしている。饗応に使う予算のことで、提案した七百両をつっぱねられたこともあるが、それとは別の日に吉良から持ちかけられたこ

とで腹を立てているのだ。

今の状況を楽しむような面持ちをしている吉良が、膝をつき合わせて落ち着くと、話を切り出した。

「内匠頭殿、わしの顔を見とうないであろうが、今日はそなたのためにわざわざ足を運んだ。よろしいか、怒らずに聞かれよ」

「何ごとでございます」

「他でもない、御勅使のことじゃ。高野権中納言殿《たかのごんちゅうなごん》が不快を申されたそうじゃ。上様は機嫌をそこねておられる。このままでは御家が危のうござるぞ」

内匠頭は疑う目を吉良に向ける。

「それはまことのことにございますか」

「嘘を言いに、このような夜分にわざわざくると思うか」

「御勅使のお二方はご機嫌よろしくお過ごしになられ、お褒めの言葉をいただいたばかりですが」

「柳原権大納言殿《やなぎはらごんだいなごん》と高野権中納言殿はお優しいご性格ゆえ、面と向かってはおっしゃらぬ。高野権中納言殿側近の者が、御公儀に訴えられたのじゃ。嘘と思うならば、今すぐ訊いてみるがよい」

「とっくにお休みでござる。できるはずもないことを申されますな」

「さようか。まあ、信じる信じぬはそちらの勝手じゃが、とにかくそういうことなのじゃ。そこでな内匠頭殿、上様のご機嫌を取ったほうがよいと思いわざわざ足を運んだというわけだ。大きな声で言えぬゆえ、近う寄られよ」

内匠頭は膝行《しっこう》し、吉良が扇《おうぎ》で示す場所に近づいた。

扇を広げた吉良がささやく。

聞いた途端に内匠頭は、今にもつかみかかりそうな顔をしたが、思いとどまり、落ち着きを取り戻す。

「お断りいたします」

吉良は引かない。むしろ、怒る内匠頭の表情を見て楽しんでいるような顔をしている。

「何を躊躇われるのじゃ内匠頭殿。そなた様は小姓を寵愛《ちょうあい》するあまり女房の肌には触れておらぬのであろう」

「誰がそのようなことを申しているのです」

「むきになることはない。男色は武士のたしなみじゃ」

「そのようなことはしておりませぬ」

「さようか。まあ、子が一人もおらぬというに側室も置かぬのだから、あらぬ噂が立ったのであろう。鵜呑《うの》みにしていたわしを許されよ」

内匠頭は不機嫌極まりない面持ちで黙っている。

吉良がここぞとばかりに続ける。

「のう内匠頭殿、子もおらぬのだし、古女房に未練はござるまい。上様が鉄砲洲の屋敷へ御成《おなり》あそばせば、これまでの失態は不問となり御家は安泰ではないか」

「くどい！」

怒鳴る内匠頭に、吉良は動じず、見くだした顔をする。

「ならば、何ゆえわしが上様のご機嫌を取るようすすめるのか教えてやろう。おぬしは先の大火の折、お犬様を見捨てて男児を助けたであろう」

「人として当然のことをしたまで。それがなんだと申される」

「生類憐れみの令をお忘れか。上様はの、犬を見捨てたそなたに酷《ひど》くご立腹なのじゃよ。内匠頭に罰を与えよと、怒鳴られたそうじゃ」

「なんと」

「その様子では、今の今知ったのか」

「初耳にござる」

「犬を見捨てておきながら上様のことを気にせぬとは、めでたい御仁《ごじん》よの。その上にこたびの失態じゃ、上様の怒りが増して当然であろう。わしは赤穂浅野家のことを思えばこそ手助けをしようと足を運んだというに、今のように怒鳴られては武士の面目は丸つぶれじゃ」

内匠頭は顔をそらして黙っている。吉良の提案など、聞けるはずもないからだ。

「人の命を助けて罰せられるような世は、まともではない」

「これ、口をつつしまれよ」

「どのような罰を受けようとも、上様のご機嫌を取るために奥を差し出すようなことはいたしませぬ。お帰りください」

吉良は内匠頭を睨んだが、すぐに、穏やかな面持ちとなり、

「いたしかたない。まあせいぜい、報われぬ役目に励まれよ」

捨て台詞《ぜりふ》を吐いて立ち上がる。

「報われぬとはどういうことです。もはや罰が決まっているように聞き取れましたが」

追いすがる内匠頭であったが、吉良は振り向きもせず帰ってしまった。

翌十三日、勅使、院使は江戸城本丸で猿楽の見学だ。

内匠頭は舞台のそばに控え、上座で見物をしている将軍綱吉の様子を見た。

柳沢と何やら話をしている綱吉と一瞬目が合ってしまい、内匠頭は頭を下げて視線を転じた。気になりふたたび目を向けると、綱吉は睨むような眼差しを向けたまま、柳沢がしゃべることに耳を傾けている。

内匠頭は吉良に目を転じる。すると、吉良も内匠頭を見ており、小馬鹿にしたような笑みを浮かべた。

こうしているあいだも、己に対する罰が決まろうとしているのではないか。

疑心暗鬼となった内匠頭は、胸に息苦しさを感じた。つかえの持病が出たようだ。

見苦しい姿をさらしてはならぬと立ち去ろうとした時、勅使柳原権大納言の付き人から声をかけられた。

「権大納言様がお呼びでございます」

内匠頭は苦しみに耐えて応じ、付き人に従って移動した。


いっぽう、内匠頭の苦しみを知るよしもなかった阿久利は、仏間に入り、猿楽の行事が無事終わることを祈り続けていた。

背後に並ぶ燭台《しよくだい》の蠟燭《ろうそく》の火が風になびき、仏壇の横の無地の襖に映えていた阿久利の影がゆらめく。

廊下に衣擦《きぬず》れがして、仏間の入り口で止まった。

「奥方様、殿がお帰りになられます」

お菊の声に、目を開けて振り向いた。

「今宵《こよい》も伝奏屋敷へ詰められるはず。何かあったのですか」

「先に戻られた堀部安兵衛殿によれば、殿は城でお褒めの言葉をいただいたとか。ご機嫌もよろしいようでございます」

阿久利に付き添っていた落合与左衛門が、嬉しそうな声をあげた。

「殿はその喜びを奥方様に聞いていただきたいのでございましょう。さ、お出迎えを」

阿久利は笑顔で応じて立ち上がり、打ち掛けの裾をなびかせて表玄関へ急いだ。待っていた堀部安兵衛を労《ねぎら》うと、安兵衛は笑顔で頭を下げ、玄関先へ出て控えた。

打ち掛けの乱れを整えて待つこと程なく、松明《たいまつ》を持った馬廻《うままわり》衆に囲まれた大名駕籠が戻り、式台に横付けされた。

戸が開けられ、降り立った内匠頭を見た阿久利は、役目に向かってぴりぴりしていたこれまでの顔ではなく、穏やかな表情をしていることに驚き、同時に安堵した。

心配したつかえの持病も出ていない様子。

阿久利は三つ指をついた。

「お帰りなさいませ」

「うん。今宵はゆっくりする。まずは湯を使いたい」

「支度はできておりまする」

いつ帰ってもいいように、毎晩湯を沸かして待っていた甲斐があった。表御殿と奥御殿のあいだにある湯殿でくつろぐ良人の背中を流した後、阿久利は自らの手で夕餉の支度をした。

「今宵の夕餉は美味であった」

「たくさん召し上がりよろしゅうございました」

「そなたの琴を聴きたい。いつもの六段の調《しらべ》を頼む」

「ただいま支度を」

そう言ったのは、控えていたお菊だ。

侍女たちが御座敷へ琴を支度するのを待って移動し、いざ爪弾こうとした時、渡り廊下から磯貝十郎左衛門が来て、廊下に片膝をついた。

「殿、安井殿が御勅使のことでお教え願いたいことがあるそうです」

「せっかく阿久利の琴が聴けるというのになんだと申すのだ」

「お褒めを賜ったことではないかと」

「まあよい。今ゆく」

内匠頭はすぐ戻ると言い、磯貝と共に表御殿へ行ってしまった。

阿久利は居間に戻り、内匠頭を待った。

お菊が表御殿の様子をうかがうように縁側から空を見ていたが、阿久利のそばに座った。

「殿はいつになく、ご機嫌よろしゅうございますね」

「お菊もそう感じましたか」

「はい」

「まだ話してくださいませぬが、きっと良いことがあったのでしょう」

「伝奏屋敷にお詰めきりでございましたが、お忙しい合間にお戻りになられるということは、よほど奥方様にお話しされたかったのかと」

そう言うお菊も嬉しそうだ。内匠頭の機嫌がよければ、屋敷中が明るくなる。

早く話を聞きたいと思いつつ待っていたのだが、戻ったのは一刻（約二時間）も過ぎてからだった。

阿久利は琴を聴いてもらおうとしたのだが、

「もう夜中ゆえよい」

内匠頭は残念そうに言い、付き添っていた磯貝を下がらせた。

阿久利は寝間着に着替えてお菊を下がらせ、内匠頭がいる寝所に入った。

横になっても、内匠頭はなかなか眠らせてくれない。

「のう阿久利、庭の森で初めて会うた時のことを覚えているか」

昔のことを懐かしむ良人に、阿久利は、はいと答えた。

忘れるはずもない。琴の厳しい稽古がいやで姫御殿を抜け出した時、桜の木に登っていた内匠頭と出会ったのだ。

他にも、落ち込んでいた阿久利を馬に乗せて藩邸内を歩いたこと、皆と酒宴をしたことを懐かしむ内匠頭は、肘枕《ひじまくら》をして阿久利を見てきた。

「そなたが火消し装束を揃えてくれた時は嬉しかった。皆の士気が上がり、火に立ち向かえたのだ」

思い出話を続ける内匠頭。

勘が鋭い阿久利は、半身を起こして顔を向けた。

「殿、お役目で何かお辛いことがおありなのですか」

すると内匠頭は座り、阿久利の頬に手を添えてきた。

「何も案ずることはない。今宵は、御勅使の柳原権大納言様直々《じきじき》に、お褒めの言葉をいただいた。特に、三次の干し鮎が美味だと喜んでおられた。上様もご機嫌良く、後二日で役目が終わる」

晴れ晴れとした顔の内匠頭に、阿久利はほっとする。

内匠頭が神妙な顔をして、阿久利の手をにぎった。

「明日からの留守を頼む。我らの子である家臣が命を落とさぬようにな」

「どうなされたのです」

「今宵は穏やかだが、いつ何が起きるか分からぬと心得よ」

常に火事のことを気にしていただけに、阿久利は微笑んだ。

「大事なお役目をされている殿に、火消しの命はくだらぬはず」

内匠頭は、ふっと笑った。

「そうであるな。だが堀部安兵衛は、口より先に手が出るほど気性が荒い。躬がおらぬ時に無鉄砲なことをせぬよう、そなたが代わりに手綱《たづな》を引いてくれ」

安兵衛の性格を知る阿久利は、笑って応じた。

「しっかりと、お守りいたします」

「頼むぞ」

「はい」

内匠頭は安心したように微笑んだ。

見つめられ、見つめ返す。手を引かれて抱かれ、内匠頭の温《ぬく》もりを喜び、胸に頰を寄せた。

琴の音

翌三月十四日。

阿久利は、早朝に伝奏《でんそう》屋敷へ戻る内匠頭を見送りに、表御殿の玄関へ出た。

内匠頭は駕籠《かご》に乗る際に手をにぎり、阿久利を見つめる。

「楽しかったぞ」

夜通し語り合ったことと思う阿久利は、微笑《ほほえ》んで応じた。

戸を閉められ、駕籠が出立する。

「いってらっしゃいませ」

三つ指をついて見送る阿久利。

内匠頭を乗せた駕籠は、ゆっくりと表門へ向かった。

見送りを終えた阿久利は奥御殿に戻り、自ら書き記している勅使《ちょくし》饗応役《きょうおうやく》の日程を確かめてみる。

十一日、勅使、院使、伝奏屋敷へご到着。

十二日、使者御登城。

十三日、猿楽御見物。

そして十四日の本日は本丸白書院にて、使者、将軍家へごあいさつ。

十五日、寛永寺と増上寺御参詣。この畳替えで殿と家臣たちはご苦労された。

十六日、勅使は御休息され、十七日には京へお帰りあそばす。

無事終われば、殿はごゆっくりできる。

阿久利はいつものように仏間へ入り、先祖に見守っていただくよう祈った。


諸大名が登城をする頃、内匠頭は一足先に本丸へ上がり、勅使を迎える支度に勤《いそ》しんでいた。

茶坊主の一人である韮山円仁《えんにん》が内匠頭を呼び止めたのは、廊下を歩いていた時だ。

「内匠頭殿、内匠頭殿」

小声で歩み寄った韮山は、立ち止まって振り向く内匠頭が身につけている長裃《ながかみしも》の袖《そで》をつかみ、こちらに、と言って自分の御用部屋に引き込む。

「円仁殿、いかがされた」

内匠頭が訊《き》くと韮山は、気の毒そうな目で長裃姿を見る。

「本日のお召し物は大紋御烏帽子《だいもんおえぼし》でございます」

内匠頭は苦笑いを浮かべた。

「やはりな。十八年前がそうであったゆえ案じていたが、恥をかかされるところであった。教えていただき感謝する」

「また、吉良様ですか」

「困ったものだ。伝達の不備を訴えたとて、伝えたはずだとお惚《とぼ》けになろう」

「笑っている場合ではございませぬぞ」

「案ずるな。備えはしてある。すまぬが着替えを手伝ってくれ」

内匠頭は赤穂藩に使用を許されている控えの間に誘った。大石頼母が残してくれた文献に書かれていたとおりの支度をしてきていたのだ。

大紋に着替える内匠頭を手伝いながら、韮山が迷ったような顔をしている。時々手を止めて考えている姿に、内匠頭はいぶかしむ。

「いかがした」

「は……」

「何か悩みごとか」

韮山は、内匠頭の目を見つめた。途端に、目に涙を浮かべる。

内匠頭は察したようにうなずいて見せた。

「躬《み》を引き止めたのは、着物だけのことではないようだな」

「いかにも。柳沢様と吉良様が、内匠頭様のことでよからぬ話をしておられるのを耳にいたしました」

「分かっておる」

するとすると韮山は、驚いた顔をした。

「ご存じでございましたか」

内匠頭は厳しい目を向ける。

「その話、他に誰か聞いた者はいるか」

「い、いえ」

「そうか」

安堵《あんど》した内匠頭は、韮山の前で正座して両手をついた。

「な、何をなさります」

「このとおりだ円仁殿、耳にされたこと決して他言せず、墓まで持って行ってくれ」

韮山は、先の大火の折に内匠頭の働きにより、家と妻子を救われて感謝している者。

以来内匠頭と懇意に付き合い、特に城では力になってくれていた。

韮山は内匠頭の前で両手をつき、平身低頭した。

「決して誰にも言いませぬ」

「躬の家臣にも、言わないでいただきたい」

「承知いたしました。どうかお顔をお上げください」

顔を上げた内匠頭は、微笑んでうなずき、立ち上がった。

「今日はそなたのおかげで恥をかかずにすんだ。礼を申す」

今一度頭を下げ、持ち場へ戻るべく部屋を出た。

松の廊下へさしかかると、吉良上野介が立ち話をしていた。

関わりたくないと思い、端に寄って素通りしようとしたのだが、人を見くだしたしゃべり声を聞くと癇に障る。

ぐっとこらえて歩いている背中に、

「誰かと思えば、田舎者か」

吉良が耳障りな声をかけてきた。

共にいた者は内匠頭の青い顔を見て下がり、離れて行く。

感情を抑え、微笑みを浮かべて去ろうとする内匠頭の前を塞《ふさ》いだ吉良が、じっとりとまとわりつくような眼差《まなざ》しと嘲笑《ちようしよう》をくれる。

「先ほど柳沢様とお話をした。どうせ今日が見納めゆえ、本丸の景色をよう見ておくがよい」

内匠頭は、危うい光を帯びた目を向ける。

「それは、どういう意味にございますか」

「後で分かることよ」

鼻で笑われた。それでも内匠頭は、役目だけはまっとうしようと耐えた。

「御勅使が到着されますゆえ、ごめんつかまつりまする」

相手にせぬ体《てい》で行こうとする背中に近づいた吉良が、意地の悪い顔でささやいた。

その刹那《せつな》、内匠頭の目の前は真っ暗になった。耐え抜いていた糸が切れたように、こころに黒い物が広がっていく。

「言わせておけば……」

「なんじゃ。よう聞こえぬが」

吉良が小馬鹿にして言う。

内匠頭は目をつむり、殿中差しに手をかけ、

(阿久利、さらばじゃ)

胸の内で別れを告げ、目を見開いて吉良に振り向いた。


昼下がりの江戸城下馬先は、春の陽気につつまれ、穏やかな時が流れている。今日の行事に参加するあるじに従ってきていた大名と旗本の家臣たちが待っており、その

数は千人を優に超える。皆待ちくたびれて、顔の肉は緩みにゆるんでいる。

馬は暇を持て余したように前足でしきりに地面を蹴り、別の馬は、世話をする者の袖を嚙《か》んで引っ張ったりしている。

侍たちの財布に期待する甘酒売りやだんご売りなどが集まり、大にぎわいの場所もある。

赤穂浅野家の者たちがいる小屋の軒下では、片岡源五右衛門と赤埴源蔵《あかばねげんぞう》が立ち話をしていた。やがて、どよめき声が大手門のほうからしてきた。待っている家臣たちの動揺は波が広がるように赤穂藩士たちにも届き、赤埴が顔を向ける。

「何ごとか」

片岡が見ると、それまでゆったりとしていた供待ちの者たちが、まるで戦場《いくさば》のようにうごめいている。

「よほどのことだぞ」

片岡が言った時、どけ、通してくれ、と叫びながら人を分けて来る者がいた。堀部安兵衛だ。

「おい安兵衛、どうした」

訊く片岡に気付いた堀部安兵衛が、尋常でない様子で駆け寄った。

「殿が刃傷に及ばれました」

「何！」

「おい安兵衛、暇だからというて悪い冗談はよせ」

信じない赤埴に、安兵衛は赤くした目を向ける。

「この騒ぎが嘘と思うか！」

「嘘だ。嘘に決まっている」

なお信じようとせぬ赤埴の口を制した片岡が訊く。

「殿はどうなっておられる。相手は誰だ」

「相手は吉良上野介。殿はご存命ですが、吉良の生死は分かりませぬ。殿中での刃傷となれば、御家は潰《つぶ》されますぞ」

安兵衛にうなずいた片岡は、浮き足立つ皆を見回した。

「落ち着け。殿様も覚悟の上のこと。我らが今なすべき事はなんだ」

「国へ、大石殿へ一刻も早くお知らせするべきかと」

安兵衛の声に、片岡がうなずく。

「誰が行く」

真っ先に名乗りを上げたのは、萱野《かやの》三平《さんぺい》だ。

続いて早水藤左衛門が前に出た。

播州赤穂城下までは百五十五里（約六百二十キロ）と遠い。不眠不休の早駕籠の旅は命がけだ。それでも二人は、強い意思を示す面持《おもも》ちで立っている。

「よし、頼む。大石家老には、追って二番、三番の早駕籠で知らせると伝えてくれ。まずは、殿が刃傷に及ばれたことを伝えるのだ」

「承知!」

二人は声を揃え、裃を着けたまま馬に飛び乗り、早駕籠を出す問屋場に向けて鞭《むち》を打った。

内匠頭を乗せた駕籠が城を出たのは、程なくのことだ。

大名が出入りをする大手門ではなく、罪人や死人が出される不浄の平川門《ひらかわもん》から、網をかけられた駕籠に閉じ込められて出された。その駕籠は無紋ゆえ、誰の物かもわからない。

僅《わず》かな警固が付いている一行は、騒ぎが続く大手門前を通らず、粛々《しゆくしゆく》と城から離れていった。中にいる内匠頭の様子をうかがい見ることは、誰にもできぬ。まして、知るよしもない赤穂の家臣たちは、近くをあるじが乗る駕籠が通り過ぎたとも気付かず、動乱の渦の中にいた。

いっぽう、奥御殿の御座敷にいた阿久利は、内匠頭に聴いてもらいたい琴の稽古を終えたばかりだった。

ゆっくり弦から手を離し、そのまま琴を見つめていると、そばで聴いていたお菊が心配そうに声をかけてきた。

「琴の音がいつもと違うようですが、どこかお具合が悪いのですか」

阿久利は否定するも、浮かぬ顔を庭に向ける。どうにも胸騒ぎがしていたのだ。なぜなら、今朝別れる時に内匠頭が、楽しかったぞ、と言ったことが頭から離れない。

「殿は今頃、どうされておられようか」

「今朝はすこぶるご機嫌がよろしゅうございましたから、何も案ずることはないかと。今お茶を淹《い》れますから、お気を楽になさってください」

お菊が茶の間に行こうとした時、急ぐ足音がして次の間に落合与左衛門が来た。

「奥方様、大学様がお見えになられました」

言うはしから大学が次の間に入り、焦った様子で居間にいる阿久利の前に来ると膝《ひざ》をつき、両手をつく。今にも泣きそうな顔を阿久利に向けた。

「姉上、兄上が、本丸松の廊下で刃傷に及ばれたとのこと」

あまりのことに、阿久利は息を呑む。大学の唇が動くのは見えていても、声が頭に入ってこない。

「……上、姉上！」

大学の声に我に返り、顔を上げた。

「殿は生きておられるのですか」

この時はもう、阿久利は落ち着いている。内匠頭が思いを遂げることができたのか、気になるのはそれだけのみ。

すると大学、

「田村右京太夫《たむらうきようだゆう》殿へお預けの身になられたのこと」

そう言い、下を向く。毅然《きぜん》とした眼差しの阿久利をまともに見られなくなっているのだ。

「相手は誰です」

「そ、そこまでは」

「相手の生死は」

「御老中に呼び出され、兄上の刃傷を知らされると同時に、家中の者が心得違いのことをせぬようご忠告を受け、取り急ぎ、姉上にお知らせせねばと馳せ参じました」

阿久利の澄んだ目が、不甲斐ない大学を見つめる。

「殿が命を賭して挑まれた相手の名も生死も確かめぬまま城をくだられるとは情けない。それでも浅野の血を引く武士ですか」

「も、申しわけございませぬ」

大学は慌てて戻ろうとしたが、混乱しているのか、出口を間違えて寝所へ向かおうとした。

慌てたお菊に止められ、大学は動転した様子で部屋から出ていった。

阿久利は、腹が据《す》わった面持ちで控えている落合与左衛門に言う。

「いずれ供の者たちが帰りましょう。表御殿で待ちます」

「はは」

表御殿の玄関で待つこと半刻《はんとき》(約一時間)、供をしていた家臣たちが静かに帰ってきた。

片岡源五右衛門が阿久利を見るなり玄関先に歩み寄り、

「殿が、江戸城で刃傷に及ばれました」

哀しい顔をうつむけた。

堀部安兵衛にいつもの覇気は微塵《みじん》もなく、磯貝十郎左衛門は、まつげを濡らしている。

阿久利は皆を見回し、片岡源五右衛門に言う。

「大学殿から一報を受けています。して片岡殿、相手は誰なのですか」

「吉良上野介にございます」

この瞬間、腑《ふ》に落ちた。内匠頭の妻として生きてきた阿久利は、大学に聞いた時から、そうではないかと思っていたのだが、刃傷など間違いであってほしい気持ちが勝り、半信半疑だったのだ。

夢でも間違いでもなかった。朝から続いていた胸騒ぎは、不幸にも当たってしまった。

阿久利はめまいがしそうになったが微塵も顔に出さず、片岡源五右衛門に訊く。

「殿は、生きておられるのか」

「ご存命と聞いています」

「相手は、吉良上野介殿は」

「分かりませぬ。追って沙汰《さた》するゆえ屋敷にて待てとのお達しに従い、戻ってまいりました」

皆沈痛の面持ちで立っている。今朝の光景が嘘のようだ。

程なく内匠頭の駕籠が、静かに式台に横付けされた。

磯貝十郎左衛門が戸を開けたが、中に良人《おっと》の姿はない。

まだどこかで、夢であってくれと願っていた阿久利は、現実を突きつけられて胸が苦しくなった。この時、留守を頼むと言った内匠頭の声が頭の中に響いた。

涙を見せてはならぬ。わたくしがしっかりしなければ。

自分に言い聞かせていると、磯貝十郎左衛門が駕籠から取り出した内匠頭の大刀を差し出した。

ずしりと重い刀を受け取った阿久利は、目を合わせようとしない磯貝を見つめ、片岡源五右衛門に顔を向ける。

「今は沙汰を待ちましょう。皆を休ませてください」

「はは」

「そのような暇はござらぬぞ」

玄関口から声がして、三人の侍が入ってきた。外にいる家臣たちの背後に、三人が連れてきた家臣たちが流れてくるや、警戒をする姿勢を取った。

二人は公儀目付《めつけ》役だった。その後から入ってきたのは、親族の浅野美濃守だ。

阿久利が会うのは、祝言の時以来。

美濃守は、祝言の時とは別人のように険しい顔を阿久利に向け、

「沙汰がくだった」

不機嫌そうに言う。

応じた阿久利は三人を書院の間に通し、安井と藤井両家老を従えて下座に正座した。

上座に座る目付役と並んだ美濃守は、

「まったくもって、困ったことをしてくれた」

と無情に吐き捨て、阿久利に厳しい目を向ける。

阿久利は、美濃守に両手をついた。

「お教えください。内匠頭は今、どうなっているのですか」

「吉良殿に斬りつけてすぐ取り押さえられ、御公儀の調べを受けた後に陸奥《むつ》一関藩《いちのせきはん》の田村家へお預けの身となり、愛宕《あたご》下の屋敷へ連れて行かれた。吉良殿との不和は噂になっていたが、よりにもよって将軍家の大事な日に、しかも殿中で斬りつけるとは、何を考えておるのか」

「よほど、腹に据えかねることがあったのでございましょう」

毅然と答える阿久利に、目付役が鋭い目を向ける。

「吉良殿のことで、内匠頭殿から何か聞いておられるか」

「いえ」

「隠さぬほうが、内匠頭殿の身のためぞ」

言われて阿久利が目を向けると、目付役は何かを求めるような顔つきに変わっていた。隣に座る者も、責める顔ではなく、望みを託すような面持ちで阿久利の言葉を待っている。

目付役は内匠頭を案じてくれている様子。恐らく内匠頭は、吉良を斬った理由を話していないのだ。

ここで弁明をしたとて、殿中で刃傷に及んだ内匠頭が解き放たれることなどありえぬ。武家の厳しい掟《おきて》を知らぬ阿久利ではない。

「何も存じませぬ」

そう答えると、皆落胆の色を見せた。

「お沙汰を」

阿久利が促すと、目付役たちは浅野美濃守を見た。

美濃守は一つ息を吐き、阿久利に告げる。

「内匠頭殿には、即日切腹の沙汰がくだされた」

覚悟はしていた阿久利であるが、

「即日……」

思わず出た声に続き、背後に控える二人の家老から嘆息が漏れた。

膝の上でむすんでいる手に力を込めた阿久利は、涙を飲んで美濃守を見る。

渋い顔をした美濃守が、一つ息を吐いた。

「まずすべきことは、辰口伝奏屋敷を後任の者へ引き継ぐことじゃ。ただちに人をやり、持ち込んでいる物をすべて出すこと。次は、田村屋敷から内匠頭の亡骸《なきがら》を引き取り、泉岳寺へ埋葬のこと。この屋敷へ入れることは許されぬと心得よ。ことと青山の別邸は、明日の朝には御公儀が召し上げられる。朝までに荷物をすべて運び出せ」

これも武家の厳しさだ。阿久利は両手をついた。

「承知いたしました」

「国許《くにもと》への知らせを急がれよ。それと阿久利殿、そなたのことじゃ」

「覚悟はできておりまする」

「待て、後を追って死ぬことはならぬ。実家の三次藩から迎えがくることになっておるゆえ、立退《たちの》かれよ。重ねて言うが、死んではならぬぞ。そなたが命を絶てば、沙汰に不満を持つ家臣どもが赤穂で籠城《ろうじょう》をしかねぬ。そうなれば広島の御本家をはじめ、我ら親戚縁者もただではすまぬことになる。辛《つら》かろうが、分かってくれ」

勘の鋭い阿久利は、湧き上がった疑問を美濃守にぶつけた。

「赤穂浅野の者は、内匠頭のもと武士としての務めを果たしてまいり、武家のならいをわきまえておりまする。その我らが御公儀のご沙汰を不満に思う理由があるのですか」

真《ま》っ直《す》ぐな目を向けられた美濃守は、たじろいだ。

「いや、何もない」

「何かお隠しでございますね。お相手の吉良殿は、いかがあいなります」

「知らん。聞いておらぬ」

「美濃守殿……」

「これ以上の詮索は無用」

止めたのは目付役だ。

二人は立ち上がり、一人が阿久利に厳しい目を向ける。

「上意であるぞ」

そう言われては、従うしかない。

帰っていく目付役に両手をつき、頭を下げた。

「今ひとつお教え願います。殿は、内匠頭はもうこの世にいらっしゃらないのですか」

後に続いていた美濃守が足を止め、顔を横に向ける。

「田村家より亡骸引き取りの沙汰があるまでは、生きておられると思うがよかろう」

まだ生きておられる。

そう思う阿久利の頭に浮かんだのは、堀部安兵衛を抑えろという内匠頭の言葉。

あれは遺言だったのだと思い、安兵衛を探しに外へ出た。

表玄関には、心配した家臣たちが集まっていた。浅野美濃守家中の者たちが警固に就く中、鉄砲洲の上屋敷には動揺が広がり、大騒ぎになっている。

「堀部安兵衛殿はどこです」

訊く阿久利に、玄関口にいた家臣が答えた。

「船を出し、伝奏屋敷の荷物を取りに行っております」

前もって通達があったらしく、船を取りに帰っていたのだ。

阿久利は皆に、明朝屋敷を明け渡すことを告げた。

誰もが心得ていたらしく、すぐに取りかかって屋敷は騒がしくなる。

阿久利は表御殿の片付けを家老にまかせようとしたが、二人の家老は不忠にも、早々と姿を消していた。

用人の片岡源五右衛門に託そうと思ったが姿がない。声を嗄《か》らし指図をしていた奥田孫太夫に片岡の行方を訊くと、赤くした目を向けた。

「先ほど、殿の御最期を見届けに出ていきました」

特に目をかけていた片岡源五右衛門がそばにいてくれれば、内匠頭は心強いはず。

そう思った阿久利は、奥田孫太夫と老臣たちに後を任せ、奥御殿に下がった。

内匠頭と過ごした御座敷に入り、置かれたままになっている琴の前に座った。気付けばもう、夕暮れが近くなっている。

聴きたいと願われたままになっている琴の音を届けたいと思い、爪に指を通した。

家臣たちが明け渡しに忙しく働く鉄砲洲の屋敷に、阿久利が爪弾く琴の音が響く。

気付いた者たちは手を止め、内匠頭が好んだ音色に悲しんだ。

琴を爪弾く阿久利の頭に浮かぶのは、内匠頭との思い出だ。

庭の森で初めて会った時におぶってくれた背中の広さと、爽やかな笑顔。金平糖を渡してくれた時、はにかんで背を向けた時に赤くなっていた襟足。二人で馬に乗った際の胸の高まり。家臣を大切にし、江戸の民を火事から守って戻った時の清々《すがすが》しい表情。

目を閉じれば、幼い頃から共に過ごした良人の姿が、次々と浮かんでは消えてゆく。

もう二度と、あの笑顔は見られないのか。

もう二度と、優しく抱いてもらえないのか。

もう二度と……。

唇を嚙みしめた阿久利の耳に、

「生きよ」

内匠頭の声が届いた気がした途端に、琴の弦が切れた。

目を見開いた阿久利は、手元を見つめる。切れた弦に弾《はじ》かれた指に、赤い血がにじんだ。

庭に気配がしたのは程なくのことだ。

「奥方様」

最後を見届けに行っているはずの片岡源五右衛門の声に、阿久利は顔を向けられない。

「殿は、ご立派に……」

声を詰まらせた片岡は、その場に突っ伏した。

阿久利は庭に出ると、片岡の背中に手を差し伸べた。

「言わずとも分かっています。源五殿、長いあいだ世話になりました。安兵衛殿に会えぬやもしれぬゆえそなたに託します。殿は安兵衛殿のことを、口より先に手が出るほど気性が荒い、躬がおらぬ時に無鉄砲なことをせぬか、と案じておられました。安兵衛殿が御公儀のご沙汰を不満に思い心得違いのことをせぬよう、頼みます」

片岡は顔を上げて何かを言おうとしたが、庭が騒がしくなった。

磯貝十郎左衛門が走ってくる。

「この騒ぎに乗じて物盗《と》りが忍び込みました。お気を付けください」

片岡が立ち上がり、阿久利を座敷に入れて障子を閉めた。

物盗りが入るなど、これまでには考えられぬこと。内匠頭は江戸の民のために命を賭してきたというのに、世の中とは、こうも無情なのか。

片岡が曲者《くせもの》を遠ざける大声がした。

阿久利は静かに立ち上がり、寝所に入った。帯に差している懐剣を抜き、刀袋を解いて柄に手をかけた。鞘《さや》を捨て、目をつむる。

「奥方様、三次藩からお迎えがまいりました」

お菊が声をかけたが、阿久利は目をつむったままだ。

「ご無礼いたします」

身を案じたお菊が襖《ふすま》を開け、目を見張った。

阿久利はすでに、髪を切っていたのだ。

口に手を当てて泣くお菊に、阿久利は立ち上がってそばにゆく。

「お菊殿、この屋敷に入った日のことを、わたくしは今でもはっきり覚えています。そなたがいなければ、今のわたくしはおりませぬ。お世話になりました」

両手をついて頭を下げる阿久利に、お菊はすがりついた。

「お別れなどいたしませぬ。わたくしも共にまいります」

阿久利はお菊の手を取り、首を横に振る。

「そなたを暗い生涯に付き合わせることはできませぬ」

笑みを浮かべる阿久利に、お菊ははっとなった。

「世をお捨てになるおつもりですか」

「実家から、残された者たちを見守るつもりです」

「では、お供をさせてください」

「もう十分尽くしてくれました。これからは、思うように生きてください」

「奥方様……」

「そなたに託したい物があります」

阿久利は朱塗りの手箱を引き寄せて蓋を開け、齢松院の形見である手鏡を取り出すと、お菊の手を取って渡した。

「奥方様、いけませぬ」

「よいから受け取って。美しい鏡は、わたくしにはもう必要ありませぬから」

阿久利は、鏡を持つお菊の手を強くにぎって思いを込めてから放した。

お菊は声を震わせた。

「どうあっても、連れて行ってくださいませぬのか」

阿久利はお菊の目を見つめた。

「お達者で、どうか幸せになってください」

阿久利は頭を下げ、廊下で待っていた落合与左衛門に従って奥御殿の玄関に行った。

式台に横付けされた三次藩の駕籠に乗る前に、見送る家臣や侍女たちを見回した。

曲者を追い出した片岡と磯貝の顔もある。長屋から駆けつけた堀部弥兵衛が、男泣きをして袖を両目に当てて拭《ぬぐ》い、くしゃくしゃにした顔を向けている。

皆、今宵《こよい》限りで離散する。家を失い、禄を失って厳しい世の中に投げ出されるのだと思うと、胸が締め付けられた。

「皆は殿とわたくしの子だと言っておきながら、守ることができませんでした。殿もそれのみが、心残りでありましょう。親として願います。弥兵衛殿、源五殿、十左殿、方々《かたがた》、決して殿の後を追わぬと約束してください。殿が望まれぬことは、苦楽を共にした方々ならば承知のはずでしょうが、このとおり、わたくしからも頼みます」

頭を下げて、世話になりましたと礼を述べた阿久利は、駕籠に乗った。

閉められた戸の外から、皆のすすり泣きが聞こえる。

目を閉じた阿久利の瞼《まぶた》に、楽しかったぞ、と言った内匠頭の顔が浮かび、饒舌《じょうぜつ》に思い出話をした優しい笑顔が浮かぶ。

「覚悟の上で、最後の夜を共に過ごしてくださいましたか」

その言葉を口に出した途端に、耐えられなくなった。

脇門《わきもん》を出た駕籠の中から阿久利の泣き声を聞いた家臣たちは、その場で突っ伏し、悲しみに呻《うめ》いた。

落合与左衛門に付き添われて夜道をゆく阿久利の駕籠は、堀川にかかる橋を越え、やがて見えなくなった。

遅れて戻っていた堀部安兵衛は、表門の前で平身低頭し、泣き声が聞こえる阿久利の駕籠を見送っていたのだが、明かりが遠ざかってしまった橋に向かって立ち上がり、埃《ほこり》と涙に汚れた顔に悔しさをにじませた。

「吉良めは生きております。殿のご無念、この安兵衛が必ずや」

三次藩下屋敷

奥の八畳間にたゆたう線香の細い煙が、色白の頰《ほお》を優しくなでた。

まだ墨も乾かぬ位牌《いはい》を前に、阿久利《あぐり》は生気を失った面持《おもも》ちで正座している。

僅《わず》かに開けて一点を見つめる瞳は、この場にあるものを見ていない。

江戸城本丸、松の廊下で吉良上野介《きらこうずけのすけ》に斬りかかった良人《おっと》、浅野内匠頭《あさのたくみのかみ》が、即日に切腹を命じられ、もうこの世にいないからだ。

良人の命日は、元禄十四年三月十四日（一七〇一年四月二十一日）。

子もなく、二十九歳で寡婦になった阿久利は、良人の切腹を知ったその日のうちに、黒く艶《つや》やかだった髪を剃髪《ていはつ》し、鉄砲洲《てっぽうず》の赤穂藩《あこうはん》上屋敷を出た。

麻布今井町《あざぶいまいちょう》の三次藩《みよしはん》下屋敷に戻って今日で三日目。

泉岳寺《せんがくじ》の許しを得て、寿昌院《じゅしょういん》と号している。

延宝三（一六七五）年、幼名を栗《くり》姫と号していた阿久利は、三歳の時に浅野内匠頭との縁談が決まり、四歳で故郷の三次を離れた。

三次藩の下屋敷に入り、すでにこの世を去っていた阿久利の実父、長治《ながはる》の正室齢《れい》松院《しょういん》に養育された。

齢松院は阿久利を可愛《かわい》がり、阿久利もなついていたのだが、共に暮らせたのは僅か四ヶ月のみ。齢松院は病に倒れ、阿久利を残して亡くなってしまったのだ。

幼い阿久利が悲しむ姿を不憫《ふびん》と思うた浅野本家の隠居、光晟《みつあきら》夫婦が引き取り、その後は、正室の満《まん》の方《かた》に養育をされた。そして五歳の時に、当時十一歳だった内匠頭がいる鉄砲洲の屋敷に入ったのだ。

幼き頃から兄妹のように暮らした良人との想《おも》い出が詰まる鉄砲洲の屋敷は、今日にも公儀に召し上げられる。

初めて良人と出会った庭の森も、守り続けてきた奥御殿も、人の物となってしまう。

涙は涸《か》れてしまい、ため息をつく気力もない。一日位牌の前に座し、瞳に映るのは戒名ではなく、在りし日の良人のみ。優しい笑顔も、慈しみをかけてくれる声も、大きくてたくましい手も、この世にいる阿久利には、見ることも、聞くことも、触れることもできなくなってしまった。

悲しみのあまり、庭に来るつがいの小鳥の仲睦《なかむつ》まじささえも、羨《うらや》んでしまう。

食事も喉を通らず、言われなければ水を飲むことさえ忘れ、ただ思うのは、良人のそばに行きたい、それだけだった。

そうできたなら、どんなに幸せか。

そんな阿久利のそばにいるのは、部屋の外で控えている落合与左衛門《おちあいよざえもん》のみ。三次浅野家の下屋敷には隠居の養父長照《ながてる》と園《その》夫妻がいるが、顔を見たのは、鉄砲洲の屋敷から来た時だけ。

誰も近づかぬ部屋は、静かだった。

寂しさに負けてしまいそうな阿久利を辛うじて生きる道に進めているのは、最後の時をすごした内匠頭の言葉だ。

（明日からの留守を頼む。我らの子である家臣が命を落とさぬようにな）

声が聞こえた気がした阿久利は、はっとして目を上げた。だが、位牌があるだけで、そこに内匠頭はいない。

揺れる蠟燭《ろうそく》の火を見つめる阿久利の脳裏に浮かんだのは、落合から聞いている、赤穂の国許《くにもと》に走った使者のこと。

内匠頭が切腹した直後の未《ひつじ》の下刻（午後三時半頃）に、馬廻《うままわり》の早水藤左衛門《はやみとうざえもん》と、中《ちゅう》小姓《ごしょう》の萱野三平《かやのさんぺい》が江戸を発《た》ち、御家《おいえ》断絶が決まった後は、物頭《ものがしら》の原惣右衛門《はらそうえもん》と、馬廻の大石瀬左衛門《おおいしせざえもん》が出ている。

赤穂の城までは百五十五里（約六百二十キロ）。早駕籠《はやかご》でも七日ほどかかる。

第一陣と第二陣共に早駕籠を使っているが、常とは違い昼夜の強行をしているらしく、到着は早まる見込みだ。

今、どのあたりか。

無事の到着を祈る阿久利の憂いは、内匠頭の死と、御家断絶を知った国許の者たちのこと。さぞ驚き、悲しむであろう。混乱の渦に吞《の》まれた家臣たちが、吉良家にはなんのお咎《とが》めもないことを知って、どう動くか。

目をしかと見開き、考えはじめた阿久利の頭に、鉄砲洲の屋敷に駆け付けた親族の浅野美濃守《みののかみ》から言われた言葉が浮かんだ。

（後を追って死ぬことはならぬ。そなたが命を絶てば、沙汰に不満を持つ家臣どもが赤穂で籠城《ろうじょう》をしかねぬ）

そうなれば、皆死んでしまう。

家臣たちを家族と言っていた良人は、決して籠城を望んでいないはず。

阿久利は、位牌を見つめた。

「殿……」

そばに行けぬ悲しみを堪《こら》え、手を合わせた。

「与左《よざ》殿」

声をかけると、廊下の障子が開け閉めされ、すり足と衣擦《きぬず》れの音が背後に近づき、
そして、座る気配がした。

阿久利は目を開けて合掌を解き、膝を転じた。

正座している落合は、五十をすぎた顔に気苦労を浮かべ、心配そうな面持ちで阿久利を見ている。

阿久利がこの世に生をうけて以来ずっとそばに仕える落合は、妻帯もせず、己の人生を奉公に捧《ささ》げる忠臣。鉄砲洲から三次藩の下屋敷に戻ってからは、阿久利の身を案じて、片時も離れようとせぬ。

数珠《じゅず》を右手に持ち替えた阿久利は、膝に両手を置き、黙って言葉を待つ落合に顔を上げた。

「吉良方に、その後変わったことはありませんか」

落合は首を横に振った。

吉良上野介の生死を問おうとした時、廊下に侍女が来た。白地に青の矢絣《やがすり》の小袖を着け、濃紺の帯を締めている若い女は、園の方に仕えている者だ。

廊下に正座して両手をつき、目を伏せて言う。

「寿昌院様、奥方様がお見えになられます」

落合は阿久利に、会うかと問う顔を向ける。

世話になるのだから、断ることはできぬ。

阿久利がうなずくと、落合は応じて、お通しいたせ、と侍女に告げて立ち上がり、下座に下がって横向きに座りなおした。

侍女が下がって程なく、廊下に現われた園の方に、落合が両手をついて平伏する。

横目で見下ろした園の方は、阿久利に会釈をして部屋に入ってきた。

剃髪し、灰色の小袖と墨染めの羽織を着けている阿久利とは違い、夫が存命の園の方は、色鮮やかな打掛け姿。齢《よわい》四十二に見えぬ若さと美しさだが、隠居した養父長照と共に下屋敷に入り、静かに暮らしている。

上座を園の方に譲り、下座に正座した阿久利は、改めて両手をついた。

「行き場を失ったわたくしを早々とお迎えくださり、おそれいりまする」

阿久利を見下ろし、位牌に手も合わせぬ園の方は、頭を上げるよう声をかけた。

阿久利が従って顔を上げると、園の方はあからさまに、ため息をつく。

「そろそろ話せるかと思いまいりました。このたびはまこと、とんだことになりました。三次と赤穂は親戚ですから、内匠頭殿が犯された大罪の累が及びはしないかと案じています。折り悪く長澄《ながずみ》殿は、江戸より遠く離れた三次におられますから、将軍家と御公儀の意向が伝わりにくい。いずれ一大事の一報が届きましょうが、あまりお身体《からだ》が丈夫ではありませんので、気苦労されることを案じています」

詫《わ》びてすむことではない。

言葉も出ぬ阿久利に、園の方は厳しい目を向ける。

「そなたも、幼き頃に齢松院様と過ごしたこの屋敷に、よもや舞い戻ることになるとは思うてもみなかったでしょう。どうして内匠頭殿を止められなかったのです。仲睦まじいと聞いていましたが、そうであるならば、夫の異変に気付くはず。違いますか」

阿久利は返す言葉もなく、平伏した。

「おやめなさい。そなたを責めているのではないのです。死人を責めたくはないですが、内匠頭殿には腹が立つ。残される者のことなど考えもせず、感情にまかせて斬りかかるなど、短気にも程があります。そなたと内匠頭殿とのあいだに子がおれば、腹が立っても辛抱されたかもしれぬが……」

紅を差した唇を憎々しく歪《ゆが》めて言う園の方だったが、失言に気付いた様子で、ふたたびため息をついた。

「今さら申しても詮無きことでした。許せ」

「いえ、養母様《ははさま》のおっしゃるとおりかもしれませぬ。ご迷惑をおかけして、申しわけございませぬ」

「おやめなさい」

頭を下げようとする阿久利を止めた園の方は、手を打ち鳴らした。

廊下に控えていた侍女が二人、茶菓を持って部屋に入り、阿久利の前に並べた。

園の方が言う。

「ここに来て以来、水もろくに飲んでいないと落合から聞かれた大殿が、そなたのことを案じておられます。病弱の大殿に心配をかけてはなりませぬ。せめて菓子だけでも、お食べなさい」

園の方は自ら菓子台を取り、差し出した。

重ねられた落雁《らくがん》を一つ取った阿久利は、うつむいて口に運んだ。

苦かった口の中に甘味が広がり、ほろりと頬を伝う物に慌てて、手の甲で拭《ぬぐ》った。

顔をじっと見ていた園の方が、菓子台を置き、下を向いて言う。

「吉良家には、なんのお咎めもないと聞きました。これは、喧嘩《けんか》両成敗のしきたりに反することです。大殿は、片手落ちが国許に伝われば、赤穂の者どもは籠城するのではないかと案じておられます。阿久利殿、何か手を打っているのですか」

「いえ」

「夫を失ったのですから、悲しいのは当然でしょう。されど、そなたがこうしているあいだにも、使者は国許に近づいています。処罰に不満を持つ者どもが兵を挙げれば、三次にも累が及びかねませぬ。広島《ひろしま》の御本家とて、ただではすまぬことになるやもしれませぬ。ここは奮起され、早めに手を打たれてはいかがか」

養父母の憂いはもっともなこと。

阿久利は、さっそく文をしたためると約束した。

そうと聞いて少しは落ち着いた様子となった園の方に、阿久利は問う。

「吉良上野介の生死をご存じですか」

呼び捨てにしたことに、園の方は息を呑む。そしてすぐに、目をそらして言う。

「吉良家にお咎めなしと決まったのは、上野介殿が亡くなったからではないですか」

「それは、間違いないことですか」

「はっきりそうとは聞いておりませぬ。三次の者は、武家のあいだに広まっている噂《うわさ》しか耳にしておりませぬから」

「そうですか」

肩を落とす阿久利に、園の方は厳しい目を向けた。

「内匠頭殿は、何ゆえ上野介殿をそこまで恨まれていたのです。饗応役《きょうおうやく》のことで、お二方のあいだに溝ができていたことは耳にしましたが、将軍家にとって一大事の日に、御本丸で刀を抜けばどうなるかわかっておられたはず。一族郎党を捨ててまで斬りかかった理由は、何ですか」

阿久利は首を横に振った。

「わたくしにも、近しい家来にも苦しい胸のうちを明かされぬまま、逝かれてしまったのです」

「愚かな」

吐き捨てる園の方に、阿久利は頭を下げた。

「申しわけございませぬ」

「落合、そなたはどうなのじゃ」

「それがしにも、とんとわかりませぬ」

落合の恐縮した声を聞いた阿久利は、頭を下げたまま目を閉じた。

園の方はまた、ため息をつく。

「とにかく、今なすべきことは、赤穂の者どもを抑えることです。阿久利殿、御本家と三次藩のためにも、早急に赤穂城へ文を送りなさい。決して、籠城などさせてはなりませぬ」

「承知しました。力を尽くしまする」

「くどいようですが、反旗をひるがえせば赤穂だけではすまぬことと肝に銘じて動きなさい。頼みましたよ」

「はい」

帰る園の方を見送った阿久利は、すぐさま文をしたためにかかった。

（此度《こたび》のこと、さぞや驚き、混乱されているでしょう。御公儀の処分を不満に思われ

るでしょう。ですが、亡き殿は家臣たちの死を望んでおられませぬ。どうか生きる道を選んでください）

浅野本家をはじめとする親戚縁者のことも考えるよう書こうとして、阿久利は筆を止めた。

墨がぽとりと落ち、紙ににじんでゆく。

そばで控えていた落合が、顔を見てくるのがわかった阿久利は、筆を置いて膝を転じ、向き合った。

「城を明け渡した後、家臣たちはどのように暮らしてゆくのでしょうか」

落合は苦渋の面持ちをした。

「おそらく割賦金《わっぷきん》が出るでしょうから当面は暮らせましょうが、禄《ろく》を離れることになりますから、苦労が付きまといましょう」

「わたくしの化粧料を皆に分配したいと思いますが、いかほどあろうか」

落合は、穏やかな笑みを浮かべた。

「そうおっしゃると思い、すでに調べてございます。ざっと、七百両近くございます」

阿久利は新しい紙に文を書きなおし、化粧料を国家老《くにがろう》の大石《おおいし》に託すことを加えた。

籠城をせぬよう求める文を書き終え、封をして落合に差し出した阿久利は、ふと、気になった。

「堀部安兵衛《ほりべやすべえ》殿は、わたくしの思いを受け止めてくれましょうか」

文を引き取った落合は、胸に入れながら言う。

「武士を絵に描いたような気骨のある男ですから、寿昌院様が生きよとおっしゃっても、殿の後を追うかもしれませぬ」

「殿が望んでおられなくてもですか」

「安兵衛殿は、忠義よりも武士の一分を重んじる者。それがしはかねてより、そう思うておりました」

ならば、公儀の沙汰には納得していないはず。命を賭して、片手落ちを正そうとするかもしれぬ。

そう思い案じていると、落合がさらに言う。

「安兵衛殿だけではございませぬ。寿昌院様もご存じのとおり、赤穂の方々《かたがた》は、内匠頭様と共に山鹿素行《やまがそこう》殿の薫陶《くんとう》を受けておられます。賄賂が横行し、悪《あ》しき時勢に染まるこの世において、殿は清廉潔白であらせられました。それはまさに、山鹿素行殿の薫陶によるもの。共に学んだ赤穂の方々も、殿に倣《なら》っておられるはず。此度御公儀がくだされた片手落ちの処罰は、到底受け入れられぬはず。江戸からの知らせが届けば、国許は大混乱に陥るはずですから、血気盛んな者たちが不満を訴え、籠城する気運は高まっております」

確かに、落合が言うとおりだ。

どうすれば止められるのだろうか。

阿久利は、書いたばかりの文の内容では、大きなうねりを静められぬような気がしてきた。

その不安を増大させる報せが、程なく訪ねてきた長照からもたらされた。

沈痛な面持ちで部屋に入った長照は、頭を下げる阿久利の前を歩いて上座に向かい、内匠頭の位牌に手を合わせることなく座した。

園の方は、大罪を犯した内匠頭を恨んでいる様子だったが、長照も同じ気持ちのようだ。

「内匠頭殿は、あの世で気楽にしておられよう」

阿久利にとって、思いがけぬ言葉だった。

何が言いたいのだろうと探る目を向けると、長照は真面目《まじめ》な顔で言う。

「気に障ったら許せ。じゃが、ここに来てふと、そう思うたのだ。妙に、落ち着く」

長照はそう言って、位牌に振り向いた。手を合わせようとはしないが、じっと見つめている。

長照の言葉で、将軍家に仕えるのがいかに難しいことであるかが伝わってきた気がした阿久利は、良人の苦悩を和らげることができなかった己の無力を責めた。

長照に名を呼ばれ、顔を上げた。目を見ることはできず、正面の両膝を見つめた。

浅黄色の絹の着物を着けている長照は、正座した足に置いている手で拳《こぶし》を作り、ため息まじりに言う。

「内匠頭殿は、吉良の生死を気にしておられたようだが、結局、知らぬまま逝かれたそうだな」

「詳しいことは、何も存じておりませぬ」

「さようであったか。今、内匠頭殿にお知らせした」

阿久利は身を乗り出した。

「わかったのですか」

「うむ。先ほど、上屋敷から知らせがあった」

「して、上野介は……」

「存命だ。内匠頭殿は、さぞ無念であったろう」

阿久利は感情を抑えられず、嗚咽《おえつ》した。

落合が焦り、長照に言う。

「上野介が存命の上に、吉良家にお咎めなしとなれば、赤穂の家臣たちは納得しないはず。片手落ちの処罰を正すために、城中で皆切腹するか、籠城して一戦交える恐れがございます」

長照は腕組みをし、神妙な顔をした。

「国許で死んでくれれば、まだよいが」

ぼそりと言う長照に、阿久利ははっとした顔を上げた。

「養父上《ちち》は、それをお望みなのですか」

頬を濡《ぬ》らして問う阿久利を見た長照は、目を泳がせる。

「どうせ死ぬなら、城を枕にしてくれたほうがよいと思うたまでじゃ。というのも、江戸市中では早くも、内匠頭殿に同情する声があがり、赤穂の者たちが吉良上野介を襲い、仇討《あだう》ちをするのではないかとの噂が流れはじめている」

阿久利は驚いた。

「何ゆえ、そのような噂が立つのです」

「今の御公儀の政《まつりごと》のまずさは、内匠頭殿から聞いておろう」

「はい」

「生類憐《しょうるいあわ》れみの令をはじめ、小判改鋳などで物価が騰踊《とうよう》し、そのせいで暮らし難さを強いられている江戸の民には、御公儀に対する不満が溜《た》まっておる。それゆえ、高家《こうけ》の吉良を御公儀側、外様《とざま》の赤穂浅野を庶民側に見立てて、不公平に守られた吉良を、赤穂の者が討てばいいと思うているに違いないのだ。まだ熱が冷めやらぬ今、江戸でことを起こせば、籠城するよりも大騒ぎになる。それが、内匠頭殿の妻であるそなたの望みと疑われれば、三次もただではすまぬ」

そのような噂と、吉良上野介の存命が堀部安兵衛の耳に入れば、仇討ちに走るかもしれぬ。

案じた阿久利は、落合に言う。

「与左殿、文を急ぎ国許へ送ってください」

「承知しました」

「それから、与左殿は堀部安兵衛殿の居場所を存じていますか」

「いえ、知りませぬ」

阿久利は焦った。

「殿は安兵衛殿のことを案じておられました。なんとしても、早まったことをせぬよう止めなければなりませぬ。捜し出して、わたくしの気持ちを伝えてください」

「はは」

落合は長照に頭を下げ、部屋から出ていった。

長照が言う。

「吉良上野介の存命を知れば、赤穂の者たちは騒ぐであろう。じゃが、案ずるな。すでに御本家は、赤穂に使者を走らせておる。三次におる長澄も、事件のことが耳に入れば動く。親戚の者たちが止めてくれるはずじゃから、そなたは安寧にすごせ。飯は食うておるのか」

案じてくれる養父に、阿久利は頭を下げた。

「ご心配をおかけしました。もう大丈夫です」

「そうか、ならばよい」

なんとしても、家臣たちを守らねば。

阿久利は、後を頼むと言った内匠頭の顔を思い出していた。

市中に出た落合は、安兵衛を捜してあてもなく歩いていた。

鉄砲洲の屋敷、泉岳寺、安兵衛がいそうな場所をめぐり、赤穂藩に召し抱えられる前は堀内《ほりうち》道場の師範代をしていたことを思い出した。

「確か道場は、小石川《こいしかわ》にあったはず」

そう独りごち、泉岳寺から急ぎ向かおうと町中を歩いていた時、

「落合殿では」

声をかけられた。

立ち止まって、声がしたほうへ顔を向けると、道を行き交う人のあいだを縫うように、優しい面持ちをした男が歩み寄ってきた。

無紋の小袖に袴《はかま》を着け、腰に大小を帯びているその者は、鉄砲洲の藩邸で暮らしていた矢田五郎右衛門《やたごろうえもん》だった。

矢田は、気性は優しいが剣の腕は一流。内匠頭もその腕を見込み、馬廻衆の一人に加えていた。

二十七歳の若者は、落合のそばに歩み寄ると、まずは頭を下げ、心配そうな顔を上げた。

「落合殿、寿昌院様はいかがおすごしですか」

落合は微笑《ほほえ》んだ。

「案じられるな、息災でおられる」

「それは何より」

「そなた、今はどこで暮らしているのだ」

「妻子と共に、親戚の家に身を寄せています」

「肩身の狭い思いはしておらぬか」

「はい。おかげさまで、息子も可愛がられ、気兼ねなく暮らしております」

「さようか」

「泉岳寺へ参られましたか」

「実は、寿昌院様の命《めい》で堀部安兵衛殿を捜しておる。そなた、住まいを知らぬか」

するとと矢田は、一瞬だが目を泳がせた。

落合が探る目で見ていると、矢田は言う。

「鉄砲洲の屋敷を出て以来、一度も会《お》うておりませぬ」

「さようか。今から堀内道場に行こうと思うのだが、そなた、場所を知っておるなら教えてくれ」

「道場には来ていないようですから、行かれても無駄足になろうかと」

「行ってみたのか」

「はい。昨日、行きました」

「そなたも、安兵衛殿を捜しているのか」

「はい」

「何ゆえだ」

仇討ちの相談でもするのかと探りを入れる落合に、矢田は笑みを浮かべた。

「思うところがございまして」

奥歯に衣着せた物言いに、落合は確かめずにはいられない。

「まさか、仇討ちのことではあるまいな」

「違います」

即座に答えるところがなんとも怪しいが、矢田は、息子の剣術指南を頼もうとしたと言って笑った。

矢田自身も剣の腕は確かだが、安兵衛には遠く及ばぬため頼みたいのだとも言われて、落合はそれ以上深く問わなかった。

「居所がわかれば、すまぬが今井町の藩邸に知らせてくれ。どうしても、伝えたいことがあるのだ」

「承知しました。では、それがしはこれにて」

頭を下げて去る矢田を見送った落合は、堀内道場に行くのをやめて、鉄砲洲の藩邸
に出入りしていた商家などを訪ねて回った。


安兵衛の居所がわからぬまま、日がすぎた。

困った様子の落合に、阿久利は言う。

「与左殿、明日は殿の初七日です。きっと、江戸にいる家臣たちが泉岳寺に集まるは
ずです」

「おお、そうでした」

「わたくしが行きたいところですが、養父上が許されませぬ」

「今は、さよう、江戸市中の噂により、御公儀と上杉《うえすぎ》、吉良の者たちが警戒しております。そのような時に寿昌院様が方々とお会いになれば、ことが起きた時に首謀者を疑われます」

阿久利ははっとした。

「与左殿、よもや、養父上にそう吹き込んだのですか」

落合は首を横に振った。

「大殿の思《おぼ》し召しでございます」

そうと言われては、抗《あらが》えぬ。

「では与左殿、わたくしの名代を頼みます。安兵衛殿の他に、殿の墓前で仇討ちを誓う者がおれば、殿の御意向に背くことと申して止めてください」

「はは、さように伝えまする」

その翌日、高輪《たかなわ》の泉岳寺に赴いた落合は、阿久利の名代として法要に参列した。

閉門を命じられている弟の大学《だいがく》の姿はなく、本来なら江戸家老の安井彦右衛門《やすいひこえもん》と藤井又左衛門《ふじいまたざえもん》が仕切るはずのところ、内匠頭の遺骸の受け取りもしなかった両名は、ついに現われなかった。

集まったのは、江戸にいる十数名のみ。

内匠頭の墓石はまだなく、荒々しく盛られた土に白木が建てられ、戒名が書かれている。

竹藪《たけやぶ》のそばにあるせいか、淋《さび》しい場所だ。ここに内匠頭が眠っていることが、落合には信じられなかった。

集まった者たちが香を焚《た》き、神妙に手を合わせている。

住持《じゆうじ》に続いて、一心に経を唱える者もいる。

落合も声に出して読経し、名代の勤めを果たした。

法要が終わるなり、片岡源五右衛門《かたおかげんごえもん》が墓前で脇差しを抜いた。

切腹する気だと思った落合が息を呑む。

皆も注目する中、片岡はおもむろに髷《まげ》をつかみ、切り落とした。

磯貝十郎左衛門《いそがいじゆうろうざえもん》がこれに倣って髷を落とし、墓前に突っ伏した。

他の者は髷を落とさず、特に堀部安兵衛は、怒りに満ちた顔で片岡たちを見ていた。

そして、磯貝に言う。

「そのようなことをしてなんになる。吉良は生きておるのだ。殿に誓うことはないのか」

二人は何も言わぬ。

他の者たちは、吉良を討ち取り、首を墓前に供えると気炎を揚げた。その中には、矢田の姿もある。先日会った時とは別人のように、勇ましい顔をしている。

矢田たちの声に、満足そうな安兵衛を見ていた落合は、皆が静まるのを待って言う。

「方々のお気持ちはごもっとも。されど、寿昌院様は仇討ちを望まれておりませぬ」

すると安兵衛が、鋭い目を向けた。

「寿昌院様は、浅野本家とご実家のことを案じておられる。ご本心は違うはずだ」

そう決めつけ、聞く耳を持たない。

「我らはこれより赤穂へ行き、大石殿に吉良が生きていることをお伝えいたし、仇討ちを献策するつもりでござる」

安兵衛が言うと、片岡が立ち上がって続く。

「さよう。吉良の首を取って殿の墓前に供える日を待っていてくだされと、寿昌院様にお伝えくだされ。ではごめん」

頭を下げて去る片岡に磯貝が続き、他の者たちも墓地から出た。

残った安兵衛に、落合が言う。

「安兵衛殿、寿昌院様は、皆のことを殿から託されたのだ。貴殿のことを殿は案じておられたと、寿昌院様は気をもんでおられるのだ。重ねて申すが、殿は仇討ちを望んでおられぬ」

「落合殿！」

安兵衛が詰め寄った。

「我らは、殿のご無念を忘れぬ。吉良を生かしておいては赤穂浅野の名折れ。寿昌院様のおそばに仕える身ならば、ご本心を見抜かれよ」

「安兵衛殿！　待て！」

安兵衛は振り向きもせず走り去ってしまった。

家臣たちの命を案ずるのが阿久利の真心。

そう信じる落合は、しかめっ面《つら》をした。

「ご本心を伝えておるのがわからぬのか」


戻った落合から話を聞いた阿久利は、肩を落とした。

このままでは、ことを起こしてしまう。

どうすればよいか。

考え抜き、これしかないと思うことを、阿久利は文にしたためた。筆を置いて、ふと外を見れば、暗くなりはじめていた。肌寒いと思えば、いつの間にか、大粒の雨が降っていた。

地面を打つ雨音が、薄暗い部屋に響いてくる。

家臣たちを子と思う阿久利は、赤穂に走った安兵衛たちが冷たい雨に打たれてはいないか案じた。

火を灯《とも》した蠟燭を持って来た落合が燭台《しょくだい》に置くのを待ち、話しかけた。

「与左殿、頼みがあります」

落合は、問う顔をして阿久利の前に正座した。

「なんなりとお申しつけください」

「すまぬが急ぎ、赤穂へ行ってくれませぬか」

阿久利は、封をしたばかりの文を差し出した。

「これを、内蔵助《くらのすけ》殿に渡してほしいのです。家臣たちの命を救えるのは、御家再興しかない。その旨をしたためていますから、直《じか》に渡してください」

受け取った落合は、頭を下げる。

「承知いたしました。ではこれより支度をして発ちまする」

「頼みます。冷たい雨が降っていますが、ことは急ぎます。道中、くれぐれも気をつけて」

「はは」

立ち去る落合を、阿久利は数珠を巻いた手を合わせて見送った。障子が閉められると、阿久利は内匠頭の位牌に向き、目を閉じた。

「どうか、我が子たちを生きる道に、お導きください」

赤穂城

江戸を発っているはずの堀部安兵衛たちに追い付こうと急ぎ旅をした落合だったが、結局見つけられぬまま、赤穂に到着した。

さぞ城下は混乱しているだろうと想像していたものの、実際はそうではなかった。静かすぎるのが逆に不気味だと思った落合は、城に行き、姓名と役目を伝えた。

大石内蔵助に目通りを願ったが、城の者が案内したのは、三次藩主、浅野土佐守《とさのかみ》の使者として国許から来ていた徳永又右衛門《とくながまたえもん》が滞在する宿所だった。

徳永とは、阿久利に従い三次を離れるまでは、共に藩に仕えた身。

だが、今は三次藩にとっても存亡の危機だけに再会の喜びもなく、落合は同郷の士と向き合った。

阿久利の命で来たことを告げると、徳永は案じる顔をした。

「寿昌院様は息災でおすごしか。殿は、自害されるのではないかと心配しておられる」

落合は目をそらして、どう答えるべきか考え、徳永を見て言う。

「長らく、食事も喉を通らぬほど悲しまれていた。食を断たれて死ぬおつもりかと案じていたほどだ。だが今は、残された家臣たちを導くために生気を取り戻しておられる」

徳永は探る目をした。

「導くとは、生へか、死へか」

「むろん前者だ。江戸では、赤穂の遺臣による仇討ちを期待する声があがりはじめているゆえ、それを耳にした者たちが、流されて動きはすまいかと案じておられる」

「姫はそれで、生気を取り戻されたのか」

「うむ。急ぎ赤穂に来たのも、奥方様の思いを伝えるためだ。城は今、どうなっている」

徳永は険しい面持ちをした。

「間違ったことをせぬよう説得していたが、吉良上野介殿が生きていることが赤穂の者たちの知るところとなり、かなり危うい状況だ」

落合は畳に右手をついて、声音を下げた。

「それは、仇討ちをするということか」

「中にはそう願う声もあったようだが、江戸城の曲輪《くるわ》内にある吉良の屋敷へ攻め込むのは難しいという声があがり却下された。片手落ちの処断をした御公儀に訴えるべく、大手門前で切腹する声もあがったが、藩士の半分以上が、赤穂城を受け取りにくる大名と一戦交え、城を枕に討ち死にすることを願っている」

「半分以上もいるなら、籠城と決まったのか」

焦る落合に、徳永は落ち着けと言った。

「わしは御本家の使者と共に、大人しく城を明け渡すよう説得を続けてきた。大石殿はまだ、判断を下されておらぬ」

「寿昌院様は、家臣たちを死なせまいとしておられる。その思いを伝えなければ」

「そのことよ。わしなどに会わず、すぐに大石殿と会うべきだ」

「そう願ったのだが、藩札の払い戻しで忙しいらしく、ここに案内されたのだ」

「妙だな。藩札の騒動は収まっているはずだが」

渋い顔をする徳永。

落合は、不安が込み上げた。

「大石殿が会おうとされぬのは、籠城に決しようとされているからだろうか。そのような気がしてきた」

「いや、それはない。大石殿は慎重なお方ゆえ、まだ決めかねておられるはずだ」

「だが、大石殿の心底に籠城の二文字があるなら、藩士の多くの願いに応じられるかもしれぬ。会えぬまま時を潰《つぶ》しとうない。何か手はないか」

徳永はすぐに答えた。

「次席家老の大野九郎兵衛《おおのくろべえ》殿と会ってはどうか。かのお方は、籠城に強く反対された と聞く」

「しかし、預かっている文は、大石殿に宛てた物だ。他の者には見せられぬ」

「おぬしの口から伝えればよかろう。姫のご意志を知れば、大野殿は必ず力になって くださるはずじゃ」

「よし、会おう。大野殿は城か」

「いや、籠城に反対されて、合議の場から去られた。今は屋敷におられるはずだ」

落合はただちに、大野の屋敷へ向かった。

だが、大野も多忙を理由に会おうとしない。

阿久利の遣いだと用人《ようにん》に迫ったが、その対応はよそよそしく、

「もはや、どうでもよいということか」

閉められた門扉の前で、落合はそうこぼした。

その日はあきらめ、翌日も訪ねたが、大野は会おうとしない。

やはり大石に会うべきと思いなおした落合は、一人で屋敷へ足を向けた。

堀端の道を歩いていると、旅装束の侍たちが続々と本丸の門へ入っていくのが見え

た。

内匠頭の初七日を終えた藩士たちが、江戸から集まっているに違いなく、落合は足を速めた。

顔見知りの者を見つけて声をかけたが、その者は軽く頭を下げるのみで止まらず、本丸へ入っていく。

「堀部安兵衛殿はどこにおるか」

落合は大声をあげたが、その者は振り向きもしなかった。

後から来た三人を呼び止めて安兵衛の所在を訊《き》いたが、三人とも知らぬと言い、足早に門内へ入っていく。

落合も続こうとしたが、大石に止められているのか、門番は許さなかった。

「他家の方は、ご遠慮願います」

他家と言われて、落合は動揺した。

長らく阿久利に従って江戸の藩邸で過ごした身でも、今は、三次の人間。まさか奥方様のことも、そう思っているのだろうか。

このままではいかん。会って奥方様の思いを伝えなければ。

焦った落合は、本丸の門前にある大石邸に行き、門前で帰りを待つことにした。

だが、それと知って現われぬのか、大石は本丸から出てこなかった。

夜遅くまで粘ってみたが、結局会えぬままその日を終え、次の日も、その次の日も門前で待った。

会えぬまま五日がすぎ、この日の昼間も、落合は大石邸の門前にいた。桜の時季はとうに去り、外で立っていると汗ばむ陽気。

厳しい日差しをさけるために木陰に移ろうとした時、

「落合殿ではないですか」

本丸のほうからした声に振り向くと、片岡源五右衛門だった。

磯貝十郎左衛門もいる。

歩み寄った片岡が、笑みを消し、神妙な面持ちで言う。

「奥方様は、ご息災ですか」

鉄砲洲の屋敷で親しくしていた二人に、落合は思わず落涙した。

涙の意味がわからぬ二人は顔を見合わせ、片岡が悲痛な顔を向けた。

「まさか、殿の後を追われたのですか」

落合は頰を拭い、笑みを浮かべる。

「二人に会えて嬉《うれ》しかったのだ。歳《とし》のせいで、涙もろうなった。奥方様はご息災じゃが、皆のことを案じて胸を痛めておられる。城の話し合いは、いったいどうなっている」

するど片岡は、顔をしかめた。

「話になりませぬ。お咎めなしと定まった吉良の処分を御公儀にご再考願うために、城の受け取りに来た大名に訴え、大手門前で切腹することが決まりました」

落合は目を見張った。

「なんと。それはだめだ」

「さよう。我らは従わぬ所存。これより江戸に帰って、憎き吉良めを討ちまする。ではごめん」

落合は、行こうとする二人の前に立って止めた。

「待たれよ。それもならぬ。奥方様は、仇討ちも籠城も、切腹も望まれておらぬ」

「そ、それはまことですか」

動揺する磯貝を横目に見た片岡が、落合に厳しい目を向ける。

「吉良だけは、生かしておけませぬ」

横にそれて行こうとする片岡に、落合は言う。

「これは殿のご遺言だぞ」

足を止めた片岡が、意外そうな顔を向けた。

落合は言う。

「奥方様は殿から、家臣が命を落とさぬよう遺言しておられるのだ。それは、後を追うことを望んでおられぬ証《あかし》であろう」

片岡と磯貝は目を潤ませたが、二人とも悔しそうだ。

「にわかには信じられませぬ。我らがことを起こせばご親戚に累が及ぶため、吉良めを生かせとおっしゃるか」

声をしぼり出す片岡に、落合は歩み寄った。

「そうではない。奥方様は、藩士たちのことを第一に考えておられる。切腹したところで、御公儀の沙汰が変わるとは思えぬ。まして仇討ちなどすれば、御家再興の望みは絶たれるではないか」

「御家再興……」

「さよう。吉良上野介の存命を知られた奥方様は、大学様の許しを嘆願されるおつもりだ。その願いが叶《かな》えば、家臣たちは迷わずにすむ。腹が立つ気持ちはわかる。寿昌院様とて、心中は穏やかではあるまい。だが、御家再興を望まれているのだ。城は一時召し上げられるが、大学様に戻されるかもしれぬ。わしは大石殿にそのことをお伝えするために、こうして粘っておるのだ」

阿久利の文があることを教えると、片岡は肩の力を抜き、穏やかな面持ちとなった。

「奥方様のお気持ち、ようわかりました。では、江戸で吉報を待つとしましょう」

片岡はそう言い、磯貝と揃《そろ》って頭を下げ、江戸に向けて旅立った。

思いとどまってくれたことに安堵《あんど》した落合は、二人の姿が見えなくなるまで見送り、ふたたび大石邸の門前で待った。

夜もふけ、今日もだめかとあきらめて宿所に戻っていたところへ、使者が来た。

大石が、やっと会うというのだ。

脱いでいた袴を慌てて着け、使者に従って宿所を出ると、案内されたのは大石邸だった。

通された八畳間には、蠟燭が灯された燭台が二台置かれ、明るくされている。

下座に正座し、程なく出された茶を一口飲んだところで、左手側の廊下に足音がした。

本丸からくだったばかりらしく、裃《かみしも》を着けたままの大石に、落合は膝に手を置いて頭を下げた。

「落合殿、お顔を上げてくだされ」

気さくな様子の大石は、落合の前に正座した。

この大事に際し、さぞ疲労困憊《こんぱい》しているであろうと思っていたが、元気そうだった。

十八年前に会った時からは互いに歳を取っているものの、四十三歳になった大石の体型は変わらず、表情には貫禄がある。

「大叔父が亡くなった時以来ですか」

大石からそう言われて、落合はうなずいた。

「お元気そうで、安堵しました」

「そなた様も」

言った大石の目が悲しみに満ちていることに、落合はこの時になって気付いた。

「さっそくですが、奥方様の文に目をお通しください」

懐から出した文を差し出すと、大石は封を切り、紙を開いて目を走らせた。読み終えて膝に置き、落合を見る。

「昼間は、血気に逸《はや》る片岡と磯貝を止めてくださり、かたじけない」

落合は恐縮した。

「ご存じでしたか」

「家の者が聞いておりました。奥方様のお気持ち、しかと胸にとめて先のことを決めましょう。さようお伝えくだされ」

「では、切腹は思いとどまっていただけますか」

するとと大石は、含んだ笑みを浮かべた。

その真意がわからぬ落合が問おうとした時、大石が先に口を開いた。

「奥方様の化粧料は、確かに承《うけたまわ》りました。御家再興と家臣の暮らしに、役立てさせていただきます」

御家再興の言葉を聞き、落合はほっと息をついた。

「では、そのようにお伝えしまする。一つ気がかりは、堀部安兵衛殿のことです」

すると大石は、渋い顔をした。

「あれは、血の気《け》が多いですからな。知らせによりますと、安兵衛は江戸で凶事を起こそうとしておりました」

落合は驚いた。

「凶事とは何ですか」

「同志を募り、吉良を討とうとしていたのです。だが、吉良の屋敷は守りが堅く、集まった手勢では手が出せなかった。ならばと、殿中で殿を止めた梶川与惣兵衛《かじかわよそべえ》殿を斬ろうとしていたらしいが、梶川家も赤穂藩士を恐れて守りが堅く、あきらめたそうです。今は、この赤穂の城で御公儀方と一戦交えるつもりで、江戸を離れようとしています」

初七日の法要を終えて発ったと思っていたが、まだ江戸にいたのだ。

落合は肝を冷やした。

梶川は将軍の生母である桂昌院《けいしょういん》付きの留守居番だ。逆恨みをして斬れば、御家再興の道は閉ざされる。

落合は大石に言う。

「殿は奥方様に、安兵衛殿についてお言葉を残されています」

「ほう、どのような」

「安兵衛は口より先に手が出るほど気性が荒い。躬《み》がおらぬ時に無鉄砲なことをせぬよう、そなたが代わりに手綱《たづな》を引いてくれ、と」

大石は、下を向いた。

「殿はやはり、覚悟の上でございましたか」

「さように思われます。よほど、腹に据えかねたことがあったに違いござらぬ」

「安兵衛には、今のお言葉のとおりに伝えましょう。早まったことはこの内蔵助がさせぬと、奥方様にお伝えください」

「承知いたした。襲撃を思いとどまってくれてようござった。奥方様は、さぞ安堵されましょう」

「江戸へは、いつ発たれますか」

「明日にでも」

「では、ゆるりとしてくだされ。いずれ入府《にゅうふ》することもありましょうが、今宵《こよい》は貴殿と飲みたい気分なのです」

落合は快諾し、内匠頭が存命だった頃の思い出を語りながら、夜中まで酒を酌み交わした。

家臣たちを子供と思っていたあるじ内匠頭が、何ゆえ凶事に及んだのか。

それを知る者は誰もいない。

「江戸の者たちは、吉良上野介のいじめに殿がお怒りになり、刃傷《にんじょう》に及んだと語るそうですが、それがしは信じておりませぬ」

大石は、苦渋の面持ちでそう言った。

落合は目を見て問う。

「では、何が原因と思われますか」

大石は、ため息をつく。

「考えておりますが、答えは出ませぬ」

「殿の口数が減っておられたのは確かなこと。奥方様は、悩みを聞いてさしあげられなかったことを、悔やんでおられます」

「殿には無骨な一面がございましたから、己一人で抱えられたのでしょう。合議の座で、御公儀は金に困り、この赤穂の塩田を狙っての陰謀だと言う者がおりました。憶測にすぎませぬが、その読みがまことならば、御家再興が叶ったとしても、浅野家が大きくした塩田は戻らぬはず。それが、答えやもしれませぬ」

「その時は、いかがされます」

大石は悲しげな笑みを浮かべた。

「殿がされたことの結果ですから、従うまで。御家再興が叶えば、与えられた領地を守ります」

この日語ったとおり、落合が帰った後の四月十二日、大石は家臣たちを本丸御殿に集め、城の明け渡しを表明した。

瑤泉院

五月のある日、去る四月十八日に、赤穂城の明け渡しが無事終わったことを知らされた阿久利は、鉄砲洲の屋敷で仕えてくれていたおだい、今の仙桂尼《せんけいに》を頼るべく、屋敷に招いた。

久々の再会に、仙桂尼は涙を流した。

「すぐに駆け付けるべきのところ、ご無礼をいたしました。申しわけございませぬ」

気を使ってのこととわかっている阿久利は、仙桂尼の手を取り、首を横に振って見せた。

「こうして来てくれたではないですか。もう泣かないで」

仙桂尼は目をつむって頭を下げた。そして、内匠頭の位牌に向いて手を合わせ、供養の経を唱えてくれた。

阿久利も共に経を唱え、改めて仙桂尼と向き合った。

「本日お呼びしたのは、そなたに力を貸してほしいからです」

「わたくしにできることならば、なんなりといたします」

阿久利は、一通の書状を差し出した。

「これは、大学殿のお許しと、浅野家の再興を嘆願する物です。桂昌院様に、渡してくれませぬか」

増上《ぞうじょう》寺《じ》塔頭《たつちゅう》にて仏に仕えている仙桂尼は、桂昌院の覚えめでたき者。

頼る阿久利に、仙桂尼は快諾した。

「かしこまりました。三日後に護持院《ごじいん》でお目にかかれましょうから、その時にお渡しします」

「頼みます」

阿久利は平身低頭した。

仙桂尼は慌てて手を取り、頭を上げてくれと言う。

阿久利が従って顔を上げると、仙桂尼は手を包み込み、目に涙を浮かべた。

「殿とあれほどに仲がよろしかったのですから、さぞや、お寂しいことでしょう」

手を強くにぎられ、阿久利は胸が熱くなったが、御家再興が叶うまで泣かぬと決めている。

つとめて笑みを浮かべ、

「今は落ち着き、家臣の身を案じるばかりです」

そう言って、手をにぎり返し、くれぐれも頼むと頭を下げた。

三日後、阿久利の文を胸に護持院へ赴いた仙桂尼は、行事が終わるのを待ち、控えの間にいる桂昌院を訪ねた。

警固の者を残し、人払いを望む仙桂尼に、桂昌院はいぶかしみつつも、二人で向き合った。

仙桂尼は書状を出し、赤穂藩主の妻、阿久利からだと告げると、穏やかだった桂昌院の顔がにわかに曇った。

それでも、仙桂尼の頼みとあらば、と言い、書状を手にした。

読み進めるにつれて、表情が険しくなってゆく。

両手をつき、願う姿勢で待っている仙桂尼に、桂昌院は書状をぶつけんばかりに手から離し、怒気を込めて言う。

「御勅使が本丸にいらっしゃる時に不埒《ふらち》極まりないおこないをして、上様に大恥をかかせておきながら御家再興を願うとは、なんという厚かましさ。その上この者は、わらわの一字を勝手に使《つこ》うておるではないか。不愉快じゃ」

怒りをぶつけられた仙桂尼は、書状を巻き取り、そそくさと退散した。

三次藩の下屋敷で待ちわびていた阿久利のもとへ仙桂尼が来たのは、夕暮れ時だった。

浮かぬ顔を見て、不首尾を悟った阿久利であるが、まずは労《ねぎら》いの言葉をかけ、茶菓でもてなした。

仙桂尼は恐縮し、なかなか言おうとしない。

「桂昌院様は、お怒りでしたか」

先回りをする阿久利に、仙桂尼は、皺《しわ》を伸ばした書状を返した。

「上様に大恥をかかせた報いだと、おっしゃいました。それともう一つ、寿昌院様の一字が桂昌院様の一字と重なることを、不快に思われております」

阿久利ははっとした。

「配慮が足りませんでした」

恐縮したが、控えていた落合は怒った。

「言いがかりもいいところだ。寿昌院様、改めることはありませぬぞ」

「ですが与左殿、ここで頑《かたく》なになっては、大願が叶いませぬ。すぐに泉岳寺へ行き、住職に改めてもらってください。仙桂尼殿、名を改め次第詫び状を書きます。すまぬが、桂昌院様に届けてください」

「では明日、またまいります」

仙桂尼は頭を下げ、泉岳寺に行く落合と共に部屋を出た。

夜遅く戻った落合は、一枚の紙を手にしていた。

渡された紙には、瑤泉院と書かれている。

「ようぜんいんと読みます」

阿久利は落合の言葉を復唱し、内匠頭の位牌に手を合わせた。

詫び状を書き、翌日仙桂尼に託した。だが、戻った仙桂尼は、昨日と同じく浮かぬ顔をしている。

聞けば、桂昌院は詫び状さえも受け取らず、取り付くしまもないという。

阿久利は肩を落としたものの、あきらめはせぬ。

「文などでは、お許しいただけぬということでしょう。お目にかかって詫びるには、どうすればよいですか」

仙桂尼は驚いた。

本気ですか、という面持ちに、阿久利は微笑む。

「お許しいただけなければ、御家再興の嘆願ができませぬ。どうか、力になってください」

「ですが、今日のご様子では、お願いしても断られるかもしれませぬ」

「赤穂浅野の家臣たちのためにも、あきらめるわけにはいきません。護持院にくだられる時に、お目にかかれるよう手筈《てはず》を頼みます。会えなくとも、道中の駕籠に向かって頭を下げるだけでもよいのです。とにかく、わたくしの気持ちをお伝えしたい」

阿久利の熱意に押された仙桂尼は、尽力を約束してくれた。

翌日、改名を知った園の方が阿久利の部屋に来た。

不機嫌な園の方は、阿久利の前に座るなり言う。

「桂昌院様に立腹されて名を改めたというのは、まことですか」

「迂闊《うかつ》でございました。詫び状を送りましたが受け取っていただけず、仙桂尼殿に尽力いただき、お目にかかってあやまろうと思うています」

園の方は慌てた。

「それはなりませぬ」

「何ゆえに」

「殿が上様に睨《にら》まれれば、三次藩も危ういからです」

「ですから、お詫びをして……」

「なりませぬ」

頭ごなしに止める園の方に、阿久利は納得できぬ。

「養母上、わたくしは、どうしても桂昌院様にお許しいただかなくてはならぬのです」

園の方は厳しい顔をした。

「御家再興のご尽力を賜る腹ですか」

「ご推察のとおりです。内匠頭の家来は、御公儀がくだされた片手落ちの処罰に納得しておりませぬ。江戸市中の風に流されて仇討ちに走らぬためにも、大学殿のお許しを賜り、御家再興を果たすのが大事。そのためには、上様の御母堂であらせられる桂昌院様を頼る他に、術《すべ》がないのです」

「おこがましいにもほどがあります」

園の方が激昂《げきこう》したところへ、長照が来た。

「何を大きな声を出しておる」

「大殿……」

慌てる園の方に倣い、阿久利も頭を下げた。

上座を譲る園の方から、阿久利が桂昌院に御家再興の嘆願をしようとしていることを聞いた長照は、渋い顔をした。

「そういうことか」

ため息まじりに言い、阿久利を見てきた。

平身低頭し、許しを乞う阿久利に、長照は静かに語る。

「よいか、内匠頭は大事な席で、将軍家に恥をかかせたのだ。息子に恥をかかせた者に母親が怒りを抱くのは、人の性《さが》というもの。恥をかかせた者の妻であるそなたが、怒り収まっておらぬ母親に会うのは、火に油を注ぐようなもの。そうは思わぬか」

血が繫《つな》がらぬ家臣を子と思い、命を救いたいと願うのだから、血を分けた子のこととなれば、その怒りは一入《ひとしお》か。

桂昌院の母心を知った気がした阿久利は、肩を落とした。

長照が言う。

「家臣を思うそなたの気持ちもわかる。御家再興を望むなとは言わぬ。桂昌院様とて、そなたの思いをわかってくださるはずだ。ほとぼりが冷めた頃に、改めてお願いしたらどうか」

阿久利が応じると、長照は厳しい面持ちで続けた。

「御家再興を成し遂げるためにも、しなければならぬことは他にもある」

阿久利はふたたび平身低頭した。

「教えを乞います」

「江戸に散らばっている赤穂の者の居場所を把握し、早まったことをせぬよう抑えるべきだ。急進派の筆頭が誰か、わかっているのか」

「はい」

「その者の名は」

阿久利は顔を上げた。

「堀部安兵衛殿です」

長照は驚き、納得した顔をする。

「高田の馬場で名を馳《は》せた、あの安兵衛か」

見物人が大勢いたことで安兵衛の名が広まり、高田の馬場の決闘を知らぬ者はいないのだ。

義に厚い安兵衛だけに、長照は案じている様子。

「かの者の居場所はわかっているのか」

同じ気持ちの阿久利は、控えている落合に顔を向けた。

「与左殿、安兵衛殿は、今どうしていますか」

「亡き内匠頭様のお気持ちを知り、仇討ちを思いとどまっております」

阿久利が長照を見ると、長照はうなずき、落合に言う。

「引き続き、その者から目を離すな」

「はは」

「阿久利も、今は静かにしておれ。よいな」

「はい」

阿久利は従い、内匠頭の菩提《ぼだい》を弔いながら、静かに日々を送ることにした。

御家再興への道

外はうだるように暑い。

阿久利は、油蟬《あぶらぜみ》の声を背後に聞きながら、位牌に手を合わせて瞑目《めいもく》し、経をあげている。本日六月二十四日の今頃は、泉岳寺で百か日法要をされているからだ。

亡き良人を想いながら、ひたすらに念仏を唱えて菩提を弔った。

目を開ければ、位牌の両端で灯されている蠟燭の火が波打つように燃えている。うつろな目で火を見ていると、ふと、良人が笑っているように思え、気持ちが穏やかになれた。

泉岳寺に集まった家臣たちに供養され、殿は喜んでおられるはず。

そう思う阿久利の胸にあるのは、御家再興の四文字。

子供と思う家臣たちの寄る辺となる御家を再興せねば、良人は成仏できぬ。

長照に桂昌院への拝謁を止められてからも、阿久利は密《ひそ》かに、大石と連絡を取っていた。

大石も御家再興に動き出す。先日の文でそのことを知った阿久利は、故人が御家の先祖として祀《まつ》られる百か日の法要に、特に想いを寄せていたのだ。

阿久利の名代として法要に参加していた落合が戻ったのは、日が暮れてからだった。

部屋に来た落合の暗い顔を見た刹那《せつな》、阿久利は胸騒ぎがした。

「何か、あったのですか」

問うと、落合は僅かに顔をしかめ、そばに歩み寄って正座した。

「安兵衛殿は、仇討ちを念頭に動いております」

「まさか……」

阿久利は絶句した。

そんなはずはない。安兵衛殿は、殿とわたくしの思いをわかってくれたはず。

「しかし、大石殿の文には、安兵衛殿も御家再興を願っていると書かれていたではないですか」

「気が変わったか、あるいは初めから、信念を通しているとしか思えませぬ」

「安兵衛殿と会えたのですか」

「会いました」

「では本人が、はっきりそう申したのですか」

「いいえ、法要を終えた後、皆を集めた安兵衛殿が気になり陰から見ておりました。内匠頭様の墓前で方々と話しているのを、耳にしたのです」

「なんと申していたのです」

「安兵衛殿は、内匠頭様が御本意を遂げられぬまま切腹させられたことを方々に説き、吉良の首を墓前に供えなければ、成仏されぬと申しておりました」

「方々はなんと」

「賛同する者もおりましたが、安井彦右衛門殿は、大学様に御家再興が許されれば、亡君は何よりもお喜びになられるゆえ今は動くなと、諭しておりました」

「安兵衛殿は、納得しましたか」

落合は首を横に振った。

「何か言ったようですが、声音を下げられてしまい、聞き取ることができませんでした。帰る安兵衛殿を捕まえて訊こうとしたのですが、それがしを避けて、足早に去りました。そこで安井殿に訊いたところ、御家再興が叶えば、安兵衛殿も必ず思いとどまるはずだ、そう申しておりました」

「裏を返せば、再興が叶わぬ時は吉良殿を討つということですか」

「それがしもさように言いましたが、安井殿は言葉を濁しました」

城を明け渡してはや二月《ふたつき》。何も変わらぬことに、安兵衛は苛立《いらだ》っているに違いない。

そう考えた阿久利は、大石に文を書くべく支度をしていると、侍女から声がかかった。

「瑤泉院様、仙桂尼様がお越しにございます」

夜に何ごとだろうか。

案じた阿久利は、すぐに通すよう告げた。

程なく来た仙桂尼は、落合が戻った時とは違い、明るい顔をしていた。

吉報だと期待し、向き合う。

仙桂尼はあいさつもそこそこに、笑みを交えて言う。

それによると、赤穂遠林寺《おんりんじ》の僧祐海《ゆうかい》が、愛宕《あたご》下にある浅野家の祈願所だった鏡照院《きょうしょういん》に入る知らせがあったという。

大石の依頼を受けて江戸にくだった祐海は、将軍綱吉《つなよし》が帰依する護持院の隆光《りゅうこう》大僧正と会い、浅野大学の赦免を願うつもりだとも。

遠林寺は浅野家の祈願寺であり、赤穂城開城後には、大石が藩の後始末をおこなう場としていたはず。おそらく大石は、住職の祐海と御家再興を話し合い、頼ったのだ。

阿久利は身を乗り出した。

「いつですか」

「今月中とありましたから、もうすぐだと思います。祐海和尚《おしょう》は、隆光大僧正と話せるお方と聞きました。必ずや、上様のお耳に届けてくださいましょう」

「我らの望みが叶うことを、願わずにはおられませぬ。共に、経をあげてください」

「はい」

仙桂尼が横に来るのを待った阿久利は、内匠頭の位牌に手を合わせ、念仏を唱えた。

それから数日のあいだ、阿久利は吉報を待ち続けた。

仙桂尼が訪ねて来たのは、夏の盛りも終わり、朝夕が涼しくなった頃だった。

「ことの経過のご報告もせず、申しわけございませぬ」

仙桂尼の顔を見ただけで、不首尾を悟った。それでも阿久利は、仙桂尼を労うことを忘れず、じっくり話を聞いた。

大石の意に沿い江戸に来た祐海は、隆光と幾度か会い嘆願を伝えた。だが、隆光はいい顔をしなかったという。

将軍綱吉は、江戸城での内匠頭の凶行を恨んで即日切腹を命じたのだから、御家再興は難しいのではないか、と言われたという。

そこまで聞いた阿久利は、落胆し、目をつむった。

「では、嘆願は上様に届きませぬか」

仙桂尼は、落ち込んだ様子でうなずいた。

「隆光様は、あいだに立つことを拒まれたそうです」

「そうですか……」

このままでは、安兵衛たちが決起する。

そう心配した阿久利は、仙桂尼がいる前で、大石に文をしたためた。

(祐海和尚が江戸にくだられたことが不首尾となれば、堀部安兵衛殿たちが吉良殿を襲うかもしれませぬ。大願を叶えるために、どうか、方々を抑えてください)

「与左殿、これを内蔵助殿に届けてください」

落合は文を受け取り、部屋から出ていった。

仙桂尼が、案じる面持ちで言う。

「この先、いかがされますか」

「大学殿の道が定まるまでは、望みを捨てませぬ。まずは、内蔵助殿の返事を待ちます」

「では、わたくしは御公儀の動きを探ってみます」

「できますか」

仙桂尼は、神妙な顔でうなずいた。

「桂昌院様付きのお方に、それとなく訊いてみます」

「そなたの立場もありますから、くれぐれも、無理はせぬように」

「はい。では、わたくしはこれで」

「与左殿に送ってもらいましょう」

「いえ、夜道は慣れていますから」

仙桂尼は、阿久利の手をにぎってきた。

「少し、お痩せになられました。食べてらっしゃいますか」

温かいこころに触れて胸が熱くなったが、涙を見せてはならぬと自分に言い聞かせ、
阿久利は気丈に笑みを浮かべた。

「涼しくなり食欲も増しましたから、心配は無用です」

仙桂尼は優しい顔でうなずき、帰っていった。


大石内蔵助から返事が来たのは、七月の終わり頃だった。

庭にはりんどうの花が咲き、なでしこの花が終わろうとしている。

花を眺めて気持ちを落ち着けた阿久利は、文の封を切った。

(祐海和尚はすでに赤穂へ戻り、護持院を頼って御家再興を嘆願する策は不首尾に終わりました。されど、まだ望みは捨てておりませぬ。別の道を探り、御家再興の大願

を果たす所存。なお、堀部安兵衛のことは案じられませぬように、安兵衛は今、京にて静かに暮らしておりまする。自分も城下の後始末を終え赤穂を去り、京の山科《やましな》に隠《いん》棲《せい》いたしました)

文を読み終えた阿久利は、落合を見た。

「内蔵助殿が、山科に移られたそうです」

落合が意外そうな顔をした。

「てっきり江戸に来られるものと思うておりましたが、何ゆえ、上方《かみがた》にとどまられたのでしょうか。もしや、裏があるのでは」

「悪いほうに考えるのはよしましょう。安兵衛殿も、内蔵助殿を慕って京にいるそうですから、討ち入りのことは、今のところ心配なさそうです」

落合はうなずいた。

「なるほど、大石殿が入府されれば、安兵衛殿はむろん、赤穂の者たちも従いましょうから、仇討ちの噂に遠慮されましたな」

「わたくしもそう思います。与左殿、養父上に目通りを願います」

「何をお考えですか」

「やはり、桂昌院様にお目にかかり、頭を下げるしかないと思うのです」

落合は承知し、長照のもとへ向かった。

庭で会うと言われて、阿久利は久々に外へ出た。

手入れが行き届いた庭は美しいのだが、景色を楽しむ余裕が、今の阿久利にはない。

色鮮やかな鯉《こい》が泳ぐ池のほとりに立つ長照が、足音に気付いて振り向き、薄い笑みを浮かべた。

「わしに頼みとはなんじゃ」

阿久利は立ち止まり、頭を下げた。

「そろそろ、ほとぼりが冷めた頃と存じます」

返事はない。

頭を上げると、長照は厳しい顔に変わっていた。

「養父上、お願いにございます。護持院へまいるお許しをください」

「赤穂の者たちの多くは、上方におるそうだな」

「大石内蔵助殿は、御家再興を望んでおりまする。桂昌院様に、嘆願しとうございます」

長照はため息をついた。

「おなごが動いたところでどうにもならぬと思うが、それでも行きたいのか」

「桂昌院様は、上様に恥をかかせた内匠頭にご立腹なのですから、妻として、詫びとうございます」

「詫びるだけならよいが、御家再興を嘆願いたせば、あざといと言われようぞ」

「それでも、わたくしの気持ちを伝えとうございます」

「気持ちとはなんじゃ」

「内匠頭は、つまらぬことで刀を抜くような人ではございませぬ。吉良家をお許しになるのでしたら、浅野家もお許しくださるよう、お願いします」

「たわけ、罰をくだされたのは上様ぞ、大それたことを申すな」

「わたくしには、桂昌院様のお慈悲にすがるしか、赤穂の者たちを救う手がないのです」

長照は驚き、探る目をした。

「まさか、仇討ちの動きがあるのか」

「ございませぬ。内蔵助殿が御家再興の道を示し、皆従《したご》うております。ですが先日、内蔵助殿が頼りにしていた者が、不首尾に終わりました」

「それで、そなたが動こうと思うたのか」

「はい」

「他に、よい手はないか」

「よい手も、時もありませぬ」

阿久利の必死の眼差《まなざ》しに、長照は渋い顔で応じた。

「仇討ちに走られては、そのほうが面倒なことになる。よかろう、護持院にまいることを許す」

阿久利は頭を下げ、さっそく動いた。

落合を仙桂尼のもとに走らせ、桂昌院が護持院にくだる日に案内を頼んだ。

仙桂尼は快諾してくれ、五日後に案内をするという。

初めて会う桂昌院と、どう向き合うべきか。

まずは、迂闊に院号の一字を使ったことを詫びるべきであろう。

赤穂の者を救うためにも、慈悲を賜らねばならぬ。

五日はすぐに去り、阿久利は仙桂尼と共に屋敷を出た。

駕籠こそ使うが、落合と仙桂尼のみが付き添うだけの、赤穂浅野家の正室だった時には考えられぬ供の少なさ。

仙桂尼は嘆いたが、阿久利は、そんなことは気にもならなかった。長照を騙したようで気が引けたものの、将軍の御母堂に嘆願する決意でいるため、緊張しているのだ。

だが、待っても桂昌院は来なかった。

日が沈みはじめた頃、静かな部屋でじっと待ち続ける阿久利に、落合が見かねたようにそばに来て言う。

「どうやら、避けられましたな。動きが知られているようです」

仙桂尼は慌てた。

「考えられませぬ。瑤泉院様のことは、誰にも言っていないのですから」

落合は、廊下に控えている寺の若い僧に、悔しそうな顔を向けた。

「護持院の者が知らせに走ったと思えば、合点がいく」

「与左殿」

阿久利は、顔を向ける落合に首を振って、口を止めた。

下を向く落合。

阿久利は仙桂尼に顔を向ける。

「今日はあきらめます。次もまた、頼めますか」

「喜んで」

「では、帰りましょう」

阿久利が立ち上がると、仙桂尼も従い、世話をしてくれた寺の者に礼を言って辞した。

隆光とも会えぬまま、阿久利は寺を後にした。

意気消沈し、町の様子を見る気にもなれず駕籠に揺られていると、突然止まった。

「危ないではないか」

担ぎ手の声があがり、落合が静める声がする。

何ごとかと思い、小窓を開けて見た。すると、酒樽《さかだる》を天秤棒《てんびんぼう》に担いだ頰被《ほおかぶ》りの商人が、落合に頭を下げている。

駕籠がふたたび進みはじめると、商人は近づき、

「磯貝十郎左衛門にございます」

小声で告げた。

はっとした阿久利は、駕籠を止めよと声をかけた。

「止めてはなりませぬ。吉良と上杉の者が見張っております」

磯貝の声に担ぎ手は応じ、歩み続ける。

ゆっくり進む駕籠の中で、阿久利は磯貝と目を合わせた。

まことに磯貝かと思うほど、鋭い眼差し。

内匠頭の前で、磯貝の鼓《つづみ》に合わせて琴を爪弾いたのが、つい昨日のように思え、視界が霞《かす》んだ。

磯貝は、すぎる駕籠に顔を向けず下を向いた。

小窓から、見えなくなるまで目をそらさなかった阿久利は、なんのために姿を見せてくれたのか気になった。

何か言おうとして見張りに気付き、咄嗟《とっさ》に口をつぐんだのではないか。

悔しさと悲しみがにじんだ面持ちをしていた。

何を伝えたかったのであろう。

振り向いても、もう見えぬ。

内匠頭と磯貝の三人で笑ったことが脳裏に映え、胸が張り裂けそうになった。

「殿……」

良人ならば、磯貝の姿を見て何を語られただろうか。

目を閉じて、今生《こんじょう》の別れとなった時のことを思い浮かべた。

(明日からの留守を頼む。我らの子である家臣が命を落とさぬようにな)

屋敷に戻った阿久利は、部屋で落合と向き合い、胸のうちを打ち明けた。

「十左《じゅうざ》殿は何かを伝えようとしたに違いなく、心配です」

落合は渋い顔をした。

「おっしゃるとおり、尋常ならざる様子でした」

「今どこで、何をしているのでしょう」

「調べてみます。その前に、お目にかけたき者がおります」

「誰ですか」

「お園の方様が、瑤泉院様におなごの付き人がおらぬのは不便であろうとおっしゃり、今日から仕えさせるよう命じられております。よろしいでしょうか」

園の方の配慮ならば、断れば角が立つ。

阿久利は承諾した。

落合に呼ばれて来たのは、阿久利より三つ下のおなご。

「静《せい》と申します」

三つ指をついて頭を下げるお静に、阿久利は微笑む。

「頭をお上げなさい」

応じて顔を上げたお静は、阿久利の穏やかな顔に安堵したような面持ちをして、茶菓の支度をすると言ってさっそく働こうとした。

「その前に、紙と筆の支度を頼みます」

応じるお静を横目に、落合が問う。

「磯貝に文を書かれますか」

「いえ、桂昌院様への嘆願書です。仙桂尼殿に託そうかと」

「では、それがしは出かけます」

「くれぐれも頼みます」

「はは」

落合は頭を下げ、町へ出かけていった。

阿久利は、お静が墨の支度を調《ととの》えるのを見ながら、話しかけた。

「そなたの里はどこですか」

「生まれは三次でございます。十五の時に陣屋の奥向きにご奉公に上がり、十八の時に、江戸の藩邸に呼ばれました」

「では、以後はお園の方様に仕えていたのですか」

「はい」

故郷から遠く離れた江戸で、嫁に行くことも許されず侍女として生涯を終えるさだめ。

お静のことを、鉄砲洲の屋敷で長らく世話になったお菊《きく》と重ねた阿久利は、会いたいという思いを嚙《か》みしめた。

「実家は、三次のどこにあるのです」

「三次町にございます。落合様と父は、従兄弟《いとこ》でございます」

「そうでしたか」

阿久利は親しみを覚えた。同時に、園の方の気遣いに感謝し、迷惑をかけぬためにも御家再興を果たさねばと思い、嘆願書をしたためた。

赤い夜空

良人が無言で座し、じっと見つめている。

「殿……」

自分の声で、阿久利は目をさました。有明行灯《ありあけあんどん》のほの暗い中で見えるのは、内匠頭ではなく天井だ。横を向いても、そこに姿はない。泣かぬと決めているため、必死に気持ちを落ち着かせた。また夢で会えることを願いつつ、目を閉じる。

遠くで鐘が鳴りはじめたのは、程なくのことだ。

火事を知らせる音に、阿久利は身を起こした。障子を開けて廊下に出てみる。西の空には星が広がり、何ごともなさそうだ。鐘の音は、屋根の向こうから聞こえてくる。

廊下でしたすり足の音に顔を向けると、手燭《てしょく》を持ったお静だった。

白い寝間着姿のまま来たお静は、阿久利が出ていることに気付き、歩みを速めてくる。

「どこが火事ですか」

問う阿久利に、歩み寄ったお静が頭を下げる。

「京橋あたりだそうです。風向きはこちらでございますから、いつでも逃げられるよう支度をせよとのことです」

屋敷はにわかに騒がしくなってきた。

火事の恐ろしさを内匠頭から教えられている阿久利は、お静に言う。

「わたくしのことは自分でしますから、そなたも着替えを急ぎなさい」

「いいえ、お手伝いをさせてください」

聞かぬお静と部屋に戻り、着替えをした。

小袖の帯を締めたところでお静を下がらせ、東の空が見えるところへ足を運んだ。

火消しの役目を帯びていた鉄砲洲の屋敷には火の見櫓《やぐら》が備えられていたが、ここにはない。下屋敷詰めの者が何人か屋根に上がり、空が赤く染まる方角を見ている。

「阿久利」

声に振り返ると、長照が来ていた。その後ろに続く園の方が、いぶかしそうな面持ちで言う。

「お静はどこですか」

「わたくしの支度を手伝い、今着替えをしています」

「こちらに火が来なければよいが」

不安そうな園の方に落ち着くよう言った長照が、屋根に声をかけた。

「火の様子はどうじゃ」

すると、振り向いた家臣が大声で、風向きが変わり、火はこちらに来そうにないと教えた。

安堵する長照に、阿久利は言う。

「空が赤いうちは、まだ油断はできませぬ」

すると長照は、

「おい、火が消えるまで見張りを怠るな」

屋根にいる者に命じ、阿久利に目を細める。

「これでよいか」

「はい」

「内匠頭殿が火消し役をしていた頃は、火の手が上がると忙しかったであろう」

「勇ましくご出役され、顔中煤《すす》だらけにしてお戻りでした」

「民のために奮闘していたことを、知らぬ者はおらぬ。先日、親しくしている福山藩《ふくやま》の江戸家老の訪問を受けたが、惜しい人を亡くしたと嘆いておった」

阿久利は涙を堪えて微笑み、赤い空を見上げた。

福山藩とは塩田のことで交流があり、江戸家老は、塩のことにも熱心だった良人を慕っていたのだろう。

慕われていたといえば、共に火事場を走り回っていた橋本出雲守《はしもといずものかみ》もそうだ。

良人は、火消し役を命じられた殿方を屋敷に招き、熱の入った指導を重ねていた。その中に橋本出雲守もおり、あいさつをした時の、優しそうな顔が目に浮かんだ。そして、橋本出雲守が人を嚙んだ犬を斬り殺し、改易《かいえき》に処された時に良人が怒っていたことも、思い出した。

人より犬を重んじる今の世を嘆き、悪法だと口に出していた良人のことが御上《おかみ》に伝わっていたことで恨みに思われており、此度の片手落ちの罰に繫がったのだろうか。

胸の奥底でそう考えながら空を見上げる阿久利の頰に、雨粒が落ちてきた。

雨はやがて本降りになり、時が経《た》つと共に、東の空が暗くなってゆく。

雨に打たれながら見張りを続けていた者が、火の衰えを知らせた。

長照が屋根から下りるよう命じ、もう一眠りすると言って部屋に戻っていく。

阿久利は、園の方と会釈を交わして見送り、自室に戻った。

外に出ていたという落合が阿久利の部屋に来たのは、朝餉《あさげ》をすませた時だった。

「昨夜の火事は、雨に救われました」

京橋の商家から上がった火の手は、当初の勢いはさほどではなかったが、消火に手間取り、百軒近くを焼いてさらに勢いが増し、大火になるところだったのを、未明の雨が消してくれたのだ。

火事場には、むろん大名火消しも出張った。だが、藩士たちが火を恐れて働きが悪かったため火の勢いが増していた。

そこまで報告した落合は、言おうか言うまいか迷った顔をした。

勘の鋭い阿久利の目は誤魔化せぬ。

「何かあったのなら、隠さず教えてください」

落合はうなずき、畳に目を向けて言う。

「火事場近くまで行っていた者からの又聞きですが、焼け出された者や、家族を失った者たちが、赤穂の殿様がいてくだされば助かったはずだと、泣きながら言っていたそうです」

阿久利は胸が締め付けられ、きつく瞼《まぶた》を閉じた。

「殿は、皆から頼られていたのですね」

「帰る途中で、それがしも同じようなことを耳にしました。江戸にいる赤穂の者たちが聞けば、悔しさが増しましょう。案じられるのは、この火事のことで、内匠頭様を片手落ちの罰で奪った御公儀に対する庶民の不満がよりいっそう高まり、仇討ちを望む声が多くなることです。日頃の御公儀に対する不満と、大事件をおもしろがる輩《やから》の望みが膨らめば、由々しきことになりかねませぬ」

阿久利は憂えた。

「十左殿は、見つかりましたか」

落合は渋い顔を横に振った。

「人を使い方々捜しておりますが、いまだわかりませぬ」

「わたくしが護持院に行くのを知っていたのですから、屋敷の近くにいると思うのですが」

「上杉と吉良の手の者と思われる影がございますゆえ、今は離れたやもしれませぬ」

「なんとしても、捜し出してください。此度のことでよからぬ望みが市中に広まれば、仇討ちを望む声に煽《あお》られて動く者が出るおそれがあります。それだけは、止めなければ」

「引き続き捜します」

落合は頭を下げ、部屋から出ていった。

心配でたまらぬ阿久利は、内匠頭の位牌に向かい、弔いの念仏を唱えた。

阿久利の心配をよそに、赤穂浪士の仇討ちを望む声は江戸中に広まっていった。

そのことが将軍綱吉の耳に入るまでに、時間は要さなかった。

火事から七日後の朝、綱吉は、本丸中奥御殿の休息の間に出仕した柳沢出羽守保《やなぎさわでわのかみやす》明《あきら》に市中の噂を耳にしたと言い、憂えをぶつけた。

「赤穂の者は、上野介を討つと思うか」

柳沢は即答した。

「内匠頭旧臣の筆頭である大石内蔵助に目を光らせておりますが、かの者は山科に隠棲し、動く気配はありませぬ。また赤穂の浪人どもも、赤穂、大坂、京、伏見《ふしみ》、三次など各地に散らばり、中には、広島藩と三次藩の説得に応じて、他家に仕える者が出はじめております。大石の人心を集める力は、もはや失《う》せたも同然かと存じます」

綱吉は真顔で問う。

「赤穂の者は江戸にもおろう。そちらの動きはどうじゃ」

「江戸家老だった二名は江戸におるようですが、両名を訪ねる者はおりませぬ。また、高田の馬場の決闘で名を上げた堀部安兵衛が、武士の一分で吉良を討つなどとほざいておったようですが、四人や五人では、警戒を怠らぬ吉良邸に入ることすらできませぬ」

「油断をするな。上野介を討たせてはならぬぞ」

「はは」

「先日、内匠頭の奥が、母上に御家再興の助力を頼んできたそうじゃ」

柳沢が鼻先で笑う。

「此度のことは、上様より桂昌院様が御立腹されておられるというのに、愚かなことです」

「しかし、捨ておけまい」

聡明《そうめい》な柳沢は、気持ちをうかがう面持ちをした。仇討ちをさせるなという綱吉の言葉を、別の意に取ったのだ。

「上様は、内匠頭を切腹させたことを、後悔しておられるのですか」

綱吉は黙っている。

心中を察した柳沢は、平身低頭して言う。

「上様は天下人であらせられます。一度くだされた断を曲げられぬほうがよろしいかと存じます。まして、後から吉良殿を罰することは、あってはなりませぬ」

「しかし、片手落ちのままでは、赤穂の者どもは納得すまい。諸大名たちの中にも、余を不審に思う者がおるはずじゃ」

「大石内蔵助の嘆願を気にされておられますか」

「それもある」

「浅野大学を免じ、吉良殿が登城して大学と顔を合わせることがなきよう配慮願いたいと申しておりますが、吉良殿の排斥を望むは、裁きをくだされたお上《かみ》に対する冒瀆《ぼうとく》。耳を貸してはなりませぬ。浅野家のことは、万事、それがしにおまかせください」

綱吉は、眉間に皺を寄せた。

「では、内匠頭の奥が母上に近づかぬようにいたせ」

「はは」

頭を下げ、綱吉の前から下がった柳沢は、早々に動いた。


この日阿久利は、家臣のことを案じつつ写経を重ね、亡き良人の菩提を弔っていた。庭から摘み取ってきた白い桔梗《ききよう》の花を供え、正座して経を唱えようとした時、お静が声をかけてきた。

「瑤泉院様、お方様がお越しになられます」

合わせていた手を解き、廊下に膝を転じたところで、園の方が部屋に入ってきた。下座に下がる阿久利に、園の方は不機嫌そうな眼差しを向けてすれ違い、向き合って座した。

阿久利が正座すると、園の方は厳しい目で見つめる。

「先ほど、城から大殿に御使者がまいられました」

吉報ではなさそうだ。

阿久利はうつむく。

「桂昌院様からですか」

「いかにも。そなたが桂昌院様に御家再興を直談判《じかだんぱん》するのを許すとは何ごとかと、お叱りを受けたのです」

阿久利は両手をついた。

「申しわけございませぬ」

「あやまってすむことではありませぬ。大殿はそれでなくとも、赤穂のせいで登城遠慮の沙汰を承《うけたまわ》っている最中《さなか》だというのに、このようなことをされては困ります」

阿久利は平伏して詫びた。

だが、園の方は許さぬ。

「当分のあいだ、護持院はおろか、屋敷の外に出ることを禁じます。よろしいですね」

阿久利が屋敷を出たのは、護持院を訪ねた時のみ。園の方も知っているはずだが、禁じたのは外出のみで、文のことには触れなかった。

阿久利が顔を上げると、園の方は横を向いた。その真意は測りかねるが、桂昌院への嘆願はあきらめるしかない。

「承知いたしました。ご迷惑をおかけして、申しわけございませぬ。養父上に、直にお詫びしとうございます」

「それには及びませぬ。以後、気をつけるように」

園の方はそれだけ言うと立ち上がった。

廊下まで見送った阿久利は、心配そうな面持ちで控えているお静に言う。

「急ぎ、仙桂尼殿を呼んでください。桂昌院様に詫び状を書きます」

「かしこまりました」

知らせを受けた仙桂尼が訪ねてくれたのは、日が西にかたむきはじめた頃だった。

仏事で抜けられなかったことを詫びる仙桂尼に、阿久利は恐縮する。

「忙しいところを呼び出してすまぬ。これを、桂昌院様に届けてほしいのです」

仙桂尼は、ばつが悪そうな面持ちをした。今日のことをお静から聞いたのだと察し、阿久利は詫び状を引き下げた。

「難しいですか」

「詫び状の内容によりまする。何について、詫びられるのですか」

これまでにない厳しい面持ちに、阿久利は戸惑いつつ、御家再興を幾度も願ったことを詫びるのだと言った。

するとと仙桂尼は、首を横に振った。

「おそれながら、それでは何も変わりませぬ」

阿久利とてわかっているつもりだ。だが、御家再興の道が絶たれることだけは避けたい。

「何かよい手はありませぬか。このままでは、大学殿に悪い沙汰がくだってしまいます」

すると仙桂尼は手を差し伸べ、詫び状を持つ阿久利の手を包み込んだ。

「桂昌院様は内匠頭様に立腹してらっしゃいますから、その怒りを鎮めることが肝要かと存じます。それが叶えば、耳を貸してくださるかもしれませぬ」

阿久利は戸惑った。事件のことで自分が頭を下げれば、内匠頭の非を認めることになってしまう。

殿はそれを、お望みだろうか。

自問自答した阿久利は、首を横に振る。

「片手落ちの裁きを認めるわけにはいきませぬ。桂昌院様にそこをおわかりいただける手はないものか」

仙桂尼は、より難しい顔をし、阿久利の手に力を込めた。

「お気持ちは察しますが、御家再興のために……」

「できませせぬ」

阿久利はどうしても、内匠頭の非を認めたくなかった。

仙桂尼は、引こうとした手を放さぬ。

阿久利が顔を見ると、仙桂尼は目に涙をためていた。仙桂尼も悔しいのだとわかり、阿久利は胸が痛んだ。

このままでは、御家再興は叶わぬ。

阿久利は上を向き、涙を飲んだ。

「わかりました。そなたの言うとおりにします」

仙桂尼は詫び状が潰れるのも構わず手をにぎりしめ、阿久利を見つめてうなずき、ほろりと涙を落とした。


後日、阿久利の詫び状を携えた仙桂尼は、護持院にて、桂昌院に拝謁した。

「ご尊顔を拝し、恐悦至極にございます」

神妙にあいさつをする仙桂尼に、桂昌院はいつもと変わらぬ様子で微笑み、言葉をかけた。

だが、仙桂尼が阿久利から詫び状を預かっていることを述べると、桂昌院はあからさまにいやそうな顔をし、

「詫び状ではなく嘆願であろう」

と言い、受け取ろうとしない。

仙桂尼は詫び状を出した。

「嘆願ではございませぬ。何とぞ、お目通しを」

頼む仙桂尼に、桂昌院は呆《あき》れた顔をする。

「そなたは、鉄砲洲の屋敷ではよい思いをしておらぬはず。何ゆえそこまで、瑤泉院殿に尽くすのじゃ」

「昔のことは、瑤泉院様に罪はございませぬ。すべては、わたくしの情欲がもたらしたことにございます。この詫び状をお届けに上がりましたのは、桂昌院様に、瑤泉院様のお気持ちを知っていただきたい一心にございます」

「わらわが、瑤泉院殿を見損なっていると申すか」

「何とぞ、お目通しを」

平身低頭して願う姿に、桂昌院はため息をついた。侍女にうなずき、文を受け取るよう指図する。

渡された書状を桂昌院は膝に置き、開くのを迷っている様子。

仙桂尼は、平伏したまま待ち続けた。

ふたたびため息をついた桂昌院は、書状を開き、目を通した。

読み終えてやおら立ち上がり、灯されている蠟燭のところに歩むと火を移して火鉢に入れ、焼けるのを見つめた。

書状が残らず焼けるのを見届けた桂昌院は、仙桂尼の前に戻った。

「面《おもて》を上げなさい」

「はい」

仙桂尼は、書状を焼かれたことで阿久利の願いが届かぬと思い、辛《つら》そうな顔をしている。

桂昌院は目を見て問う。

「そなたは、文の内容を存じているのですか」

「いえ、一語たりとも知りませぬ」

桂昌院はうなずき、微笑んだ。

「わらわに対する殊勝な気持ち、ようわかりました。上様にもお伝えすると、帰ってそう申しなさい」

「承知いたしました」

桂昌院の明るい顔を久しぶりに見た仙桂尼は、安堵して頭を下げ、護持院を後にした。

その足で訪ねてくれた仙桂尼から子細を聞いた阿久利は、まずは気持ちが伝わったことに胸をなで下ろし、非を認める形になったことを、こころの中で内匠頭に詫びた。

「桂昌院様は、内匠頭をお許しくださったであろうか」

「口には出されませぬが、穏やかな表情をしておられ、上様にもお伝えするとおっしゃいましたから、望みを持ってよろしいかと」

「よいほうへ動くことを願いたいところですが、その場で焼かれたことが気になります。どういう意味でしょうか」

「瑤泉院様は、なんとお書きになられたのですか」

「そなたが教えてくれたとおりに、内匠頭がしたことを詫びたのです。御家再興の嘆願と吉良殿のことは、一切書いておりませぬ」

仙桂尼はうなずいた。

「人目に触れさせず、胸にとめ置くというご意志かと存じます」

真意を測りかねる阿久利は、仙桂尼の推測を信じることとし、前向きに考えた。

「大学殿に許しが出るとよいのですが」

「必ずや叶いますから、ご心配なさらずにおすごしください」

そう励ましてくれる仙桂尼に、阿久利は笑みを浮かべた。

御家再興が叶えば、家臣たちが救われる。皆の命を案じる阿久利は、内匠頭の位牌に向かい、手を合わせた。

吉良家の罰

元禄十四年八月十九日。

吉良上野介は、訪ねてきた目付役《めつけ》から屋敷替えを伝えられた。

大名火消しだった内匠頭との因縁を深めることになったとも言える火事で焼け落ちた母屋《おもや》を再建し、吉良家の財力を世に見せつけた呉服橋《ごふくばし》御門内の屋敷を、召し上げられたのだ。

新たに賜る屋敷は、大川を渡った本所《ほんじょ》の松坂町《まつざかちょう》。大名や旗本の屋敷があるにはあるが、城から遠く離れているため、上野介にとっては屈辱以外の何物でもない。

当然納得がゆかぬ上野介は、唇を嚙みしめ、格下の目付役を睨んだ。

「高家筆頭まで務めたこの上野介に、掃きだめのような地へ移り住めとは、あまりの仕打ち。わけを申せ」

目付役は臆することなく言う。

「浅野内匠頭殿が切腹された日から、近隣の大名家では、赤穂浪人どもがこちらに討ち入ることを懸念され、昼夜問わず警戒を続けておられます。そのことは、そなた様も存じておられましょう」

「それがどうしたと言うのだ」

「このたび、その御家の方々から、昼夜屋敷の警戒を強いられたせいで、家中の者たちが疲弊しているとの訴えが上がり、吉良家の屋敷替えを願われたのです」

上野介は驚き、肩を落とした。

隣の蜂須賀家《はちすか》は、内匠頭が切腹し、赤穂浅野家の断絶が決まった日から松明《たいまつ》の火が絶えたことがない。

何も言い返せなくなった吉良は、険しい顔をうつむけた。

「速やかに屋敷を開け渡されますよう、しかと沙汰をいたしました」

そう告げた使者が帰った後、吉良は怒りに顔をしかめて、扇を投げた。そして、黙って座っている家老の、小林平八郎《こばやしへいはちろう》を睨んだ。

「わしが何をしたというのだ。わしは納得がゆかぬ。柳沢様に会う。すぐに手配いたせ」

「はは」

小林が下がると、上野介は気持ちを落ち着かせ、策を練った。

だが、柳沢は上野介の思いに反し、多忙を理由に会おうとしなかった。

上野介はそれでもあきらめず、翌日も、その翌日も使いを出し、柳沢に拝謁を求め続けた。

屋敷替えの沙汰を覆すのは難しいと思いつつも、上野介のために連日動いていた小林であるが、柳沢から許しを得ることはできなかった。

そして五日後、苦悩する小林を訪ねる者がいた。上杉家家老の、色部又四郎《いろべまたしろう》だ。上野介と上杉家当主綱憲《つなのり》は親子。その上、吉良家の養嗣子左兵衛《さひょうえ》は、綱憲の次男であり上野介の孫だ。

それゆえ小林は、当然上杉家が助けてくれるものと期待したが、色部の訪問の目的は違っていた。

開口一番に、あきらめよと言われ、小林は笑みを消して眉間に皺を寄せた。

「力になってくださらぬのか」

すると色部は、冷ややかな面持ちで言う。

「かの事件以来、上野介殿に辛酸をなめさせられた者の訴えが絶えぬと聞く。また市中の評判もすこぶる悪く、それらのことは上様に届いているのだ」

小林は意外そうな顔をした。

「それは、まことでございますか」

「嘘《うそ》を言うてどうなる」

「それで、止めに来られましたか」

色部はうなずかず、小林を見据える。

「上野介様は屋敷替えを不満とし、柳沢様に訴えようとしておられるようだが、あまりしつこくされるとお怒りを買う。その怒りが、上野介様の実子であらせられる我が殿に向けられれば、上杉家に対する風当たりが強くなる。このことしかと心得、大人しゅうしていただきたいと、お伝えくだされ」

元は色部と同じ上杉の家臣だった小林は、不服を面に出した。

「綱憲様のお言葉とは思えぬ。そなた様の考えであろう」

色部は答えぬ。

小林は疑念を増した。

「綱憲様にお会いして確かめたい」

「ならぬ」

「この耳で確かめるまで、殿にお伝えすることはできませぬぞ」

語尾を荒らげる小林。

だが色部は、顔色一つ変えず冷静に向き合っている。

「内匠頭の奥方が、御家再興を願《ねご》うていることは知っているか」

小林は驚いた。

「初めて聞きます」

色部は渋い顔をした。

「それがしも殿から聞いた時は驚いた。上野介様を公の場で斬り付け、大罪を犯したにもかかわらず御家再興を望むとは、厚かましいにも程があると呆れたが……」

「まったくです」

小林は言葉を切って賛同した。

「面の皮が厚い女ですな。どうせ強欲で、醜い性根をしておるのでしょうが、叶わぬ夢です」

片笑む小林に、色部が厳しい顔で言う。

「それが、おぬしが言うような女ではないのだ」

「どう違うのです」

「内匠頭の奥方が御家再興を望むのは、内匠頭の仇を討たんとする赤穂浪人どもを抑えるためだという噂があるそうだ」

「まさか……」

驚く小林に、色部は続ける。

「殿が城で耳にされた噂ゆえ、まんざら嘘ではあるまい」

「では、此度の屋敷替えは、片手落ちを正すため吉良家に与えられた罰だと」

色部は首を横に振った。

「そこまでは言わぬ。だが、赤穂藩の元国家老大石内蔵助が、片手落ちを正すよう訴えたのは確かだ。上様がそれを受け入れられれば、屋敷替えだけではすまぬはず。此度の沙汰はおそらく、御家再興を望む内匠頭の奥方に配慮してのことではないか、殿はそうお考えだ」

「罪人の妻に配慮するなど、あってはならぬこと」

「その罪人の妻が、桂昌院様に助力を願うていたのは確かなこと。赤穂浪人どもの怒りを鎮めるために、桂昌院様が上様に口添えされてのことなら、この沙汰は考えられるとは思わぬか」

小林は首を縦に振らぬ。

「しかし、曲輪内から出されたのでは、仇討ちをせんとする者にとっては好都合。家中の中には、見捨てられたと思う者も出るかと」

「とにかく、柳沢様の怒りを買いかねぬことは控えなされ」

「上杉家も、我らを見捨てられるか」

小林の皮肉に、色部は眼光を鋭くした。

「言葉に気をつけられよ。我が上杉家は上野介様をお守りせんと、大石内蔵助をはじめとする主だった者に目を光らせているのだ」

小林は下を向いた。

「それはありがたきことと思うております。されど、本所への屋敷替えには、納得できませぬ」

「案じられるな。大石内蔵助に怪しい動きはなく、赤穂浪人どもはまとまりに欠けている。それでも上野介様が、本所では心許ないとおっしゃるなら、上杉から遣い手を警固に送る用意があると、お伝えするのだ」

小林は、ため息をついた。

「承知しました」

「内匠頭の奥方が願うとおり御家再興となれば、上野介様が襲われることはなくなる。さようお伝えし、そなたが説得しろ。よいな」

語気強く言われた小林は、渋々従った。

「おのれ色部め！」

吉良上野介は怒りにまかせて声を荒らげたものの、実子である綱憲に迷惑がかかると思えば動けぬ。

落胆の息を吐き、額に手を当てた。

「傷が痛む。わしは寝る」

まだ夜は更けていないが、暗い顔をする小林を見るに堪えず、寝所に向かった。

妻の富子《とみこ》は、綱憲の迎えに応じて、昨日から上杉家の下屋敷に移っている。

上杉家は富子にとって実家。ゆえに遠慮はなく、今頃は気楽にしているはずだ。

上野介も、綱憲から来るよう言われているが、柳沢に会うまでは動かぬと突っぱねていた。

奥御殿に仕える侍女も下がらせた上野介は、一人寝所に入り、障子を閉めてその場に両膝をついた。

高家筆頭として栄華を極めた己が、曲輪から追い出される。これまで、公儀にとって役に立たぬ者が暮らす場と下に見ていた本所に、まさか己が行くことになろうとは。

「わしは、足利《あしかが》の末裔《まつえい》ぞ。浅野のような田舎者のために……」

まるで怨念がまとわりつくがごとく傷がうずき、顔をしかめた。

「ええい、忌々《いまいま》しい」

憎悪に満ちた顔で蠟燭の火を睨んだ。いつぞや見た阿久利の顔を思い出し、

「御家再興など、させてなるものか」

毒づき、阻止するにはどうしたらよいか、考えをめぐらせた。そして、あることを思いつき、ほくそ笑む。

「わしを襲えば、浅野の夢は絶たれるというもの。目障りな浪人どもを、返り討ちにしてくれる。誰かある！」

上野介の声に応じた侍女が、部屋の前に来た。

「小林をこれへ」

「承知しました」

応じた侍女が下がって程なく、小林が来た。

近くに呼んだ上野介は、耳打ちする。

策を聞いて目を見張る小林。

上野介は、扇で小林の右肩を打ち、

「黙って動け。色部に、人をよこすよう伝えよ。よいな」

厳しく言いつけた。

吉良の罠

吉良上野介が本所に移り、ひと月がすぎた。

この頃から江戸市中に、

「御公儀は赤穂浪人に仇討ちをさせるために、吉良上野介を本所に移したという話だ」

そう吹聴《ふいちょう》する輩が出はじめた。

赤穂浪士の仇討ちを望む町の者は好んで耳をかたむけ、知り合いから知り合いに伝え、水面《みなも》に波紋が広がるように江戸中に広まった。密かに江戸に戻り、長江長左衛門《ながえちょうざえもん》を名乗って市中で暮らしながら、仇討ちのよい折りを待ち続けていた堀部安兵衛の耳にも届いた。

「まさに、噂のとおりだ！　公儀は、我らに吉良を討たせようとしているに違いない！」

安兵衛は江戸の同志の前でそう声を高め、大石内蔵助に、今こそ吉良上野介を討つべしと訴える密書を送った。

数日後に受け取った大石内蔵助は、眉間に皺を寄せて考え、親類で頼りにしている進藤源四郎《しんどうげんしろう》を家に呼んだ。

安兵衛の密書を読んだ進藤は驚き、焦りの色を浮かべた。

「江戸の者が勝手なことをすれば、御家再興の道が閉ざされるどころか、大学様までもが罰せられてしまいます」

「そう思い、そちを呼んだのだ。堀部安兵衛らを抑えるために、原惣右衛門、潮田又之丞《うしおだまたのじょう》、中村勘助《なかむらかんすけ》の三名を江戸にやろうと思うがどうじゃ」

「それが得策と存じます」

「では、これを預ける」

大石は、路銀を渡した。

受け取り、懐に入れた進藤は、ただちに命を伝えるために走った。

進藤から話を聞いた原惣右衛門たち三人は、すぐさま江戸に向けて旅立った。

だが後日、大石に届いた原の手紙には、安兵衛の言うとおり、手薄な吉良の屋敷に討ち入るのは今しかございませぬ。御家老は同志を引き連れ、ただちに江戸へお越しいただきたい。と書かれていた。

大石が人選した三人は、堀部安兵衛たち急進派を抑えるどころか、逆に説得され、取り込まれてしまったのだ。

このことは、阿久利の耳にも入った。磯貝十郎左衛門を捜していた落合が、安兵衛から直に聞き、原惣右衛門とも会い真意を確かめてのこと。

驚いた阿久利は、憂えると同時に、亡き良人の人となりを思い出し、落合に言う。

「殿は、弱っている相手を襲うことをよしとされようか」

落合は、渋い顔をした。

「真っ直《ま》ぐ《す》なお方でございましたから、望まれぬかと……」

「安兵衛殿も、原殿も、殿のご気性はようご存じのはず。にもかかわらず討ち入ろうとするのは、吉良殿が曲輪から出されたことをよい折りととらえ、逃すまいと急《せ》いているに違いありませぬ」

落合は心配そうな顔をした。

「実は、それのみではないかと。今市中では、吉良の屋敷替えは赤穂に対する御公儀の情けだという噂が広がり、仇討ちへの声が高まっております」

阿久利は目をつむった。

「愚かな……」

安兵衛たちが早まれば、御家再興への道は閉ざされる。

「急ぎ、大石殿に文を書きます」

吉良が屋敷替えとなったことで、大学への恩赦があるものと期待していた阿久利は、己が甘かったと痛感し、大石を頼ることにした。

大学の赦免と御家再興の工作を託す阿久利の気持ちに応じた大石は、ただちに山科を発ち、十一月二日に江戸へ到着した。

落合から、大石の来訪を告げられた阿久利は、すぐに通すよう言い、久しぶりの再会を喜んだ。

現われた大石は、老け込んだ様子もなく、長旅の疲れも見せず穏やかな表情をしている。

あいさつを受けた阿久利は、労いの言葉をかけた。

「長旅をさせました。御家再興に向けて動いておりましたが、もはや、わたくしの力ではどうにもなりませぬ。何かよい手はありませぬか」

大石は微笑み、

「ございます」

そう言うと、まずは、赤穂城受け取りの上使だった大目付、荒木十左衛門《あらきじゅうざえもん》に嘆願すると教えた。

聞けば、荒木は内匠頭に対する同情の色が濃く、赤穂城に滞在していた折りには、吉良上野介の悪評を教えてくれたという。

さらに、大石は述べた。

「吉良家が、罰とも取れる屋敷替えの沙汰を受けたことで、冷光院《れいこういん》（内匠頭）様とのことは落着したものと思われます。されど上野介は生きており、御家も続いているのですから、大学様に恩赦があってしかるべきこと。さよう荒木様に申し上げ、御家再興にご尽力を賜る所存」

阿久利はうなずいた。

「力強きお言葉、大いに頼みにします」

「はは」

「堀部安兵衛殿のことも頼みます」

「そのつもりでまいりました。これより訪ね、早まったことをせぬよう申しつけます」

阿久利はうなずいた。

「もう一人、気になる者がおります」

「誰ですか」

「磯貝殿です。住まいを存じていますか」

阿久利の問いに、大石は不思議そうな顔をした。

「存じませぬが、磯貝が、何か……」

阿久利は、いつぞや見た磯貝の様子を伝え、今も捜しているが見つからぬことを打ち明けた。

「別人のような眼差しが、気になって仕方ないのです。生きていてくれるとよいのですが」

「他の者は、なんと申しておりますか」

「与左殿が安兵衛殿と時々会うておりますが、誰も行方を知らぬようなのです」

大石は、渋い顔をする。

「実のところを申しますと、磯貝はそれがしを弱腰と見なし、また安兵衛とも仲違《なかたが》いをいたし、便りを絶っておりまする。京に聞こえた噂によりますと、商人になり、江戸のいずこかで商売をしているとのこと。仇討ちにも、御家再興にも関心が失せたのだと、ののしる者がおりまする」

「では、追い腹を切ることもありませぬか」

「ないと思われてよろしいかと」

良人から目をかけられた磯貝だけに、命を捨てるものと案じていた阿久利は、今の言葉で、胸のつかえが取れた気がした。

ほっと息を吐き、大石に両手をつく。

「どうか、よしなに頼みます」

「はは」

大石も両手をつき、平伏した。


大石が大目付に嘆願したことは、時を空けず将軍綱吉の知るところとなった。

中奥御殿の休息の間に出仕した柳沢から報告を受けた綱吉は、儒学の書を置き、視線を宙に浮かせて黙り込んだ。

程なく、答えを待つ柳沢に目を向ける。

「浅野の御家再興を許したほうがよいか」

「なりませぬ」

即答した柳沢は、わけを問う綱吉に、冷静沈着の真顔で説く。

「将軍が一度決めたことを覆してはなりませぬ。吉良家を曲輪内から出したことは、気高い上野介殿にとって大きな恥辱。十分な罰だと存じまする。浅野の再興をお許しになれば、次は上野介殿が黙っておりませぬ」

二度諫《いさ》められた綱吉であるが、

「迷いを絶つことができぬゆえ、今しばらく考える」

そう告げて柳沢を下がらせ、儒学の書を手にした。

廊下に出た柳沢は一度振り向いた。

綱吉は、書物を手にしたまま苦悩の表情を浮かべて、畳を見つめている。

頭を下げて去る柳沢の面持ちが、次第に険しくなっていく。


何も知らぬ阿久利は、大石を待っていた。

面会して五日が経っても、なんら音沙汰がない。

昼すぎになり、園の方に誘われて下屋敷の庭に出た阿久利は、黄に色づいた銀杏《いちょう》の大木を目にとめつつ、手入れが届いた小道を歩んでいた。

向かった先は、庭の森の奥にある茶室。

園の方に促されて中に入った阿久利は、平伏して待つ大石内蔵助に目を見張り、外へ振り向いた。

園の方が目を伏せて言う。

「こちらのほうが、気兼ねなく話せるでしょう」

気遣いではなく、迷惑なのだ。

市中に仇討ちの噂が広がり、公儀も神経を尖《とが》らせている中で、赤穂の元国家老が訪ねることは三次藩にとってよろしくない。

「おそれいりまする」

阿久利は、それでも大石を入れてくれた養父に感謝し、園の方に頭を下げた。

茶室内では、茶釜から湯気が上がっている。

阿久利はまず、大石に茶を点《た》てた。

そのあいだ大石は一言も発さず、目を伏せ気味に正座している。

抹茶の粉を茶碗《ちゃわん》に落とし、湯を入れて茶筅《ちゃせん》を使う阿久利は、不安と期待で高まる気持ちを落ち着かせ、ゆっくりと手を止め、茶筅を置いた。

膝を転じぬまま右手の茶碗を横に差し出す。

引き取る大石の、神妙な顔を見た阿久利は、不首尾を悟り、前を向いて茶釜に視線を落とした。

静粛の中、大石が茶碗に残る一滴《ひとしずく》をすすり、衣擦れの音と、茶碗を置く気配がする。

黙って空《から》の茶碗を引き取ろうとした阿久利に、大石は平伏した。

「先日申し上げたとおり荒木殿と面会し、さらには、榊原采女《さかきばらうねめ》殿にも会い嘆願いたしました。両名とも快諾してくださいましたが、正直、どうなるかわかりませぬ」

不首尾でないことに、阿久利は胸をなで下ろして、大石に面を上げさせて向き合った。

「きっと、我らの想いは届くはずです。心待ちにいたします」

大石は、穏やかな顔でうなずいた。

阿久利は言う。

「ここでことを起こされては、そなた様の苦労が泡と消えてしまいます。安兵衛殿が仇討ちに走らぬよう、くれぐれも頼みます」

「承知いたしました」

「しばらく江戸におられるのですか」

「はい。江戸に暮らす者を訪ねて、仇討ちを口にせぬよう申しつけます」

「暮らしに困っているようでしたら、わたくしが預けた化粧料を使ってください」

「はは、ではそれがしは、これにて失礼いたします。黙って江戸を発ちますことを、お許しください」

「よいのです。上方への道中、くれぐれも気をつけて」

大石は平伏し、茶室から出た。

外に出た阿久利は、落合に見送りをさせ、お静と部屋に戻った。

庭を歩く大石は足を止め、別の道を部屋に戻る阿久利を見送った。

その横顔を見ていた落合が、声をかけてきた。

「大石殿、まことに、堀部安兵衛たちを止められますか。それがしには、この機を逃すまいとする気持ちがひしひしと伝わっておるが、どうなのです」

大石は阿久利に頭を下げ、落合に向いた。

「この機とは、御公儀が吉良を本所に追いやったのは、我らに討たせるためという噂のことですか」

「さよう」

「その噂の出所は、おそらく吉良」

「なんと……。貴殿は、そう睨んでおられますのか」

落合は驚いた。

「いかにも」

「しかし、何ゆえそのようなことをする。噂は吉良にとってよろしくないはずでござろう」

「吉良が曲輪から出されたのは、隣家の蜂須賀家から苦情が出たからだと聞きましたが、赤穂の仇討ちを警戒しての顚末《てんまつ》ならば、吉良は、我らを邪魔に思うているはず」

「まさか、噂を流して煽り、討ち入りを誘うているとお考えか」

大石は真顔でうなずいた。

「それがしは若い者に命じて上杉の屋敷を見張らせておりますが、その者たちが、上杉の家来どもが密かに吉良の屋敷へ入るのを見届けております。恐らく中では、我らを迎え撃つ者どもが手ぐすねを引いておりましょう」

「それがまことなら……」

言葉を止める落合に、大石は微笑んだ。

「危ないところであったとお思いでしょうが、堀部らは見抜いております。瑤泉院様には物騒なことは申し上げておりませぬゆえ、胸にとめ置いてくだされ」

「承知いたした」

歩みを進める落合に続いて裏門へ向かった大石は、門内で別れ、潜《くぐ》り戸から出た。

屋敷の長屋塀を左に見つつ今井台の道を歩み、麻布谷町へ向かう坂をくだっていた時、坂下にある辻番《つじばん》の前にいた二人の侍が、こちらに向かって上りはじめた。

外にいた番人が、大石を一瞥《いちべつ》して中に入る。

油断なく見ていた大石は、いやな予感がした。ふと気付けば、坂の上から二人組の侍がくだっている。

四人とも編笠《あみがさ》を着け、紋付きの羽織と袴の身なりは浪人者ではない。

吉良か上杉、はたまた公儀の者か。いずれにせよ、大石は殺気を感じ、目つきを鋭くした。坂の中ほどで立ち止まり、大名屋敷の漆喰壁《しっくい》を背にして立った。

同じ歩調で、坂の上と下から近づいた四人が大石の前に立ち、刀の鯉口《こいぐち》を切る。

「吉良か、それとも上杉のご家中か」

大石が厳しく問うが、四人は無言で抜刀した。

「むん！」

気合をかけて向かってきた一人目の一撃を、大石は抜刀術をもって弾《はじ》き上げ、切っ先を喉に向けてぴたりと止める。

怯《ひる》んで下がるその者に代わって右手側の者が斬りかかる。

大石は身を転じて袈裟《けさ》斬りをかわしざま刀を振るい、相手の左腕を斬ったが浅手。

その時に生じた隙《すき》を突いてきた三人目の刀を受け止め、鍔《つば》迫《ぜ》り合いとなる。

多勢に無勢だ。

鍔迫り合いをする大石の左に回った四人目が、刀を振り上げた。

斬られる。

大石がそう思った時、刀を打ち下ろそうとしていた四人目の侍の背後で大声があがった。

「人殺しだ！　人斬りが出た！」

刀を止めて振り向いた侍に、叫んだ商人の男が天秤棒を投げた。

刀でたたき落とした侍が、商人に怒鳴る。

「武家のことに口出しするな！　下がれ！」

「人殺しだ。誰か、誰か助けてくれ！」

「黙れ！」

敵が商人に向かうことで命拾いした大石は、鍔迫り合いをする相手を押し離しざまに刀を振るって籠手《こて》を傷つけた。

血が出る右手を見た侍が顔をしかめ、さらに下がって間合いを大きく取る。そして、

「引け！」

大石を睨んだまま叫び、四人の刺客は坂を駆けくだった。

刀を鞘《さや》に納め、礼を言うべく顔を向けると、商人は背を向けて天秤棒を拾った。

大石は、商人が立ち上がるのを待った。

すると商人は、

「そのままお聞きください」

と言ってきた。

聞き覚えのある声に、はっとした。

「磯貝か」

「はい。江戸市中に広がる仇討ちの噂のせいで、吉良と上杉の者が瑤泉院様を見張っております」

大石はあたりを見回した。

騒ぎを聞いて、坂の上に出ていた大名屋敷の者たちが帰っていく。

大石は、片膝をついて天秤棒に縄を通している磯貝に訊く。

「今の者たちは吉良か、それとも上杉の手の者か」

「おそらく吉良の手の者かと」

大石は、坂の下を見た。

「わしが御家再興を嘆願したことで、仇討ちをする気がないことが広まるであろう。上杉も吉良も、安堵して手を引けばよいが」

横顔を見ていた磯貝は、驚いた顔をする。大石が、不敵ともとれる笑みを浮かべていたからだ。

仇討ちの意志があると解釈した磯貝は天秤棒を担ぎ、大石に近づく。

「これよりは御指示に従います」

大石はうなずいた。

「まずは安兵衛を大人しくさせる。そなたは引き続き、ここを見張れ」

「承知しました」

商人を装って去る磯貝と別れた大石は、吉良を追って本所に住まいを借りた堀部安兵衛に会いに行った。

「まずは、御家再興が第一だ。よいな」

借家の奥の一間で膝を突き合わせた大石の説得を受け、安兵衛は渋い顔をして返事をしない。

「これは、瑤泉院様の望みであるぞ。決して、勝手に動いてはならぬ」

安兵衛は、膝に置いていた手で袴をにぎり締め、大石を真っ直ぐな目で見た。

「大人しくするかわりに、討ち入りの期限を決めてくだされ」

「期限じゃと」

「それがしのあるじは内匠頭様ただ一人。大学様にご奉公する気はございませぬゆえ、御家再興など、どうでもよいのです。吉良を討たねば、武士の一分がすたりまする」

「どうでも、吉良を討つか」

「討つ！」

激しい気性は、無条件で抑えることができぬ。

そう判断した大石は、安兵衛の目を見た。

「あいわかった。殿の御命日までには決める」

「約束ですぞ」

「二言はない」

これでようやく、安兵衛は納得して応じた。

揺れるこころ

元禄十四年の暮れも押し迫った頃、阿久利や浪士たちにとって、思いもよらぬことが起きた。

去る十二月十三日に、吉良上野介が隠居したのだ。

隠居の理由は、江戸庶民の自分に対する評判の悪さに疲れ果ててのこと、とされたが、これは表向きのこと。真相は、上杉家家老、色部又四郎の策だった。

藩主上杉綱憲《よしちか》は、実父である上野介の身を案じると共に、吉良家の養子にしている次男左兵衛義周の将来を心配していた。赤穂の者たちが当主の父を討てば、吉良家は断絶となるからだ。

そこで色部は、上野介を隠居させ、米沢《よねざわ》へ連れて行くことを進言し、綱憲は説得に動いたのだ。

だが、二人のもくろみはうまくいかない。

「わしは、赤穂の者どものせいで田舎などにはゆかぬ。見ておれ、討ち入ってくれば返り討ちにしてくれる」

綱憲にこう言い、応じようとしない。

それでも綱憲は、父の身を案じて説得した。それを知った妻の富子から、病がちな綱憲が、次男左兵衛のことも案じて気苦労を重ねていることを知らされた上野介は、ついに、隠居を決意したのだ。

だが、華やかな暮らしが染み付いているだけに、米沢へ行くのは拒んだ。

しかし、人の口に戸は立てられず、赤穂浪士の討ち入りを恐れた綱憲が、上野介を米沢へ連れて行くらしいという尾ひれの付いた噂が市中へ広まり、そのまま阿久利の耳に届いた。

落合から聞かされた阿久利は、落胆した。

上野介が隠居し、養嗣子の左兵衛義周が家督相続を許されたことで、吉良家の断絶はなくなったからだ。

「御公儀は、これをもって落着させようとしているのでしょうか」

この問いに、落合の答えはなかった。

同時に不安が込み上げた阿久利は、向き合っている落合に問う。

「上野介殿のことは、安兵衛殿の耳にも届いていますか」

落合はうなずいた。

「おそらく、我らより早く知っているはずです。吉良家が安泰となりしことよりも、上野介が米沢へ行ってしまうことを案じているのではないかと存じます。米沢城内で暮らすようになれば、手も足も出せなくなりますから」

阿久利は焦った。

「このままでは、安兵衛殿のみならず、内蔵助殿さえも、仇討ちにかたむくかもしれませぬ」

「その恐れは十分にあろうかと」

「内蔵助殿に文を書きます。急ぎ山科に送ってください」

「はは、すぐに手配をいたします」

落合は、一旦下がった。

お静に紙と筆を支度させた阿久利は、その日のうちに文を出した。

案じながら、激動の年が暮れてゆく。

阿久利は、一人で新年を迎えることが信じられず、どうにもならぬ寂しさに襲われた。御家再興が叶うまでは涙を流さぬと決めていても、良人や家臣たちとすごした正月を思い出してしまい、唇を噛んだ。

目を閉じれば、にぎやかだった鉄砲洲の正月を思い出す。

良人の前で琴を爪弾き、子と思う家臣たちと新年を祝った。

良人の笑顔、家臣たちの笑い声が、頭の中で聞こえた。

目を開ければ、そこにあるのは殺風景な部屋だけ。外では粉雪が舞っている。

一人で部屋にいると、静かすぎるほど、なんの音も聞こえてこない。

この寂しさには耐えられぬ。

ふたたび目を閉じた。

殿のおそばに行きたい。

衝動に駆られ、懐剣に手を伸ばした時、後を頼むと言った良人の顔が浮かび、はっと目を開けて、手を放した。

位牌の両脇で灯る蠟燭の火が長くなり、先が激しく揺れている。

阿久利は両手をついて平伏し、家臣たちを捨てて死のうとしたことを良人に詫びた。

しっかりせねば。

自分に言い聞かせて顔を上げた時、廊下からお静が声をかけてきた。

入るよう応じると、黒漆塗りの膳を持って歩み寄り、阿久利の前に置いた。

「お雑煮でございます。少しだけでも……」

微笑みながら言っていたお静が、阿久利の胸元を見て絶句し、顔を上げた。

懐剣袋の結び目が僅かに乱れているのを見逃さなかったのだ。

「瑤泉院様、何をなされていたのですか」

心配に満ちた顔で言われ、阿久利は微笑んだ。

「案ずるな」

「でも……」

「お腹《なか》が空《す》きました。これは美味《おい》しそうですね」

お椀《わん》を取り、箸を取って一口食べた。

「お餅がやわらかくて、美味しい」

阿久利がそう言ってふたたび微笑むと、お静はようやく笑みを浮かべた。

大石内蔵助から返事が来たのは、それから五日後だった。

読み進める阿久利の正面に正座するお静が、心配そうな顔をしている。

文を膝に置いた阿久利は微笑み、うなずいて見せた。

「急進派の者たちを抑えるゆえ案ずるなと書かれています。内蔵助殿を信じましょう」

お静は安堵した面持ちとなり、お茶を淹《い》れてくると言って出ていった。

亡き良人の位牌に手を合わせ、目をつむる。

「どうか、皆をお守りください」

何も起きぬことを願っていると、入れ替わりに、落合与左衛門が来た。

今日も朝から市中に出ていたはず。早い帰りに期待した阿久利の勘は当たり、落合は座るなり、磯貝十郎左衛門の居場所を突き止めたと教えた。

阿久利は喜び、同時にいぶかしむ。

「与左殿、浮かぬ顔をしていかがしたのです」

「その磯貝殿から聞いたのですが、堀部安兵衛殿は痺《しび》れを切らせ、仇討ちを唱えはじめているそうです」

阿久利は驚いた。

「今内蔵助殿から文を受け取ったばかりです。それには、安兵衛殿をはじめとする急進派を抑えるとありました」

「磯貝殿も、安兵衛殿を説得したそうですが、吉良上野介が上杉家の下屋敷へ入ったまま何日も戻らず、いよいよ米沢へ移るのではないかと焦り、仇討ちに走ろうとしているのです。磯貝殿は、そんな安兵衛殿と仲違いをしております」

「して、安兵衛殿は今、どうしているのです」

「わかりませぬ。家に行きましたが、空き家となっていました」

阿久利は、落合の言葉をにわかには信じられなかった。

「まことに、安兵衛殿の居場所がわからぬのですか」

「はい。されど、大石殿が急進派を抑えると約束くださったなら、信じてもよいかと思います」

阿久利はうなずいた。次に気になったのは、磯貝のこと。

いつぞや見た磯貝の、あの恐ろしげで悲しげな目が忘れられない。

阿久利は不安をぶつけた。

「十左殿が安兵衛殿と離れたのは、実は安兵衛殿が仇討ちを渋ったからではないでしょうか。十左殿はたった一人で、殿のご無念を晴らそうとしているのではないかと思えてなりませぬ。与左殿、今一度十左殿と会い、真意を確かめてくれませぬか」

「ご自分でお訊きになられますか」

落合の薄い笑みに、阿久利は驚いた。

「来ているのですか」

「それがしの長屋で待たせております る」

阿久利は立ち上がった。

「すぐに会います」

「では、連れてまいります」

退座した落合を見送り、阿久利は落ち着きなく待った。

茶を淹れて戻ってきたお静に言う。

「お静、十左殿がここに来ます。養父上に知られると面倒なことになりますから、誰も通さぬようにしてください」

「承知しました」

お静は茶を置いて、渡り廊下へ向かった。

磯貝が庭に現われたのは、程なくのことだ。

商人の身なりをして、阿久利が上がれと促しても、恐縮して聞かぬ。

濡れ縁のそばに片膝をつき、頭を下げる磯貝の顔を見たくて、阿久利は廊下へ出た。

「十左殿、面を上げてください」

「はは」

磯貝は、ゆっくり顔を上げ、目を伏せている。

思い詰めた様子に、訊かずにはいられない。

「十左殿、安兵衛殿と離れたそうですが、まさか、一人でことを起こそうとしているのですか」

磯貝は首を横に振り、阿久利の目を見てきた。

「安兵衛殿と離れたのは、思うところがあったからです。今は、このとおり刀も持たず、酒を売って暮らしています」

「商売をはじめたのですか」

「はい。常連客も付きました」

唇に笑みを浮かべる磯貝であったが、阿久利は笑えなかった。

「では、何ゆえそのように、悲しい目をしているのです」

するると磯貝は目を泳がせ、下を向いた。

「何かあったのですね」

「いえ……」

「十左殿、顔を見せに来てくれたのは嬉しゅうございます。でも、嘘はつかないでほしい。胸にとめていることを、教えてください」

磯貝はしばらく黙っていたが、意を決した顔を上げた。

「去る一月十四日、殿の月命日に、萱野三平《かやのさんぺい》殿が自害して果てました」

内匠頭の中小姓として仕えていた萱野とは、阿久利も面識がある。忠義に厚く、内匠頭が刃傷に及んだあの日は、命を賭して赤穂へ走った者の一人だ。

その萱野が自ら命を絶ったと聞き、阿久利は目を見張った。

「殿の後を追われたのですか」

「はい」

「それは殿が望まれぬこと。萱野殿も存じていたはずなのに……」

阿久利は言葉に詰まった。

磯貝は黙っている。

落合が磯貝を見て、代わって阿久利に告げた。

「萱野殿は父親から他家に仕えるよう命じられ、進退窮まったと思われます」

萱野ほど忠義に厚い者ならば、仇討ちもならず、御家再興もならぬ時に他家へ仕えるよう命じられ、苦しんだに違いない。

そう思う阿久利は胸を締め付けられ、歪む顔を両手で隠した。

磯貝はその場で両手をつき、苦悶《くもん》に満ちた顔で平伏した。

「萱野殿の無念を、決して忘れませぬ」

阿久利ははっとした。

「十左殿、何をするつもりです」

すると磯貝は、真っ直ぐな目を向けてきた。

「何もしませぬ。今はただ、御家再興を待ちまする」

「ほんとうに、命を粗末にしないと約束してくれますか」

「誓って、瑤泉院様の邪魔になることはしませぬ」

磯貝は強い意志を顔に表して言い、頭を下げた。

疑念

公儀から御家再興の沙汰がないまま、時だけがすぎてゆく。

寒さもゆるみ、庭の梅は散りはじめている。

何もできぬ阿久利は、内匠頭の菩提を弔いながら、来る日も来る日も、家臣たちのことを案じて暮らしていた。

春の風が強いこの日、吉良上野介の屋敷を探りに出ていた落合与左衛門が戻ってきた。

位牌に向かって読経していた阿久利は、終えて神妙に一礼し、落合がいる下座に向く。

膝行《しっこう》して近づく落合は、浮かぬ顔をしている。もう何日も、堀部安兵衛をはじめ江戸の急進派を捜しているが、今日も不首尾に終わった証。

「吉良屋敷の周囲に、赤穂の者らしき姿はありませぬ。ただ磯貝殿のように、商人に姿を変えておれば、見逃したかもしれませぬが」

磯貝のみは把握しているが、他の者がどこで暮らしているのか、まったくつかめていなかった。大石に幾度も文を送り在所を教えるよう頼んでも、返事は大学のことや上方の様子などを書くのみで、はぐらかされていた。

討ち入りの噂がある限り、江戸に暮らす赤穂浪人たちと関わりを持てば阿久利の首謀が疑われるからだと、落合は言う。

三次藩に迷惑が及ばぬための、大石の配慮だということも、阿久利にはわかっている。わかってはいるが、公儀からなんの沙汰もないため、案じずにはいられないのだ。

「遅くまで、ご苦労でした」

外はすでに日が暮れている。

風が強い中、町を歩き回っていたせいで疲れが浮いた顔をしている落合が、報告を続ける。

「吉良の屋敷では、連日普請の音がしています。隠居をしたことで、市中に仇討ちを望む声は少なくなりましたが、油断はしておらぬ様子です」

阿久利はうなずいた。

「米沢行きを拒んだようだと仙桂尼殿が教えてくれましたが、どうやら、事実のようですね」

「はい」

「されど、殿の一周忌まで日がありませぬ。内蔵助殿は、仇討ちを望む者たちにどのような道を示されるでしょうか」

阿久利の言葉で、落合は腑《ふ》に落ちたような顔をした。

「ひょっとすると、吉良屋敷の周りに姿が見えぬのは、江戸におらぬからかもしれませぬ。大石殿に決断を迫るため、上方に行っているのではないでしょうか」

この落合の読みは、当たっていた。

数日後の三月一日に、大石から文が届いたのだ。

それによると、去る二月十五日に、山科で会議がおこなわれていた。

吉良の隠居を受けてのことであり、原惣右衛門と堀部安兵衛たちは討ち入りを主張したが、上方の者たちが反対し、しばらく様子を見ることに決したと、知らせてきたのだ。

文を読んだ阿久利は、ひとまず安堵した。

だが、惣右衛門や安兵衛たちが討ち入りを願ったことを思うと、やはり不安は拭えぬ。

吉良上野介が本所の屋敷に移ってから今日まで、討ち入りの噂に応えるように改築普請を続けている。それが逆に、急進派の者たちの気持ちを逆なでしているのではないか。

そう考えた阿久利の脳裏に、一つの疑念が芽生えた。

阿久利は、文を届けた落合に顔を向けた。

「与左殿」

「はい」

「討ち入りを見送り、御家再興の道を探るという山科の決断は、吉良方を欺くためではないでしょうか」

思いもしないこと、という面持ちをした落合は、腕組みをして黙然と考えた。

答えを待つ阿久利に、落合は顔を向けた。

「大石殿が、瑤泉院様に偽りを申すとは思えませぬ。御家再興に望みを繋いだからこその、文だと存じます」

阿久利は、膝に置いている文を見つめた。

できることならば、安兵衛をはじめとする急進派は、しばらく江戸を離れていてほしいと願い、同時に、御家再興を急がねばという焦りが強くなった。

禄を離れて一年になる。化粧料を渡してはいるが、いつまでもある物でもない。暮らしが困窮すれば自暴自棄になり、吉良への憎しみが増すのではないか。

「与左殿、皆は、食べられていましょうか」

「商売をしている者は別として、ほとんどの者が、早くから暮らしに困っております」

「早くから……」

化粧料では足りなかったということか。

そんなはずはないと思う阿久利は、化粧料で武具を揃えているのではないか、そんな疑念が浮かび、落合を見た。

「与左殿、わたくしは胸騒ぎがするのです。大学殿の赦免を得るには、どうしたらよいですか」

焦りを隠さぬ阿久利に、落合は深刻な顔で考えをめぐらせている。

そして程なく、答えを出した。

「ここはやはり、桂昌院様におすがりするしか手がないかと」

「桂昌院様に……」

難しいことだと阿久利は思う。

「しつこいと、ご機嫌をそこねまいか」

「吉良家が代替わりした今を逃す手はございませぬ。あちらが代替わりしたのですから、まだ沙汰がくだされていない大学様にも望みがあろうかと」

落合の言うとおりだ。

「では、文を書きます」

「仙桂尼殿と相談して書かれてはいかがですか」

ここは慎重に、という落合に従い、仙桂尼を待つことにした。

翌朝、訪ねてくれた仙桂尼に、阿久利は嘆願の相談をした。

「吉良家の家督相続を許されたのですから、大学殿の赦免を願おうと思います」

阿久利の言葉に仙桂尼は驚いたようだが、神妙な顔で言う。

「桂昌院様にですか」

「今申した内容の文を書きます」

「では、御家再興を許されれば、片手落ちの処罰を罵《ののし》る巷《ちまた》の声も収まり、内匠頭様の遺臣は遺恨を断ち、大学様の下で将軍家にご奉公することを誓う趣旨を、しかとお書きください」

「なるほど、ただ願うのみでは許されぬはず。そなた様を頼ってよかった」

仙桂尼は笑みを浮かべて謙遜した。

阿久利は文をしたため、仙桂尼に託した。

「よしなに頼みます」

「明後日には、必ず桂昌院様にお渡しします」

辞そうとする仙桂尼を、阿久利は茶に誘った。公儀のことは落合よりも詳しい仙桂尼に、吉良上野介の隠居以来、赤穂に対する公儀の動きがどうなっているのか訊きたかったのだ。

「この下屋敷を探る者はいなくなったと与左殿が言われますが、何か知っていたら教えてください」

自ら茶を点てながら、阿久利はそう訊いた。

仙桂尼は、穏やかな顔で答える。

「御公儀の中では、赤穂浅野家に対する同情の色が濃いようです。上様も、上野介殿の悪評を耳にされ、ご心中穏やかでないと聞きました」

阿久利は茶筅を止め、仙桂尼を見た。

「それはまことですか」

「はい」

「では、内匠頭が正しかったと、お思いなのですか」

「はっきりそうとは申せませぬが、少なくとも御公儀では、そういう雰囲気があるそうです。上野介殿の隠居には、悪評を消したいと願う上杉家の思惑もあるのではないかという声もあるようです。このことは、桂昌院様お付きの者がそっと教えてくださいましたから、信用できるかと」

阿久利はうなずき、茶碗を差し出した。

「ちょうだいします」

仙桂尼は茶を飲み、唇に笑みを浮かべる。

「瑤泉院様のお茶は、変わらず美味しゅうございます」

「お菊殿に、厳しく教えられましたから」

まだ一年足らずだが、お菊と鉄砲洲の屋敷で別れたのが、遠い昔のように感じられる。

今頃お菊は、どこで何をして生きているのか。

別れる時のお菊の悲しげな顔が目に浮かび、急に寂しくなった。

「思い出させてしまいました」

察して詫びる仙桂尼に、阿久利は微笑んで首を振る。

「あれからどうしているかと、案じただけです」

「便りは何もないのですか」

「お菊のことですから、わたくしに遠慮をしているのでしょう。達者で暮らしていると信じています」

厳しいお菊を苦手としていただけあり、仙桂尼はそれ以後は触れなかった。

仙桂尼にとって鉄砲洲の屋敷には、暗い思い出がある。

阿久利は話題を変え、寺の花のことや、仙桂尼の日々の暮らしなどを訊《たず》ねた。

そうすることで、気持ちに幾分か余裕ができていると思ったのか、仙桂尼は明るい顔で阿久利を見て、一刻《いっとき》（約二時間）ほど語り合って帰った。

明後日、阿久利の嘆願書を胸に抱いた仙桂尼は、護持院へ赴いた。

まずは隆光大僧正にあいさつをすませ、桂昌院を待たせてもらうために宿坊の一室に入った。

到着されたら声をかけてくれるはずだが、いつもの刻限になっても誰も来ない。

時間に厳しい桂昌院には珍しいことと思う仙桂尼に、一抹の不安がよぎった。

阿久利の嘆願書を携えていることが、桂昌院の知るところとなったのではないか。

以前、阿久利が待っていた時に桂昌院が現われなかったことを思う仙桂尼は、隆光大僧正に訊ねるべく立ち上がった。

寺の者が来たのは、その時だった。

「もうすぐご到着なさいます」

安堵して応じた仙桂尼は、迎えに出た。

本堂の前に行くと、行列の先頭が山門から入ってきた。

桂昌院が乗る駕籠を見ていると、ふいに横から、声をかけられた。

顔を向けた仙桂尼は、厳しい目を向けている柳沢吉保に驚き、頭を下げた。

「ちと話がある。付いてまいれ」

いつ来ていたのだろうと思いつつ、仙桂尼は従った。

柳沢は一人で宿坊に案内し、部屋に入るよう促す。

応じて入る仙桂尼の背後で、柳沢は障子を閉めた。

下座に正座して両手をつく仙桂尼の前に座し、面を上げよと言う。

目を合わせぬ仙桂尼に、柳沢は厳しい面持ちで対する。

「仙桂尼殿、一昨日瑤泉院殿に呼ばれたのは、何用だ」

仙桂尼は驚いた。

「どうして、そのことを」

「瑤泉院殿は、油断すれば桂昌院様に近づく。それゆえ、そなたにも目を光らせておるのだ。胸に納めているその書状は何か」

仙桂尼は、大切な嘆願書に手を当てた。

「見せよ」

「お許しください」

「ならぬ。よこせ」

「何とぞ、桂昌院様にお取り次ぎを」

「中を見て判断する」

手を差し伸べられては、抗えぬ。

仙桂尼は嘆願書を差し出した。

目を通す柳沢の顔が、次第に険しくなってゆく。そして、仙桂尼を睨んだ。

「そなた、内容を知っていたのか」

「わたくしも共に考えました」

「たわけたことを……。これは桂昌院様を大いに困らせることだ。瑤泉院殿に知恵を授けて橋渡しを演じるなら、そなたを二度と、桂昌院様に近づけぬ」

不機嫌な柳沢に臆することなく、仙桂尼は平身低頭して願った。

「瑤泉院様は、赤穂浅野家の再興のみを願われておられます。どうか、吉良様と同じく、大学様にもお情けを」

柳沢は仙桂尼に厳しい目を向け、一つ息を吐いた。

「面を上げよ」

「何とぞ」

「聞け」

厳しく言われた仙桂尼は、顔を上げて居住まいを正した。

「何もわかっておらぬようだから教えよう。ここで浅野を許せば、第二第三の内匠頭が出る。吉良上野介殿は殿中で刀を抜かなかったのだ。ゆえに両成敗にならぬのは当然。このこと、しかと瑤泉院殿に申し伝えよ」

柳沢はそう突っぱねて立ち上がり、仙桂尼に阿久利の嘆願書を投げて出ていった。

震える手で書を引き寄せた仙桂尼は、胸に抱いて落涙した。


訪ねてくれた仙桂尼から話を聞いた阿久利は、肩を落とさず、微笑みかけた。

「他の道を探ります。仙桂尼殿、そのように落ち込まないで、顔をお上げなさい。そなたは、何も悪くないのですから」

「力及ばず、申しわけございませぬ」

「よいのです。さ、顔を上げて」

ようやく顔を上げた仙桂尼の手を取った阿久利は、気に病むなと念押しした。

長居をせぬ仙桂尼を見送り、部屋に戻った阿久利は、どうすればよいか懸命に考えた。

一人で抱え、思い悩む阿久利に、そばに控える落合は哀愁の眼差しを向けていたが、見かねたように口を出した。

「瑤泉院様、御家再興は、もうあきらめるしかないのではございますまいか」

阿久利は驚き、落合を見た。

「何を言うのです。望みが絶たれれば、安兵衛殿はむろん、内蔵助殿も止められぬようになります。それだけは避けなければ、わたくしに家臣たちを託された殿に、顔向けができませぬ」

落合は失言を詫び、頭を下げた。

だが、もはや打つ手がないことは、阿久利とてわからぬわけではない。落合の言うことが正しくとも、認めたくなかったのだ。

良人ならばこういう時、どうされただろうか。

位牌を見つめても、何も答えてはくださらぬ。

阿久利は頭《こうべ》を垂れ、目を閉じた。

「瑤泉院様、それがしが悪うございました。大学様の沙汰が出るまで、御家再興の望みはございます。山科会議の結果をお疑いなれば、大学様の処分が決まるまで仇討ちをせぬよう、今は方々《かたがた》を説得するのみかと存じます」

落合の言葉に、阿久利は顔を上げた。

「与左殿が申すとおりです。急進派の中心にいる堀部安兵衛殿と、奥田孫太夫《おくだまごだゆう》殿、高田郡兵衛《たかだぐんべえ》殿に文を書きます」

落合の顔に戸惑いが浮かんだ。一瞬のことだが、阿久利は見逃さぬ。

「いかがしたのです」

「高田郡兵衛殿には、文を書かれずともよろしくなりました」

「大石殿に賛同されたということですか」

落合は頭を下げた。

「萱野殿のことがありましたので、これまで黙っておりました」

阿久利ははっとした。

「まさか、自害を……」

「いえ、そうではないのです。実は郡兵衛殿は、安兵衛殿たちから離れました」

勘のいい阿久利は、郡兵衛が他家に奉公するのだと察した。

「御家再興を待たずに、他家へ仕えるのですか」

「どうか、驚かずに聞いてください」

「責めるつもりはないのです。このようなことになったのですから、他家へ仕える気になるのは仕方のないこと。仇討ちを望んでいた一人ですから、むしろよかった」

落合は下を向き、少しのあいだ黙っていたが、阿久利をじっと見てきた。

「郡兵衛殿が離れたのは自ら望んだことではなく、そうするしかなかったのです」

「どういうことですか」

「郡兵衛殿の伯父に、御公儀の与力をしている者がおります」

「存じています。名は確か、内田三郎右衛門殿《うちださぶろうえもん》」

「さよう。その内田殿が、郡兵衛殿を養子にほしいと、郡兵衛殿の兄に願ったそうです。郡兵衛殿は断りましたが、内田殿は納得されず、理由を話せと迫られた兄は、弟は仇討ちをこころに秘めているとロ走ってしまったのです」

阿久利は目を閉じた。

「御公儀の与力である立場の内田殿にしてみれば、身内が大それたことを考えていたことに、さぞ驚かれたでしょう」

「それがしは、そうは思いませぬ。仇討ちの噂がまことしやかに流れている昨今でございますから、内田殿は、郡兵衛殿を死なせぬために、養子縁組を望まれたものかと。応じなければ御公儀に報告すると、迫られたそうですから。それで郡兵衛殿は仕方なく、盟約から脱盟したのです」

阿久利は、疑念を抱いた。

「盟約とは、何の盟約ですか」

「御家再興に向けて、浪士が一丸となるためのものです」

「何を動揺しているのです」

「いえ……」

勘の鋭い阿久利の目は誤魔化せぬ。

「与左殿、わたくしに隠していることがありますね」

問いただすも、落合は目を向けようとせず黙っている。

阿久利は落合の前に行って膝を突き合わせた。

「仇討ちの計画の筋道ができてきているのですね。郡兵衛殿は、その計画がばれぬようにするために、養子縁組を受けた。違いますか」

図星と見えて、落合は、しまったという表情をして、顔を背けた。

「与左殿、隠さないで」

きつく言う阿久利に、落合は観念して頭を下げた。

「瑤泉院様のお察しのとおりです。郡兵衛殿は、仇討ちの計画がばれぬために、浪士たちから離れたのです。安兵衛殿は、上野介が隠居をする少し前に京へ大石殿を訪ね、仇討ちの説得をするつもりでした。もし大石殿が動かなければ、江戸にいる二十名ほどの同志のみで、吉良を襲う計画を立てていたのです。郡兵衛殿は、そのことを兄に話していたらしく、伯父に伝わってしまった。御公儀に伝えると脅され、やむなく離れたのです」

「仇討ちのことを、どうして教えてくれなかったのです」

責める阿久利に、落合は顔を上げた。

「郡兵衛殿が抜けたことで、安兵衛殿は落胆し、江戸の者たちで討ち入るのを断念したからです。安兵衛殿は、山科の会議で上方の同志を頼ろうとしたようですが、結果は大石殿の文にあったとおりでございますから、胸に秘めるつもりでいました」

「安兵衛殿はまことに、仇討ちをあきらめたのですか」

「本人に会えておりませぬから、心中はわかりかねます」

「十左殿ならば、今どこにいるか知っているのでは」

「前に訊いた時は、引っ越したから知らぬと言うておりました。ただ、上野介を追って本所のどこかに家を借りているのは、確かかと」

「十左殿は今、安兵衛殿の引っ越し先を存じているやもしれませぬ。安兵衛殿に、早まらぬよう文を書きますから、十左殿に託してください」

「はは、承知しました」

阿久利は急ぎ文を書き、落合に差し出した。

押しいただいた落合は、頭を下げて出ていく。

見送った阿久利は手を合わせ、無事に届くよう祈った。

十左の本音

東海道を下って入府する旅人の中で、城の東と北方面に広がる町を目指す者のほとんどが、源助橋《げんすけ》を渡ってくる。

吉良上野介が屋敷を構える本所方面へ行く赤穂浪士も、例外ではない。

磯貝十郎左衛門は、その源助橋を望める場所に酒屋を開いていた。

上方の旨《うま》い酒を売ることが評判となり、常連客も付いている。今日も酒徳利《さかどっくり》を持って買いに来る客を相手に、磯貝は忙しく働いていた。

下人二人を雇い、店のあるじも板に付いている。

常連の客を表まで見送って出た磯貝は、通りを挟んだ雑貨屋の前から歩いてくる落合与左衛門を見つけて、小さく頭を下げた。

店に入り、手の空いている下人に仕事を申しつけたところで、落合が客を装って入ってきた。

「いらっしゃいませ。いつもありがとうございます」

磯貝は愛想笑いで迎え、利き酒をすすめる体で奥へ誘った。

抜かりなく空の酒徳利を持っている落合だ。他の客たちに、珍しがる様子はない。

下人とてそれは同じで、落合を常連客だと思っている。

酒樽が並ぶ小部屋に入った落合は、小声で言う。

「瑤泉院様から文を預かってきた。これを堀部安兵衛殿に渡したいのだが」

磯貝は文を受け取ったものの、困惑した。

落合が言う。

「おぬしなら、新しい住まいを知っておろうと見込んでの頼みだ」

阿久利の頼みとあらば、絶縁状態でも断れぬ。

「承知しました」

文を懐に入れる磯貝に、落合は一歩近づいて問う。

「安兵衛殿は、まだ上方におるのか」

「すでに戻られています」

「会うたのか」

「いえ、人から聞きました」

「新しい家の在所を、わしにも教えてくれぬか。直に会うてみたい」

「それはなりませぬ」

「何ゆえだ」

「安兵衛殿は仇討ち急進派の筆頭。吉良と上杉が住まいを突き止めているかもしれませぬから、お近づきになるのはおやめください」

阿久利の用人である落合が安兵衛と接触するところを吉良と上杉の者に見られれば、仇討ちを望んでいると思われる。

磯貝が言うまでもなく承知している落合は、しつこくは問わなかった。

「長居は禁物か、明日また来る。これに入れてくれ」

落合はそう言い、酒徳利を渡した。

表には出ず、店の中で見送った磯貝は、阿久利の文を忍ばせている胸元を押さえて息をつく。

今日中に渡せということか。

阿久利の文だけに、仇討ちを止める内容だろうと察する磯貝は、下人に店をまかせて出かけた。

吉良と上杉の目を抜かりなく警戒しつつ大川を渡り、本所へ向かう。安兵衛は、竪《たて》川《かわ》近くの林町《はやしちょう》五丁目に家を借り、吉良の屋敷を探る日々を送っている。

落合には半分脅しで言ったが、今のところ、吉良と上杉に隠れ家を気付かれている様子はない。

磯貝にそう教えてくれたのは安兵衛本人ではなく、共に内匠頭の御側《おそば》に仕えた片岡源五右衛門だ。

安兵衛や江戸急進派の者とは疎遠になっているが、片岡とだけは連絡を取っていた。

その片岡から教えられていた家の前に立った磯貝は、一度あたりを見回し、表の戸をたたいた。

「ごめんください。酒屋でございます」

すぐには返事がない。どこかで見ているはずと思う磯貝は、顔が見えるように、編笠を取った。

天秤棒に吊《つる》している酒樽を置き、もう一度声をかける。

「ごめんください」

「酒はいらん！」

戸のすぐ内側から、聞き覚えのある野太い声がした。

磯貝は、安兵衛とは呼ばずに言う。

「西国からの、珍しい酒でございます」

阿久利からの文だと暗に知らせたつもりで、返答を待った。

「裏から入れ」

「ありがとう存じます」

耳目を気にして商人の口調を崩さぬ磯貝は、天秤棒を担いで裏に回った。路地に入って行くと、安兵衛が出ていた。

駆け寄る磯貝に厳しい目を向け、中に入った。

開けられたままの勝手口の前で天秤棒を下ろす磯貝に、安兵衛は中に入って戸を閉めろと言う。

言われるまま、酒樽を一つ抱えて入り、戸を閉めた。

板の間で仁王立ちしている安兵衛に、磯貝は頭を下げる。

「おぬし、瑤泉院様と関わっているそうだな」

「一度だけ、お目にかかりました」

「軽はずみなことだ。我らが吉良を討てば、公儀は瑤泉院様の命《めい》だと決めつけるはずだ。ご迷惑がかかるぞ」

「瑤泉院様は、そのようなこと気にされておられませぬ。今日は、これをお届けにまいりました」

差し出す文を見て、安兵衛は驚いた顔をした。

「瑤泉院様からか」

「はい」

安兵衛は受け取り、その場に正座して目を通した。

阿久利は、御家再興を必ず果たしますから、早まったことをせぬように、と願っている。

長文を読んだ安兵衛は、苦悶を浮かべて黙り込んだ。

「ご返答を」

磯貝が促すと、安兵衛は厳しい目を向けた。

「他の同志は忠義に厚い。だがわしは、武士の一分で動いている。公儀の不公平には我慢ならぬから、上野介を討つのだ」

「そう言えば、瑤泉院様に咎めが及ばぬとお考えですね」

安兵衛は笑った。

「これは見なかったことにする」

やおら立ち上がり、土間に下りるので何をするのかと思いきや、湯を沸かしていた竈《かまど》の火で文を燃やしてしまった。

黙って見ている磯貝に、安兵衛は詰め寄る。

「商売はうまくいっているようだな」

「…………」

返す言葉が見つからず目を合わせる磯貝に、安兵衛は鼻先で笑った。

「おぬしのことを、同志たちがどう申しているか知っているのか」

「いえ」

「殿の御厚恩を忘れ、商人風情に成り下がった不忠者だと笑っている」

磯貝は、下ろしていた両手で拳を作って力を込めた。

目をやった安兵衛が、睨んできた。

「悔しいと思う気概が残っているようだな」

「本気ですか」

「何？」

「本気で、吉良上野介を討つのですか」

「討つ。だが今ではない。山科で話し合いがあったことは聞いているか」

「いえ」

「悔しいが、吉良が屋敷の普請を重ねて待ち構えている以上、江戸におる者だけでは勝てぬ。普請が終わればさらに守りが堅くなると言ったが、上方の者は皆反対する。上野介が米沢行きを拒んだことで、大学様の処分が決まってからでも遅くはないと言うてな」

「大学様のことはいつ決まりましょうか」

「それがわからぬから、歯がゆいのだ」

安兵衛は茶碗を取り、磯貝に差し出した。

「酒をくれ」

「はい」

磯貝は酒樽の栓を抜き、なみなみと注《つ》いで返した。

水を飲むがごとく喉に流し込んだ安兵衛が、袖で口を拭って問う。

「おぬしの本心を聞かせろ。皆が言うように、刀を捨てる気ではあるまい」

磯貝は下を向いた。

「瑤泉院様は、我ら家臣を死なせぬため御家再興に奔走されましたが、思うようにことが運ばず苦しんでおられます。それをあざ笑うかのように、大学様にはなんの沙汰もなく、吉良左兵衛の家督相続が許されました」

そこまで言った磯貝は歯を食いしばり、安兵衛の目を見た。

「上野介を討ち、殿のご無念を晴らしとうございます」

本心を知った安兵衛は、樽をかたむけて酒を注ぎ、磯貝に差し出した。

「今日より我らの同志だ。飲め」

受け取った磯貝は、悔し涙を堪えてがぶ飲みし、茶碗を返した。

二人は笑みを交わし、うなずき合う。

上げた。

「それは、まことですか」

「本人から聞きました。これよりは安兵衛殿と連絡を密にするそうです」

文を届けられたか確かめに行って戻った落合から話を聞いた阿久利は、不安が込み上げた。

「それはつまり、十左殿も仇討ちを望むということですか」

「はっきりそうとは申しませぬが、密に付き合うとなると、そういうことと思うほうがよろしいかと」

「十左殿までもが……」

このまま急進派の人数が多くなれば、大石内蔵助の言うことを聞かずに吉良を襲うかもしれぬ。

切羽詰まった阿久利は、落合に思いをぶつける。

「護持院にくだられる桂昌院様を道ばたでお待ちして、御家再興の嘆願をします」

落合は目を見張った。

「なりませぬ。ご機嫌をそこねますと、罰を受けます」

「せめて文だけでも、この手でお渡ししたいのです」

「いけませぬ」

「与左殿、わたくしの願いを聞いてください。このとおり」

平身低頭する阿久利に、落合は尻を浮かせて驚いた。

「どうか、お顔をお上げください」

聞かぬ阿久利に、落合は目をつむる。

家臣を想うけなげさに負け、阿久利の前に両手をつく。

「承知しました。護持院にくだられる日を仙桂尼殿に教えてもらい、お供つかまつります」

阿久利はようやく顔を上げて、覚悟を決めた面持ちでうなずいた。

お静に墨をすらせ、御家再興への想いをつづった。

何度も読みなおし、書きなおし、そして三日後、落合の手引きで密かに下屋敷を出た。

まだ暗いうちに抜けたため、半刻（約一時間）たらずで到着する護持院に行っても、桂昌院がくだるまで長く待つことになる。それでも阿久利は、護持院に行くことを望んだ。

落合とお静の三人だけで町中を歩き、護持院に到着しても中に入ることなく、人気《ひとけ》が少ない堀端で待った。

一刻（約二時間）ほどがすぎた頃、落合がそろそろだと言い、行列が通るはずの通りへ見に行った。

阿久利はお静と、緊張して待ち続けた。

「そなたは、ここからは来てはなりませぬ」

もしもお怒りを買えば、生きて戻れぬかもしれぬ。そう思い、堅く言いつけた。

落合が戻ったのは、程なくのことだ。

「まいりましょう」

阿久利はうなずき、不安そうに見ているお静を残し、表門に向かった。

土塀の先に露払いが現われ、行列が続く。

阿久利は辻灯籠を目隠しにして横に正座し、地べたに両手をついて待った。

徒《かち》たちは一瞥するも、阿久利と気付くことなく通りすぎてゆく。

矢絣の小袖を着た侍女たちが歩んで行き、続いて駕籠が来た時、阿久利は声をかけた。

「浅野内匠頭の妻、瑤泉院にございます。桂昌院様にお願いしたき儀がございます」

「無礼者！」

侍女の一人が声をあげ、供侍二人が駆け付けた。

駕籠は止められている。

阿久利は、睨む侍女と侍たちに構わず懇願する。

「何とぞ、お聞きとめくだされ。何とぞ」

「黙らぬか！」

「この文を、桂昌院様に」

文を差し出す阿久利に、供侍は怒気を浮かべる。

「ならぬ！」

刀に手をかけた供侍の背後で、

「おやめなさい」

桂昌院の声がした。

応じて刀から手を離し、横を向いて頭を下げる者たちの先で駕籠が下ろされた。

阿久利と落合が頭を下げる。

戸が開けられ、桂昌院が阿久利を見据えた。

「良人のため、そして家臣のために御家を守ろうとするそなたの思いは見上げたものじゃ。文をこれへ」

応じた侍女が阿久利に歩み寄り、文を取り、桂昌院のもとへゆく。

受け取った桂昌院は、その場で読むことなく前を向いた。

戸が閉められ、駕籠が立つ。

行列を見送った落合は、平身低頭している阿久利に言う。

「瑤泉院様、ようございましたな」

落涙して言う落合に、阿久利は顔を上げて振り向く。

「桂昌院様は、文をお読みくださろうか」

「お褒めくださったのですから、必ず読まれましょう。御家再興も、きっと許されますぞ」

阿久利は、山門から入る行列を見た。

「沙汰を待ちます」

「さ、お立ちください」

差し伸べてくれる落合の手をつかみ、阿久利は立ち上がった。

お静を迎えに行って屋敷に戻り、休むことなく内匠頭の位牌に手を合わせ、力添えを願った。

だが、公儀からはなんの音沙汰もないまま、むなしく日がすぎてゆく。

季節が移ろい、夏の盛りとなっても沙汰はない。

そして、夏も終わった。

内匠頭を供養しながら、吉報を待ち続けていた阿久利を仙桂尼が訪ねてきたのは元禄十五年七月十八日（一七〇二年八月十一日）。肌寒い雨が降りはじめた昼過ぎのことだ。

「ご無沙汰をいたしました」

頭を下げる仙桂尼は、阿久利の書状を柳沢に奪われた時から顔を見せなくなっていた。

公儀の見張りが厳しく、それゆえ桂昌院にも近づけなくなっていたのだ。

その仙桂尼が明るい顔をしている。

「何か、よいことがありましたか」

「実は去る十五日に、久方ぶりに護持院へ招かれました。桂昌院様とお目通りが許さ
れたのです」

阿久利は大いに期待した。

「わたくしがお渡しした文のことで、何かおっしゃっていたのですか」

「はい。殊勝な者と、褒めておられました」

「他には」

急く阿久利に、仙桂尼は膝行し、手を取った。

「桂昌院様は、瑤泉院様の文を上様にお見せしたそうです。このままにしておくのは
不憫だと意見されたところ、上様は聞き入れられ、ただいま御公儀では、大学様の処
分について議論が重ねられているとのこと。近いうちにもお沙汰がありましょう」

阿久利は思わず、仙桂尼の手をにぎり返した。

「吉報を望めますか」

「桂昌院様は、去年の今頃とは別人のように穏やかに語られました。望みを持ってよいかと存じます。早くお伝えしようと思いながら雑事に追われ、今日になってしまいました」

「よう知らせてくれました。暗闇の中に、光が見えた気持ちです。与左殿、そなたが連れて行ってくれたおかげです」

控えていた落合は、目元を拭って謙遜し、そして、安堵の笑みを浮かべて言う。

「瑤泉院様のご苦心が、報われる時が来たのです。赤穂の方々も、これで落ち着きましょう」

「ほんに」

阿久利は仙桂尼を茶に誘い、長らく語り合った。

翌日は雨もやみ、爽やかな青空が広がっていた。

阿久利は、朝から吉報を待ち望み、落ち着かぬ時をすごしていた。

落合も落ち着きがなく、昼すぎには痺れを切らせて、阿久利に言う。

「大学様にはすでに使者が来ているかもしれませぬから、行って訊いてまいります」

「そうしてくれますか」

「はは」

落合が立ち上がり、頭を下げて去ろうとした時、廊下に足音がした。

「阿久利はおるか」

長照の声に、下座に控えていたお静が平伏した。

入り口に立った長照が、座る落合を厳しい目で見つめて、上座を譲ろうとした阿久利に言う。

「そのままでよいから聞け。たった今、御本家から急報が来た。大学殿の処分が決まったぞ」

阿久利は下座に正座し、長照を上座に促した。

黙って上座に歩む長照を見ていた阿久利は、緊張した。

向き合う長照は、神妙な面持ちで告げる。

「大学殿は、妻子共々広島の御本家に引き取られることとなった。赤穂城は、御譜代の永井《なが い》殿に与えられ、来たる九月一日に、三万三千石で入部される」

この瞬間に、御家再興の望みは絶たれた。

身体《からだ》から力が抜けた阿久利は、頭が真っ白になり言葉も出ぬ。

だがすぐに、大石の顔が浮かび、磯貝たち家臣のことを案じ、落合に振り向く。

「今すぐ十左殿のもとへ行ってください。大学殿の処分を不満として、安兵衛殿と動く恐れがあります。なんとしても、止めるのです」

だが落合は、膝に置いた両手で袴をにぎり締め、動かなかった。

「与左殿、早く」

焦る阿久利に、落合は頭を垂れ、呻《うめ》くように言う。

「もはや、止めることはできませぬ」

「わしも同感じゃ」

長照の言葉が耳に入らぬ阿久利は、落合に迫った。

「与左殿、頼みます」

「ならぬ！」

長照の大声にびくりとした阿久利は、破裂しそうな心の臓の鼓動を抑えるべく、胸に手を当てた。とめどなくあふれる涙をどうすることもできず、瞼を閉じて上を向いた。

長照は、阿久利の震える肩を両手でつかみ、向き合って座した。

「そなたは、これまでようやった。じゃが、ここまでじゃ。赤穂の者たちが沙汰を不満として吉良上野介を討てば、そなたの命令でことを起こしたと御公儀に疑われる。大学殿に沙汰がくだった後に、落合が赤穂の者と会うていたことが明るみに出れば、動かぬ証とされ、御本家と三次は危うい立場になる。浅野一族のことも考えよ。赤穂の者とは、今後一切関わってはならぬ。落合も、さよう心得よ」

「はは」

落合は頭を下げた。

阿久利は、苦悶に顔を歪めずにはいられない。

「阿久利、返事をしてくれ」

腕を強くにぎられ、阿久利は長照を見た。そして、はっとした。長照が、目を赤くしている。養父は今、浅野一族、と確かに言った。その中には、赤穂浅野も含まれているのだ。

大学がお預けとなり、赤穂浅野家はここに断絶した。同じ一族として、長照も無念に思っているに違いなかった。

阿久利は涙を飲んで下がり、長照に平伏した。

「おっしゃるとおりに、いたしまする」

「辛かろうが、耐えてくれ」

長照はそう言い置き、部屋から出ていった。

阿久利は、顔を上げられなかった。このままでは、大石は安兵衛たちと吉良を討ってしまう。そうなれば、討ち入った者たちは生きてはおれぬ。

どうすることもできぬ己の無力を呪い、畳に置いている指に力を込めた。

「瑤泉院様」

お静が声をあげて駆け寄り、手を取った。

「爪が剝《は》がれています。落合殿、医者を」

慌てて立ち上がった落合は、阿久利に言う。

「もはや、下屋敷を見張る影はございませぬ。それがしにおまかせを」

阿久利ははっとした。

「なりませぬ。行けば、そなた様が養父上に咎められます」

落合は優しい顔を横に振り、

「医者を呼びに行くだけです」

そう言って、足早に去った。

跡をつける者を警戒して町中を急いだ落合は、源助町に行き、磯貝の酒屋を訪ねた。

だが、店は戸が閉められており、人気《ひとけ》がない。

いやな予感がした落合は歩を速め、隣の店の者に問うた。

「おい、酒屋はどうした」

すると店の男は、昨日、奉公人に暇を出して閉めてしまった、繁盛していたのに急なことで、驚いていると言うではないか。

磯貝は大学の処遇をいち早く知って、姿を消したに違いない。

落合は、阿久利になんと言えばよいか考え、閉められた酒屋の前に立ちつくした。

阿久利の怪我《けが》が心配になり、藩邸に出入りを許されている医者を呼びに行った。

下屋敷に連れて戻ると、待っていたお静が歩み寄ってきた。

「瑶泉院様は大事ないとおっしゃいますが、痛そうです。早くお願いします」

「わかった。先生、頼みます」

落合に応じた医者は、お静に連れられて阿久利のもとへ急いだ。

幸い、爪は右の中指のみ剝がれただけですみ、二、三日で痛みは取れると言う。それよりも医者が案じたのは、阿久利の様子だった。

何を語りかけても、訊いても上の空で、治療を終えて部屋の外に出た医者は、落合に真顔で言う。

「ご心労がおありのようですが、何かありましたか」

赤穂浪士のことを言えるはずもない落合は、逆に問う。

「脈を取っていたが、どうなのだ」

すると医者は、阿久利の部屋を見て、落合をその場から遠ざけた。そして、声音を下げて言う。

「脈が乱れておられます」

落合は目を見張った。

「どこか、お悪いのか」

「今はまだ、大事ないとは思いますが、心労を重ねられますと、あまりよくありません。畳に、引っ掻《か》いた跡がございましたが、よほどのことがおありなのだと推察します。どうか、おこころ安らかにすごされますよう、周囲の者が気を付けてくだされ」

落合は、そう思うても、どうにもならぬのだと言いかけて、言葉を飲み込んだ。

「わかった。また何かあれば、すぐ来てくれ」

「承知しました」

「今日は、ご苦労だった」

治療代を渡して門まで送った落合は、阿久利の身体を案じて、深いため息をついた。

そして、磯貝がいなくなったことは当分言わぬほうがいいと思い、その足で、捜しに町へ戻った。

別れの盃

元禄十五年七月二十八日――。

大石の呼びかけで、京都円山安養寺子院《まるやまあんようじ》の重阿弥坊《じゅうあみぼう》に、浪士たちが集まった。

その中には、京に来ていた堀部安兵衛もいる。安兵衛は大石に、御家再興が叶わなかった時に備えるべきだと進言しに来て、そのまま逗留《とうりゅう》していた。そこへ、江戸から急報が届いたのだ。

「瑤泉院様のお気持ちを思うと、胸が痛む」

大石は、まずこう述べた。

部屋は静まり返っている。皆、こころの中で悔しみ、涙しているのだ。そのせいか、部屋の空気が張り詰めている。

しばし黙り、集まった者たち一人ひとりの顔を見ていた大石は、先ほどから身を乗り出し、己が望む言葉を待っている堀部安兵衛と目を合わせた。

大石はそらし、上方に暮らす者たちに目を向けた。そして言う。

「今日は、方々《かたがた》の今の気持ちを訊きたいと思い集まっていただいた。大学様は、すでに木挽町《こびきちょう》の屋敷から御本家の藩邸に引き取られており、本日は、広島に向けて江戸を発たれる。今頃は、旅の空の下であろう」

むせび泣く者がいる。

畳を拳でたたく者、天井を見上げて顔をしかめる者、じっと大石を見ている者がいる。

皆の胸中を、大石に測り知ることはできぬ。

ここで意見する者は出なかった。

少しあいだを空け、大石は続ける。

「御家再興は、ないとは言い切れぬ。あったとしても、この先何年、何十年かかるかわからぬ。それでも望みを捨てず、待ちたいとお思いの方はおられるか」

「吉良を討つべし」

真っ先に声をあげたのは安兵衛だ。

それに続く者もいるが、大半が黙っている。

「吉良上野介を討つことに反対の者はいるか」

大石の問いに、その場が静まり返った。

安兵衛は、恐ろしい形相《ぎょうそう》で皆を見ている。

大石は返答を待ったが、各々の顔色をうかがうばかりで、待ちたいと言う者はいない。

そこで大石は、正面を向いて居住まいを正した。

「では、それがしの気持ちを伝える。今日まで、御家再興に向けて奔走してきたが、夢破れた。悔しいが、御公儀の沙汰には従うしかない。吉良上野介を討ちたいと願う者がいるが、それがしは正直、ほとほと疲れた。誓紙血判《せいしけつぱん》をくだされている皆様からはお叱りを受けるやもしれぬが、吉良上野介のことなど、もはやどうでもようなってしもうたのだ。これからは、妻子のために生きようと思う」

「なんたることだ！」

憤慨して立ち上がったのは安兵衛だ。

「松の廊下で起きたことは、皆、殿と吉良の喧嘩と言うておる。それなのに公儀は、こともあろうに殿だけに即日切腹を命じ、片手落ちの処分をくだした。吉良上野介は今も、悠々と生きている。これは、天下の大法にそむくことだ。公儀が正さぬなら、我らが吉良を討って正義を示すべきではないのか」

「残念ながら、今の世では武士の一分は通らぬ。公儀こそが正義なのだ」

そう言ったのは、進藤源四郎だ。

安兵衛は睨んだ。

「貴様らは、あの日の殿のご様子を知らぬから、人ごとのように言えるのだ！　屋敷を去られる瑤泉院様のお姿を、見ておらぬから……」

悔し涙をためて歯を食いしばる安兵衛から軽蔑の眼差しを向けられても、大石は飄々《ひょうひょう》として言う。

「安兵衛がなんと言おうと、それがしは江戸へ行かぬ。そういうことで、本日よりは、各々の勝手次第。ささやかな膳を支度してござるゆえ、別れの盃《さかずき》を交わしていただきたい」

「断る！」

安兵衛は怒鳴り、置いていた刀をつかんで大石を睨んだ。

「これより江戸に帰り、吉良を討つ！　わしに賛同する者は共に来い！」

不破数右衛門《ふわかずえもん》が叫んで立つと、次々と続き、大石に軽蔑の目を向けて出ていった。

「まいる！」

残った者に、大石は微笑む。

「血の気が多いことだ。あれでは、返り討ちにされよう」

手をたたくと、料理の膳が運ばれてきた。

大石の親類であり、御家断絶後も行動を共にしていた進藤源四郎が銚子《ちょうし》を手にして立ち、大石の前に座して酒をすすめた。

「初めから、仇討ちをせぬと決めておられましたのか」

「いや、そうではない」

「それがしに明かしてくださらなかったのは、水臭いことです。いつからですか」

「さて、いつからか」

そう濁した大石は、進藤の目を見た。

「不満か」

進藤は目をそらし、首を横に振る。

「人それぞれ、思うところはございますゆえ」

「どういう意味だ」

「御家老のお考えに、異を唱えるつもりはないということです」

「わしは去るが、おぬしはこれからどうする」

進藤は薄い笑みを浮かべて、目を合わせた。

何か言おうとしたところへ、奥野将監《おくのしょうげん》と小山源五左衛門《おやまげんござえもん》が来て、大石に酒をすすめた。

「御家老、仇討ちがあるのではないかと不安に思うている者が、安心しますぞ。いつ、京を発たれますか」

訊く奥野の酌を受け、微笑む。

「まだ決めてはおらぬ」

「発たれる時はお教えください。お見送りをいたします」

「それは遠慮する。これをもって、別れの盃としたい」

酒を飲み干した大石は、奥野に盃を差し出した。

酌をしているあいだにも、おもしろくなさそうな顔をして立ち去る者が何人かいた。

目で追った大石は、進藤に言う。

「そなたはどうする」

「それがしも、家族のために生きようと思います」

「そうか。わしはいずれ妻子のもとへ帰るゆえ、もう会うことはないだろう。七月五日に、三男が生まれたばかりだ」

「おお、さようでしたか。それはおめでとうございます」

「ありがとう」

「お名は」

「大三郎《だいざぶろう》だ」

進藤はよい名だと、笑顔で言った。

大石は酒をすすめた。

「これまで、よう仕えてくれた、達者で暮らせ」

「大石様も」

「うむ」

「大石様が生きると決められたことで、りく殿とお子たちは、さぞ喜ばれましょう」

「だと、よいがな」

大石も忠義に厚い者であるが、進藤も同じ。

微笑んだ大石は、ゆるりと、酒を口に含んだ。


残っていた小野寺十内《おのでらじゆうない》は、大石をはじめとする重臣たちが仇討ちをせず、別れの盃などと称して酒を飲む姿に怒気を浮かべて立ち上がり、物も言わずに部屋から出た。

安兵衛を追って廊下を急いでいると、目の前の部屋から長身の若者が出てきて、頭を下げた。

今年十五歳になった大石の長男に、小野寺は顔をしかめる。

「主税《ちから》、父上を見損なったぞ。お子が生まれたのはめでたいが、忠義が消え失せたことは、武士としてどうかと思う」

真顔を上げた主税は、左手を部屋に向かって広げ、小野寺に微笑む。

「こちらへ」

主税が示す部屋の前まで行った小野寺は、中を見て目を見張った。大石の言葉に怒り、立ち去った者たちがいたからだ。

「おぬしら、ここで何をしておる」

安兵衛が厳しい顔を向ける。

「主税が行かせぬのだ。我らに、御家老を説得してほしいと見える」

小野寺は主税を見た。

「そうなのか」

「父にお怒りでしょうが、どうか、しばらくお待ちください」

「何を待つのだ」

「部屋に残った方々がお帰りになれば、父上がこちらに来られます」

「そこで説得しろと言うのか」

主税は答えず頭を下げた。

「どうか、お待ちください」

小野寺は渋々応じ、安兵衛のそばに座した。

安兵衛が問う。

「出るのが遅かったが、迷うていたのか」

「わしの腹は初めから決まっている。重臣たちは御家老を説得するのではないかと思い残っていたが、とんだ間違いだった。皆、殿のご無念を晴らすことよりも、己の命が大事なのだ」

安兵衛が主税に顔を向ける。

「聞いたか、待っても時間の無駄だ。吉良を討ちたいなら、父上の許しをもろうて来い。江戸に連れて行ってやる」

主税は障子を閉めて出口に陣取り、黙ってうつむいている。

安兵衛は立とうとしたが、小野寺が止めた。

「そう焦るな。主税が御家老に何を言うか、見てみようではないか。吉良の屋敷のことを思うと、一人でも多いほうがいい」

安兵衛はうなずき、座りなおした。

吉良をどう討つか話しながら、皆は待っている。

半刻（約一時間）がすぎた時、主税が皆に向かって、静かにするよう声をかけた。

安兵衛たちが口を閉じ、部屋が静かになる。そこへ、話し声がしてきた。誰かが、安堵したと言いながら、廊下を歩いている。

進藤たちだとわかり、安兵衛が障子を睨み、そして、声がするほうを目で追っている。

程なく、進藤たちは帰っていった。

障子を開けて廊下をうかがっていた主税が、皆に言う。

「父がまいられました」

そう言うと、安兵衛たちの前で横向きに座った。

障子を開けて入ってきた大石が、皆の前に立ち、一人ずつ顔を見た後で正座した。

安兵衛が迫る。

「御家老、まことに、吉良を討たぬつもりですか」

大石は安兵衛を見て、ふたたび皆の顔を見た後、落ち着きはらって言う。

「今日は、皆の本心を知るために集まってもらった。帰った者たちに腹を立てているだろうが、進藤と奥野たちは、御家再興をあきらめてはおらぬ。そこをわかってやってくれ」

「御家老のお気持ちはどうなのですか」

安兵衛が問い、皆が返答を待った。

大石は、真っ直ぐ前を向くやいなや、両手を畳につき、頭を下げた。

皆が驚きの声をあげる中、安兵衛は怒気を浮かべている。

「あやまられても、聞きませぬぞ」

安兵衛がそう言うと、大石は顔を上げ、じっと見つめた。そして、皆に顔を向けた。

「御家再興の道が絶たれた今、できることはただ一つ。亡き殿に代わって吉良上野介を討つことが、我ら家臣の務めと存ずる。よって本年中に、殿のご無念を晴らす」

ついに決意を明かした大石は、苦渋の面持ちではなく、顔には生気が満ちている。

皆が驚きの声をあげて立ち上がり、すぐに、喜びへと変わった。

安兵衛は大石の前に来て座し、両手をついた。

「そのお言葉を、お待ちしておりました」

大石がうなずく。

「安兵衛、今日までよう辛抱してくれた」

「長《なご》うございました」

安兵衛は目に涙をためてそう言い、さらに問う。

「御家老は、初めから吉良を討つと決めておられたのですか」

大石は真顔を向けた。

「将軍家が御家再興を許すとは思えなかったが、瑤泉院様の気持ちに応えるために悪あがきをした」

「お人が悪い」

「そう言うな。吉良と上杉の様子も見ていたのだ」

安兵衛はその場で両手をついた。

「ご心中察することもなく、非礼をお許しください」

平伏する安兵衛から眼差しを転じた大石は、皆に言う。

「思うことがあるゆえ、今聞いたことは、決して他言せぬように」

「はは」

一同が揃って平伏した。皆そのまま顔を上げず、声を殺して泣いている。

こころが一つになった気がした大石は、支度をしながら沙汰を待つよう言い、この日は解散した。

口には出さなかったが、進藤たち重臣が仇討ちを訴えなかったことは、大石にとっては意外で、痛手だった。

そこで、今日ここに来ておらぬ同志たちの本心を知る必要があると考え、日を空けず、山科の隠宅に大高源五《おおたかげんご》と貝賀弥左衛門《かいがやざえもん》を呼んだ。

安兵衛を同座させた大石は、二人に胸のうちを明かした。

「進藤たちと考えを同じにする者たちを江戸に連れて行けば、仇討ちに失敗する恐れがある。そこでおぬしたちに頼みがある。急ぎ上方の同志を訪ね、真意を確かめてほしい」

大高が訊く。

「方々には、どのようにして確かめればよろしいですか」

「ただ訊いただけでは、本心を引き出すことはできぬ。主税」

応じた主税は、横に置いていた手箱を持って立ち上がり、二人の前に置いて蓋を開け、元の場所に下がった。

中を見た大高と貝賀は驚き、大石を見てきた。

貝賀が言う。

「これは、もしや」

「うむ。預かっていた誓紙血判の、名前を切り分けた。これを持って同志の方々を訪ね、今から言うとおりにしてほしい」

大石宅を出た大高と貝賀は、その足で同志たちの家に向かった。

伏見に走り、訪ねたのは菅谷《すがや》半之丞《はんのじょう》の家だ。

赤穂では百石の禄をいただき、代官まで務めた菅谷は、大石の信頼厚い男。赤穂城の明け渡し後は、阿久利の里である三次浅野家に仕える兄を頼って三次の国許へ行き、国家老の庇護《ひご》を受けて三ヶ月ほど暮らしていた。菅谷ほどの者を遠く離れた三次の町へ置いておくのはもったいないと称した大石の意向により、たった三ヶ月で三次の地を離れ、伏見に暮らしている。

大高と貝賀が菅谷を訪ねたのは、やはり、脱盟するはずもないと思っていた進藤や奥野たち重臣が離れたのが大きかった。短いあいだでも阿久利の里で過ごし、今も親戚の多くが三次で暮らす菅谷は、進藤たちと同じく、家臣を死なせまいとする阿久利の意に沿うのではないか。

優れた人物だけに、大高と貝賀は、真意を見破られぬよう緊張しながら、菅谷と向き合った。

菅谷は、齢五十三の貝賀を労い、大高には、何ごとかと問うた。

大高が頭を下げる。

「本日は、誓紙血判をお返しするためにまいりました」

「何、血判を返すだと」

菅谷は、差し出された一枚の紙を見て、眉間に皺を寄せ、そして貝賀を見た。

「何ゆえ切り分けてあるのです」

貝賀が大高にかわって答える。

「御家老のご意志です。このたび、大学様が広島の御本家へお預けと決したことで、御家再興の望みが絶たれました」

菅谷がうなずく。

「それは、前から予想できていたことではござらぬか」

「さよう、しかし、いざ現実となると、大石様は落胆されたのです。もはや、仇討ちをする気力も失せられてしまい、これからは妻子のために奉公する所存ゆえ、皆は思うようにしてくれ、こうおっしゃり、同志の方々に血判をお返しするよう、それがしどもに命じられました」

菅谷は明らかに怒気を浮かべたが、一つ息を吐き、真顔で大高を見据えた。

「わしは、討ち入りがあるものと思うからこそ、兄に別れを告げて三次から出てきた。御家老を信じればこそじゃ。それを今さら、やめるとは何ごとか。納得がいかぬ。血判は受け取らぬぞ。今から御家老を訪ねて、吉良上野介を討つよう申し上げる」

「菅谷殿、お待ちください」

「待たぬ」

刀をつかんで出ようとする菅谷の前で片膝をついた二人が、両手を広げて止めた。

「どけ」

菅谷は落ち着いた物言いだが、殺気を帯びている。

大高は怯まず、目を見て言う。

「お覚悟、しかと承りました。これよりまことを申し上げますゆえ、お座りください」

菅谷はいぶかしむ顔をした。

「まこととはなんだ。さてはおぬしら、わしを確かめたのか」

「御家老の命なれば、お許しください」

貝賀に平身低頭され、萱谷はあぐらをかいた。

「まことを聞こう」

「はは」

顔を上げた貝賀は、懐から紙包みを出し、萱谷の目を見て言う。

「支度金と路銀でございます。ただちに江戸へお発ちください」

萱谷ははっとした。

「御家老は、決心されたのか」

「はい。今年中に、吉良上野介を討ちまする」

萱谷の顔が一変し、昂揚《こうよう》した面持ちになった。

「長かった。この日を、どれほど待ちわびたことか」

涙をためて言う萱谷は、高まる気持ちを抑えられぬ様子。

貝賀と大高は、構えて言う。

「我らは密命を受け、同志の本心を訊いて回ります。このこと、決して他言されませぬように」

「わかった。わしは支度を終えている。これより山科へ行き、大石様と行動を共にする。江戸への道中をお守りさせていただく」

「はは、では、我らはこれにて失礼つかまつります」

「うむ」

見送りを受けた貝賀と大高は、次の同志を訪ね、数日をかけて、京、大坂、赤穂を回った。

大石の策により、百二十人いた同志は、半数以下の五十人に減ってしまう。

萱谷半之丞に見られたように、血判を返されることを拒み、仇討ちを願う者たちこそが、まことの忠臣。

大石は、上方に暮らしている忠臣たちを順次江戸に行かせ、自身は、十月七日に京を離れた。その中には、身辺警固を願い出て許された、萱谷半之丞もいた。

忠臣たちの消息

庭のもみじがすっかり落ちてしまうほど強い風が吹いているが、阿久利の耳には届かない。

良人《おっと》の位牌《いはい》に向かい、仙桂尼と共に経を上げている。

成仏を願い、子と思う家臣たちの無事を祈りながら、経を唱え続けた。

線香が絶え、読経を終えたところで、それを待っていたかのように落合与左衛門が入ってきた。

外はもう暗くなりはじめている。

一日外に出ていた落合の顔には、疲れが浮いている。

「瑤泉院様、甘いと評判の蜜柑《みかん》を求めてまいりました。味見をしましたが、評判どおり甘《あも》うて美味《おい》しゅうございますから、お召し上がりください」

網籠に入れた蜜柑を差し出され、阿久利は一つ取って内匠頭の位牌に供えた。

皮をむくと言う仙桂尼を横目に、落合に問う。

「今日も、十左殿は見つかりませぬか」

「申しわけございませぬ」

「内蔵助殿からの返事も、まだ来ませぬか」

「そのご報告に上がりました。先ほど手の者が戻り、大石殿のお宅はもぬけの殻になっていたそうです。さらに、上方の家臣たちに誓紙血判状を返して回らせたそうにございます」

「血判を、取っていたのですか」

「はい」

返事をした落合が一瞬見せた躊躇《ためら》いを、阿久利は見逃さぬ。

「返した理由は、わかりますか」

「それは……」

「隠さず教えてください」

「手の者も又聞きだと申しますからはっきりそうとは言えませぬが、大石殿は、御家《おいえ》再興の望みが絶たれ、吉良を討つ気も失《う》せたゆえ、この後は妻子のために生きる。そう伝えて回らせたそうです。山科を引き払い、妻子のもとへ帰られたものかと」

阿久利は、胸騒ぎがしてならなかった。

「血判を返したのは、いつのことですか」

「八月頃のことだそうです」

「十左殿は、それより前にいなくなりました。何ゆえでしょうか」

「大石殿の気持ちをいち早く知り、安兵衛殿と説得に行ったのかもしれませぬ」

「では、もう江戸に戻っているかもしれませぬ。内蔵助殿と決別し、安兵衛殿と行動を共にしているのでは……」

どうすれば、仇討《あだう》ちを止められるか。

うつむいて考えても妙案は出ず、落合に顔を向ける。

「なんとしても、止めなければなりませぬ。十左殿と安兵衛殿を捜し出してください」

「はは」

阿久利は、不安で胸が締め付けられた。

「瑤泉院様、こころ穏やかにおすごしください」

仙桂尼が言い、手をにぎってきた。

「お静殿から聞きました。近頃また、食が細くなられたとか。お身体《からだ》に障りますから、無理をしてでもお召し上がりください」

阿久利は目を閉じ、うなずいた。

「わたくしのことはよいのです。それよりも、内蔵助殿は、まことに妻子のもとへ戻られたと思いますか」

　仙桂尼は逆に問う。

「お疑いですか」

「殿は、大石頼母《たのも》殿が亡くなられてからは内蔵助殿を頼りに思われ、内蔵助がいてくれるから安心できるとおっしゃっていたのです。御家再興の道が閉ざされた今、その内蔵助殿が、殿のご無念を晴らさずにいましょうか」

「妻子のもとではなく、江戸に来られているとお考えですか」

「そう思えてならぬのです」

　仙桂尼は阿久利を心配し、落合に言う。

「高田郡兵衛殿に訊《たず》ねてみてはいかがでしょうか」

　落合は驚いた。

「しかし郡兵衛殿は、吉良上野介殿を討つと言っておきながら離れた身。安兵衛殿たちからすれば裏切り者ゆえ、絶交しているのではないか」

「郡兵衛殿が抜けられたのは、やむを得ぬことだったのですから、安兵衛殿とは、密《ひそ》かに繫《つな》がっているかもしれませぬ」

「うぅむ」

「落合殿、考えても答えは出ませぬ。訊《き》いてみるべきかと」

仙桂尼に急《せ》かされ、落合は応じた。

「では瑤泉院様、これより訪ねてみます」

「頼みます」

落合は頭を下げ、出ていった。

「瑤泉院様、お召し上がりください」

むいた蜜柑を差し出され、阿久利は一粒口に入れた。

「与左殿が申すとおり、甘くて美味しい。仙桂尼殿も召し上がれ」

仙桂尼は素直に一粒食べ、目を細めた。そして、阿久利に向いて言う。

「わたくしも、手を尽くしてみます」

そう言ってくれる仙桂尼に、阿久利は恐縮した。

「そなたには、世話になってばかりです」

「何をおっしゃいます。どうか、こころ穏やかにおすごしください」

「そうしましょう」

阿久利はもう一粒口に運び、微笑《ほほえ》んで見せた。

仙桂尼の目には、無理をしていると映ったのであろう。阿久利を案じてその日は泊まり、翌朝早く帰っていった。

落合与左衛門は、高田郡兵衛に会えなかった。

居留守に違いないと思い、次の日も、その次の日も通った。だが、今日は留守、本日はご体調優れず、などと用人《ようにん》に言われ、避けられた。

家の者が会わせぬのだと思う落合は、磯貝たちを捜しながら、毎日のように通い詰めた。

そして十一月の終わり頃になって、郡兵衛はようやく、落合を屋敷に入れた。

客間で向き合う郡兵衛は、どこか寂しそうな顔をしている。

落合は、阿久利の気持ちを打ち明けた。

「瑤泉院様は、そなたが生きる道を選んだことを喜ばれている。今は、行方《ゆくえ》がわからぬようになった者たちのことを案じられ、痩せ細っておられる。安兵衛殿とは絶縁したと先ほど申したが、それは、まことか」

「はい」

「では、磯貝殿とはどうだ」

「酒屋を閉めてからは、どこで何をしているのか知りませぬ」

「やはりそうであったか。ならば、大石殿はどうされておる」

郡兵衛は、落合の目を見てきた。

落合も合わせ、郡兵衛の真意を見抜いた。

「その顔は知っておるな。頼む、教えてくれ」

郡兵衛はうつむいたが、落合は膝行《しっこう》し、両手をついた。

「こうしてはおれぬのだ。知っていることを言うてくれ」

「それがしは、先頭に立って吉良上野介を討つべしと訴えていた身。その気持ちは今も変わりませぬ。できることなら、皆と共に行きたい」

涙を浮かべて悔しそうに言う郡兵衛を見た落合は、確信した。

「討ち入りが、決まったのだな」

郡兵衛は唇を引き締め、こくりとうなずいた。

「大石殿の居場所を知っているのなら、どこにおられるか教えてくれ」

「知りませぬ」

「瑤泉院様は、皆を死なせとうないのだ。頼む」

郡兵衛は上を向き、辛《つら》そうに目を閉じた。

「二度も、皆を裏切らせないでください」

「そなたの名は決して出さぬ。殿は、家臣のことを子とおっしゃっていた。子の死を望む親がどこにおろうか。瑤泉院様も、皆を死なせとうないのだ、頼む！」

郡兵衛は苦渋に満ちた顔を横に向けて黙っている。

落合は、郡兵衛の腕をつかんだ。

「二度と裏切りとうないという気持ち、ようわかる。だが郡兵衛殿、皆を生かしたい瑤泉院様のために、ここは折れてくだされ」

郡兵衛は目を閉じ、長い息を吐いた。そして、落合の目を見る。

「それがしは、大石様と安兵衛殿の居場所を知りませぬ。吉良屋敷の裏門の向かいに、蜜柑を売る美作屋《みまさかや》という店があります。そこを訪ねて、あるじに訊いてください」

落合は驚いた。

「その店には、蜜柑を買いに立ち寄ったことがある。あるじにも会うたが、何者だ」

「奥御殿付きでござった落合殿にはわからぬかもしれませぬが、本名は神崎与五郎《かんざきよごろう》です。かつては徒目付《かちめつけ》をしておりました」

「なるほど。目付に吉良を探らせていたのか。それにしても、あのあるじが浪士だったとは。わしのことを知っていて名乗らなかったのであれば、訊いても教えてくれそうにないが、他にはおらぬか」

「落合殿のお言葉に耳をかたむけてくれるのは、あの者しかおらぬと思うてお教えしました」

「そうか。では、さっそく訪ねてみる。そなたの名は出さぬゆえ、安心してくれ。いやな思いをさせてすまぬ」

「瑤泉院様のためですから、お気になさらずに」

「かたじけない」

落合は頭を下げ、見送りを断って屋敷の門から出た。

さっそく本所に行こうと足を向けた時、道の先にある土塀の角に隠れた人影が目に入った。

吉良か上杉か、それとも公儀の手の者か。

このまま行けば、阿久利の関与を疑われると思う落合は、高田郡兵衛を訪ねたのみと思わせるため、来た道を戻った。

途中、人混みに紛れて幾度か後ろを気にすると、やはり、侍が二人後に続いているのが見えた。

落合は気付かぬふりをして古道具屋に寄り、ひやかしで品を手に取って見たり、店の者と話をしつつ、その肩越しに通りを探る。

二人の侍が向かいの店の軒先に入り、こちらの様子を見ている。

これでは本所へ行けぬ。

舌打ちをすると、銀煙管《ぎんぎせる》をすすめていた手代《てだい》が驚いた顔をした。

「お気に召しませんでしたか。長々とつまらぬ話を並べてすみませんでした」

落合は苦笑いをした。

目についた古着を指差す。

「あれを見せてもらおうか」

すると手代が驚いた。

「町の者が着ていた物ですから、御武家様が着られるには品が悪うございますが」

「かまわん。柄が気に入ったのだ」

「さようでございますか」

紺地に白の枝模様を染め抜かれた着物を手に取った落合は、帯と羽織も求めて包ませ、代金を払って店を出た。そして、ここでも気付かぬふりをして、用心のために本所へ行くのをあきらめ、三次藩の下屋敷へ戻った。

阿久利には、跡をつけられたことは告げず、神崎与五郎なる者に会いに行くとだけ報告し、翌早朝に、屋敷を出た。

昨日求めた古着をまとい、大小も帯びぬ町人姿をしている。髷《まげ》はどうにもできぬゆえ手ぬぐいで頰被《ほおかぶ》りをして隠し、まだ人気《ひとけ》が少ない道を急ぐ。

途中で後ろを気にした。町人の身なりで裏門から出たことが幸いしたか、昨日の人影はどこにもない。

それでも油断せず町中を歩き、新大橋を使って本所に渡った頃には、商家も商いをはじめて、通りにも行き交う人が多くなっていた。

松坂町へ行き、静まり返っている吉良屋敷の横を通って裏に回った。

蜜柑を買ったことがある美作屋へ行くと、店はまだ閉まっていた。

表の戸をたたき、ごめんください、と声をかけて待ったが、返事はない。

隣の店の者が出てきて、昨日から休んでいる、時々二、三日休むことがあるから、明日か明後日には開くはずだと教えてくれた。

わけを訊くことは差し障りを覚えてやめ、蜜柑が旨《うま》かったから買いに来たと残念がり、その場を離れた。

通りを戻り、路地から裏に回って見ても、木戸は堅く閉ざされ、板塀も高いので中をうかがうことはできない。

また明日、足を運ぶか。

そう独りごち、あきらめて路地を戻った。

その姿を、堀部安兵衛が見ていることに気付かずに。

「跡をつけた者がいないか見てこい」

木戸を一旦閉めた安兵衛は、そう神崎に命じた。

商人の身なりをしている神崎が応じ、木戸から裏路地に出ていった。

程なく戻り、待っていた安兵衛に言う。

「怪しい者はいません。落合様は、町をうろついておられます」

「蜜柑を買いに来たのは偽りであろう。恐らく、おぬしの正体を知られたからだ」

「前はまったく気付いておられなかったのですから、それはないかと」

「変装までしておられるのがその証《あかし》だ。三次の者がおぬしと会えば、瑤泉院様の関与が疑われる。それゆえの変装であろう」

「いったい、どうしてばれたのでしょうか」

「誰かが漏らしたからに決まっておろう」

「まさか、御家老が……」

「あり得ぬ。心当たりがなくはないが、今となってはどうでもよい。それより、支度を急ぐぞ」

「はい」

安兵衛は神崎を連れて出ると、急いでどこかへ行ってしまった。

落合は、翌日も美作屋を訪ねた。今日か明日には開くはずだと隣の者は言ったが、店は閉まっていた。その隣も、今日は休んでいる。

まさか、隣も赤穂浪士だったかと勘ぐった落合は、戸をたたいてみたが、返事がない。

離れて二軒の店を見上げていると、左隣の商家の者が出てきて、あるじは箱根《はこね》へ湯治に行ったと教えた。

落合は、戻ろうとした店の男を止めて訊く。

「美作屋は、どうして店を開けないのです。病の妻に、ここの蜜柑を食べさせたいのですが」

嘘《うそ》を信じて気の毒そうな顔をした店の男が、わからないと言う。

肩を落としてみせた落合は、裏に回り、木戸に落ち葉を挟んでおいた。

そして翌日も来てみたが、落ち葉はそのまま残っていた。

どうやら、帰っていないようだった。

これはいよいよかと思う落合は、渋い顔をして離れ、急いで屋敷に戻った。

新大橋を渡っていると、後ろから足音が近づき、横に並んだ男が言う。

「落合様、そのままお聞きください」

驚いたが、前を向いたまま言う。

「誰だ」

「菅谷半之丞と申します。黙ってこれをお受け取りください」

前に出た菅谷は、後ろ手に一通の手紙を持っていた。

落合が手を伸ばして受け取ると、町人姿の菅谷は、振り向かず走り去った。

声をかけることもできず、文を懐に忍ばせた落合は、歩を速めて屋敷へ帰り、己の長屋に入って戸を閉めた。

焦る気持ちを落ち着かせて座り、文を開いた。

日付は十一月二十九日。花押を見た落合は目を見開く。

「大石殿……」

文を読むと、大石は、討ち入りが決したことをはっきり書いており、同時に、ここに来て脱盟する者がいることを嘆いていた。

冷光院様の御厚恩を忘れる者が多く、無念だとも。そして、美作屋を探ることをやめてほしいと願っていた。

読み終えた落合は、肝心なことが抜けていることにため息をついた。

「いつ討ち入るつもりなのだ」

日付は書かれていない。

文を膝に置いた落合は、阿久利に見せるべきか迷った。

大殿に知られれば、御家のために黙ってはいまい。

「瑤泉院様に知らせたとて、苦しまれるだけじゃ」

落合はそう独りごち、悩んだすえに、文を隠すことにした。

内匠頭への届け物

何ごともなく日がすぎてゆき、今日は十二月九日。

阿久利は、行方がわからない浪士たちを案じて眠れぬ日が続いていた。

冷え込みがきつくなり、お静が火鉢に炭を増やしてくれるのを見ていると、浪士たちは暖かくしているだろうかと思う。

良人がこの世を去って一年と十ヶ月が経《た》ち、江戸の町では、仇討ちを望む声がすっかり消えている。

浪士たちも、仇討ちをやめてはくれまいか。

一人たりとも死なせたくない阿久利は、良人の位牌に手を合わせ、皆の無事を願わずにはいられなかった。

背後の次の間で、お静が誰かと小声で話しているのが聞こえてきた。落合と話しているようだった。

構わず阿久利は読経をはじめ、良人の供養を終えた。

膝を転じると、待っていたお静が歩み寄る。

「瑤泉院様、落合様が、磯貝十郎左衛門様をお通ししてもよろしいかと問われていま
す」

阿久利は目を見張った。

「十左殿が来ているのですか」

「はい」

「すぐに通しなさい」

お静は頭を下げて下がった。

落ち着いていられない阿久利は、立ち上がって廊下まで出た。

程なく庭に落合が現われ、その後ろに続いていた磯貝が、阿久利を見て駆け寄り、
片膝をついて頭を下げた。

商人の身なりは変わらず、顔色もよい。

元気そうだと安堵《あんど》した阿久利は、面《おもて》を上げさせた。

「十左殿、よう来てくれました。姿を消したと聞き心配していたのです。これまで、
どこにいたのですか」

「いろいろ、忙しくしておりました」

阿久利は目を見た。

「吉良殿を、討つのですか」

「今日は、瑤泉院様にお願いがあり、上がらせていただきました」

平身低頭して願う磯貝に、勘のいい阿久利は、不安をにじませて問う。

「討ち入りが決まったのですか」

「…………」

答えぬ磯貝に、阿久利はまず、願いを聞くこととした。

「わたくしにできることならばなんなりとしますから、面を上げなさい」

磯貝は応じて顔を上げ、穏やかな面持《おもも》ちで言う。

「瑤泉院様と、殿の御前で鼓《つづみ》を打たせていただいたことをいつも思い出します。殿はご生前、瑤泉院様の琴の音を聴くと、ささくれ立ったこころが落ち着くのだとおっしゃっておられました。ゆえに、殿のご仏前で、瑤泉院様の琴に合わせて鼓を打ちたく、お願いに上がりました」

「それだけですか」

確かめる阿久利に、磯貝は微笑んでうなずいた。

「ほんとうですね」

「はい」

「わかりました。お静、琴と鼓の支度を」

「かしこまりました」

「十左殿、お上がりなさい」

「はは」

磯貝は帯からはずした布で足を拭き、阿久利の招きに従って部屋に入った。

内匠頭の位牌を見て涙ぐみ、次の間で正座して平伏した。

「遠慮せず、近くに寄りなさい。十左ようまいったと、殿も喜んでおられましょう」

磯貝は膝行して線香をくゆらせ、手を合わせて拝んだ。

そのあいだに琴と鼓が整えられ、阿久利は、落合とお静に人を近づけぬよう頼み、
磯貝を促す。

「殿が好まれた六段の調でよろしいですか」

「はい」

磯貝は鼓を持ち、阿久利を見てきた。

阿久利はうなずき、琴を爪弾く。

磯貝が合わせて鼓を打つのを聴きながら爪弾いていた阿久利は、目の前に良人が座している気がして、顔を上げた。そこには位牌があるだけなのだが、喜んでおられるのではないかと感じられ、こころを込めて爪弾く。

見張っていたお静は、奥御殿側から現われた長照に驚き、歩を進めて廊下の真ん中

で正座し、平伏した。

「ただいま冷光院様の御供養に、琴を爪弾いておられます。これよりは、ご遠慮願いまする」

長照は不思議そうな顔をした。

「月命日でもないのに供養をしておるのか」

「はい」

「鼓の音は、誰のものか」

「落合様にございます」

この時落合は、誰も入れぬ覚悟で部屋の前で座し、涙を流している。

そうとは知るよしもない長照は、

「与左衛門にしては、よい音だ」

と言い、庭に向かってあぐらをかいた。

顔を上げたお静は、長照が目をつむって聴き入っているのを見て、ほっと胸をなで下ろす。

六段の調に続き、内匠頭が好んだ曲を弾き終えた時、磯貝は満足した顔で阿久利に微笑み、頭を下げた。

「もう一つ、お願いがございます」

「おっしゃい」

「今日のことを忘れぬために、今お使いになられた爪を賜りとうございます」

阿久利は、指につけている琴爪を見た。

「これを……」

「是非とも、お願い申し上げます」

ふたたび頭を下げて懇願する磯貝に、阿久利は息を呑《の》む。

「そなたまさか、今生の別れをしに来たのですか」

磯貝は黙っていた。

「十左殿！」

心配のあまり身を乗り出す阿久利に、磯貝は平身低頭したまま懇願した。

問うても言わず、決意も変えられぬと悟った阿久利は、突き刺さるような悲しみに襲われ、きつく瞼《まぶた》を閉じた。

琴爪をはずした阿久利は、磯貝の手を取って顔を上げさせ、手の平に置いた。

下がって平伏した磯貝は、何も言わずに、優しい笑みだけを残して去った。

走り去る磯貝の後ろ姿を見たお静は、慌てて長照を見た。

厳しい目で追っていた長照は、お静に顔を向け、ふっと、笑みを浮かべた。

「阿久利に、見事であったと伝えよ」

そう言って立ち去る長照に、お静は頭を下げた。

廊下まで出て、磯貝を見送った阿久利は、足の力が抜けた。

慌てて支えた落合に、阿久利は問う。

「与左殿、知っていたのですか」

落合は離れて頭を下げた。

「申しわけございませぬ。もう止めることができぬと思い、黙っておりました。これを、磯貝殿から預かりました。自分が帰った後で読んでほしいと言われたものです」

差し出された手紙は、大石が磯貝に持たせていた落合宛の手紙だった。

「先に見てもよいのですか」

「おそらく、討ち入りのことではないかと」

そう言われて、阿久利は手が震えた。

その場で開け、手紙を取り出した。

(このたび武運に恵まれ、殿がやり残されたことを、我ら家臣が代わって果たします る)

その後には、四十八人の名が書かれていた。

磯貝をはじめ、阿久利がよく知る者たちの名前が連なっている。

殿が子と可愛《かわい》がり、慕ってくれた者たち一人ひとりの顔が、笑い声が、すぐそこにいるように感じられる。

止めたくとも、今となっては術《すべ》がないのか。

「与左殿、どうにもならぬのですか」

すがる思いをぶつけても、落合は苦悶《くもん》に満ちた顔をうつむけるだけだった。

名前が記された紙を胸に抱いた阿久利は、震えが止まらぬ身体をかがめた。

討ち入り

脱盟してしまった毛利小平太《もうりこへいた》を除く四十七人の赤穂浪士は、本所林町《はやしちょう》五丁目の堀部安兵衛宅と、目と鼻の先の徳右衛門町《とくえもんちょう》にある杉野十平次《すぎのじゅうへいじ》宅に集まり、黙然と着替えをはじめた。

江戸に来て幾度も協議を重ね、武具の支度を万全にしている浪士たちであったが、毛利のように、直前になって怖気《おじけ》付き、姿を消した者は何人かいる。

その理由は、江戸の町に広がっていた噂《うわさ》だった。

吉良は普請を重ね、屋敷はまるで砦《とりで》のようだから、赤穂浪士が討ち入っても負けるだろう。

そもそも、内匠頭は天下の大法で裁かれたのだから、吉良を討とうとするのは逆恨みで、大罪人だ。

赤穂浪士は気持ちがばらばらだから、上杉に守られている吉良に勝てるはずがない。

他にもたくさん、赤穂浪士不利と見る意見が、江戸市中に潜伏する浪士たちの耳に入ったのだ。

死を覚悟の上で江戸に入った浪士たちであるが、犬死はしたくないと考える者、怖気付く者が、逃げたのである。

それでも集まった四十七士の意志は堅い。

堀部安兵衛の家では、にぎり飯と汁物で腹ごしらえをすませた者たちが、互いに顔を見合ってうなずき、着替えをはじめた。

下着の上に鎖帷子《くさりかたびら》を着け、小袖と袴《はかま》、籠手《こて》と脛当《すねあ》てを着け、そして、己の名が記された羽織を着けた。

その出《い》で立ちは、在りし日の内匠頭が家臣を率い、火事から江戸の町を守った火消し装束だった。

浪士たちは、江戸でもそうであったが、赤穂の国許《くにもと》でも、消防に熱心だった内匠頭によって鍛えられている。安兵衛や磯貝といった江戸詰の者たちは、内匠頭と火事場を走り回り、江戸の町を守ったという自負がある。

赤穂浪士たちが討ち入りの備えに火消し装束を選んだのは、内匠頭の誇りを引き継いでいるからだった。

支度を終えた安兵衛が、小窓を開けて外を見た。

「おお、冷え込むと思えば、雪が降っておる」

空を見上げる顔は、これまでになく穏やかだ。

「殿は、寒い日こそ火事に備えよと、よう言うておられたな」

隣に立った磯貝は、安兵衛の言葉にうなずき、降りしきる雪を見つめた。そして、大石内蔵助の前に行き、片膝をついた。

「屋敷に斬り込む前に火事だと叫び、慌てて出てきた者を一網打尽にします」

すると、大石が答える前に、裏門組の副将を務める吉田忠左衛門《よしだちゅうざえもん》が声を発した。

「それはよい考えだ。御家老、我ら裏門組が、敵を引き付けまする」

大石は、裏門組の大将である息、主税に顔を向ける。

「抜かりなくやれ」

「はは」

主税は快諾し、十文字槍《やり》をつかんだ。

大石に促された吉田忠左衛門が、紙を手に立ち上がる。

「今一度、配置を告げる」

読み上げたのは、次のことだ。

総大将、大石内蔵助良雄《よしたか》　国家老《くにがろう》　四十四歳。

表門組。

門守備——。

堀部弥兵衛《やへえ》金丸《あきざね》　隠居・元江戸留守居役《えどるすいやく》　七十六歳。
原惣右衛門元辰《もととき》　物頭《ものがしら》　五十五歳。
間瀬《ませ》久太夫《きゅうだゆう》正明《まさあき》　目付《めつけ》　六十二歳。
村松《むらまつ》喜兵衛《きへえ》秀直《ひでなお》　扶持奉行《ふちぶぎょう》　六十一歳。

玄関守備——。
指揮、近松勘六行重《ちかまつかんろくゆきしげ》　馬廻《うままわり》　三十三歳。
早水《はやみ》藤左衛門《とうざえもん》満堯《みつたか》　馬廻　三十九歳。
神崎与五郎則休《のりやす》　徒《かち》・郡《こおり》目付　三十七歳。
大高源五忠雄《ただたか》　御腰物方《おこしものかた》・金奉行《きんぶぎょう》　三十一歳。
間《はざま》十次郎《じゅうじろう》光興《みつおき》　部屋住み　間喜兵衛《きへえ》の嫡子、二十五歳。
矢頭《やとう》右衛門七《えもしち》教兼《のりかね》　部屋住み　十七歳。

新門守備——。
指揮、貝賀弥左衛門友信《とものぶ》　蔵奉行　吉田忠左衛門の実弟、五十三歳。
横川勘平宗利《よこかわかんぺいむねとし》　徒目付　三十六歳。
岡野《おかの》金右衛門《きんえもん》包秀《かねひで》　部屋住み　二十三歳。

表より斬り込み——。
指揮、片岡源五右衛門高房《たかふさ》　側用人《そばようにん》　三十六歳。
奥田孫太夫重盛《しげもり》　武具奉行　五十六歳。
岡嶋《おかじま》八十《やそ》右衛《え》門《もん》常樹《つねしげ》　札座《さつざ》勘定奉行《かんじょうぶぎょう》　原惣右衛門の実弟、三十七歳。
富森《とみのもり》助《すけ》右衛《え》門《もん》正因《まさより》　御使番《おつかいばん》　三十三歳。
武林《たけばやし》唯七《ただしち》隆重《たかしげ》　中小姓　三十一歳。
矢田五郎右衛門助武《すけたけ》　馬廻　二十八歳。
吉田沢《さわ》右衛《え》門《もん》兼貞《かねさだ》　蔵奉行　吉田忠左衛門の嫡子、二十八歳。
小野寺幸《こう》右衛《え》門《もん》秀富《ひでとみ》　部屋住み　小野寺十内の養子で大高源五の実弟、二十七歳。
勝田《かった》新左衛門《しんざえもん》武堯《たけたか》　札座横目《よこめ》　二十三歳。

裏門組。
大将、大石主税良金《よしかね》　部屋住み　大石内蔵助の嫡子、十五歳。
副将、吉田忠左衛門兼亮《かねすけ》　物頭・郡代《ぐんだい》　六十三歳。
門守備——。

間喜兵衛光延《みつのぶ》　勝手方吟味役《かってかたぎんみやく》　六十八歳。
小野寺十内秀和《ひでかず》　京都留守居役　六十歳。
潮田又之丞高教《たかのり》　絵図・郡奉行　三十四歳。

徒長屋《かちながやぶう》封じ――。
指揮、木村岡右衛門貞行《きむらおかえもんさだゆき》　馬廻・絵図奉行　四十五歳。
千馬三郎兵衛光忠《ちばさぶろべえみつただ》　馬廻・宗門改《しゅうもんあらため》　五十歳。
中村勘助正辰《まさとき》　書物役　四十七歳。
前原伊助宗房《まえはらいすけむねふさ》　中小姓・金奉行　三十九歳。
茅野和助常成《かやのわすけつねなり》　横目　三十六歳。
不破数右衛門正種《まさたね》　浪人　元馬廻・浜奉行　三十三歳。
奥田貞右衛門行高《さだえもんゆきたか》　加東郡《かとうぐん》勘定方　奥田孫太夫の娘婿、二十五歳。
間新六郎光風《しんろくろうみつかぜ》　部屋住み　間喜兵衛の次男、二十三歳。
間瀬孫九郎正辰《まごくろうまさとき》　部屋住み　間瀬久太夫の嫡子、二十二歳。

裏より斬り込み――。
指揮、堀部安兵衛武庸《たけつね》　馬廻・御使番　堀部弥兵衛の娘婿、三十三歳。

菅谷半之丞政利《まさとし》　馬廻・代官　四十三歳。
寺坂《てらさか》吉右衛門《きちえもん》信行《のぶゆき》　吉田忠左衛門組の足軽　三十八歳。
三村《みむら》次郎左衛門《じろうざえもん》包常《かねつね》　酒奉行《さかぶぎょう》・台所役　三十六歳。
赤埴《あかばね》源蔵《げんぞう》重賢《しげかた》　馬廻　三十四歳。
倉橋《くらはし》伝助《でんすけ》武幸《たけゆき》　扶持奉行　三十三歳。
杉野十平次次房《つぎふさ》　札座横目　二十七歳。
大石瀬左衛門信清《のぶきよ》　馬廻　大石内蔵助の父のはとこ、二十六歳。
村松三太夫《さんだゆう》高直《たかなお》　部屋住み　村松喜兵衛の嫡子、二十六歳。
磯貝十郎左衛門正久《まさひさ》　側用人　二十四歳。

外には雪が降り積もっていた。

二軒に分かれている四十七士たちは、じっと息を潜めている。咳《せき》をする者もいず、冷たい空気が張り詰めている。

杉野十平次宅を出た者たちが安兵衛宅の戸をたたいたのは、元禄十五年十二月十四日、寅《とら》の上刻（午前四時頃）。

大石内蔵助を先頭に、四十七士たちが竪川《たてかわ》沿いを進む。

二ツ目之橋を渡り、四十七士は静かに、そして迅速に町中を進み、吉良の屋敷に到着した。

雪がやみ、空には星が見える。肌を刺すような寒さの中に立つ四十七士の息は白く、身体から湯気を上げる者もいる。

皆が見つめる表門は堅く閉ざされている。不気味なほど静かだ。

大石内蔵助は、厳しい面持ち。

この時を待ち望んでいた堀部安兵衛が、武者震いをしている大石主税の肩をつかみ、うなずいて見せた。

磯貝十郎左衛門が長い息を吐き、皆も、息を整える。

浪士たちが落ち着くのを待っていた大石内蔵助は、白い采配《さいはい》を持つ右手を挙げ、力強く振るった。

裏門組大将の主税が応じて走り、安兵衛、磯貝たちが続く。

静かに待ち、主税たちが裏門に到着したであろう頃合いに、大石はふたたび采配を持つ手を挙げ、表門に向かって振るった。

表の塀に梯子《はしご》がかけられ、大高源五と間十次郎が登って中を探り、乗り越えて一番乗りを果たした。

続いた原惣右衛門が、屋根の雪で足を滑らせて落ち、足を抱えて痛みに苦しんでいる。

気付いた間十次郎が駆け寄る。

「大丈夫ですか」

「たいしたことではない。行け、行け」

足首を押さえて顔を歪《ゆが》めながら言う原に応じた十次郎は、大門に走り、閂《かんぬき》をはずして開けた。

大石内蔵助が皆を率いて入り、物音に気付いて出てきた門番二人を浪士たちが斬り、あるいは押さえ込んで口を塞《ふさ》ぎ、縛り上げた。

すぐに門が閉じられ、固めたところで、内蔵助は原惣右衛門を休ませた。

そのあいだも、片岡源五右衛門と矢田五郎右衛門が先頭に立ち、斬り込み組を率いて表玄関に向かう。

時を同じくして、主税率いる浪士たちが裏門を破った。

声もなく入った浪士たちは、主税の采配で分かれてゆく。

木村岡右衛門率いる者たちが徒長屋に走り、出入り口に取り付くやいなや、鎹《かすがい》で板戸と柱を打ち付けた。

吉良方にとっては、防御のために板戸を厚くしていたのが災いし、中で眠っていた徒たちが閉じ込められた。

それでも小窓から抜け出た者がいたが、待ち構えた不破数右衛門に斬り倒され、続こうとしていた徒は慌てて戸を閉めた。

また、別の戸口から出てきた者が、浪士たちに仰天し、母屋《おもや》に知らせようと走った。

それを見つけた千馬三郎兵衛と茅野和助が弓を引いて狙い、射た。

風を切って飛ぶ矢が背中に命中し、徒は悲鳴もなく倒れ伏す。

その者が出てきた戸を鎹で打ち付けて塞ぐのを見ていた堀部安兵衛は、母屋に向かって叫んだ。

「火事だ！」

「火事だ、逃げろ！」

磯貝が続いて叫び、二人は裏口の左右に分かれて身を潜めた。

程なく戸が開けられ、寝間着姿が三人ほど出てきた。

火消し装束の者たちが大勢いることに気付き、一人が怒鳴る。

「火はどこだ！」

その刹那《せつな》、横から迫った安兵衛が斬った。

残る二人は息を呑み、慌てて中に逃げようとした。そこに磯貝が立ちはだかり、槍で突いて押し返す。

「まいる！」

安兵衛が声をあげ、先頭に立って屋敷内に討ち入った。

松明《たいまつ》を持った者が続き、その明かりを頼りに、長い廊下を奥へ進む。

目指すは吉良上野介の寝所。

静かに、気配を探りながら急ぐ浪士たち。

廊下の先から、五人の敵が出てきた。

内匠頭が亡くなって一年と十ヶ月がすぎていたこともあり、討ち入りはないものと油断していた吉良家の家臣たちに、戦備《いくさそな》えをしている者は誰一人いない。

眠っていたところを急襲され、寝間着のまま刀をつかんで飛び出てきたのだから、万全の備えをしている四十七士に敵《かな》うはずもない。

それでも奮戦した者が、四十七士の一人に刀を打ち下ろした。だが、鎖帷子で刃が弾《はじ》かれ、傷つけることはできぬ。

「おのれ！」

蹴り離された吉良の家来は、槍で腹を突かれ、雨戸を突き破って庭に落ちた。

奥へ進む安兵衛の前に、新手の敵が斬りかかる。

安兵衛は刀で受け止め、押し返しざまに袈裟《けさ》斬りに倒し、奥から出てきて斬りかかった敵の一刀をかわし、腹を突く。

「どけ！」

怒鳴って押し離し、傷ついた者にはとどめを刺さずに突き進む。

後に続く磯貝は、背後から現われた敵に不意を突かれた。

磯貝のすぐ後ろにいた菅谷半之丞が敵の一刀を受け止めたが、廊下の血で足を滑らせて尻餅をついてしまった。

敵は、菅谷を一刀両断にせんと刀を振り上げる。

磯貝は咄嗟《とっさ》に槍を構え、

「えい！」

その者の腹を突いた。

刀を振り上げていた敵は目を見張り、口から吐血して倒れた。

「菅谷殿、お怪我《けが》は！」

問う磯貝に菅谷は振り向き、

「助かった。かたじけない」

と言い、立ち上がった。

表では、吉良家家老の小林平八郎が配下と共に奮戦していた。

「通すな！　斬れ！」

叫びながら、斬りかかった矢田五郎右衛門の一刀を受け止め、押し返して離れた。

矢田は、横手から斬りかかった小林の配下の刀を受け止め、すり流してつんのめらせ、背中を斬った。その隙《すき》を逃さぬ小林が矢田の背後に迫り、袈裟斬りに打ち下ろした。だが、矢田が着込んでいた鎖帷子により刃が弾かれ、打ち痛めることしかできぬ。

呻《うめ》いて下がる矢田。

小林は斬れぬことに苛立《いらだ》ちの声をあげ、刃こぼれした刀を捨てた。長押《なげし》から槍を取って振るい、斬りかかった近松勘六の一刀を弾き、体当たりしてきた近松ともつれるように庭に落ちた。

両者立ち上がって対峙《たいじ》し、近松が気合をかけて斬りかかる。

小林は切っ先を弾き、鋭く突く。

太腿《ふともも》を貫かれた近松は呻き声をあげ、庭の泉水に落ちた。

槍を振るってとどめを刺そうとした小林であるが、書院を守る配下の断末魔の叫びを聞いて振り向く。そこには、十文字槍を構える片岡源五右衛門がいた。

近松を捨ておいた小林が駆け戻る。

気付いた片岡が吉良の家来から槍を抜き、小林が突き出した穂先を柄で受け流す。

「えい!」

「おお!」

両者気合をかけ、槍を激しくぶつけて闘う。

片岡の右側から斬りかかろうとした吉良の家来が、富森助右衛門の槍に横腹を突かれて倒れた。

これを見た小林が、片岡を睨《にら》んで槍を突く。

片岡は穂先を押さえて畳を突かせた。

敵意をむき出しに小林は睨むが、槍を引き抜こうとしたその隙を逃さぬ片岡が、気合をかけて腹を貫いた。

「うっ」

目を見張った小林は、片岡の槍の柄をつかんだが力尽き、横向きに倒れた。

乱戦の怒号が上がる中、騒ぎを聞いた北隣の武家屋敷から高ちょうちんが上げられ、塀の向こうからこちらに顔を出す者がいた。

表門を守る大石内蔵助はそれに気付き、そばに控える原惣右衛門を見た。

心得ている原惣右衛門は、浪士の肩を借り、痛む足に鞭《むち》打って裏庭に向かった。

時を同じく、裏門を守っていた小野寺十内が駆け付ける。

表門に近い本多《ほんだ》家には原惣右衛門、裏門に近い土屋《つちや》家には小野寺十内が向かい、

「我ら、浅野内匠頭の家臣でござる！　亡君《ぼうくん》の本懐を遂げるべく討ち入りそうろうに

て、お構いくだされるな！」

　大声で告げた。

　母屋の広縁まで出ていた土屋主税《ちから》が、

「ついに来たか」

　苦悶の表情で目をつむった。

　己の親戚筋である老中土屋相模守《さがみのかみ》は、浅野内匠頭に、勅使《ちよくし》饗応《きようおう》にかかる費用を抑えるよう命じた。それが発端で、吉良上野介と内匠頭が対立したのではないかと思っている土屋主税は、控えている家老に言う。

「内匠頭殿の遺恨を晴らすために、命を捨てるか。忠臣よの」

　家老は、渋い顔で問う。

「このまま見逃せば、後が面倒なことになります」

「誰も手出しはならぬ。ちょうちんを増やしてやれ」

「しかし」

「忠臣の邪魔をいたせば、武門の名折れじゃ。ゆけ」

「はは」

　家老は応じて去った。

　程なく、塀から顔を出していた土屋家の家臣たちは下がり、かわりに、承知を示すちょうちんの数が増えた。

本多家も同じくちょうちんの数が増やされ、庭が明るくなる。

これに感謝した原と小野寺は、一礼して持ち場に戻った。


屋敷を奥に進んでいた安兵衛と磯貝たちは、襖《ふすま》を開けて奥へと進む。

八畳間を抜けた磯貝が襖に手をかけたその刹那、刀が突き出てきた。危うく腕を斬られそうになった磯貝が下がり、安兵衛たちが刀を向ける。

襖が左右に開けられた。その奥の暗がりに、人影がある。

菅谷半之丞が同志から松明を取って向ける。

明かりに浮き上がったその者は、皆が息を呑むほど美しく、そして精悍《せいかん》な顔つき。

磯貝は、その顔に覚えがあった。

「今井台の坂で大石内蔵助殿を斬ろうとした者か」

男は磯貝を睨んだ。

「あの時、大石内蔵助を斬っておくべきだった。名を聞こう」

「浅野内匠頭側用人、磯貝十郎左衛門」

「吉良上野介用人、清水一学《しみずいちがく》」

名乗った清水は、ゆるりと右足を出して正眼《せいがん》に構えるなり、切っ先をぶれさせず前に出る。

湧き上がる剣気に、磯貝は槍を向けて突く。だが、清水は穂先を押さえて刀身を振るい、喉を狙って突く。

かろうじてかわした磯貝であったが、清水は見もせず刀を振るい、背中を打った。

鎖帷子がなければ、磯貝の命はなかったであろう。

打たれて呻く磯貝は離れ、槍を構える。

清水は、背後から斬りかかった菅谷半之丞の一刀を弾き上げ、胸を蹴る。

飛ばされた菅谷は背中で襖を突き破り、隣の部屋に転がった。

清水は磯貝に向かって迫る。

その前に立ちはだかったのは、堀部安兵衛だ。

「堀部安兵衛が相手じゃ！」

脇構えにて対峙する安兵衛に、清水は鋭い目を向ける。

「相手に不足なし」

そう言うやいなや、猛然と斬りかかる。

安兵衛は一刀を受け止め、押し返して斬りかかった。

刃《やいば》と刃がぶつかって火花が散り、両者肩を当て睨み合う。

安兵衛は清水の刀身を押さえ込んでいる。刃と峰がぎりぎりと音を上げる中、磯貝が横手から槍を繰り出す。だが、清水は咄嗟に脇差しを抜いて払い、そのまま安兵衛を斬らんと振るう。

安兵衛は鎖帷子を着けた右腕で受け止めた。

清水が脇差しを引き、首を狙って突こうとした隙を、安兵衛は逃さぬ。身体を左に転じてかわしざまに刀を振るい、清水の足を斬った。

深手を負いながらも斬りかかる清水の一刀を弾き上げた安兵衛は、

「えい！」

気合をかけ、袈裟懸けに打ち下ろす。

手応えは十分。

呻いて下がった清水は、襖を引いて目隠しした。

磯貝が槍の穂先で襖を開けると、そこに清水はおらず、廊下を逃げる後ろ姿がある。

追おうとした磯貝は、奥の襖に気配を感じて槍を向けた。

安兵衛が磯貝に無言でうなずき、菅谷と並んで刀を構えた。

磯貝がそっと歩み寄り、槍で襖を開けると、中から二人出てきた。

「おのれ！」

恨みの声をあげて磯貝に斬りかかる吉良の家来に、安兵衛と菅谷が一足跳びに斬り抜ける。

胴を払われた二人は、断末魔の悲鳴をあげて倒れた。

松明を向けた部屋の奥に、もう一人いる。火の明かりでぎらりと刃が光り、その者は前に歩む。

構えているのは長刀《なぎなた》。

恐れることなく対峙した若侍は、刀と槍を持って囲む磯貝たちを睨む。

「我は、吉良左兵衛義周！」

上野介の養子で吉良家の当主と知った安兵衛が、磯貝と萱谷に自分が斬ると言い、下がらせた。

左兵衛は横に走り、庭に飛び下りた。

追って出た安兵衛が飛び下りるやいなや、左兵衛は長刀の切っ先を下げ、地を這《は》わせるように迫る。そして、脛を狙って振るった。

その太刀筋は凄《すさ》まじく、安兵衛は横に飛び、辛うじてかわした。

追って振るわれた切っ先が、さらに飛んで逃げようとした安兵衛の足を浅く傷つけた。

痛みに顔をしかめた安兵衛が、両手で刀をにぎって右足を出し、下段に構える。

対する左兵衛は、ふたたび切っ先を地に這わせて迫る。

「やあ！」

「おう！」

安兵衛は斬り上げられた長刀の刃を受け止め、すぐさま刃を左兵衛に向けて柄《つか》を滑らせて迫る。

目を見張った左兵衛は、力を込めて刀身を振り払う。

血で柄が濡《ぬ》れていた安兵衛の手から、刀が飛んだ。

慌てた安兵衛は脇差しを抜き、左兵衛が打ち下ろした長刀を受け止めた。

「やあ！」

気合をかけ、渾身《こんしん》の力で押し切らんとする左兵衛。

両手で受け止める安兵衛は、長身で体軀《たいく》がいい左兵衛に力負けしている。

「む、うう」

頭上に迫る長刀の刃を目前に、安兵衛は必死の形相《ぎようそう》だ。助けに入ろうとした磯貝に来るなと叫び、腕を右によじって逃れた。勢い余ってつんのめった左兵衛が振り向いた顔に、安兵衛が一太刀浴びせる。

額から血を流した左兵衛が下がり、

「うおお！」

怒りの声をあげて向かってきた。

平常心を失っている左兵衛の攻撃は荒く隙だらけ。安兵衛は突かれた長刀をかわしざまに右手の脇差しを打ち下ろし、左兵衛の背中を斬った。

安兵衛は偶然にも、あるじ内匠頭が吉良上野介に負わせた傷と同じように、吉良家の跡を継いだ左兵衛を斬ったのだ。

だが背中の傷は、左兵衛のほうが深い。

背中から腰のあたりまで切られた左兵衛は呻き、長刀を落として倒れ伏した。

十分な手応えを感じていた安兵衛は、とどめを刺さなかった。

己の大刀をつかみ、磯貝と廊下に駆け上がる。

「吉良の寝所だ」

菅谷半之丞が教えた。

磯貝と安兵衛が入ると、そこに上野介はいない。

「今のあいだに逃げられたか」

安兵衛が言い、捜せと命じた時、茅野和助が機転を利かせて上野介の夜具に手を入れた。

「まだ温かい、近くにいるはずだ」

「行くぞ」

安兵衛が寝所から出た。

茅野は硯箱《すずりばこ》を見つけて駆け寄り、開けて墨をすった。

見ていた磯貝が問う。

「何をする気だ」

「まあ見ていてください」

茅野はたくらみを含んだ笑みを浮かべて墨をすり終え、筆を取った。そして、白無地の襖に向かって立つと、筆を走らせた。

(浅野内匠頭家来　大石内蔵助以下四十七士　寝所まで討ち入り候　上野介逃走にて不首尾)

達筆を見た磯貝が、眉をひそめた。

「どういうつもりだ」

「上野介を見つけられなかった時のためですよ。我らがここまで来たという証です」

茅野がそう言って筆を投げ捨て、寝所から出た。

磯貝が続いて行くと、戸口で清水一学が息絶えていた。

「怪しい物置がある」

外で誰かの声がした。

磯貝は先を急ぐ。すると、土間に下りた同志たちが、物置の前を囲んでいた。

安兵衛が油断なく近づき、物置の戸に手を伸ばして開けた時、中からいきなり斬りかかる者がいた。

辛うじてかわした安兵衛は、一刀で斬り倒し、続けて出てきた者が打ち下ろした一刀を受け止め、腕をつかんで引き離した。

吉良の家臣は、槍や刀を向けられて顔を強《こわ》ばらせている。

矢田五郎右衛門が対峙し、刀を構えた。

吉良の家臣は顔をしかめて、

「おのれ！」

叫んで刀を振り上げた。

矢田は間合いに飛び込み、腹に一太刀浴びせる。

吉良の家臣は呻き、膝から崩れるように倒れ伏し、息絶えた。

「まだ誰かいるぞ」

不破が言い、刀を構えた。その刀身は、多くの敵を倒したため刃こぼれが激しく、ぼろぼろになっている。

「出てこい！」

大音声で告げ、じり、と詰めた時、悲鳴をあげて女が出てきた。

危うく斬るところだった不破が、舌打ちをする。

「行け！」

女二人は、恐怖に満ちた顔で逃げていった。

不破と安兵衛は、油断せず物置の中を見ている。

磯貝が槍を構え、物置の戸口に近づく。

「待て磯貝、中が見えぬ。誰か、がんどうを持って来い」

安兵衛に応じた者が、強盗《がんどう》ちょうちんに火を灯《とも》して前に出る。

中を照らすと、積み上げられている炭俵の奥で白い物が動いた。

安兵衛が怒鳴る。

「その者！　出てこねば火を着けるぞ！」

すると、白い絹の寝間着姿の老人が出てきた。


寒空に、呼子《よびこ》が鳴った。

「御家老、合図です。吉良上野介を見つけた合図です」

表門を固めていた大石は、堀部弥兵衛に言われてうなずく。

小笛が鳴るほうへ急ぎ行くと、気付いた同志たちが分かれてあいだを空ける。

安兵衛が頭を下げた。

「名を問うても、答えませぬ」

物置の前に座らされていた老人が、大石内蔵助を睨んだ。

恐れる様子もない老人に、大石が歩み寄り、落ち着きはらった顔で片膝をついた。

「拙者《せっしゃ》、元赤穂藩国家老、大石内蔵助にござる。吉良上野介殿とお見受けいたすが、間違いござらぬか」

「…………」

唇を一文字に引き結び、睨み続ける老人。

大石は、老人の背中に槍を向けている磯貝に顔を向けて、無言でうなずく。

応じた磯貝が、老人の寝間着に手をかけて両肩をはずし、背中を確かめた。磯貝は、込み上げる感情を抑えられず顔をしかめて、うつむいた。

「磯貝、どうじゃ」

大石に問われて顔を上げた磯貝は、涙を堪《こら》えながら言う。

「吉良上野介に、間違いございませぬ」

途端に、上野介は大石に訴えた。

「わしは、内匠頭に何もしておらぬ。奴《やつ》が突然斬りかかったのだ。御公儀の沙汰が何よりの証じゃ」

「お覚悟なされ」

「待て、赤穂に名家老ありと世間に言わせたほどの者が、逆恨みで老人を殺すのか」

「問答無用」

大石は、顔色を変えずに立ち上がった。

その落ち着きように覚悟を見たのか、

「放せ！　ええい、放さぬか無礼者！」

逃れようとする吉良上野介。

大石は脇差しを抜き、振り上げて目を見開いた。

「おのれ上野介、遺恨、覚えたるや！」

上野介は、松の廊下で聞いた内匠頭と同じ言葉に、息を呑んだ。

緊迫の引き上げ

浪士たちは勝ち鬨《どき》をあげることもなく、静かに見守っている。

間十次郎が、上野介が着ていた寝間着の袖を引きちぎり、討ち取った首を包んで槍の穂先に結びつけた。

大石はうなずき、皆に言う。

「火事が起きては赤穂浅野の名折れだ。引き上げる前に火の始末をする」

応じた浪士たちは、母屋に戻った。

重傷を負っている者はその場にいたが、もはや抵抗する力はない。軽傷の者、そして闘いに加わっていない者は、間十次郎が吉良の首を掲げているのを見て恐れおののき、逃げていった。

その中で、意識を取り戻した吉良左兵衛は、顔をしかめて呻き、立ち上がった。

家臣たちに逃げるなと叫ぶも、止まる者はいない。

左兵衛は、逃げる一人をつかまえて問う。

「お祖父《じい》様はどうなったのだ」

家臣は、血だらけの左兵衛に悲鳴をあげ、見捨てて逃げた。

「大殿が討たれた。逃げろ！」

遠くからした声に左兵衛は目を見開き、よろよろと歩みを進めたものの、絶望に打ちひしがれ、ふたたび昏倒《こんとう》した。

動かぬ左兵衛を横目に、堀部安兵衛をはじめとする浪士たちは屋敷内に入り、廊下に掛けていた蠟燭《ろうそく》の明かりを消して回り、松明は水をかけて消した。

隣の屋敷が出してくれている高ちょうちんの明かりを頼りに火を消して回った浪士たちは、裏門に集結した。

四十七士が揃《そろ》っていることを確かめた大石は、足に深手を負っている近松勘六と、足をくじいている原惣右衛門の治療と休息をするために、近くの回向院《えこういん》に行くと告げ、裏門から出た。

夜道を歩いていると、先行していた寺坂吉右衛門が戻ってきた。

「回向院の者に声をかけましたが、拒絶されました。夜が明けるまでは、檀家《だんか》以外の者は入れぬそうです」

寺坂の上役でもあった吉田忠左衛門が、大石に言う。

「恐らく厄介事を嫌い、入れてくれないのでしょう。どうしますか」

「まずはここを離れる。誰か、町駕籠《まちかご》を二挺拝借してまいれ」

応じた若い者が走り去った。

大石は、上杉の襲来を警戒した。皆が疲れ果てている今、途中で襲われればひとたまりもない。

そこで、寺坂を呼んだ。

寺坂が歩み寄ると、大石は言う。

「皆聞いてくれ。寺坂は小者ゆえ、死なせるのはしのびない。そこで、この者には伝令を命じる」

「御家老、拙者はどこまでもお供します」

「まあ聞け、寺坂。我らは武運に恵まれ、亡君のご無念を晴らすことができた。誰も命を落とさなかったのは、亡君のお助けがあってのことだ。我らは殿をお守りにまいるが、お前は生きて、瑤泉院様と大学様に、今日のことを伝えてほしい。皆にも、異存はあるまい」

「生きろ、寺坂」

安兵衛が真っ先に言い、磯貝が続く。

「我らのことを、後世に伝えてくれ」

寺坂は、吉田忠左衛門にすがる目を向けた。

「お頭《かしら》、拙者もお供しとうございます」

するとと吉田は、寺坂の肩をつかんだ。

「お前は生きろ」

「しかし、どうせ御公儀に追われます。捕らえられて首をはねられるより、皆様と共に腹を斬りとうございます」

「そのことは心配するな。わしに策がある」

涙を流す寺坂に、吉田が目を赤くして言う。

「これまで、よう仕えてくれた。我らとは別の道をゆくことで、この先世間の者が辛いことを言うかもしれぬ。だが、お前は間違いなく、我らの同志だ。誰がなんと言おうが耳をかさず、誇りを持って生きるのだぞ」

「お頭……」

「我らのことを、瑤泉院様と大学様にお伝えするのだ。上杉の兵が来る前に行け」

吉田に背中を押された寺坂は、笑みを浮かべる大石や同志たちに深々と頭を下げ、暗い道へ走り去った。

大石が、涙を堪えている吉田に言う。

「忠左衛門、助右衛門と共にただちに大目付、仙石伯耆守久尚《せんごくほうきのかみひさなお》殿の屋敷へ走り、ご報告申し上げろ」

「承知」

「屋敷は愛宕下だ。上杉の者に見つからぬよう気をつけるように」

「はは」

吉田と富森は、皆に泉岳寺で会おうと言い、仙石家へ走った。

怪我をしている二人を町駕籠に乗せた大石は、新大橋の東詰めまで行き、来るであろう上杉の手勢を警戒しながら、皆を休ませた。


いっぽう、大石が恐れた上杉家では、桜田《さくらだ》の上屋敷に駆け込んだ商家の者によって討ち入りを知った藩主綱憲が、

「父上をお助けする！」

と叫び、馬廻衆を集めていた。

当番で宿直《とのい》をしていた数名が駆け付けるのを待った綱憲は、羽織袴姿で防具も着けず、刀をつかんだ。

「まいる！」

「はは」

馬廻衆を従えて部屋を出た綱憲の前に、家老の色部が立ちはだかり、両手を広げて

止めた。

「行ってはなりませぬ」

「父上をお助けするのだ。そこをどけ」

「どきませぬ。知らせた者の話では、赤穂浪士は百人を超えていると思われます。馬廻の者、いや、上屋敷にいる者のみでは数に劣り、返り討ちにされましょう。急ぎ麻布の中屋敷へ伝令を走らせ、兵を出させますからご辛抱を」

「それでは間に合わぬ。どけ」

聞かぬ綱憲に、色部は前を塞ぎ通さない。

「おのれ……」

綱憲は怒気を浮かべて刀を抜いた。

「殿が駆け付けて討たれれば、恥の上塗りですぞ！」

「負けぬ！」

「どうしても行くとおっしゃるのなら、拙者を斬って通りなされ！」

綱憲は目を見張り、刀を振り上げた。

色部は、覚悟を決めた顔で見上げる。

綱憲は刀を打ち下ろそうとして、躊躇った。

色部がすかさず言う。

「逆らう者を成敗できぬで、どうして浪士どもが斬れましょうや。さあ、斬って通りなされ」

引かぬ色部に、綱憲は再び怒気を浮かべて、更に高く刀を振り上げた。だが、悔しげに目を閉じて下ろし、刀と鞘《さや》を投げ捨てた。

側近の者がすぐさま拾い、鞘に納めて下がる。

そこへ、家臣の肩を借りた者が庭に現われ、綱憲を見つけて駆け寄ると、広縁のそばで四つん這いになり、額を地面に打ち付けた。

「大殿が、討ち取られました」

泣きながら告げたその者は、うずくまって悔しがった。

「父上が……」

綱憲は目を見張り、すぐさま問う。

「左兵衛も死んだのか」

「殿は、堀部安兵衛と勇猛に闘われ、鎖帷子で身を守る相手に押されて深手を負われましたものの、命は助かってございます」

「おのれぇ」

綱憲は、恨みに満ちた目をした。

「赤穂の賊どもは、今どこにおる」

「大殿の首を持って屋敷を引き上げ、新大橋の袂《たもと》で休んでおります」

「我らを待ち構える腹か」

「わかりませぬ」

「浪士どもを皆殺しにしてくれる。色部、見張りを付けよ。急ぎ兵を集めるのだ、急げ！」

「はは！」

色部は浪士たちの動向を探りに人を走らせると共に、配下を中屋敷へ走らせ、そして、上屋敷の者たちに戦支度《いくさじたく》を命じた。

主税を新大橋の中ほどに立たせ、上杉の軍勢を警戒していた大石内蔵助は、東の空を見上げた。

「上杉は、どうしておろうか」

ぼそりと言う大石に、付き添っている菅谷半之丞が答える。

「来るかもしれませぬが、そろそろ発《た》ちませぬと夜が明けます」

「うむ。皆は、休んだか」

「十分にございます」

安兵衛が言って立ち上がると、他の者も続いて立ち上がった。士気はまだまだ高いようだ。

「弥兵衛殿、動けるか」

大石が最年長の身体を気遣うと、堀部弥兵衛が胸をたたいた。

「殿の墓前に、一刻も早う上野介の首を。上杉に奪われぬよう、急ぎましょう」

「よし。ではまいろう。主税、戻れ」

声に応じた主税が、槍を抱えて駆け戻った。

大石は優しい笑みでご苦労と言うと、主税も笑みを浮かべて頭を下げ、隊列を組む皆に加わった。

大石を先頭に、浪士たちは二列縦隊で歩みを進めた。

いっぽう、夜道を走った吉田と富森は、仙石の屋敷に無事到着していた。

知らせを聞き、裏の広縁に出てきた伯耆守の前に歩み出た二人は、片膝をついて頭を下げ、吉田が告げる。

「我らは、浅野内匠頭の家来でございます。亡き殿の本望を遂げるため、家臣四十七人が吉良屋敷に推参つかまつり、つい先ほど、吉良上野介殿の首を討ち取りました。御首はただ今、一味の者が泉岳寺に引き取ってございますことを、ご報告申し上げます。なお、四十七人のうち一名、寺坂吉右衛門なる者は、拙者、吉田忠左衛門めの配下でございましたが、討ち入り前に怖気付き遁走《とんそう》してございますゆえ、追っ手をかけることは、何とぞご容赦願いまする。我らこれより泉岳寺に向かい、始末をつけまする。ごめん！」

二人は立ち上がって頭を下げ、驚いて言葉も出ぬ仙石の前から去った。

我に返った仙石は、

「やりおったか」

と言い、すぐに老中へ知らせるべく、屋敷を出た。

仙石が駆け込んだのは、月番老中の稲葉丹後守正通《いなばたんごのかみまさみち》の屋敷だ。

報告を聞いた稲葉は、顔を上気させて立ち上がった。

「これはおおごとじゃ、急ぎ城へまいる、そなたも来い」

「お待ちを。上杉家が仇討ちに走るやもしれませぬ。まずは、これを抑えるのが先かと存じます」

「おお、そうだ」

稲葉は下を向いて思案し、程なく仙石に顔を向けた。

「では、高家《こうけ》の畠山下総守義寧《はたけやましもうさのかみよしやす》殿はどうか」

「上杉家とはご親戚ゆえ、きっとお止めくださいましょう」

「よし、すぐに行かせろ」

「はは」

仙石は、同道させていた己の家老を畠山家に走らせ、自身は稲葉に従って城へ急いだ。


その頃、大石内蔵助をはじめ浪士たちは、上杉の追討軍を警戒しながら泉岳寺を目指して歩き、鉄砲洲の上屋敷前まで来ていた。

一同が門前で立ち止まり、内匠頭が暮らした屋敷に頭を下げた。

江戸詰だった者たちの中には、ここで暮らした日々のことを思い出したのだろう、むせび泣く者がいる。特に矢田五郎右衛門は、はばかりなく声をあげて泣いている。

大石は矢田の肩をたたいた。

「気持ちはわかるが、油断するな」

戒められた矢田は、袖で顔を拭い、頭を下げた。

大石が皆に言う。

「泉岳寺へ急ぐ」

「はは！」

浪士たちは声を揃え、歩みを進めた。

この頃には、夜が明けていた。

町中を急ぐ赤穂浪士たちを見た者たちが、仇討ちをしたのだと騒ぎはじめ、後を付いてくる者もいる。噂はすぐさま広まり、汐留橋《しおどめ》を越え、浜松町《はまつちょう》まで行った頃には、沿道に人だかりができていた。

その中に、阿久利の用人、落合与左衛門を見つけた大石内蔵助は、寺坂が無事知らせたのだと察して小さく頭を下げ、前を向いて進む。

後に続く磯貝は微笑み、涙をにじませて前を向く。

落合は隊列を見送った後に離れて続き、泉岳寺まで付いて行く。阿久利に、すべてを知らせるためだ。

沿道に集まる者たちから賞賛を浴びながら、浪士たちは泉岳寺に到着した。堀部安兵衛たちの家を出てから、二刻半（約五時間）が経とうとしている。

泉岳寺の者たちは、槍の穂先に首を掲げ、返り血を浴びている浪士たちを見て驚きながらも、神妙な態度で中に入れ、すべての門を閉じた。

浪士たちを境内《けいだい》に待たせた大石は、寺男に案内させて住持《じゅうじ》がいる本堂に向かい、中には入らず待った。

出てきた住持を見上げ、

「殿の墓前に吉良上野介の首を供えた後は、一同揃って腹を斬ります。すまぬが弔いを頼みます」

そう言って、頭を下げた。

住持は、寺男に首を洗うための水と桶《おけ》を支度させ、大石の前に下りてくると、文を差し出した。

「瑤泉院様からです」

大石は驚き、文を受け取ってその場で開封した。だが、紙は真っ白で何も書かれていない。

どういうことか、という顔を向けると、住持は穏やかな面持ちで言う。

「討っ手に見つかるといけませぬから、文は隠しました。そのままお聞きください」

阿久利を守るためと察した大石は、うなずいて頭を下げる。

住持は、目を閉じて言う。

「本懐を遂げた後は切腹をするつもりでしょうが、早まってはなりませぬ。神妙に、御公儀の沙汰を待つのです。くれぐれも、くれぐれも、お頼みします」

大石は顔を上げ、住持を見た。

「まことに、瑤泉院様のお言葉ですか」

「いかにも」

大石は、ふっと息を吐き、肩の力を抜く。

「この期《ご》に及んで、瑤泉院様は我らの命乞いまでなさるおつもりか」

「文を届けられた落合様が、瑤泉院様は皆様のことを案じておられるとおっしゃいました」

大石は空を見上げて、きつく瞼を閉じた。

「沙汰に従うのもよかろう」

そう言うと頭を下げ、境内で待つ浪士たちのところに戻ると、内匠頭の墓前に向かう。

寺男が支度をしてくれた桶で浪士たちが首を洗い、墓前に供えた。

順々に焼香をすませ、大石が墓前に合掌した。

「殿、我らの手で吉良上野介を討ち、ご無念を晴らしました」

一同揃って、頭を下げた。

皆その場に泣き崩れ、磯貝十郎左衛門が先頭を切って切腹しようとするが、大石が止めた。

「我らは、瑤泉院様の意に反して吉良の首を取った。最期ぐらいは、言うことを聞こうではないか」

磯貝は唇を噛《か》んで辛そうな顔をして、手の力を抜いた。

脇差しを抜いていた者たちも、黙って鞘に納める。

「そうと決まれば、上杉と吉良の者に討たれまいぞ」

安兵衛が言うと、皆がおう、と答えた。

大石は、門に見張りを立たせて警戒をはじめ、手が空いた者は休ませた。

程なく、寺から粥《かゆ》が出され、激闘を終えて腹を空《す》かしていた浪士たちは交代で腹を満たした。酒も出され、冷える身体を温めるも、軽口をたたく者は一人もいない。皆神妙に、公儀の沙汰を待った。

昼前になった頃、表門を警戒していた者が大声をあげた。

「来たぞ！　討っ手が来た！」

皆が騒然となり、武器を持って門に走る。

だが来たのは、上杉でも吉良でもなかった。

「あれは、大目付の仙石殿だ」

原惣右衛門が言い、手勢を引き連れた仙石が、門前で名乗った。

大石は言う。

「皆武器を捨てよ。門を開けろ」

浪士たちは従って武器を置き、門に向かって座した。

寺男が門を開けると、手勢を連れた仙石が入り、揃って座している浪士たちの姿に驚いた顔をして、すぐに、得心した面持ちをして歩み寄る。

二列横隊で座している浪士たちの中央で、刀を前に置いて座している大石が名乗り、平伏した。

人数を数えた仙石が、大石に言う。

「四十六士、そのほうらは御公儀の沙汰があるまで仙石が預かる。神妙に従え」

「はは」

大石以下、四十六人の浪士たちは揃って平伏した。

赤穂義士

阿久利はお静を下がらせ、一人で部屋に籠《こ》もっていた。

夜が明けぬ庭先に現われた寺坂吉右衛門から、討ち入りの子細を聞いて以後、何も喉を通らなくなっていた。

震える手で走り書いた手紙を託した落合は、泉岳寺に行ったきり、夕方になっても戻らぬ。

寺坂は、この足で広島に向かうと言っていたが、無事に江戸を出ただろうか。

残る四十六士は、今どうしているのか。

何もわからぬことに不安が込み上げ、胸が苦しい。

「瑤泉院様、明かりをお持ちいたしました」

お静が声をかけてきた。

良人の位牌に手を合わせていた阿久利が目を開けて見れば、いつの間にか部屋は薄暗くなっている。

「お入り」

声に応じたお静が障子を開けて頭を下げ、燭台《しよくだい》に蠟燭を刺して種火を移した。

廊下に足音がした。阿久利がそちらを見ていると、落合が部屋の正面に来て片膝をついた。

「ただいま戻りました」

「与左殿、近う」

逸《はや》る気持ちをぶつける阿久利。

落合は中に入って阿久利の前に座ると、辛そうな面持ちで言う。

「吉良上野介殿の首を内匠頭様の墓前に供えた後、浪士の方々は一旦大目付の仙石殿に引き取られましたが、肥後熊本藩細川家《ひごくまもとはんほそかわけ》、伊予松山藩松平家《いよまつやまはんまつだいらけ》、長門長府藩毛利家《ながとちようふはんもうりけ》、三河岡崎藩水野家《みかわおかざきはんみずのけ》に分かれてお預けとの御公儀の沙汰があり、先ほど、それぞれの屋敷へと連れて行かれました」

「寺坂殿が案じられていた討っ手は、かからなかったのですね」

「御公儀が抑えられたらしく、誰一人、現われておりませぬ。もしいたとしても、お預かりを命じられた四家とも、大人数の手勢を率いて大目付の屋敷へ受け取りに来られましたゆえ、手出しはできませぬ。また、四家の行列は、罪人を運ぶというよりは、敬意がうかがわれました。まことに、武士の誉《ほま》れにございます」

落合は明るい顔で言うが、目には涙をためている。

胸が締め付けられる思いになった阿久利は、

「そうですか」

この一言のみをやっと声に出し、内匠頭の位牌に向かった。

「町では、赤穂浪士を義士だと称《たた》え、大騒ぎにございます」

落合はそう言う。

だが、阿久利の耳には届かない。

「皆は、この先どうなりましょうか」

背を向けたまま問うと、落合は押し黙った。洟《はな》をすする音がして、

「忠義の者たちを、褒めてやってくだされ」

涙声で訴えられた阿久利が振り向くと、落合は平身低頭していた。

阿久利は目をつむった。

「わたくしとて武士の娘。武士は命より、御家の名誉を守るもの、死ぬことを恐れてはならぬのが武士だと、教えられて育ちました。亡き殿も恐らく、御家の名誉を守って吉良上野介殿を討たんとされたのでしょう。果たせなかった殿のご無念を晴らしてくれたことは、嬉《うれ》しく思います。されど、その代償は大きすぎます。ここに記されている方々には、それぞれ大切な家族がいたはず。それを思うと、胸が締め付けられる

のです」

阿久利は、大石が磯貝に持たせていた討ち入りの血判状を胸に抱き、唇を噛んで落涙した。

落合は平身低頭したまま、むせび泣いている。

「まだ望みはあるぞ」

廊下で声がして、長照が入ってきた。

阿久利は上座を譲り、頭を下げる。

座した長照が、阿久利の手から血判状を取り、目を通して言う。

「今、御公儀は四十六士の処分に揺れているそうだ。老中の中には、四十六士を忠臣と称え、涙を流す者がいたそうじゃ。また、筆頭老中の阿部《あべ》殿は、慶事とまで、おっしゃったらしい」

慶事などであるものか。

他人の絵空事にすぎぬ。

阿久利は震えるこころを抑えて目を閉じ、言葉を飲み込んだ。そして問う。

「そこまでおっしゃるならば、方々《かたがた》をご赦免くださりましょうか」

「わしは、あるのではないかと思うておる。ゆえにそなたも、思い詰めるでない。くれぐれも言うておくが、自害などしてはならぬぞ。そなたには、まだまだすることがあるはずだ」

「四十六士の助命嘆願を、お許しくださいますか」

「それはならぬ。もはや、四十六士の運命は御公儀に委《ゆだ》ねられた。座して待つほかない。わしが申しておるのは、残された家族のことじゃ。もしも四十六士に死罪がくだされれば、息子にも累が及ぶ。妻や娘にも、厳しい暮らしが待っておろう。その者たちの面倒を見ろとまでは言わぬ。だが、忘れてはならぬ。そなたは赤穂浅野家に関わるおなごたちの上に立つ者。自ら命を絶てば、おなごたちが悲しむと知れ」

助命嘆願も、死ぬことも許されぬとなれば、四十六士とその家族のことを想《おも》い続けるしかない。部屋に籠もり、吉報を待つしかないのだ。

長照の言葉が胸に染みた阿久利は、三つ指をついた。

「肝に銘じて、精進いたしまする」

「うむ」

長照は、長い息を吐いた。

「して、早朝に来ておった者は、いかがしておる」

「ご存じでしたか」

「当然じゃ。この血判には四十八人の名があるが、裁かれようとしているのは四十六士。今、どこにおる」

「一人は直前に脱盟し、ここに来た者は、大学殿のもとへ走っています」

長照は驚いた。

「広島へ向かっているじゃと」

「はい」

阿久利の落ち着いた様子に、長照は目を細め、探る面持ちをした。

「大学殿に知らせた後に、自訴して出るのか」

「いいえ、生きるよう、大石殿から命じられておりますゆえ、名を伏せ、どこかで暮らしましょう」

「この中の誰だ」

「訊いて、いかがなされます」

「どうもせぬが、知っておきたい」

「まことに、それだけですか」

「案ずるな。わしは、そなたらの味方じゃ」

阿久利はうなずいた。

「寺坂吉右衛門殿です」

血判状に目を向けた長照は、阿久利に顔を向けた。

「この血判状を、そなたの手元に置くのは危ない。どこぞに隠すか、焼いてしまえ」

落合が驚いた。

「御公儀の調べがありましょうか」

「ないとは言い切れぬ。その時のために、ここには置くな」

落合が阿久利に顔を向けた。

「それがしがお預かりいたします」

「今日だけでも、わたくしの手元に……」

「ならぬ。これは、三次だけでなく、御本家の命取りになりかねぬ物だ。四十七士の名を胸に刻み、落合に託せ」

長照にそう言われては、阿久利に逆らうことはできぬ。

「承知いたしました」

もう一度、討ち入った四十七士一人ひとりの名を見た後で、落合に託した。

心配された公儀の調べもなく、三日がすぎた。

今日も内匠頭の弔いをしつつ、四十七士の無事を念じていた阿久利のもとへ、外出していた落合が戻ってきた。

落合は、皆を案じる阿久利のために、四十六士のことを探りに出ていたのだ。

「瑤泉院様、やはり亡き殿は、御家の名を守られた武士の中の武士にございます。吉良上野介に同情する声はなく、殿の仇を討った四十六士は、忠臣と称えられておりまする」

「町の声よりも、皆のことは何かわかりましたか」

「これは町の声ではございませぬ。大名と旗本のあいだに、そういう声が広まっているのです。それを証に、大石内蔵助殿、原惣右衛門殿、片岡源五右衛門殿をはじめとする重臣十七名がお預けとなっている熊本藩の下屋敷では、藩主細川越中守綱《えっちゅうのかみつな》利《とし》殿が、吉良上野介を討った翌十五日の夜に駆け付けられ、十七人と対面されました」

「それはつまり、越中守殿は、四十六士を罪人と思われてらっしゃらないということですか」

「いかにも。越中守殿は、大石殿たちを忠義者とお褒めになり、赦免された後のことは心配無用、当家に召し抱えたいとまでおっしゃったそうにございます」

「そのことを、誰から聞いたのですか」

「細川家の世話役、堀内伝右衛門《ほりうちでんえもん》殿が教えてくださいました。越中守殿から、さよう心得、義士たちの望みを聞くように、命じられたそうにございます」

阿久利はうなずいた。

「お情けに、安堵いたしました」

落合が言う。

「殿が、命より御家の名誉を守られたゆえ、人心を引き付けるのです。江戸の町では、義士を称える声が広まり、討ち入りの様子を書いた物まで出はじめています。赤穂浅野と四十七士の名は、後世に語り継がれましょう」

阿久利はうなずいた。

落合がさらに言う。

「細川家では、料理も二汁五菜の御馳走《ごちそう》の上、昼にも菓子が出て、あまりの手厚いもてなしに大石殿は恐縮され、浪人暮らしが長かったゆえ、食べ慣れた鰯《いわし》と麦飯に替えてくれと願われたとか。いやまことに、越中守様の義士に対する熱の入れようは、目を見張るものがございます」

阿久利は希望を抱いたが、同時に、落合の饒舌《じょうぜつ》が気になった。

「御公儀はきっと、お許しくださいましょう。与左殿、そうですね」

目を見て確かめると、落合は途端に、微妙な顔をした。

「与左殿、いかがしたのです」

「実はもう一つ、ご報告がございます」

「何ですか」

「肝心の御公儀ですが、四十六義士処分の議論で揉《も》めているらしく、また年末も迫っておりますから、年内の決着は難しいとのことです」

「そうですか」

細川越中守の手厚いもてなしが浮いて思えた阿久利は、訊かずにはいられない。

「他の三家にとめ置かれている者たちも、細川家のように扱われているのですか」

「それが、そうではございませぬ。三家は細川家と違い御公儀の顔色をうかがい、家臣用の空長屋を修繕して押し込み、食事も粗末な物だそうです。されど、あくまで御公儀に対して気を使っているだけで、本音は、細川家のように手厚くしたいはず。いずれ、良くなりましょう」

気休めだろうと思う阿久利は、寒い目に遭っていないか案じた。

阿久利は知る由もなかったが、細川家は別として、他の三家が公儀に気を使うのは、評定所にて、議論が分かれていたからだ。

赤穂義士たちは、主君のために吉良上野介を討ったのであるから、これを許さぬというのは、先人の教えに背くことになる。義士を罰すれば、世の忠義者のこころを傷つけることになる。

そう主張する者に対し、内匠頭は御法度を破った罪人であるから、罪人のために吉良上野介を討った者たちは義士などではない。内匠頭が切腹させられたことを逆恨みし、凶行に及んだのだから、誅《ちゅう》するべきだと反論する者がいる。
両者の意見は、どちらも正しいということになり、なかなか決まらないのだ。

護持院への呼び出し

落合が阿久利に報告をした日から三日がすぎた。

江戸城では、御用部屋を訪れた評定所からの使者に対し、吉保《よしやす》と名を改めた柳沢が苛立ちを露《あら》わにしていた。赤穂浪士の処分について今日も意見が分かれてしまい、決まらなかったからだ。

「何をもたついておるのだ」

「評定所の面々には浅野寄りの者が多く、誅すると唱える者を説得しているとのことです」

そう報告した配下の者を、柳沢は睨んだ。

「徒党を組んで討ち入った者を許せば、内匠頭を切腹させた上様の御意向に反するというのがわからぬのか」

「そう主張する声もありましたが、忠義をないがしろにすれば、それこそ上様が反感を買う、ここで慈悲を示せば、世間は上様を名君だと……」

「ええい黙れ！」

「はは」

平伏する配下に怒りをぶつけた柳沢であるが、すぐに冷静さを取り戻し、考える顔をした。

「世の中の声を気にしていたのでは、国を治めることはできぬ。評定所が決めやすいように、わしが手を貸してやろう」

配下は顔を上げた。

「何を、なさるおつもりですか」

「四十六士が内匠頭に対する忠義ではなく、私怨で上野介を討った証を立てればよいのだ。御公儀に対する、私怨でな」

その真意を測れず首をかしげる配下に、柳沢は含んだ笑みを浮かべた。


激動の元禄十五年も、残すところ三日となった。

堀部安兵衛と大石主税がとめ置かれている松平隠岐守《おきのかみ》の中屋敷では、細川家に倣《なら》って義士たちの扱いを改め、手厚くもてなすようになっていた。

そう阿久利に報告した落合は、渋い顔で続けた。

「残るは、毛利と水野です。特に毛利は、義士を上屋敷に預かっておりますから、融通が利かぬ藩侯の目を盗んでもてなすことができるはずもなく、世間から批判を浴びているそうです」

「どうして、世間が知っているのです」

お静が訊くと、落合は顔を向けた。

「ご家来衆が漏らしたか、あるいは出入りの商人が知ったのであろう。義士を称賛する者たちは、罪人扱いされるのが許せぬから、毛利を批判しておるのだ。これで、少しはましな扱いをしてくれるとよいのだが」

「世間の声を、御公儀はどう受け止められようか」

阿久利が問うと、落合はますます渋い顔をした。

「聞いてくれるとよいのですが、今どうなっているのか、まったくわかりませぬ。細川家の者も、わからぬと言うておりました」

「そうですか」

肩を落とす阿久利を案じるお静の背後に、侍女が来て何かを告げた。

お静が阿久利に言う。

「仙桂尼様がまいられました」

「すぐ通しなさい」

応じた侍女が下がり、程なく来た仙桂尼は、阿久利の前で頭を下げた。

不安そうな顔を見ていた阿久利が問う。

「何か、ありましたか」

頭を上げた仙桂尼は、うつむき気味に答えた。

「柳沢様が、瑤泉院様を護持院にお召し出しにございます」

阿久利は、悪い予感がした。

「討ち入りのことですか」

「はっきりそうとはおっしゃいませぬ。お会いして問いたいことがあると、仰せでございます」

落合が口を挟んだ。

「討ち入りのことを訊くなら、評定所が呼び出すはず。瑤泉院様、これは何かありますぞ」

「されど、柳沢殿の呼び出しはわたくしにとって願ってもないこと。直《じか》に、四十六士の助命嘆願をいたしましょう」

「しかし、悪《あ》しき策によるものなら危のうございます。仙桂尼殿、お断りできぬか」

「まいります」

阿久利はそう決めて、仙桂尼に問う。

「いつですか」

「こちらに合わせると仰せです」

「では、明日巳《み》の刻（午前十時頃）といたしましょう」

「かしこまりました。これよりお返事をしにまいりますゆえ、これにてご無礼をいたします」

「よしなに頼みます」

帰る仙桂尼を門まで送ると落合が言い、共に出ていった。

阿久利の耳に届かぬところで、落合は足を止め、仙桂尼に言う。

「危ないとは思わぬか。わしは、よい気がしない」

「わたくしに万事おまかせください」

「何をする」

「思うところがございますが、今は申せませぬ」

仙桂尼は、見送りはここまででいいと言い、帰っていった。

翌日、護持院を訪ねた阿久利は、付き添ってきた落合とお静の同行を許されず、一人で案内された部屋に入った。

書院造りの部屋は広く、手入れされた庭は見事だった。

眺める余裕など阿久利にあろうはずもなく、下座に正座し、待ち続けた。

柳沢が現われたのは、約束の刻限通りだった。

頭を下げる阿久利を見つつ上座に立った柳沢は、面を上げよと言う。

応じた阿久利の顔を、柳沢は厳しい目でじっと見つめている。

阿久利が黙っていると、柳沢は座るなり、その厳しい眼差《まなざ》しのまま告げた。

「此度《こたび》は、とんでもないことをしてくれたのう。浅野の御家再興が叶《かな》わなかった腹いせに、大石どもに討ち入りを命じたのであろう」

「そのようなこと、断じてございませぬ」

阿久利は三つ指をついた。

「どうか、四十六士の忠義に免じて、命ばかりはお助けください。このとおりでございます」

平身低頭して懇願する阿久利に、柳沢は含んだ笑みを浮かべた。すぐに真顔となり、厳しい口調で言う。

「徒党を組んだ者どもは、内匠頭がやり残したことを果たしたと、いかにも忠臣らしいことを申したそうだが、そもそも吉良殿は、松の廊下でいきなり斬りかかられて被害を被った者。これを仇だと決めつけて襲うた罪人どもを、どうして許せようか」

阿久利は、胸をえぐられるような悲しみが込み上げ、数珠《じゅず》をにぎりしめた。

柳沢が言う。

「だが、助ける手が一つだけある」

「それは、いかなることですか」

すがるように問う阿久利に、柳沢は哀れみを含んだ眼差しを向けた。

「そちが吉良上野介を恨み、大石に命じたことと認めよ。さすれば、四十六士は忠義の者として、命を助けよう」

阿久利は、柳沢を睨んだ。

「わたくしが認めれば最後、それを理由に三次藩を潰《つぶ》す腹でございましょう。さらには広島の御本家にも縁坐《えんざ》を申し渡し、領地を召し上げるおつもりですか」

柳沢は高笑いをした。

「愚かなことを考えるものではない。そなたの小さな命一つで、町民どもが言う義士たちの命が救えると申しておるのだ」

阿久利は、ずっと胸にある疑念をぶつけることにした。

「一つ、うかがいたきことがございます」

「なんだ」

「上様は何ゆえ、内匠頭の言い分を聞こうとされず、即日切腹をお命じになられたのですか」

「わしが献策申し上げたからだ」

阿久利は目を見張った。

「何ゆえに……」

阿久利は柳沢に睨まれ、声に詰まった。

黙る阿久利に、柳沢は問う。

「わしが憎いか」

阿久利は下を向いた。

「滅相もないことです」

「では、献策申し上げた理由を知りたがるわけを申せ」

阿久利は言葉を選んだ。

「上様の御意ではなく、柳沢様の一存で大名を罰せるのか、そこが知りたいのでございます」

柳沢は真意を探る顔を向けてきた。

阿久利は目を見返す。

「ご返答を」

すると柳沢は、ふっと、笑みを浮かべ、

「用心深い者よ」

そう言うと、真面目な顔をして続ける。

「できるはずもなかろう。内匠頭の切腹は、上様のご意志じゃ」

阿久利は視線を下げた。

「内匠頭の申し開きを許されなかったのは、何ゆえですか」

「上様と桂昌院様が激怒されたのだ。聞いたところで許されるはずもない。本来なら打ち首に処されても文句が言えぬところを、わしが切腹にもっていったのだ。ありがたく思われるぶんにも、恨まれるいわれはない。内匠頭は、それだけのことをしでかしたのだ」

阿久利はふたたび、柳沢の目を見つめた。

「切腹は慈悲だとおっしゃるなら、何ゆえそうしてくださったのですか」

「武士の情けに決まっておろう」

「まことに、そうでしょうか。内匠頭が刃傷《にんじょう》に及んだ理由に、心当たりがあるからではございませぬか」

柳沢は頬を引きつらせた。

「言わせておけば、ぬけぬけと」

「平にご容赦を。良人が何ゆえ刃傷に及んだのか、知りたいのでございます。どうか、お教えください」

「わけを訊かずに切腹させたと思うておるなら大間違いだ。内匠頭は、尋問した大目付と目付に何一つ答えなかった」

「日を空ければ気持ちが落ち着き、神妙にお答えしたはずにございます。言われては不都合なことが、あったのではございませぬか」

柳沢は阿久利を睨んだ。

「そなた、何が言いたいのだ」

「ただ、真《まこと》を知りたいのみにございます」

「わしが知るはずもなかろう。唯一知っておる上野介殿を旧臣どもが殺したのは、内匠頭の恥を守るためではないのか」

阿久利は目を見開いた。

「死人を、愚弄なさいますか」

「そなたは内匠頭と仲睦《なかむつ》まじかったそうだが、まことであれば、上野介殿を恨む理由を聞いていたはず。上野介殿も、内匠頭も、刃傷沙汰になった理由を口にせぬままこの世を去ってしもうた。今後同じことが起きぬようにするためにも、是非、理由を聞かせてもらいたい」

はぐらかしているのか、それとも、ほんとうに知らないのか。

心底が読めぬ阿久利は、あきらめるしかなかった。

うつむく阿久利を見据えた柳沢が、唇に笑みを浮かべて言う。

「いずれにせよ、もうすんだことはどうにもならぬ。そなたが吉良を討てと命じたとしても、三次と広島に累が及ぶことはない。四十六士の命を助けたいなら、仇討ちを命じたと言え」

柳沢を信じられぬ阿久利は、迷った。

「拒めば、いかがなりますか」

「徒党を組んで直参《じきさん》旗本に押し込んだ賊どもは、斬首の上、晒《さら》し首にしてくれる」

「賊として、罰すると言われまするか」

「なんだその目は。わしを誰と心得る」

阿久利は目をつむり、うつむいた。

「わたくし一人の命で、四十六士をお助けくださいますか」

「わしの気が変わらぬ前に、仇討ちを命じたと認めよ」

「縁坐はないと、お約束くださいますか」

「くどい」

皆の命が救えるなら、と思い認めようとした時、

「まことに、さようなことができるのか」

そう言って、桂昌院が現われた。

仙桂尼が続いているのを見て、柳沢が、いらぬことを、という顔をするも、桂昌院に上座を譲り、頭を下げる。

上座に立った桂昌院が、柳沢を見下ろして言う。

「上様は、四十六士の処分についてお悩みじゃ。大奥に渡られても、そのことばかりを考えておられる。そなたがここで瑤泉院殿に申したことは、上様の思《おぼ》し召しか」

「そ、それは……」

「やはり、そなたの独断か」

「………」

「よいですか柳沢殿、瑤泉院殿が御家再興を望まれたのは、赤穂の者たちに討ち入りをさせまいとしてのこと。家臣たちの命を助けたい一心じゃ。されど、それは叶わなかった。上様がご決断なさったからじゃ。そなた一人の一存で、四十六士の命を救えるのか」

「それがしはただ――」

「もうよい」

「はは」

「上様は、さるお方にご相談なされることを決められた。もはやそなたがどう策を講じようとも無駄なことじゃ。下がれ」

柳沢は恐れた顔で頭を下げ、阿久利とも、仙桂尼とも目を合わせることなく、逃げるように出ていった。

一つ息を吐いて正座した桂昌院は、頭を下げる阿久利に言う。

「このようなことになり、すまなかったと思うている。御家再興の力になれなかったことは、心残りじゃ。されど、これで終わりではない。この先も、できうる限りのことは力になりますから、こころ穏やかにおすごしなさい」

桂昌院に優しくされて、阿久利は複雑な心境になった。

片手落ちの罰を与えさえしなければ、吉良上野介にも切腹を命じていれば、討ち入りはなかった。

だが、今さら恨み言を並べても、どうにもならぬ。

阿久利は平身低頭して懇願する。

「四十六士は決して、片手落ちを正そうとしたのではございませぬ。亡き内匠頭がやり残したことを代わりに果たしたまで。どうか、武士の忠義に免じて……」

「出すぎてはなりませぬ」

言わせてくれぬ桂昌院は立ち上がり、阿久利の前に来て正座し、そして、手を取って頭を上げさせた。

「もはや、殿方に委ねるしかないのです。そなたができることは、四十六士の家族たちを案じること。それについては、力になりましょう」

長照にも言われた言葉に、阿久利は初めて、桂昌院の慈悲に触れた気がした。

「起きてしまったことは、もう取り返しがつかぬこと。どのような沙汰がくだろうと、潔く、神妙にしなければなりませぬ。その点で、内匠頭殿は立派な武士でした。四十六士が、腹いせで吉良殿を討ったのではないことは、内匠頭殿を知る者はようわかっているはず。それゆえ上様は、法と情けの間《はざま》で悩んでおられるのです」

その言葉を、内匠頭に死を命じる前に聞きたかった。

怒りの感情のままに即日切腹を命じていなければ、殿が上野介を斬った理由を調べていれば、多くの者が命を失い、傷つかずにすんだのではないか。

されど今となっては、詮無いこととあきらめるしかない。

これまで胸の中で、何度同じ言葉を繰り返してきたことか。

「悔しゅうございます」

精一杯の、恨み言だった。阿久利が眼差しを上げると、桂昌院は神妙な面持ちでうなずいた。

「屋敷に帰り、四十六士への沙汰を待ちなさい。忠臣を死なせとうない気持ちは、わたくしも同じ。上様とて、きっと……」

桂昌院は明言を避けたが、きっとお助けくださるはず、そう言わんとしたに違いないと取った阿久利は、信じて頭を下げ、護持院を辞した。

大晦日《おおみそか》の早朝に訪ねてくれた仙桂尼に、阿久利は三つ指をついた。

驚く仙桂尼に、阿久利は言う。

「あの場に桂昌院様をお連れくださらなければ、わたくしは、柳沢様の言いなりになるところでした」

仙桂尼は阿久利の手を取り、頭を上げさせた。そのまま手をにぎり、阿久利を気遣う面持ちで言う。

「柳沢様は、恐ろしいお方にございます。桂昌院様がお助けくだされたことで、他の策を講じられるかもしれませぬ。次に呼び出しがあった時は、くれぐれも、お気をつけください」

これには落合が驚いた。

「またあるのか」

「わかりませぬ」

「どうでも、瑤泉院様が仇討ちを命じたことにしたいようだが、まことに、四十六義士の命を救いたいがためだろうか。どうも、裏があるような気がしてならぬ。瑤泉院様が感じられたとおり、広島と三次を狙《ねろ》うているに違いない」

阿久利は落合を見た。

「与左殿、そのことはもうよいのです。ふたたびお目にかかっても、口車には乗りませぬ」

「それを聞いて安堵いたしました。ではそれがしは、義士の様子を訊いてまいります」

「頼みます」

落合を見送った阿久利は、仙桂尼を茶に誘い、自ら点てた。茶碗《ちゃわん》を差し出し、改めて問う。

「与左殿にはあのように申しましたが、わたくしはずっと考えていました。柳沢様は、上様に言上されるほどのお方。おっしゃるとおりにしていれば、今頃、四十六士は放免されたのではないかと」

仙桂尼は首を横に振った。

「護持院で桂昌院様がおっしゃったように、たとえ瑤泉院様がお認めになられていても、柳沢様お一人ではどうにもできぬことかと存じます。護持院でのことはどうかお気になさらず、お忘れくださいさい。柳沢様の真意を探らずお取り次ぎしたわたくしが、愚かでした」

「そなたのせいではない」

阿久利が手を取って頭を上げさせると、仙桂尼は目を見てきた。悲しげな目をしている。

「何か、悪い知らせがあるのですか」

不安を隠せぬ阿久利の問いに、仙桂尼はうつむいて言う。

「上様は、桂昌院様から護持院でのことを聞かれたにもかかわらず、柳沢様をお咎《とが》めになりませぬ」

「わたくしのことなどで、遠ざけたりはされないでしょう」

「評定所では、四十六義士を生かすべきだという声が高まっているようですが、上様は、まだ決断されませぬ」

「桂昌院様がおっしゃっていた、さるお方と、決められるということですか」

「おそらく」

「さるお方とは、どなたですか」

「桂昌院様は、お教えくださいませぬ。ご決断を不満とする者から、その御仁《ごじん》を守るためのご配慮かと」

生かせば上杉と吉良が、死を命じれば赤穂の者たちが目を向ける。

そう思う阿久利は、名を明かさぬことに納得し、気が重くなった。

「もはや、座して待つしかないのか」

ぼそりと口に出す阿久利に、仙桂尼は神妙な顔でうなずいた。

しばし沈黙が続き、部屋には、茶釜に湯が沸く音だけがしている。

仙桂尼は茶碗に手を伸ばし、ゆったりとした仕草で茶を飲み、そして、畳に置いた。

茶碗を引き取った阿久利は湯で洗い流し、布で拭きながら、つい、思うことをこぼした。

「殿は、真っ直《ま》ぐ《す》で、清らかなおこころのお方でした。ご先祖から受け継いだ家名を守ることに懸命で、清廉潔白を貫かれ、火消しの役目を仰せつかった時は、江戸の町を守ることに心身を砕いて当たられました。それゆえに、家臣に厳しくされることもありました。その殿が、理由もなく刃傷に及ばれるとは思えませぬ。されど、誰も知らないという。吉良殿を討ち取った四十七士の方々も、まことに知らぬのでしょうか」

仙桂尼は、茶碗を拭く手を止めて見つめている阿久利の手に、そっと手を添えた。

「瑤泉院様の胸のうちにおられる内匠頭様が、まことのお姿にございます。刃傷に及ばれた理由をおっしゃらなかったのは、吉良寄りだった柳沢様をはじめ、御公儀に訴えたとしても、釈明にしか取ってもらえぬからでしょう。釈明が命乞いと取られれば、赤穂浅野の家名に傷が付くと、お考えであったのではないかと」

阿久利はきつく瞼を閉じた。

「知りたいと思うのは、いけないことでしょうか」

「知らずとも、よろしいではございませぬか。憎き上野介が討たれた今、真相を知る者はおりませぬ。知ってもどうにもならぬことであれば、苦しまれるのは瑤泉院様にございます」

気遣ってくれる仙桂尼にうなずいた阿久利は、深い息を吐いた。

「そなたの申すとおりかもしれませんね。何も語られなかった殿の御意向に沿い、もう二度と、真相を探りませぬ」

「それがよろしいかと存じます」

「後は、四十六士の御赦免を願うのみ。上様は、忠義に免じてお助けくださりましょうか」

阿久利の問いに、仙桂尼はうなずいた。

「そう信じています。これより寺に戻り、御仏に願いまする」

「仙桂尼殿」

「はい」

「わたくしもまいり、願いとうございます」

仙桂尼は、阿久利の手を膝に戻し、添えたまま案じる顔で言う。

「眠られていないご様子。どうかお信じになって、少しでもお休みください」

身体を心配してくれる仙桂尼に、阿久利は無理を言えなかった。

仙桂尼は頭を下げ、辞去した。

義士の息子

落合与左衛門は、大石内蔵助や磯貝十郎左衛門たちが預けられている細川家を訪ねたが、中に入れてもらえるはずもなく、門番に袖の下を渡し、世話役の堀内伝右衛門を外に誘い出した。

「落合殿、こういうのは、困りますぞ」

阿久利の用人だけに、厄介事を頼まれると堀内は思ったらしい。

落合は訪ねたわけを話した。

「方々のご様子を我があるじにお知らせしたく、ご迷惑と思いながらご無理を申しました」

すると堀内は、なんだそうでござるか、と安堵し、人なつこい笑みを浮かべた。

凍える北風が身にしみる中、落合と堀内は表門からやや離れたところにある辻《つじ》灯籠の横で話をした。

大石内蔵助をはじめ、細川家に預けられている十七人の義士たちは書院の間に置かれ、公儀の沙汰を神妙に待っているという。

頻繁に訪れて尋問していた大目付や目付たちも、包み隠さず話す義士たちから聞き出すことがなくなったとみえて、今は来なくなり、静かなものだという。

語り終えた堀内は、真剣な眼差しを向けてきた。

「義士の方々には、どのような沙汰がくだりましょうや。三次藩には、御公儀から話がありましたか」

落合は首を横に振った。

仙桂尼から聞いたことは、義士たちの耳に入らぬほうがよいと思い、教えなかった。

「瑤泉院様はただただ、四十六義士が許されることを願うておられます」

「さようでございますか」

堀内は物悲しげな顔をした。

落合はどうにも気になって問う。

「堀内殿、いかがされました」

「うまく言葉にできませぬが、大石殿をはじめ義士の方々は、なんと申しますか、お美しいのです」

「美しい？」

「いや、言い方が違いますな。清《す》んだ目をしておられるというのが、正しい言い方でしょう。それがしはこれまで、あのような目をされるお方を見たことがありませぬ。しかも、皆様が同じで、迷いがないと申しますか、死を覚悟した者は、あのような目になるものなのかと、我ら細川の者は言うておるのです」

落合は、最後に見た内匠頭のことが頭に浮かんだ。

「わかります。それがしも、一度だけ見たことがあります」

「それはもしや、内匠頭殿ですか」

落合はうなずいた。

「あの日、屋敷をお出かけになられる時のお顔は、今も忘れられませぬ」

「さようでございましたか」

納得したような顔をする堀内に、落合は言う。

「気になるのは、方々のことです。討ち入りは死を覚悟してのことでしょうが、瑤泉院様は、切腹を止められました。決して刃物を渡さぬようにと」

「それはご安心ください。大石殿が、方々に自害を禁じているとおっしゃいましたから」

「しかし、沙汰が長引けばわかりませぬ。出すぎたことを申しますが、くれぐれも、ご用心を」

「おまかせあれ。時に、他の三家にはまいられましたか」

「今朝、行ってまいりました」

「では、主税殿のご様子をお教えください」

「大石殿から、頼まれましたか」

「いえそうではありませぬが、主税は神妙にしておろうかと、ご子息のことを案じておられますから、様子がわかればお伝えしたい次第」

堀内の真心に触れた落合は、頭が下がる思いとなった。

「主税殿は、堀部安兵衛殿から可愛がられ、また松平家の者たちからもよくされて、落ち着いておすごしです。十六歳とは思えぬ侍ぶりだそうで、松平家の方が感心しておられました」

「それをお知りになれば、大石殿は喜ばれましょう」

「では、よしなに」

辞去しようとした落合の目に、門に歩み寄る男児がとまった。

小袖に袴を着け、脇差しを帯びている男児は武家の子。歳《とし》は十《とお》ほどだろうか。

気付いた門番が出て、男児を止めた。

「これこれ、ここは子供が来るところではない。帰りなさい」

門番が追い返そうとしたが、男児は頭を下げて言う。

「こちらに、旧赤穂藩馬廻役、矢田五郎右衛門はいますか」

神妙かつ、大人びた態度に、門番の二人は驚いた顔をした。

落合はその子を知っていた。

江戸定府だった矢田五郎右衛門は、妻子と鉄砲洲屋敷の長屋で暮らしていたからだ。

「作十郎《さくじゅうろう》か」

声に顔を向けた男児が、真面目な顔で頭を下げた。

落合は歩み寄り、肩をつかんだ。

「おい、しばらく見ぬうちに大きくなったな。父に会いとうて来たのか」

作十郎は、唇を引き結んだ顔を上げ、うなずいた。

まだ九歳だ。父がしたことを理解していないのかもしれぬと思う落合は、堀内に向く。

「どうにかなりませぬか」

堀内は困惑した表情を見せる。

「それだけは、ご勘弁を」

「やはり、難しいか」

「御公儀の耳に入れば我らのみではなく、お子にもお咎めが及びます」

すると作十郎が、堀内の前に来て、折り目正しくあいさつをし、そして言う。

「父のご様子のみ知りたいと思いまいりました。怪我をしておりましょうか」

「いや、怪我もなく、すこぶるお元気ですぞ」

するとと作十郎は安心したのか、緊張していた表情をゆるめ、笑みを浮かべた。

笑った顔は、無邪気な子供だ。それだけに、落合や大人たちの胸を打つのである。

早くも目を潤ませている堀内が、作十郎と同じ目の高さに合わせてしゃがみ、着物の袂から白い紙の包みを出して見せた。

「金平糖《こんぺいとう》を食べるかい」

紙を広げてやると、作十郎は素直に一粒取り、頭を下げた。

「かたじけのうございます」

落合が問う。

「作十郎、今はどこで暮らしている」

「伯父上のお世話になってございます」

「旗本の岡部《おかべ》殿か」

「はい」

「そうか。では安心だな。今日は、黙って勝手に来たのではあるまいな」

作十郎は、下を向いて閉口した。

わかりやすい態度に、落合は微笑む。

「迷わずよう来たな。屋敷は近いのか」

「細川様を知らぬ者はおりませぬから、訊きながらまいりました」

「父上に似て利発な子だ」

「落合様……」

「うん」

「父は、どうなりますか」

返答に困る落合を、作十郎はじっと見てきた。

「伯父上にお訊ねしても、お教えくださいませぬ。父は死罪になるという者がおります。まことでしょうか」

「それを知りたくて、ここまで来たのか」

「いえ、死罪になるなら、その前に父にお伝えしたかったのです」

「何を伝えたいのだ。それがしが承《うけたまわ》ろう」

堀内が言うと、作十郎は正面に立ち、頭を下げた。

「では、お願いします。作十郎は、父を誇りに思うています、そうお伝えください」

堀内は眉尻を下げて笑みを浮かべた。

「お伝えするが、まだ死罪と決まったわけではない。少々、気が早いぞ」

「では、許されるのですか」

「それもまだわからぬが、願《ねご》うていなさい。御赦免になれば、我が殿が父上を召し抱

える と仰せになったほどゆえな」

作十郎は目を輝かせてうなずいた。

「さ、これを持って帰りなさい」

堀内は金平糖の包みを渡し、頭をなでた。

落合が送って行こうと言ったが、作十郎は一人で帰れますと言って頭を下げ、足早に去った。

見送った堀内が、ぼそりと言う。

「さすがは矢田殿のお子だ。しっかりしていますな」

落合は黙ってうなずき、作十郎の小さな背中が見えなくなるまで見送った。


戻った落合から作十郎のことを聞いた阿久利は、縁側に出て、灰色の空を見上げた。

雪が降るのだろう。身を刺すような冷たい風が吹いている。

「この寒空の下を、九歳の子がどれほど歩いたのでしょうか」

「それがしは岡部家の在所を存じませぬが、作十郎は疲れた様子はなく、頬も赤くなっておりませんでしたから、近いのかもしれませぬ」

「それならばよいのです」

「身なりも正しく新しい物を着けておりましたから、岡部家で肩身が狭い思いをしているようには見えませぬ。ご安心なさってよろしいかと存じます」

「そうですね」

阿久利は、作十郎の前途が平坦《へいたん》な道であることを願い、振り向いた。

「与左殿、他の者たちのことも知りとうございます」

「承知しました。手を尽くして調べまする」

「そなたには、苦労をかけます」

落合は困惑した面持ちを向ける。

「瑤泉院様、どうか、それがしのことにまでお気を使わないでくだされ。昨夜もお眠りになれなかったご様子だと、お静が案じておりました。お身体に障りますから、どうかおこころ静かに、お休みください」

「今宵《こよい》は、気分が落ち着く薬湯をいただくことになっていますから、よく眠れるでしょう。与左殿も、今日はもう下がってお休みなさい」

「はは、では、これにて」

辞去する落合を見送った阿久利は、部屋に入って障子を閉め、独り位牌の前に座して手を合わせた。

鉄砲洲の屋敷で家臣たちの子を見たことがある阿久利は、おそらく作十郎も見ているはず。面と向かって話をしたことがなく、どの子だったか名と顔を合わすことはできぬものの、藩士たちの子供は皆、可愛らしかった。

目を閉じ、落合から聞いた利発な男児の顔と姿を想像し、次に思うのは我がこと。良人との子宝に恵まれなかった悲しみは、ずっとこころの底にある。可愛い嗣子に恵まれていたなら、あるいは内匠頭は、いかなる屈辱にも耐え忍び、命を捨てて刃傷に及ばなかったのではないか。

だがその思いは、すぐに霧散《むさん》した。

たとえ子があろうと、武士である良人はおそらく、御家の名誉を守ったに違いない。いったい何があったのか、今となっては知ることができぬ。だが、良人の真心を信じる阿久利や、主君の正義を信じる家臣たちの気持ちは、誰にも止められぬ。

吉良家の家臣たちは気の毒だが、あるじ同士が相反してしまったことが、家臣たちの未来を、御家の繁栄を断ち切ってしまったのだ。

忠義を貫いた四十七士は、武士の鑑《かがみ》。だが、あるじや良人、父を失って悲しむ者は大勢いる。このような悲しみは、もう繰り返してはならぬ。

されど、座して沙汰を待つことしかできぬ。

己の無力さに怒りが込み上げ、どうにもならぬはがゆさに唇を噛んだ。

位牌を見上げ、きつく瞼を閉じた。

「殿……」

何ゆえ、ご辛抱してくださりませなんだか。

寂しさと悲しみが込み上げた阿久利は、その場にうずくまり、むせび泣いた。

迷う将軍

将軍綱吉は、護持院での一件以来遠ざけていた柳沢吉保の、年賀のあいさつを受けた。

顔色をうかがう柳沢は、四十六士のことに口を出さぬ。

早々と辞去しようとしたのを呼び止めた綱吉は、近くに座らせ、切り出した。

「細川越中をはじめ、多くの大名から、赤穂義士の助命嘆願が届けられておる。余はこれを看過できぬ。四十六士を生かす道はないか」

柳沢はしばし沈黙して考える顔をしていたが、綱吉の顔を見て両手をついた。

「瑤泉院殿を護持院に呼び出したこと、改めてお詫び申し上げます」

「そのことはもうよい。それより、訊いたことに答えよ」

「おそれながら、桂昌院様からご助言はございましたか」

「赤穂義士のことは、口出しを控えておられる。ただ、かの者たちの家族のことは、瑤泉院の望むままにしてほしいとはおっしゃった」

「さようでございますか」

「そちの考えを聞かせよ。生かす道はあるか」

「一つしかありませぬ。瑤泉院殿が仇討ちを命じたことにすればよろしいかと」

「それは言うな」

「上様……」

柳沢は顔色をうかがい、進言しようとするが、綱吉が先に言う。

「広島藩浅野には、初代藩主に家康《いえやす》公の三女振《ふり》姫が輿《こし》入《い》れして以来、徳川宗家の血が引き継がれている。そちは、その家を潰したいのか」

柳沢は平伏した。

「滅相もございませぬ」

「では、何ゆえ瑤泉院を護持院へ呼びつけ、あのようなことを申したのじゃ」

「それがしはただ、瑤泉院殿の命と引き換えに、四十六士を救いたいと思うたまでにございます」

綱吉は、探る目を向けていたが、眼差しを下に向けて一つ息を吐いた。

「これまでの働きに免じて、そういうことにしてやろう。だが大目付の調べで、大石内蔵助なる者の首謀で討ち入ったことは明白じゃ。三次も広島も、この件には一切関与しておらぬ。よってこれ以後、瑤泉院に関わってはならぬ。よいな」

「仰せのままにいたしまする」

「よい案が出るかと思うたが、残念じゃ。下がってよい」

「はは」

柳沢は神妙に応じ、部屋から出ていった。

赤穂四十七士が吉良を討ち取ってからというもの、柳沢にはどこか覇気がない。

江戸市中に広がる赤穂贔屓《びいき》と、内匠頭を片手落ちに罰した公儀に対する批判が、即日切腹を進言した張本人である柳沢を動揺させているに違いない。

柳沢を頼りにしていた綱吉とて、内匠頭の釈明を聞くべきであったと後悔しているからこそ、赤穂義士が吉良上野介を討ち取ったと聞いた時、思わず、あっぱれな忠臣どもじゃと、声をあげた。

同時にそれは、己の非を認めたことになる。

柳沢と吉良が、内匠頭を追い詰めたのではないかという大目付の報告があったが、その時にはすでに、内匠頭はこの世を去っていた。

生真面目《きまじめ》に、老中から告げられた饗応にかかる予算削減に取り組んでいたことを聞いた時は、吉良上野介がうまく立ち回り、己の私腹を肥やし、思うままにしていた腹黒さに怒りを覚えた。

柳沢と吉良は、内匠頭に何をして追い詰めたのか。

大目付に命じて調べさせたが、真相は杳《よう》としてわからない。だが、細川をはじめ諸大名の四十六士助命嘆願に対し、吉良方の助命を願う声はあがらぬ。これを見ても、内匠頭を恨んで片手落ちの罰を与えたことは間違いであったと、気付かされる。

綱吉は一人で苦悩の表情を浮かべ、ため息をつくばかりだ。

そして数日後、待ち人が訪ねて来た。

輪王寺《りんのうじ》の門跡《もんぜき》、公弁法親王《こうべんほっしんのう》が年賀で登城したのだ。

今は亡き後西天皇《ごさいてんのう》の第六皇子である親王と親しくしている綱吉は、年賀のあいさつを受けて早々人払いをし、二人きりになった。

親王は、綱吉が言わんとすることを察しているのか、釈迦《しゃか》如来像のような眼差しをして座している。

綱吉は、憂えを含んだ面持ちで向き合った。

「俗世のことで恐縮ですが、本日は、ご助言を賜りたく存じます」

親王はうなずいた。

「苦慮されているご様子。拙僧《せっそう》でよろしければ、なんなりとお話しくだされ」

綱吉は神妙な態度で言う。

「先日江戸を騒がせた、赤穂浪士どもの討ち入りのことで、頭を悩ませております。四十六士の処分をめぐり公儀が揉めており、将軍たるわたしが断をくださねばなりませぬものの、どうしたものか決めかねておりまする」

親王は綱吉を見つめていたが、眼差しを下げた。

「答えは、上様の胸のうちにあるはず。本心は、いかようにされたいのですか」

「できれば、生かしとうございます」

「わたしが同意すれば、将軍家のお立場は守られましょう」

綱吉は親王を見つめ、微笑む。

「お察しくださりましたか」

親王も微笑んだ。

「安堵いたしました」

「では、生かしてもよろしいとお考えですか」

親王は、ゆるりと首を横に振った。

「さにあらず。安堵したのは、上様のご慈悲に触れたからです。四十六士の処分は、また別のこと」

綱吉は、親王の目を見た。

「お考えを、お聞かせください」

親王は、物悲しげな顔をして答えた。

「赤穂の臣たちは死を覚悟して討ち入り、本懐を遂げた。その気持ちを大切にしてやるのも、情けではないかと。特に若い者は、生かされれば、長い生涯を苦しむことでしょう」

「細川家のみならず、諸大名が赤穂義士を召し抱えたいと申しております。生かされて、苦しみましょうか」

「仇討ちは、仇討ちを呼ぶでしょう。生かされた義士たちは、生涯その影に脅かされるはず。中には、せっかく生かされても、自ら命を絶つ者もおりましょう。ならば、死を覚悟で忠義を貫いた者たちの命は、武士らしく散らせてやったほうがよろしい。武士の鑑である将軍たる者は私情に惑わされず、正しき道に、導かれるがよろしいかと」

呆然《ぼうぜん》と一点を見つめる綱吉に、親王は続ける。

「法を曲げれば、民が迷う。そのこと、お忘れなきように」

返す言葉もない綱吉は、苦悶の表情を浮かべていた。

椿の花

細川家の堀内伝右衛門は、抜かりなく義士たちの世話を続けているのだが、近頃気になることがあった。

それは義士たちが皆、生きる道への執着がないこと。

矢田五郎右衛門に作十郎が来ていたことを教えた時から、その思いが強くなっている。

作十郎が来ていたことを堀内から聞いた矢田は、微笑みさえ浮かべて、武士の子として厳しく育ててきましたから、父がおらずとも立派な侍になってくれましょう、と言った。

また別の日には、原惣右衛門と片岡源五右衛門が、早く亡君のそばに行きたいと語り合うのが耳に届いた。聞こえぬふりをして茶菓を出していた堀内は、ふと、大石と目が合ったのだが、原と片岡の話を黙って聞いていたはずの大石は、あの清んだ眼差しを向けて、穏やかな笑みを浮かべるのだ。

生への望みを捨てぬ者ならば、縁起の悪い話をするなと言うであろう。だが、誰一人、止める者はいない。

一人広縁に立ち、義士たちのゆく末を考えていた堀内は、なんとしても、細川家の臣下に加わってもらいたいと思うのだった。

御公儀の沙汰がいまだないことへの苛立ちはあるものの、来るのを恐れるもう一人の自分がいることにも気付いている。

越中守は重臣たちの前で、どうあっても義士を召し抱えたい、そう語られた。

その強い思いを殿自ら御公儀にお伝えくだされば、細川家が面倒を見るなら許す、ということになるかもしれぬ。

前向きに考えることにした堀内は、両手で頰をたたいて気合を入れ、唇に笑みを浮かべて、廊下を書院の間に向かって歩んだ。

義士たちがいる書院の間から笑い声がした。

珍しい、いや、初めてだと気付いた堀内が歩を速めて行くと、年長の堀部弥兵衛が、車座になっている義士たちに、手振りを交えて語っていた。

弥兵衛は、安兵衛を娘婿に迎えた時のことを話していた。

「あの無骨者は、娘に叱られると途端に大人しくなり、まるで別人のようになるのだ。とても信じられぬだろうがまことじゃ。いつだったか、安兵衛がつまらぬことで殴り合いの喧嘩《けんか》をして戻った時などは、それでも赤穂の武士かと叱られおってな、背中を丸めて、はい、はい、と返事をして、額の傷を手当てされて悲鳴を上げておった」

「あの安兵衛が、いや、とても信じられませぬ」

潮田又之丞が言うと、弥兵衛はまことだと笑い、ふと、遠くを見るような目をした。

「安兵衛は、娘に優しかったのだ。ずいぶん昔のことのように思えるが、あの頃は、実に楽しかった」

場が静まったのは一瞬のみ。すぐに誰かが、よい婿殿をもらいましたな、と言い、場が和んだ。

配下の者が茶菓を持って来たのに気付いた堀内は、二組取った。

離れた場所で読み物をしている大石の前に茶菓を置くと、大石は書物から目を転じて、かたじけない、と言う。

堀内は笑みを浮かべて頭を下げ、部屋の片すみに座している磯貝に茶菓を出すため歩みを進めた。

磯貝は皆に背を向けて座し、何かをしている様子。近づいて見ると、手に小さな物を持っていた。

見つめる横顔が、どことなく寂しげだ。

先日、酒屋の店主をしていた頃のことを楽しげに話してくれたと思う堀内は、磯貝の前に茶菓を置いた。

「それは、何ですか」

訊くと、磯貝は見せてくれた。

「琴の弾き爪です」

琴に縁がない堀内は、なるほどと相槌《あいづち》を打ち、磯貝の顔を見た。

「想い人が使われていた物ですか」

磯貝は、居住まいを正す。

「堀内殿に、是非ともお願いがございます」

神妙な顔で言われ、堀内は向き合って改まった。

「それがしにできることなら、なんなりといたしましょう」

「恐らく我らは死罪となりましょうから、それがしが骸《むくろ》となった時にこの爪が身を離れておれば、戻してくだされ」

平身低頭する磯貝に、堀内は驚いた。

「まだ決まっておらぬというのに、どうしてそのようなことを……」

「何とぞ」

頭を上げぬ磯貝に、堀内は胸が詰まった。

「それほどに、好いたお人がおられましたか」

磯貝は顔を上げ、微笑む。

「亡き殿は、瑤泉院様が爪弾かれる琴の音がお好きでございました。これをお届けしたいと思い、肌身離さず持っているのです」

堀内は目を見張った。

「では、その品は……」

「瑤泉院様と鼓を合わさせていただいた折りに、下賜されていた物です」

今生の別れに行ったことを知る由もない堀内は、涙にぼやける目を見せぬよう顔を背け、気持ちを強くして向き合う。すると磯貝は、懇願する面持ちをしていた。

「赦免されると信じて疑わぬが、万が一の時は承った」

堀内が約束すると、磯貝は安堵し、ふたたび頭を下げた。

廊下に配下が来て、堀内に声をかけた。

磯貝が琴の爪を白い布に包んで懐に納めるのを見ていた堀内は、配下に膝を転じた。

「いかがした」

「殿から、義士の方々に贈り物が届きました」

「おおそうか。磯貝殿、殿が贈り物をされるとなると、上屋敷に吉報が届いたに違いござらぬ。放免になった時のために、反物と刀をくださるに決まっておりますぞ。方々、今持ってまいりますからお待ちくだされ」

嬉しくなった堀内は、注目している義士たちにそう言い、配下に顔を向けた。

何か言いたそうな様子だった配下は、堀内に急げと言われて応じ、足早に去った。

程なく、配下たちが四人がかりで運んできたのは、反物でも刀でもない、赤い花を満開にした大鉢だった。

それを見た堀内は、目を疑った。

「おい、それは椿《つばき》か」

問うと、配下は神妙な顔でうなずく。

椿は花びらを散らさず丸ごと落ちることから、武家には、首が落ちることを連想させる。

「何ゆえ殿は、このような物を……」

つぶやく堀内の背後で、大石が言う。

「越中守様のお気持ち、しかと受け取りました」

部屋に振り向いた堀内は、目を見張って息を吞んだ。

大石以下、揃って座していた義士たちが、置かれた鉢に向かって頭を下げていたからだ。

「まさか……」

やっと意味がわかった堀内は、身体の力が抜けてしまい、その場にへたり込んだ。

それから十数日がすぎた元禄十六年二月四日(一七〇三年三月二十日)、老中の奉書が四家に出され、大石内蔵助以下四十六士は、その日のうちに切腹した。

磯貝十郎左衛門の最期を見届けた堀内は、約束通り、阿久利の弾き爪を骸に抱かせ、埋葬される泉岳寺へと送り出した。

すべてが終わった時、堀内は、落合与左衛門に頼まれていたことを果たすべく、筆を取った。細川家に預けられていた大石たち十七士の最期の様子を書き残すためだ。

穏やかだった日々のこと、十七士の人柄、堀内は、一人ひとりのことを思い出しては感極まり、なかなか筆を進めることができなかった。

切腹の場に呼ばれ、部屋を出ようとした大石に向かって潮田又之丞が、

「御家老、我らもすぐにまいります」

そう声をかけた時の、皆の穏やかな笑みが忘れられぬ。

惜しい人たちを亡くしたと、きつく瞼を閉じてむせび泣いた堀内は、こころを落ち着かせ、筆を走らせた。

そして、磯貝十郎左衛門の様子を書く前に手を止めた堀内は、思うことがあってうなずき、ふたたび筆を走らせた。

記された磯貝の名字は、磯の字に義士の義を入れ、礒貝とされている。

阿久利の願い

寒さもゆるんでいたが、今日は花冷えの雨が降っている。

阿久利は部屋に籠もり、内匠頭の弔いをしつつ、義士たちの様子を探りに行った落合与左衛門の帰りを待っていた。

その落合が戻ったのは、昼前のこと。

廊下から入ってきた落合は、こころなしか目を赤くしているように思えた。その悲しげな表情をまじまじと見た阿久利は、何も言われずとも、すべてを悟った。

「いつですか」

落合は洟をすすり、

「三日前でございます」

取り乱しそうになるのを耐えながらそう言った。

阿久利は目をつむり、唇を嚙みしめた。

「これまで、辛かったであろう、苦しかったであろう」

込み上げる悲しみを抑え切れぬ阿久利は、両手で顔を覆った。大きな息を吐き、頬を拭って落合を見て言う。

「四十六士の方々は、今頃は、殿と笑《わろ》うておられましょうか」

「そうに決まっております」

言った落合が、はばからず声をあげて泣いた。

感情が抑えられぬ気持ちが痛いほど伝わった阿久利は、しばらく見守りながら、自分も必死に、気持ちを落ち着かせた。

程なく落ち着いた落合が、頭を下げる。

「取り乱し、申しわけありませぬ」

阿久利は無言で首を横に振り、内匠頭の位牌に向いて手を合わせ、皆の成仏を願って読経をはじめた。

落合はしばらく声にならぬ様子だったが、阿久利に合わせて読経をはじめた。

逝ってしまった忠臣を想いながら、半刻（約一時間）ほど供養をした阿久利は、ふたたび落合と向き合った。

落合はというと、読経を終えるなりまた洟をすすりはじめ、阿久利に見せぬように背中を向けた。

小さくなったように見える背中に、阿久利は言う。

「与左殿、方々はすでに、葬られたのですか」

落合は、袖で顔を拭《ぬぐ》って膝を転じ、阿久利に向いた。

「はい。殿の墓所の竹藪を切り開き、そこに葬られました」

「では、墓参しとうございます」

落合は戸惑いの表情をした。

「与左殿、いかがしたのです」

「瑤泉院様を屋敷から出さぬよう、御公儀からお達しがありました」

思わぬことに、阿久利は目を見張った。

「何ゆえ……」

「野に放たれた吉良家の者が、瑤泉院様のお命を狙うているかもしれぬからです」

「吉良家は、断絶したのですか」

「はい」

「いつです」

「義士たちが切腹した同じ二月四日に、沙汰がくだされたそうです。吉良家当主左兵衛義周殿は、義士の討ち入りを許した罰により、信濃高島藩諏訪家《しなのたかしまはんすわけ》へのお預けとなりました」

「そんな……」

吉良家の断絶は想像できたことだが、墓参が叶うと思い込んでいた阿久利は、肩を落とした。

落合が膝を進め、心配そうな顔を向ける。

「どうか落胆されずにおすごしください。ほとぼりが冷めるまでの辛抱にございます」

「吉良家の立場で考えてみてください。ほとぼりなど冷めましょうか。わたくしには、そうは思えませぬ」

「吉良のことを申し上げたのではございませぬ。御公儀はこれ以上、浅野と吉良の争いで城下を騒がせたくないとの御意向にございますが、吉良家の者が瑤泉院様のお命を狙うことこそ、逆恨みです。吉良も上杉も名高き武家。それがしは、瑤泉院様のお命を狙う者はおらぬと、そう信じて疑いませぬ。されど、今は、ご辛抱くだされ」

「わかりました」

阿久利はうつむき、従った。

落合が言う。

「泉岳寺に頼み、義士たちの位牌を作っていただいてはいかがでしょうか」

阿久利は顔を向けた。

「そうしてくれますか」

「はは。ではさっそく、寺に頼んでまいります」

落合が下がろうとした時、お静が廊下で声をかけた。

「瑤泉院様、大殿がお越しにございます」

応じた阿久利は立ち上がり、上座を空け、落合と待った。

一人で来た長照に頭を下げていると、上座に座った長照が、面を上げるよう告げた。

顔を上げた阿久利は、長照の浮かぬ表情を見て、胸騒ぎがした。

長照が、阿久利の目を見て言う。

「四十六義士の最期は、立派であったと聞いている。細川殿は、ひどく肩を落とされたそうじゃ。阿久利、寂しいのう」

「はい」

「じゃが、いつまでも悲しまぬように。皆は内匠頭のそばに行ったのだ。あの世では、そのほうらようしたと、褒められておると思えよ」

「………」

数珠を持つ手に力を入れずにはいられない阿久利に、長照は、厳しい面持ちで居住まいを正した。

「先ほど上屋敷から知らせがあった。四十六義士遺族の処分が決まったそうじゃ」

案じていた阿久利は、居住まいを正した。

「いかがあいなりましたか」

「こころして聞け。四十六義士の妻と娘はお構いなしじゃ」

阿久利は、次の言葉をなかなか言わぬ長照の顔を見た。

「子息へのご沙汰は……」

「うむ」

長照は一度下を向き、言いにくそうな顔で阿久利を見てきた。

「子息はことごとく、伊豆《いず》大島へ遠島じゃ。ただし、十五歳になるまでは、罰を猶予される」

阿久利が落合に顔を向けた。

「与左殿、すぐに流されるのは誰の息子ですか」

落合は、沈んだ面持ちで教えた。

「吉田忠左衛門殿の次男伝内《でんない》殿、間瀬久太夫殿の次男定八《さだはち》殿、中村勘助殿の長男忠三郎《ちゅうさぶろう》殿、村松喜兵衛殿の次男政右衛門《まさえもん》殿。この四名です」

「いつ、流されるのですか」

焦る阿久利の問いには長照が答えた。

「子息には、義士に切腹のご沙汰がくだされた直後に追っ手がかけられたそうだが、逃げ隠れする者は一人もおらず、神妙に従ったそうじゃ。今は、町奉行が順次呼び出し、沙汰を告げていると聞いた。落合が申した四人は、日を空けることなく流されよう」

「さようですか」

辛くて、顔を上げていられない阿久利。

じっと見ていた長照は、思い出したように言う。

「義士たちの家族は、まことに立派だと聞いた。そなたは、矢田五郎右衛門の嫡子を知っておるか」

父親を気遣い、細川家の屋敷へ来ていた作十郎のことを思い出した阿久利は心配し、長照に訊く。

「その子はまだ九歳ですが、何か」

「町奉行所に召し出された時、御公儀の役人が沙汰を申しつける前にこう言ったそうだ。わたしは、父と同罪に処せられる覚悟でまいりました。介錯《かいしゃく》は、父の介錯をなされたお方にお願いしとうございます。とな」

「そのようなことを……」

目をつむる阿久利に、長照が言う。

「武士の子たる者、ああでなくてはならぬ。居合わせた御公儀の者は皆、涙を堪えていたそうじゃ」

阿久利は長照に平身低頭した。

「聡明《そうめい》なればこそ、十五になると島へ送られると知りながら歳を重ねるのは、希望が持てず、さぞ辛いことでしょう。自暴自棄にならぬかと心配です。どうか、子息たちの赦免嘆願をすることをお許しください」

「もはや、止めはせぬ。そなたの思うようにするがよい」

長照はそう言うと、内匠頭の位牌に手を合わせて、部屋から出ていった。

膝を転じて頭を下げ、見送った落合が、そのまま動かなくなった。

阿久利は、落合が肩を震わせていることに驚いた。

「与左殿、いかがしたのです」

すぐに答えぬ落合は、顔を伏せたまま右手で頬を拭い、

「大殿が、初めて手を合わされましたもので」

感情がたかぶった様子で言う。

阿久利は、そんな落合にうなずき、微笑んだ。


静かに時が流れ、四十六士の四十九日がすぎた。

そのあいだに四十六士の位牌が届き、供養をしながらすごしていた阿久利は、一人

で法要を終えた翌日に、仙桂尼を呼んだ。

「文に書いたとおり、桂昌院様のご助力を賜りたいのですが、次に護持院へくだられる日に拝謁は叶いませぬか」

仙桂尼が返事をする前に、文の内容を知らぬ落合が慌てた。

「瑤泉院様、信濃へ送られた吉良左兵衛殿に同道を許された家臣はたったの二人だったそうです。放逐された残りの旧家臣どもが、瑤泉院様のお命を狙うかもしれませぬゆえ、外出はお控えください」

「与左殿は先日、狙う者はいないと言うたではないですか」

「申し上げましたが、まだ油断はなりませぬ」

「命を狙う動きが、あるのですね」

落合は返答に困った顔をした。

「与左殿、隠さず教えてください」

「噂にすぎませぬ」

「構いませぬ」

落合は、渋い顔をした。

「上杉家の御当主が、瑤泉院様を首謀者と疑い、よからぬことを考えている、との噂を、町で耳にしました。御公儀が墓参を控えるよう沙汰されたのも、その噂があったからです」

阿久利は、やはりそうか、と、こころの中で納得し、受け入れた。

「わたくしを恨み、命を奪うことでこの争いが収まるなら、それも定め。されど、噂に恐れてここに座していては、子息たちを救えませぬ」

「しかし……」

阿久利が目をそらしたことで、落合は口籠もった。

覚悟をしている阿久利に、仙桂尼が真面目な顔を向ける。

「落合殿のおっしゃるとおりかと。瑤泉院様に万が一のことあれば、救えるものも救えなくなります。どうか、嘆願の文をお書きください。わたくしが、桂昌院様にお届けします」

「お目にかかって、お願いしたいのです」

「どうか、お考えなおしください」

仙桂尼が言って頭を下げ、落合も続いて頭を下げた。

「そのように、外は物騒なのですか」

肩を落とし、ぼそりと言う阿久利に、二人は平身低頭したまま沈黙している。

無理を言って襲われれば、二人が悲しむ。

そう考えた阿久利は、嘆願の文をしたため、仙桂尼に託した。

そして数日後、ふたたび来てくれた仙桂尼は、浮かぬ顔をしていた。

護持院にくだった桂昌院は、阿久利の文をその場で開いて目を通し、その返答は、

「心得たと伝えなさい」

一言のみだったという。

阿久利は、仙桂尼に礼を言った。

「残された家族のことでは力になるとおっしゃってくださった桂昌院様を信じます。必ずや、上様に口添えをしてくださるものと信じて、待ちます」

だが、季節が移ろっても、伊豆に流された四人をはじめ、義士の子息たちが赦免になったという知らせは来なかった。

それでも阿久利はあきらめず、度々桂昌院に嘆願した。

仙桂尼も力になってくれたものの、願いは叶わぬまま、四十六士の一周忌を迎えてしまう。

阿久利は墓参できぬまま、一人部屋に籠もり、位牌に手を合わせて法要をし、子息たちにお許しが出ることを願った。

長い年月の果てに

何も変わらぬまま、静かに時が流れた。

そして、元号が宝永（一七〇四年四月より）に改まった夏のある日、吉報を待ち続ける阿久利の部屋に来た落合が、座して恭しく頭を下げた。

かしこまってどうしたのかと思う阿久利は、落合の言葉を待ったが、なかなか言わぬ。

急いで来たものの、どう話せばよいか考えているように見える。

「与左殿、いかがしたのです」

促してようやく、落合は阿久利と目を合わせて微笑んだ。

「去る六月二日、米沢藩主の上杉綱憲殿が身罷《みまか》られたとのことです」

綱憲は、亡き吉良上野介の長男。阿久利を討ち入りの首謀者と疑い、密かに命を狙っていたとの噂もあっただけに、落合は、明るい顔をしているのだ。

「これで、瑤泉院様の命を狙う者が一人減りました」

「与左殿、死者に対しそのような物言いはどうかと思います」

「これは、迂闊《うかつ》でございました」

落合は頭を下げた。

阿久利が問う。

「されど与左殿が言うとおり、わたくしの命を狙う首謀者がこの世を去られたならば、泉岳寺に墓参できますか」

「それは、今しばらく、お待ちください」

歯切れの悪い言い方をする落合に、阿久利は落胆した。

「まことに、わたくしの命などを狙う者がおりましょうか」

「この屋敷に詰める者が、怪しい人影を見ております。追いましたところ逃げられたと申しますから、今しばらく、ご辛抱くだされ」

落合はいつも、そう言って頭を下げるばかり。

護持院に嘆願しに行くことも叶わず、仙桂尼には苦労ばかりをかけている。

どうにかしたいと思えども、何もできぬまま、さらに一年がすぎた。

桂昌院を頼りに子息たちの赦免を願い続けていた阿久利に知らせが届いたのは、夏の盛りがすぎた頃だった。

血相を変えて来た仙桂尼が、阿久利の前に来るやいなや表情を崩すではないか。

「仙桂尼殿、何があったのです」

はばからずむせび泣く仙桂尼の背中をさすり、落ち着くのを待った。

仙桂尼は何度も大きな息を吐いて胸を押さえ、ようやく、阿久利と向き合った。

「桂昌院様が、身罷られました」

頼みの綱が切れたことに阿久利はうろたえ、

「これから、どうすればよいのです」

仙桂尼に問うても詮無きこととわかっていても、つい声にしてしまう。

子息たちの赦免を将軍に直に願うことができるはずもなく、阿久利は途方に暮れた。

それから二月もせぬうちに、吉良上野介の妻富子がこの世を去っていたことを落合から知らされた。富子は、昨年の六月にこの世を去った綱憲の後を追うように、二月後に身罷っていたのだ。

上杉家に生まれ、吉良上野介の正室となり、吉良家の栄華と没落を見た富子は、阿久利と同じで、良人によって人生を翻弄されたといえよう。

江戸の芝居小屋では、討ち入りを題材にした様々な物語が演じられ、赤穂の義士たちを称える声は衰えることなく、むしろ、人気が出ている。

そのことを落合から聞いて知っていた阿久利は、亡くなった富子のことを想わずにはいられなかった。さぞ、苦しく、悔しい思いをしていたであろう。亡き綱憲もしかり。

芝居に人気が出るにつれて、泉岳寺を訪れる者が増えているとも聞いた阿久利は、命を捨てて忠義を貫いた大石たち四十六士のことを想い、

「このように悲しいことは、二度と起きてほしくない」

落合にそう言い、落涙した。

心配してくれる落合は、黙って付き添っている。

幾分か落ち着きを取り戻した阿久利は、落合に言う。

「桂昌院様の訃報を聞いた時から、義士たちの子息を助けるにはどうしたらよいか、それればかりを考えていました。されど、打つ手がありませぬ。時がすぎ、事件に関わりし方々がお亡くなりになるにつれて忘れられてしまえば、子息たちも、島に送られたまま忘れられてしまうのではないかと、不安なのです」

「どうか、気を楽におすごしください。またお痩せになったと、お静が案じております。今のままでは、瑤泉院様が病になるのではないかと、お静もそれがしも、心配でなりませぬ。瑤泉院様の願いは、必ずや上様に届いているはず。それがしは、そう信じています」

「届いておりましょうか」

「大殿は、桂昌院様が口添えをされてらっしゃれば、上様は必ずや、子息たちをお許

しくださるはずだと、そうおっしゃっていました」

その長照は今、病床に臥《ふ》している。

阿久利は快癒を願ったが叶わず、三ヶ月後の十一月に、この世を去ってしまった。

長照の死も、阿久利にとっては大きな悲しみ。失意と心労が重なり、徐々に、阿久利も気付かぬうちに、身体を弱らせていた。

そんな阿久利に、待ちに待った吉報が届いたのは、翌年、宝永三年の八月だった。

阿久利の願いが叶い、伊豆大島に流されていた四人に対し、出家を条件としてではあるが、赦免の沙汰がくだされたのだ。

これにより、すでに没してしまっていた間瀬定八を除く三人は、島から出ることが叶った。

病床で落合から吉報を聞いた阿久利は、起き上がって位牌に手を合わせ、内匠頭と四十六士たちに報告し、読経した。


いっぽう、四人の赦免を決めた綱吉は、島を出たという知らせを受けた日に、西ノ丸を訪ねて、徳川家宣《いえのぶ》と面会した。

「余は、浅野内匠頭妻女の願いを叶えてやれぬが、そなたの代になれば、すべて許してやってほしい」

家宣が、案じる顔をした。

「いかがされたのですか」

綱吉は微笑み、ため息をつく。

「そなたにだけは、本心を言うておきたかったのだ。余は、赤穂浅野の御家再興を叶えてやりたかった。だがそれでは、余が内匠頭を罰したことが間違いであったと認めることになると言う者がおり、思いとどまったのだ。四十六義士の命もしかり。あれは、辛い決断であった。忠義に厚い者たちを大勢死なせてしまったことは、心残りじゃ」

涙ぐむ綱吉を見て、家宣は頭を下げた。

「上様の想い、しかと胸に刻みまする」

「頼むぞ」

綱吉はそう言い置き、帰っていった。

これより三年後の宝永六年一月十日に、綱吉はこの世を去った。

跡を継ぎ、徳川家六代将軍となった家宣は、綱吉が残した生類憐《しょうるいあわ》れみの令を続けよという遺言に反し、捕らえられた者をはじめ、多くの恩赦を実施するなどして、悪法を廃止した。だが、赤穂浅野に対する遺言だけは守り、すべての者が許された。

そして将軍家宣は、広島藩にお預けとなっていた浅野大学を江戸に呼び戻し、旗本に召し抱えたのだ。

そのことを本家の使者からもたらされた落合が、喜び勇んで阿久利の部屋に来た。

「瑤泉院様、吉報、吉報ですぞ」

位牌に手を合わせていた阿久利は、白髪がまじる頭を上げ、膝を転じた。

落合は正面に座るなり、嬉しそうな顔で言う。

「大学様が江戸に戻られます。上様から許され、五百石の旗本になられます」

阿久利は目を見張った。

「御家再興が、叶ったのですか」

「はい。まだありますぞ、四十六義士の遺族も許され、子息たちの島送りはなくなりました」

胸がいっぱいになり、両手で顔を覆ってしばらく言葉にならなかった阿久利は、気持ちが落ち着いたところで、落合に願った。

「どうあっても、泉岳寺に行きます」

落合は涙をためてうなずき、止めなかった。

人知れず、早朝に泉岳寺を訪れた阿久利は、落合とお静を境内に残して、一人で墓所に足を運んだ。

良人の墓前に座り込んだ阿久利は、

「殿、やっと、やっと、参ずることができました」

そう言うなり、泣き崩れた。

鉄砲洲屋敷の森で初めて出会った時から、今生の別れをするまで良人とすごした日々のことが頭をめぐり、しばらく涙が止まらなかった。

それでも阿久利は、良人と、四十六義士の供養をするため読経した。

静かに目を開けた時には涙も止まっており、良人の墓標を見上げた。

「また、参らせていただきます」

頭を下げて言い、立ち上がって帰ろうとした時、内匠頭の匂いがした気がした。

忘れもせぬ、内匠頭の腕に抱かれた時の香りにはっとして振り向く。だが、そこに良人はいない。

気のせいだと思い、出口に向かって歩こうとした阿久利は、足を止めた。

四十六義士の墓前からくゆる線香の煙が、内匠頭の墓標に向かって流れている。

風もないのに不思議だと思う阿久利は、あの世で共にいることを見せられた気がして、微笑んだ。

この後、阿久利は皆の菩提《ぼだい》を弔いながらひっそりと暮らし、正徳四年の六月三日（一七一四年七月十四日）に、静かにこの世を去った。

良人を想い、家臣を案じた、波乱の生涯を終えたのである。

亡骸《なきがら》は、阿久利の望みどおり、内匠頭と四十六士が眠る泉岳寺に葬られた。

最期まで仕えた落合与左衛門は、法要が終わった後、お静と共に江戸を発ち、三次に帰郷した。

阿久利が生まれ育った尾関山《おぜきやま》の、紅葉が美しい道を歩んで頂上にのぼり、三次の町を見渡せる場所に立った落合は、懐かしい景色を見ながら、阿久利のことを思い出していた。

朝早く寝所に呼ばれて行ってみれば、阿久利は座っていた。穏やかで優しい表情を見た時、落合は瞠目した。内匠頭が没して以来、一度もこのような顔を見ていなかったからだ。

息を呑む落合に、阿久利は嬉しそうに笑って、聞いてくれという。

「殿が、初めて夢枕にお立ちくださいました。阿久利よくやった、そなたのおかげで、我らの子が大勢死なずにすんだと、褒めてくださったのです」

胸が詰まった落合は、涙を堪えて答えた。

「瑤泉院様が籠城を止められたことを、殿はお喜びなのでしょう。お目にかかれて、ようございましたな」

阿久利は、少女のように無垢《むく》な笑みを浮かべてうなずき、内匠頭に夢で会えたことを喜んでいた。

息を引き取ったのは、その翌日だったのだ。

「今思えば、殿がお迎えにまいっておられたのですな」

そう独りごちた落合は、阿久利が使っていた手箱の蓋を開けた。生涯そばに置いて大切にしていた生母寿光院手縫いの人形と内匠頭の櫛は、亡骸と共に埋葬している。

今落合の手にあるのは、阿久利の遺髪だ。

落合は目に涙を溜め、遺髪に語りかけた。

「栗《くり》姫様、帰りましたぞ。ご覧くだされ、四十年近く経っても、故郷の景色は変わっておりませぬ。懐かしく、よい眺めですな」

小学館文庫
好評既刊

恩送り
泥濘の十手

麻宮 好

ISBN978-4-09-407328-7

おまきは岡っ引きの父利助《りすけ》を探していた。火付けの下手人を追ったまま、行方《ゆくえ》知れずになっていたのだ。手がかりは父が遺した、漆《うるし》が塗《ぬ》られた謎の容《い》れ物《もの》の蓋《ふた》だけだ。おまきは材木問屋の息子亀吉、目の見えない少年要《かなめ》の力を借りるが、もつれた糸は解《ほど》けない。そんなある日、大川に揚《あ》がった亡骸《なきがら》の袂《たもと》から漆塗りの容れ物が見つかったと同心の飯倉から報《しら》せが入る。が、なぜか蓋と身が取り違えられているという。父の遺した蓋と亡骸が遺した容れ物は一対だったと判るが……。父は生きているのか、亡骸との繋がりは？　虚を突く真相に落涙する、第一回警察小説新人賞受賞作！

小学館文庫
好評既刊

土下座奉行

伊藤尋也

ISBN978-4-09-407251-8

廻り方同心の小野寺重吾はただならぬものを見てしまった。北町奉行所で土下座をする牧野駿河守《するがのかみ》成綱《なりつな》の姿だ。相手は歳といい、格といい、奉行よりうんと下に見える、どこぞの用人。なのになぜ土下座なのか？　情けないことこの上ない。しかし重吾は奉行の姿に見惚《みと》れていた。まるで茶道の名人か、あるいは剣の達人のする謝罪ではないか、と……。小悪を剣で斬る同心、大悪を土下座で斬る奉行の二人組が、江戸城内の派閥争いがからむ難事件「かんのん盗事件」「竹五郎河童《かっぱ》事件」に挑む！　そしていま土下座の奥義が明かされる――能鷹隠《のうよういん》爪《そう》の剣戟《けんげき》捕物、ここに見参！

小学館文庫
好評既刊

美濃の影軍師

高坂章也

ISBN978-4-09-407320-1

不破与三郎は毎日愚かなふりをしていた。美濃《みの》国主斎藤龍興《たつおき》に仕える西美濃四人衆のひとりである兄の光治《みつはる》にとって、腹違いの自分は家督相続に邪魔な存在だからだ。下手に目を付けられれば、闇討ちされかねない。だが努力の甲斐なく、与三郎は濡《ぬ》れ衣《ぎぬ》を着せられ、斬首を言い渡されてしまう。辛くも立会人の菩提山《ぼだいさん》城主竹中半兵衛に救われるが、不破家家老岸権七《ごんしち》が仕掛けた罠で絶体絶命に……。逃走を図る与三郎の前に、織田家への鞍替《くらが》えと引き換えに助けてやると言う木下藤吉郎《とうきちろう》が現れたが？　青雲の志を抱く侍が竹中半兵衛や木下藤吉郎らの懐刀になるまでを描く！

小学館文庫
好評既刊

引越し侍
門出の凶刃

鈴峯紅也

ISBN978-4-09-407347-8

血筋はよくて二枚目で、剣も冴えわたるが、美しい娘にはつい浮かれてしまう内藤三左、二十三歳。一見極楽とんぼだが、無役《むやく》の旗本当主だけに、懐はいつもからっけつ、腹が減っては目を回す日々を送っている。ある晩、小銭を稼ぐため、博徒の親分を警固していると、妙な辻斬りに出くわした。橋の上で四人に囲まれたのだ。得意の剣で切り抜けたが、それがどうやら運の尽きだったらしい。下は定《じょう》町《まち》廻り同心、上は老中を巻き込んでの公儀を揺るがす謀略に挑むハメになり……。果たして三左は役に就《つ》き、飯にありつけるのか？　温《あたた》かくて胸のすく、火花散る時代小説！

本書のプロフィール

本書は、小学館から二〇一九年十二月に刊行された『忠臣蔵の姫　阿久利』と、二〇二一年四月に刊行された『義士切腹　忠臣蔵の姫　阿久利』を改稿して合本し、文庫化したものです。